Le Livre de Poche s'engage pour l'environnement en réduisant l'empreinte carbone de ses livres. Celle de cet exemplaire est de :
230 g éq. CO_2
Rendez-vous sur www.livredepoche-durable.fr

PAPIER À BASE DE FIBRES CERTIFIÉES

Composition réalisée par PCA

Achevé d'imprimer en octobre 2022 en Espagne par
Liberdúplex - 08791 Sant Llorenç d'Hortons
Dépôt légal 1re publication : novembre 2022
LIBRAIRIE GÉNÉRALE FRANÇAISE
21, rue du Montparnasse – 75298 Paris Cedex 06

61/1013/6

Les aventures de Sherlock Holmes

DU MÊME AUTEUR

DANS LA MÊME COLLECTION

1. *Une étude en rouge. – Le Signe des Quatre.*

3. *Les Mémoires de Sherlock Holmes.*

4. *Le Chien des Baskerville. – La Vallée de la Peur.*

5. *Le Retour de Sherlock Holmes.*

6. *Les Archives de Sherlock Holmes.*

7. *Son dernier coup d'archet.*

Arthur Conan Doyle

Sherlock Holmes

Les aventures de Sherlock Holmes

préface de Bernard Oudin

ARCHIPOCHE

Les textes du cahier central sont de Bernard Oudin.

Traduit de l'anglais par Jeanne de Polignac
et Gaston Simoes de Fonseca.

Notre catalogue est consultable à l'adresse suivante :
www.archipoche.com

Éditions Archipoche
34, rue des Bourdonnais
75001 Paris

ISBN 978-2-37735-265-4

Préface

Juillet 1891. Une date essentielle, un tournant dans la carrière littéraire d'Arthur Conan Doyle : c'est celle de la parution, dans le Strand Magazine, *d'*Un scandale en Bohème, *la première aventure de Sherlock Holmes racontée sous la forme d'une nouvelle et non plus d'un roman.*

Le Strand Magazine, *mensuel populaire, connaît alors un grand succès. Il sera pour Conan Doyle le tremplin idéal pour accéder à la célébrité.*

À l'époque, le roman-feuilleton est encore très en vogue. Pourtant, le choix de la nouvelle se révélera bénéfique. Dans ses mémoires, Conan Doyle explique pourquoi cette formule lui parut la mieux adaptée à la parution mensuelle du magazine. En outre, elle évite les longueurs, ramasse l'intrigue en quelques pages ; chaque mot compte et le dénouement surgit rapidement, sans que l'on ait jamais le temps de s'ennuyer.

Le personnage de Sherlock Holmes trouve immédiatement son public. À l'écho qu'il rencontre auprès des lecteurs s'ajoute un élément non négligeable : Conan Doyle « fournit » avec la même régularité que s'il s'agissait d'un feuilleton. Les douze nouvelles qui seront par la suite réunies en volume sous le titre Les Aventures de Sherlock Holmes *paraissent avec ponctualité au rythme d'une par mois, dans les numéros de juillet 1891 à juin 1892. Ce rendez-vous mensuel comble l'attente des lecteurs du* Strand Magazine. *Sans compter qu'au texte s'ajoutent les illustrations de Sidney Paget, qui contribueront largement à fixer les traits du héros.*

La formule est désormais bien rodée. Le Dr Watson est toujours le narrateur (sauf, par exception, dans quatre des cinquante-six nouvelles). Assez souvent, pour la plus grande joie du lecteur, Holmes se livre à son jeu favori des déductions brillantes, qu'il peut aussi bien exercer sur une personne que sur un objet. Nous l'avions vu à l'œuvre, dans Le Signe des Quatre, *avec la montre du frère de Watson ; il récidive cette fois dans* L'Escarboucle bleue, *avec un vieux chapeau abandonné par son propriétaire, comme il le fera plus tard avec une canne, au début du* Chien des Baskerville.

Plusieurs de ces douze nouvelles comptent parmi les préférées des admirateurs de Sherlock Holmes, notamment L'Association des hommes roux, L'Escarboucle bleue, Les Hêtres pourpres *et* L'Aventure des cinq pépins d'orange, *avec son message faussement anodin, derrière lequel se profile l'ombre menaçante du Ku Klux Klan.*

Mais il en est deux qui sortent de l'ordinaire : Un scandale en Bohême *et* L'Aventure de la bande mouchetée. *La première inaugure la série de cinquante-six nouvelles dont la publication va s'échelonner sur trente-six années.* Un scandale en Bohême *est en tous points atypique. D'abord par ses personnages, un roi et une aventurière doublée d'une chanteuse d'opéra, le plus important des deux n'étant pas celui qu'on pense. Le client de Sherlock Holmes n'est autre que le roi de*

Bohême (ne cherchez pas : il y a bien eu un royaume de Bohême, mais il avait disparu en 1806 avec le Saint-Empire romain germanique), ce qui ne l'empêche pas d'être quelque peu inconsistant.

La femme, Irene Adler, est d'une autre envergure. Au point, lors du dénouement, de l'emporter sur Sherlock Holmes, ce qui ne manquera pas d'humilier ce misogyne impénitent. Mais peut-être, à bien lire entre les lignes, cette déconvenue s'est-elle muée en admiration, voire en un amour secret. C'est ce que laisse entendre la phrase célèbre par laquelle débute la nouvelle : « To Sherlock Holmes, she is always the woman » *(« Pour Sherlock Holmes, c'est toujours "la femme").*

Irene Adler n'est pas un personnage récurrent du « Canon » ; elle n'y apparaît que cette seule fois. En revanche, à l'écran, de nombreux scénarios qui n'ont rien à voir avec les œuvres originales de Conan Doyle n'ont pas manqué de réutiliser un personnage aussi charismatique. Le rôle a été endossé par des actrices connues : Charlotte Rampling, Anne Baxter, Gayle Hunnicutt, Lara Pulver, Rachel McAdams et d'autres.

L'intrigue, comme toujours, est habile. La seule réserve que l'on puisse émettre a trait au stratagème par lequel Holmes récupère, ou plutôt tente de récupérer la photographie du roi. Tous les lecteurs d'Edgar Poe savent que cette scène est « empruntée » à l'épisode final de La Lettre volée, *où Dupin use de la même ruse pour reprendre le document dérobé. Mais il est vrai qu'au XIXe siècle les lois comme les usages, en cette matière, étaient plus permissifs qu'aujourd'hui. Ce ne sera d'ailleurs pas la dernière fois que Conan Doyle se permettra ce genre de facilité. On est d'autant plus surpris, dans ces conditions, de lire au deuxième chapitre* *d'*Une étude en rouge *quelques phrases où les capacités intellectuelles de Dupin sont qualifiées d'« inférieures ». Cela manque un peu d'élégance, même si ces propos sont mis par Conan Doyle dans la bouche de son personnage, dont la modestie n'est pas la qualité dominante…*

Quant à L'Aventure de la bande mouchetée, *un détail à lui seul suffit à retenir notre attention. De toutes les aventures de Sherlock Holmes qu'il a imaginées, dira Conan Doyle, celle-ci était sa préférée. Sans que l'on dispose sur ce point de statistiques précises, il semble que ce choix du maître ait été largement plébiscité par ses lecteurs, même si leur admiration se partage à peu près également entre* La Bande mouchetée *et* Le Chien des Baskerville. *Ce sont probablement les deux titres les plus célèbres du « Canon ». Notons au passage que ces deux œuvres ont en commun une atmosphère terrifiante, presque « gothique », au sens que la littérature anglaise donne à ce mot : la nuit, une résidence isolée, une mort atroce et mystérieuse, une menace diffuse et cauchemardesque, un animal menaçant…*

Courte comme toutes les nouvelles, La Bande mouchetée *se prête mal à une adaptation. Elle a cependant inspiré une pièce de théâtre et un long-métrage. La pièce, qui date de 1910, a été écrite par Conan Doyle lui-même. Nous avons ici une nouvelle illustration des rapports conflictuels de l'auteur avec son personnage. Désireux d'échapper à Sherlock Holmes, Conan Doyle avait écrit une pièce,* The House of Temperley, *sur le thème de la boxe. Pour la faire représenter, il avait loué pour six mois une des principales scènes de Londres, l'Adelphi Theatre. Hélas, la pièce fut ce qu'on appelle vulgairement un four et, pour rentrer dans ses frais, l'auteur n'eut d'autre ressource que d'appeler à son secours son personnage mal-aimé, mais toujours favori du public. Écrite en quelques semaines, un peu étoffée par l'ajout inattendu d'un personnage supplémentaire (celui de Charles August Milverton, le « méchant » d'une nouvelle datant de 1904),* The Speckled Band, *joué par Harry Arthur Saintsbury, interprète attitré de Holmes au théâtre depuis 1903, fut créé sur la scène de l'Adelphi en juin 1910. Et bien sûr, ce fut un triomphe…*

Quant au long-métrage, il date de 1931 et a pour interprète principal Raymond Massey. Hormis ce film, de nombreuses adaptations télévisuelles ont été tournées en moyen-métrage, y compris en URSS, la meilleure étant sans doute celle de la télévision britannique en 1984, avec Jeremy Brett dans le rôle de Holmes et Jeremy Kemp qui campe un Dr Grimesby Roylott abominable à souhait.

Bernard OUDIN
Vice-président de la Société
Sherlock Holmes de France

Un scandale en Bohême

Pour Sherlock Holmes, c'est toujours « la femme ». Il ne parle jamais d'elle que sous cette dénomination ; à ses yeux elle éclipse le sexe faible tout entier. Ne croyez pourtant pas qu'il ait eu de l'amour, voire de l'affection pour Irène Adler. Tous les sentiments violents et celui-là en particulier sont contraires à son caractère froid, méthodique et admirablement équilibré. Holmes est bien la machine animée et observatrice la plus parfaite qu'on puisse rencontrer, mais je ne vois pas mon personnage dans le rôle d'amoureux. Il ne m'a jamais parlé d'amour qu'avec un geste de mépris et un sourire railleur. Pour lui qui a mission d'observer et de déduire, la passion chez les autres est un secours puissant ; elle détermine sans cesse les mobiles secrets qui ont porté l'accusé à son crime ; mais le logicien de profession aurait grand tort de se laisser envahir par le sentiment ; cela équivaudrait à introduire dans des rouages fins et délicats un facteur étranger qui y porterait la plus grande perturbation ; le sentiment pourrait influer sur ses déductions. Une émotion violente pour une nature comme la sienne équivaudrait à un grain de sable dans un instrument de précision ou à une fêlure sur un de ses microscopes les plus puissants. Et cependant pour lui il n'y avait qu'une femme au monde et cette femme était feue Irène Adler, de mémoire douteuse.

Je n'avais pas vu Holmes depuis quelque temps. Mon mariage nous avait forcément séparés l'un de l'autre ; le bonheur parfait dont je jouissais, les nouveaux devoirs et les occupations inséparables d'une entrée en ménage absorbaient tous mes instants. De son côté, Holmes, dont la nature bohème répugnait à tout ce qui avait l'apparence du monde, continuait à résider dans son appartement de Baker Street, enfoui sous ses vieux bouquins, étudiant sur lui-même les effets de la cocaïne ou se livrant à des rêves d'ambition ; en somme tantôt engourdi par le poison et tantôt dévoré par l'activité extraordinaire de son ardente nature. Il était comme toujours particulièrement attiré par les enquêtes criminelles et il mettait ses merveilleuses facultés d'observation au service de ces crimes mystérieux que la police renonçait à éclaircir. De temps en temps les échos de ses exploits me parvenaient vaguement ; je savais qu'il avait été appelé à Odessa pour étudier le meurtre de Trepoff, qu'il avait jeté la lumière sur la singulière tragédie des frères Atkinson à Trincomalee et enfin qu'il s'était acquitté avec beaucoup de tact et de succès d'une mission délicate pour le compte de la maison régnante de Hollande. À part ces nouvelles que me donnaient du reste les feuilles publiques et qui me prouvaient qu'il était encore en vie, je ne savais presque rien de mon vieux camarade et ami.

Un soir, je me rappelle que c'était le 20 mars 1888, je revenais de voir un malade (car je m'étais consacré à la clientèle civile) et je longeais précisément Baker Street. En passant devant la porte bien connue, inséparable pour moi du souvenir de mes fiançailles et des sombres incidents de l'*Étude en rouge*[1], je fus saisi du désir irrésistible de revoir Sherlock Holmes et de savoir à quoi il employait ses extraordinaires facultés. Son appartement était très éclairé et en levant la tête j'aperçus, à travers le store, sa longue et mince silhouette allant et venant dans la pièce. Il marchait rapidement, la tête penchée sur la poitrine, les mains derrière le dos. Pour moi qui le connaissais à fond il n'y avait aucun doute : il était en plein travail, il s'était arraché à ses rêves et cherchait à résoudre quelque nouveau problème. Je sonnai et je fus introduit dans ce salon qui avait été aussi le mien autrefois.

Je ne fus pas reçu très chaudement ; en apparence du moins, car dans le fond je crois qu'il était assez content de me revoir. Presque sans m'adresser la parole, il me désigna un fauteuil, me jeta son étui à cigares, me montra du doigt une cave à liqueurs et dans un coin un allume-cigare. Puis il se planta devant la cheminée et me fixa avec son regard si pénétrant.

— Le mariage vous réussit, me dit-il. Je suis sûr que vous avez gagné sept livres et demie depuis que je ne vous ai vu.

— Sept, répondis-je.

— Vraiment ? Il me semblait que c'était un peu plus, quelques grammes seulement, j'en suis persuadé, Watson. Et vous vous êtes remis à exercer la médecine, je vois. Vous ne m'aviez pas dit que vous comptiez reprendre le collier de misère.

— Alors comment le savez-vous ?

— Je le vois, ou je le déduis plutôt de ce que je vois. Vous avez été souvent mouillé ces temps derniers

1. Voir tome 1.

et vous avez une servante des plus maladroites et négligentes.

— Mon cher Holmes, dis-je, ceci est trop fort. Il y a quelques siècles on vous aurait sûrement brûlé vif comme sorcier. Il est parfaitement exact que j'ai dû faire jeudi dernier une longue course dans la campagne, et que je suis rentré trempé et couvert de boue ; mais comme je ne porte pas aujourd'hui les mêmes vêtements, je ne comprends pas ce qui vous l'a fait découvrir. Quant à Marie-Jeanne, elle est incorrigible et ma femme lui a donné son congé ; mais une fois de plus, je ne vois pas comment vous avez pu le deviner.

Il esquissa un petit sourire moqueur et frotta l'une contre l'autre ses longues mains osseuses.

— C'est enfantin, dit-il ; je vois d'ici que sur le rebord de votre soulier gauche, éclairé en ce moment par le feu, le cuir est sillonné de six coupures parallèles. Il est clair que ces coupures ont été faites par quelqu'un qui a gratté très négligemment le tour des semelles afin d'en enlever la boue desséchée. De là, vous le voyez, ma double déduction que vous étiez sorti par un très mauvais temps et que vous aviez chez vous un très fâcheux spécimen de la domesticité de Londres. Quant à l'exercice de votre profession, il est bien évident que lorsqu'un individu entre chez soi apportant avec lui une forte odeur d'iodoforme, qu'il a sur l'index une tache de nitrate d'argent et que son chapeau haut de forme est bossué à l'endroit où il cache son stéthoscope, il faudrait être idiot pour ne pas déclarer qu'il professe la médecine.

Je ne pus m'empêcher de rire en l'entendant développer si naturellement son mode de déduction.

— Quand vous me donnez des explications, dis-je, la chose me paraît si simple que je me crois capable d'en faire autant ; et néanmoins, à chaque nouvelle occasion, je me retrouve aussi novice et je ne comprends que lorsque vous m'avez une fois de plus développé votre procédé. Il me semble cependant que ce que vous voyez, je devrais le voir aussi.

— Assurément, me répondit-il en allumant une cigarette et en se jetant dans un fauteuil. Vous voyez, mais vous n'observez pas, c'est certain. Par exemple, vous avez souvent vu l'escalier qui mène de l'antichambre à cette pièce.

— Souvent.

— Combien de fois ?

— Eh bien, quelques centaines de fois.

— Combien y a-t-il de marches ?

— Combien ? Je n'en sais rien.

— Parfaitement. Vous n'avez pas observé. Et cependant vous avez vu ; c'est bien ce que je vous disais. Moi, par contre, je sais qu'il y a dix-sept marches, parce que je ne me suis pas contenté de voir, j'ai observé. À propos, puisque vous vous plaisez à étudier mes problèmes et que vous avez même eu la bonté de publier quelques-uns de mes succès, tout insignifiants qu'ils fussent, ceci vous intéressera peut-être.

Il prit sur la table une lettre et me la jeta. Je remarquai que le papier, légèrement teinté de rose, était de très belle qualité.

— J'ai reçu cette lettre hier par le dernier courrier, me dit-il. Lisez-la tout haut.

Il n'y avait ni date, ni signature, ni adresse.

En voici le texte :

« À huit heures moins un quart, ce soir, se trouvera chez vous une personne désirant vous consulter sur une matière très grave. Les services que vous avez rendus tout dernièrement à une des maisons royales d'Europe nous prouvent que l'on peut vous confier en toute sécurité les affaires les plus importantes. Ces renseignements, nous les avons de tous côtés reçus. Soyez donc chez vous à cette heure-là, et, si votre visiteur porte un masque, ne le prenez pas en mauvaise part. »

— C'est un mystère, en effet, dis-je. En avez-vous la clef ?

— Non pas. C'est un grand tort d'échafauder une théorie avant d'avoir une donnée. Insensiblement on tâche d'adapter les faits à la théorie au lieu d'adapter la théorie aux faits. Mais parlons de la lettre elle-même. Qu'en déduisez-vous ?

J'examinai soigneusement l'écriture et le papier.

— L'homme qui a écrit ces lignes est, je présume, dans une situation aisée, dis-je en m'efforçant d'imiter le procédé de mon ami. Cette qualité de papier coûte au moins une demi-couronne la boîte ; il est singulièrement épais.

— Singulièrement, c'est bien le mot, dit Holmes. Ce n'est pas du papier anglais. Présentez-le à la lumière.

J'obéis aussitôt et je distinguai un grand *E* avec un petit *g*, un *P* et un grand *G* avec un petit *t* imprimés dans la pâte du papier.

— Qu'en pensez-vous ? demanda Holmes.

— C'est le nom du fabricant, sans doute, ou plutôt son monogramme.

— Pas du tout. Le *G* avec le petit *t* signifie *Gesellschaft*, ce qui veut dire en allemand « compagnie ».

C'est une contraction usuelle comme le *C°* anglais, dans le même cas. Cherchons maintenant l'explication de *Eg*. Je vais consulter mon dictionnaire universel.

Il prit sur un des rayons de sa bibliothèque un gros volume brun.

— *Eglo*, *Eglonitz*, nous y voici : *Egria*. C'est une province de Bohême où on parle allemand, et qui est située non loin de Carlsbad. Remarquable pour avoir été le théâtre de la mort de Wallenstein et pour ses nombreuses manufactures de verre ainsi que ses moulins à papier. Eh bien ! mon garçon, qu'en pensez-vous ?

Ses yeux brillaient, et, aspirant triomphalement sa cigarette, il envoya au plafond un gros nuage bleu.

— Ce papier a donc été fabriqué en Bohême, dis-je.

— Précisément. Et l'individu qui a écrit la lettre est allemand. Avez-vous remarqué la construction bizarre de cette phrase : « Ces renseignements, nous les avons de tous côtés reçus. » Un Français ou un Russe n'aurait pas écrit cela. Il n'y a que l'Allemand qui soit si irrévérencieux pour ses verbes. Il ne nous reste donc plus qu'à savoir ce que veut cet Allemand qui écrit sur du papier de Bohême et qui préfère porter un masque que de montrer son visage. Et si je ne me trompe, le voici qui vient en personne dissiper nos doutes.

Comme il disait ces mots, nous entendîmes en effet des pas de chevaux dans la rue et le grincement des roues contre le frein, puis un violent coup de sonnette. Holmes se mit à siffloter.

— Une paire de chevaux, si je ne me trompe. Oui, continua-t-il en regardant la fenêtre. Un coupé d'un bon fabricant et de jolies bêtes. Cent cinquante guinées chacune. L'individu est riche tout au moins, Watson, s'il n'est pas autre chose.

— Je crois que je ferais bien de me retirer, Holmes.

— Pas du tout, docteur. Je vous prie au contraire de rester. Je me sens perdu sans mon Boswell et cette affaire promet d'être intéressante ; ce serait vraiment dommage de ne pas la connaître.

— Mais votre client ?

— Ne vous occupez pas de lui. Je puis avoir besoin de vous et lui aussi. Le voici, du reste. Mettez-vous dans ce fauteuil et observez.

Des pas lourds dans l'escalier et le corridor, un arrêt devant la porte, puis un coup sec et autoritaire.

— Entrez, dit Holmes.

C'était un homme d'au moins six pieds six pouces qui se présenta devant nous ; il était taillé en hercule et vêtu avec une élégance qui touchait au mauvais goût. Son pardessus croisé sur la poitrine était bordé sur le devant et aux manches de larges bandes d'astrakan. Le grand manteau bleu jeté négligemment sur son épaule était doublé d'une soie couleur de feu et fixé au cou par une broche qui consistait en un béryl étincelant. Des bottes à mi-jambe garnies de fourrure complétaient l'aspect d'opulence exotique que suggérait l'ensemble de sa personne. Il tenait à la main un chapeau à larges bords et son visage était caché jusqu'aux joues par un domino noir qu'il venait évidemment de mettre à l'instant même, car il le tenait encore lorsqu'il entra. À en juger par le bas de son visage, c'était un homme de beaucoup de volonté avec une grosse lèvre tombante, un menton long et droit, signe d'un caractère résolu jusqu'à l'obstination.

— Vous avez reçu mon billet, demanda-t-il d'une voix grave et rude empreinte d'un fort accent allemand. Je vous y prévenais de ma visite.

Il nous regardait alternativement, ne sachant auquel de nous deux il devait s'adresser.

— Je vous en prie, prenez un siège, dit Holmes. Je vous présente mon collègue et ami le Dr Watson, qui veut bien à l'occasion m'assister dans les enquêtes que j'ai à faire. À qui ai-je l'honneur de parler ?

— Au comte de Kramm, si vous permettez, gentilhomme bohémien. Je crois comprendre que monsieur ici présent, votre ami, est un homme d'honneur et de discrétion à qui je puis confier une affaire de la plus haute importance. S'il en était autrement, je préférerais conférer avec vous seul.

Je m'étais levé pour me retirer, mais Holmes me saisit par le poignet et me força à me rasseoir.

— Vous parlerez devant nous deux ou pas du tout, dit-il. Vous pouvez dire devant monsieur tout ce que vous me diriez en tête à tête.

Le comte haussa les épaules.

— Alors il faut que j'exige d'abord de vous deux le secret le plus absolu pendant deux ans ; au bout de ce temps la chose pourra être ébruitée sans inconvénient. Pour l'instant, je n'exagère pas en disant que la révélation de ce secret pourrait influer sur les destinées de l'Europe.

— Je vous donne ma parole, dit Holmes.

— Et moi aussi.

— Vous excuserez ce masque, continua notre singulier visiteur. Mon auguste maître désire que son serviteur vous soit inconnu et je préfère vous dire tout de suite que le titre que je me suis donné ne m'appartient pas.

— Je le savais, dit Holmes sèchement.

— Les circonstances dans lesquelles je me trouve sont très délicates et il est nécessaire de prendre toutes les précautions pour éviter un immense scandale qui compromettrait sérieusement une des maisons régnantes d'Europe. Pour parler franc, l'affaire touche l'illustre maison d'Ormstein qui règne sur la Bohême.

— Je le savais aussi, murmura Holmes en s'enfonçant dans son fauteuil et en fermant les yeux.

Notre visiteur jeta un coup d'œil étonné sur la longue silhouette de cet homme qui lui avait sans doute été dépeint comme l'un des logiciens les plus profonds et des policiers les plus célèbres de l'Europe entière. Holmes rouvrit lentement les yeux et regarda impatiemment son colosse de client.

— Si Votre Majesté daignait exposer son affaire, remarqua-t-il, je serais peut-être à même de lui donner un conseil.

L'homme se leva brusquement et arpenta la pièce en proie à une agitation qu'il ne parvenait pas à dissimuler. Puis, avec un geste de désespoir, il arracha le domino de son visage et le jeta par terre.

— Vous avez raison, s'écria-t-il. Je suis le roi. Pourquoi chercherais-je à le dissimuler plus longtemps ?

— Pourquoi en effet ? murmura Holmes. Avant que Votre Majesté eût prononcé une seule parole, je savais déjà que j'avais l'honneur de parler à Guillaume-Gollsreich-Sigismond d'Ormstein, grand-duc de Cassel-Feldstein et roi héréditaire de Bohême.

— Mais vous comprenez, n'est-ce pas, dit notre étrange visiteur en se rasseyant et en passant sa main sur son front large et pâle, vous comprenez bien que je ne suis pas habitué à faire moi-même en personne pareille besogne. Et cependant, la matière est si délicate que je ne pouvais la confier à quelqu'un sans me mettre en son pouvoir. Je suis venu de Prague incognito tout exprès pour vous consulter.

— Alors consultez, je vous prie, dit Holmes en refermant les yeux.

— En deux mots, voici les faits : il y a quelque cinq ans, pendant un long séjour à Varsovie, je fis connaissance avec l'aventurière bien connue qui répond au nom d'Irène Adler. Vous devez avoir entendu parler d'elle.

— Veuillez consulter mon index, docteur, je vous prie, murmura Holmes sans ouvrir les yeux.

Depuis des années, il avait adopté le système de collectionner tous les paragraphes concernant les hommes et les choses, de sorte qu'il était presque impossible de lui citer une chose ou une personne sur laquelle il ne fût pas documenté. Dans le cas présent, je trouvai en effet la biographie qu'il cherchait entre celle d'un rabbin et celle d'un commandant d'état-major qui avait écrit une monographie sur les poissons qu'on trouve dans les grandes profondeurs de la mer.

— Montrez, dit Holmes. Hum ! Née à New Jersey en 1858. Contralto, hum ! La Scala, hum ! Prima donna à l'Opéra impérial de Varsovie, oui. A renoncé à la scène, ha ! Habite Londres. C'est bien cela ! Si je ne me trompe, Votre Majesté s'est compromise avec cette jeune personne, a correspondu avec elle et désirerait rentrer en possession de ses lettres.

— Justement. Mais comment ?

— Y a-t-il eu un mariage secret ?

— Aucun.
— Pas de contrat ou de signature ?
— Aucun.
— Alors je n'y suis plus. Si cette jeune personne produit des lettres pour faire du chantage ou pour tout autre motif, comment peut-elle prouver leur authenticité ?
— Il y a l'écriture.
— Peuh ! cela peut être un faux.
— Mais le papier à lettres à mon chiffre ?
— Il peut avoir été volé.
— Mon propre cachet ?
— Imité.
— Ma photographie ?
— Achetée.
— Nous sommes sur le même cliché !
— Ah ! sapristi, ceci devient grave. Votre Majesté a en effet manqué aux convenances.
— J'ai été fou, insensé.
— Vous vous êtes sérieusement compromis.
— Je n'étais que prince héritier à ce moment-là ; j'étais jeune. J'ai à peine trente ans aujourd'hui.
— Cette photographie, il faut à tout prix la ravoir.
— Nous avons essayé sans aucun succès.
— Il faut que Votre Majesté la paye. Nous l'achèterons.
— Elle refuse de la vendre.
— Il faut la prendre, alors.
— On a essayé à cinq reprises. Deux fois des cambrioleurs à ma solde ont bouleversé sa maison. Une autre fois nous avons détourné ses bagages de leur direction pendant un voyage qu'elle faisait. Deux fois elle a été dévalisée. On n'est arrivé à aucun résultat.

— On n'a même eu aucun indice ?

— Aucun.

Holmes se mit à rire.

— Absolument aucun ? C'est un amusant petit problème, dit-il.

— Mais très sérieux pour moi, reprit le roi d'un ton de reproche.

— Très sérieux, en effet. Et que compte-t-elle faire de la photographie ?

— Elle compte en faire mon malheur.

— Comment cela ?

— Je suis sur le point de me marier.

— J'ai, en effet, appris cet événement.

— Avec Clotilde Lothman de Saxe-Meiningen, seconde fille du roi de Scandinavie. Vous connaissez les principes arrêtés de sa famille. Elle est elle-même très stricte sur ce qui est point d'honneur. L'ombre d'un doute sur ma conduite anéantirait ce projet.

— Et Irène Adler ?

— Menace de lui envoyer la photographie. Et elle le fera. Je l'en sais capable. Vous ne la connaissez pas, elle a une pierre à la place du cœur. C'est bien le plus ravissant visage de femme que je connaisse ; mais c'est une volonté d'homme, une volonté de fer. Elle ne reculera devant aucun moyen pour empêcher ce mariage.

— Vous êtes sûr qu'elle ne l'a pas encore envoyée, cette photographie ?

— J'en suis sûr.

— Et comment pouvez-vous l'affirmer ?

— Parce qu'elle a dit qu'elle ne l'enverrait que le jour où les fiançailles seraient officielles. Or, elles ne le seront que lundi prochain.

— Alors nous avons encore trois jours, dit Holmes en bâillant. C'est bien heureux, car j'ai à m'occuper en ce moment d'une ou deux affaires très importantes. Votre Majesté va naturellement rester à Londres quelques jours.

— Certainement. Vous me trouverez à l'hôtel Langham sous le nom de comte de Kramm.

— Alors, je vous laisserai un mot pour vous faire savoir ce qu'il en est.

— Je compte bien sur vous pour cela. Vous devinez mon anxiété.

— Passons maintenant à la question d'argent.

— Je vous laisse carte blanche.

— Sans aucune restriction ?

— Absolument aucune. Je vous dis que je donnerais une province de mon royaume en échange de cette photographie.

— Et pour les frais ?

Le roi tira de la poche de son manteau un sac en peau de chamois et le jeta sur la table.

— Voici trois cents livres sterling en or et sept cents en billets de banque, dit-il.

Holmes griffonna un reçu sur le feuillet de son carnet et le lui tendit.

Et l'adresse de la demoiselle ? demanda-t-il.

— Elle habite Briony Lodge, Serpentine Avenue, Saint John's Wood.

Holmes prit note de l'adresse.

— Une dernière question, dit-il. La photographie est-elle encadrée ?

— Oui.

— Alors bonsoir, Sire, et je pense que nous aurons sous peu de bonnes nouvelles à vous donner. Bonsoir aussi, Watson, ajouta-t-il, au moment où la voiture s'éloignait. Soyez assez bon pour revenir demain à trois heures. J'aimerais à recauser de tout cela avec vous.

À trois heures précises, le lendemain, je me trouvai chez Holmes, dans son appartement de Baker Street ; mais il n'était pas encore rentré. Sa propriétaire me dit qu'il était sorti un peu après huit heures du matin. Je m'assis au coin du feu, bien résolu à l'attendre. Je m'intéressais déjà vivement à cette affaire qui, pour ne pas présenter les caractères hideusement étranges des deux enquêtes criminelles que j'ai relatées ailleurs, n'en avait pas moins, par elle-même et par la haute situation de son client, une physionomie particulière. De plus, en dehors de la nature de l'investigation dont mon ami était chargé, c'est toujours pour moi un plaisir très grand d'étudier sa méthode de travail, et la manière dont il arrive à débrouiller de main de maître, avec une sûreté de raisonnement incroyable, les situations les plus compliquées. J'étais si habitué à son invariable succès que je ne pensais même pas à l'éventualité d'un échec.

Il était près de quatre heures lorsque la porte s'ouvrit et un groom à favoris, à demi ivre, avec les joues enluminées et les vêtements en désordre, entra dans la pièce. Quelque accoutumé que je fusse à l'extraordinaire talent qu'avait mon ami pour se grimer, je dus le regarder jusqu'à trois fois pour m'assurer que c'était bien lui. Avec un signe de tête, il disparut dans sa chambre à coucher d'où il ressortit cinq minutes après, vêtu d'une manière respectable. Comme d'ordinaire, il s'installa devant la cheminée pour se chauffer les pieds, et, les mains dans les poches, il éclata de rire.

— Non, c'est trop fort !

Et il fut pris d'un tel accent de gaieté qu'il en perdit la respiration et retomba épuisé sur sa chaise.

— Qu'y a-t-il donc ?

— C'est vraiment trop drôle. Vous n'imaginerez jamais à quoi j'ai employé ma matinée et à quelle extrémité j'en ai été réduit.

— Je n'en sais rien. Je suppose que vous avez surveillé les faits et gestes et peut-être la maison de Mlle Irène Adler.

— Assurément. Mais le résultat a été très inattendu. Je vais vous en faire juge. Je suis sorti de chez moi un peu après huit heures ce matin, déguisé en groom et à la recherche d'une place. Il existe une grande camaraderie entre palefreniers. Soyez des leurs, et vous saurez vite tout ce que vous pouvez désirer. Je découvris bien vite Briony Lodge. C'est un bijou de villa à deux étages, avec un jardin à l'arrière. La façade donne sur la route, et la porte a une serrure de sûreté. Un grand salon à droite, bien meublé, avec des grandes fenêtres descendant presque jusqu'au sol et ces absurdes fermetures de sûreté qu'un enfant ouvrirait. Derrière, rien de remarquable, sauf que la fenêtre du corridor est facilement accessible par la toiture des écuries. J'ai fait le tour de la maison et je l'ai examinée de près, de tous les côtés, mais sans trouver quoi que ce soit qui fût digne d'intérêt.

Je flânai ensuite dans la rue et j'y trouvai, comme je m'y attendais du reste, des écuries dans une ruelle qui longe un des murs du jardin. J'aidai le garçon d'écurie à panser ses chevaux et il me donna en échange quatre sous, un verre de vin, deux bonnes prises de caporal et tous les renseignements possibles sur Mlle Adler, sans parler des détails sur une demi-douzaine de personnes auxquelles je ne m'intéressais nullement, mais dont je fus forcé d'écouter la biographie.

— Et Irène Adler ? demandai-je.

— Oh ! elle a tourné la tête de tous les hommes dans ce quartier-là. C'est la personne la plus charmante qui ait jamais coiffé chapeau, dit-on dans les écuries de la rue Serpentine. Elle vit tranquillement, elle chante dans les concerts, sort en voiture tous les jours à cinq heures, et rentre exactement à sept heures pour dîner. Elle sort rarement à d'autres heures, excepté quand elle doit chanter. En fait d'ami, elle n'en a qu'un, mais on le voit souvent entrer chez elle. Il est brun, joli garçon, élégant de tournure ; il ne vient jamais moins d'une fois par jour et souvent deux fois. C'est un M. Godfrey Norton, d'Inner Temple. Vous voyez combien il est avantageux d'être le confident d'un cocher de fiacre. C'est une voiture des écuries Serpentine qui a ramené chez lui une douzaine de fois cet individu et on est au courant de tout ce qui le touche. Lorsque j'eus écouté tout ce qu'ils avaient à me dire, je me mis à arpenter la rue près de Briony Lodge et à préparer mon plan de campagne.

Ce Godfrey Norton était évidemment un facteur important dans l'affaire. C'est un homme de loi, et ceci me parut plutôt de mauvais augure.

Quelles relations existaient entre eux et quelle était la raison de ses visites fréquentes ? Était-elle sa cliente, son amie ou sa maîtresse ? Si elle était sa cliente, elle lui avait probablement confié la photographie. Si elle était sa maîtresse, c'était moins probable. De la réponse à cette question dépendait ma décision. Il s'agissait de savoir en effet si je devais continuer mes investigations à

Briony Lodge ou diriger mes recherches vers l'appartement du monsieur, au Temple. C'était un point délicat et cela élargissait le champ de mon enquête. Mais je crains un peu de vous ennuyer avec tous ces détails ; d'un autre côté, je veux vous laisser voir ma perplexité, afin de vous bien exposer la situation.

— Je vous suis attentivement, répondis-je.

— J'hésitais encore lorsqu'un *hansom* s'arrêta devant Briony Lodge. Un monsieur en descendit. C'était un homme brun particulièrement beau, avec un nez aquilin et une moustache, évidemment l'homme dont on m'avait parlé. Il semblait très pressé, cria au cocher de l'attendre, et passa devant la femme de chambre qui lui avait ouvert la porte comme un homme qui est tout à fait chez lui. Il resta dans la maison une demi-heure environ, et je l'apercevais par moments à travers les fenêtres du salon, arpentant la pièce, gesticulant et parlant avec excitation. D'elle, je ne voyais absolument rien. Tout à coup il parut, et il me sembla qu'il était encore plus troublé qu'auparavant. Au moment de monter dans le fiacre il tira une montre d'or de sa poche et la regarda attentivement.

« — Conduisez-moi au galop, cria-t-il, d'abord chez Gross et Hankey, Regent Street, puis à l'église Sainte-Monique sur la route d'Edgware. Un demi-louis si vous faites ce trajet en vingt minutes. »

Ils partirent et j'étais en train de me demander si je ne ferais pas bien de les suivre, lorsque je vis arriver dans la rue un élégant landau dont le cocher avait son pardessus à demi boutonné, sa cravate remontée jusqu'aux oreilles, tandis qu'aucune des courroies de son harnais n'était convenablement bouclée. Le landau était à peine arrêté que la dame s'était déjà précipitée hors de la maison et dans la voiture. Je ne fis que l'entrevoir à ce moment, mais c'était une de ces femmes dont la beauté peut inspirer la plus violente passion.

« — À l'église Sainte-Monique, cria-t-elle, et un demi-louis si vous m'y menez en vingt minutes. »

C'était une occasion qu'il ne fallait pas manquer, Watson. Je me demandais si je suivrais la voiture à la course ou si je m'accrocherais derrière le landau, lorsqu'un fiacre vint à passer dans la rue. Le cocher regarda d'un air de méfiance le client d'aspect si misérable qui se présentait à lui mais je ne lui donnai pas le temps de la réflexion et je sautai dans le véhicule.

« — À l'église Sainte-Monique, lui dis-je, et un demi-louis si vous m'y menez en vingt minutes. »

Il était midi moins vingt-cinq et il était facile de deviner l'événement qui se préparait. Mon cocher marcha très vite. Je ne crois pas avoir jamais brûlé le pavé de cette manière, et cependant les autres étaient déjà arrivés lorsque je parvins à l'église. Le fiacre et le landau, avec leurs chevaux ruisselants de sueur, étaient arrêtés devant la porte. Je payai mon cocher et je me hâtai d'entrer dans le temple. Il était désert à l'exception de deux personnes que j'y avais suivies et d'un pasteur qui semblait discuter avec elles. Ils formaient tous trois un groupe devant l'autel. Je remontais en badaud l'un des bas-côtés du temple lorsque, à ma grande surprise, les trois personnages qui se trouvaient dans le sanctuaire se tournèrent de mon côté et Godfrey Norton vint à moi en courant.

« — Dieu soit béni, s'écria-t-il. Voilà l'affaire. Venez, venez.

— Quoi donc, qu'y a-t-il ? demandai-je.

— Venez, monsieur, venez, je vous en prie, plus que trois minutes ou nous ne serons plus dans la légalité.»

Je fus entraîné devant l'autel et avant de savoir où j'en étais, je me surpris marmottant des réponses qu'on me soufflait à l'oreille et jurant des choses que j'ignorais totalement, en somme assistant au mariage de Mlle Irène Adlar et de Godfrey Norton, célibataire. Ce fut l'affaire d'un instant, et aussitôt le monsieur d'un côté, la dame de l'autre, se confondirent en remerciements, tandis qu'en face de moi je voyais la figure rayonnante du pasteur. C'était la position la plus ridicule qu'on puisse voir et c'est en y pensant que j'ai éclaté de rire tout à l'heure. Il paraît qu'il y avait eu un vice de forme dans leur dispense de bans, que le pasteur refusait absolument de les marier sans un témoin quelconque, et que mon arrivée sauva le marié de l'ennui de courir dans la rue à la recherche d'un témoin. La fiancée me donna un louis et je compte le porter à ma chaîne de montre en souvenir de l'événement.

— L'affaire prend une tournure tout à fait inattendue, dis-je. Et alors ?

— Alors, je me rendis compte que nos plans étaient sérieusement menacés. Je pensais que le couple allait se mettre en route immédiatement et que cela nécessiterait des mesures très promptes et très énergiques de ma part. Ils se séparèrent cependant à la porte du temple, lui se dirigeant vers sa demeure et elle vers sa villa.

«— J'irai faire ma promenade habituelle en voiture au parc à cinq heures», dit-elle en le quittant.

Je n'en entendis pas davantage. Ils partirent chacun dans une direction différente et je m'en allai dresser mon plan d'attaque…

— Qui est ?

— Du bœuf froid et un verre de bière, répondit-il en sonnant. J'ai été trop occupé pour penser à manger et il est probable que je serai encore plus occupé ce soir. À propos, docteur, j'aurai besoin de votre concours.

— J'en serai ravi.

— Vous ne craindrez pas de contrevenir à la loi ?

— Pas le moins du monde.

— Ni de courir le risque d'être arrêté ?

— Aucunement, si c'est pour une bonne cause.

— Oh ! la cause est excellente.

— Alors, je suis votre homme.

— J'étais bien sûr de pouvoir compter sur vous.

— Mais qu'est-ce que vous voulez de moi ?

— Lorsque Mme Turner aura apporté le plateau, je vous expliquerai la chose. Maintenant, dit-il, en se tournant d'un air affamé vers la frugale chère que notre propriétaire avait préparée, nous discuterons tandis que je me restaurerai, car je n'ai pas beaucoup de temps à moi. Il est presque cinq heures, maintenant. Dans deux heures il faut être sur le lieu de la scène. Mlle Irène (ou plutôt Mme Irène) rentre de sa promenade à sept heures. Il faut que nous soyons à Briony Lodge pour la recevoir.

— Et alors ?

— Reposez-vous sur moi de tout le reste. J'ai déjà préparé ce qu'il y avait à faire. Il n'y a qu'un point sur lequel j'insisterai, c'est que vous ne vous mêliez de rien, quoi qu'il arrive. Vous comprenez ?

— Je dois rester neutre ?

— Vous ne devez faire quoi que ce soit ! Il y aura probablement un peu de tumulte et de désarroi. Ne vous en effrayez pas. Cela se terminera par ceci : je serai invité à entrer dans la maison. Quatre ou cinq minutes après, la fenêtre du salon s'ouvrira, vous devrez vous placer tout près de cette fenêtre ouverte.

— Oui.

— Vous m'observerez car vous me verrez facilement.

— Oui.

— Et lorsque je lèverai la main comme ceci, vous jetterez dans la chambre ce que je vous aurai donné à jeter, et, en même temps, vous crierez : « Au feu ! » Vous me suivez bien ?

— Parfaitement.

— Ce n'est rien de bien terrible, dit-il en tirant de sa poche un rouleau de la forme d'un cigare. C'est une simple fusée de plombier, munie, à chaque extrémité, d'une amorce qui fait qu'elle s'allume automatiquement. Votre rôle se borne à cela. Lorsque vous crierez : « Au feu ! » ce cri sera répété par un grand nombre de gens. Vous pourrez alors aller jusqu'au bout de la rue et je vous rejoindrai dix minutes plus tard. J'espère que vous m'avez bien compris ?

— Je dois rester neutre, m'approcher simplement de la fenêtre, vous observer, et au signal que vous me donnerez, jeter l'objet que voilà, puis pousser le cri de : « Au feu ! » et attendre au coin de la rue.

— Précisément.

— Alors vous pouvez absolument compter sur moi.

— C'est parfait. Maintenant, je crois qu'il est temps que je me prépare à mon nouveau rôle.

Il disparut dans sa chambre et revint quelques minutes plus tard déguisé en aimable et naïf pasteur non conformiste. Son grand chapeau noir, ses larges pantalons, sa cravate blanche, son sourire sympathique et son aspect général de bienveillante bonté en faisaient le type du genre. Ce n'était pas le costume seul que Holmes savait changer. Il prenait toujours l'expression, les manières et jusqu'à l'âme pour ainsi dire de celui qu'il représentait. La scène perdit un acteur de premier ordre, tout comme la science un logicien subtil, lorsqu'il se fit une spécialité de la recherche des crimes.

Il était six heures un quart lorsque nous quittâmes Baker Street, et il était sept heures moins dix lorsque nous arrivâmes dans la rue Serpentine, que nous nous mîmes à arpenter à la hauteur de Briony Lodge en attendant l'arrivée des personnes qui nous intéressaient; pendant ce temps, la nuit était venue et les lampes s'étaient allumées. La maison était absolument telle que je me l'étais figurée d'après la description succincte de Sherlock Holmes, mais le quartier était moins désert que je ne l'avais pensé. Au contraire, pour une petite rue d'un quartier paisible, elle était très animée. Il y avait un groupe d'hommes mal vêtus, fumant et riant dans un coin, un rémouleur, deux sergents de ville faisant la cour à une petite bonne et plusieurs jeunes gens bien mis qui allaient et venaient, le cigare à la bouche.

— Vous comprenez, dit Holmes, que ce mariage simplifie singulièrement les choses. La photographie est maintenant une arme à double tranchant. Il est probable que la dame redoute autant de la laisser voir à M. Godfrey Norton que notre client à la princesse. Maintenant, la question est celle-ci: où trouverons-nous cette photographie ?

— Où, en effet ?

— Il est peu probable qu'elle la transporte avec elle. C'est un grand tirage, impossible à dissimuler sous des vêtements de femme. Elle sait que le roi est capable de lui faire dresser un guet-apens et de la faire fouiller. Il y a eu déjà deux tentatives de ce genre. Il est donc certain qu'elle ne l'emporte pas avec elle.

— Où l'a-t-elle déposée, alors ?

— Chez son banquier ou son homme d'affaires. Il y a cette double éventualité. Mais je suis disposé à croire que ce n'est à aucune de ces deux hypothèses qu'il faut s'arrêter. Les femmes sont généralement cachottières. Pourquoi, après tout, la confierait-elle à quelqu'un ? On se fie à soi-même, mais on ne peut savoir quelles influences indirectes ou politiques pourraient peser sur l'homme d'affaires. De plus, rappelez-vous qu'elle avait résolu de s'en servir dans quelques jours. La photographie doit donc se trouver à portée et par conséquent dans sa propre demeure.

— Mais sa maison a été cambriolée deux fois.

— Peu importe, ils n'ont pas su chercher.

— Comment ferez-vous pour la découvrir ?

— Je ne la chercherai pas.

— Quoi alors ?

— Je l'obligerai à me la montrer.

— Elle refusera sûrement.

— Elle ne le pourra pas. Mais j'entends le roule ment d'une voiture. C'est précisément la sienne. Suivez mes instructions à la lettre.

Il achevait à peine de parler que nous aperçûmes, au détour de l'avenue, la lueur des lanternes. C'était un élégant landau que celui qui s'avançait vers Briony Lodge. Au moment où il s'arrêtait, un des vagabonds qui flânait dans la rue se précipita sur la route pour ouvrir la portière dans l'espoir de gagner un sou, mais il fut repoussé brusquement par un autre vagabond qui s'était précipité dans le même but. Une terrible querelle s'ensuivit, querelle qui fut envenimée par deux gardiens de la paix, lesquels prirent parti pour l'un des mendiants, et par le rémouleur qui se rangea avec autant d'ardeur du côté de l'adversaire. L'un d'eux reçut un coup et aussitôt la dame, qui pendant ce temps était descendue de sa voiture, se trouva dans un cercle d'hommes furieux, luttant les uns contre les autres, se frappant comme des sauvages avec leurs poings et leur bâton. Holmes se jeta dans la mêlée pour protéger la dame, mais juste au moment où il arrivait à elle, il poussa un cri et tomba par terre, la figure en sang. Là-dessus, les gardiens de la paix prirent leurs jambes à leur cou d'un côté, les vagabonds de l'autre, tandis qu'un certain nombre de personnes d'une catégorie plus élevée, qui avaient observé la bagarre sans y prendre part, se précipitaient au secours de la dame et du monsieur blessé. Irène Adler, comme je l'appellerai encore, s'était hâtée de monter l'escalier, mais elle s'était arrêtée à mi-chemin, sa superbe silhouette se dessinant sur le fond du hall, et elle s'était retournée pour voir ce qui se passait dans la rue.

— Est-ce que le pauvre monsieur est gravement blessé ? demanda-t-elle.

— Il est mort, crièrent plusieurs personnes.

— Non, non, il respire encore, cria un autre.

— Mais il aura expiré avant d'arriver à l'hôpital.

— C'est un homme très brave, dit une femme. Sans lui, ils auraient sûrement pris la bourse de la dame et sa montre. C'en est une clique et une fameuse, que ces gens-là ! Ah ! le voilà qui respire.

— Il ne peut pas rester dans la rue.

— Pouvons-nous le porter chez vous, madame ?

— Certainement, mettez-le dans le salon, où il y a un sofa confortable. Par ici, je vous prie. Lentement, solennellement, le blessé fut transporté dans la villa et étendu dans la pièce de réception. De mon poste, près de la fenêtre, j'observais tout ce qui se passait. Les lampes avaient été allumées, mais les volets n'avaient pas été fermés, de sorte que je pouvais voir Holmes étendu sur un lit de repos. Je ne sais s'il fut à ce moment saisi de remords pour la comédie qu'il jouait, mais je sais que pour ma part je ne fus jamais plus honteux de ma vie que lorsque je vis la superbe créature contre laquelle je conspirais prodiguer ses soins au malade avec la grâce et la bonté les plus exquises. Et cependant c'eût été maintenant vis-à-vis de Holmes la trahison la plus noire que de reculer devant la tâche qu'il m'avait confiée. Je m'endurcis le cœur et je tirai la fusée de sous mon *ulster*.

Après tout, pensai-je, nous ne lui faisons aucun mal. Nous l'empêchons seulement de nuire à son prochain.

Holmes s'était dressé sur son séant et je le vis s'agiter comme un homme qui manque d'air. Une femme de chambre courut à la fenêtre et l'ouvrit. Au même moment, je vis le blessé lever la main et à ce signal je jetai ma fusée dans la pièce en criant : « Au feu ! » J'avais à peine articulé ce cri que toute la foule de spectateurs, les déguenillés comme ceux qui étaient bien mis, les gens comme il faut, les garçons d'écurie, les servantes, tous poussèrent un grand cri de « Au feu ! ». Des tourbillons de fumée s'élevèrent dans le salon et sortirent par la fenêtre ouverte. J'eus la vision de gens qui se bousculaient et un moment après j'entendis la voix de Holmes leur affirmant que c'était une fausse alerte. Me frayant un passage dans la foule hurlante, je gagnai en hâte le coin de la rue ; dix minutes plus tard, je sentais le bras de mon ami s'appuyer sur le mien et j'avais le bonheur de m'éloigner de ce tumulte. Lui marcha vite et en silence pendant quelques minutes jusqu'à ce que nous ayons atteint l'une des rues paisibles qui mènent vers la route d'Edgware.

— Vous avez rempli votre rôle à merveille, docteur, remarqua-t-il. C'est parfait.

— Vous avez la photographie ?

— Je sais où elle se trouve.

— Et comment l'avez-vous découverte ?

— Elle me l'a montrée, comme je vous l'avais prédit.

— Je ne comprends pas.

— Je n'ai pas l'intention de faire de mystère, dit-il en riant. La chose est bien simple. Vous avez compris naturellement que tous les gens qui se trouvaient dans la rue étaient des complices ? Ils étaient tous loués pour l'après-midi.

— Je m'en doutais.

— Lorsque la querelle éclata, j'avais déjà préparé dans le creux de ma main un peu de peinture rouge toute fraîche. Je me précipitai en avant, je tombai, j'appliquai ma main sur ma figure et je devins un spectacle lamentable. Le truc n'est pas nouveau.

— J'avais aussi deviné cela.

— Alors ils me portèrent dans la maison. Elle était bien obligée de me recevoir. Comment aurait-elle pu refuser ? Et encore devait-elle me recevoir dans son salon, précisément là où je soupçonnais que se trouvait la photographie. Elle était ou là, ou dans sa chambre à coucher, et j'étais décidé à en avoir le cœur net. On me déposa sur un canapé. Je fis signe que j'avais besoin d'air, ils furent forcés d'ouvrir la fenêtre et vous entrâtes en scène.

— En quoi vous ai-je été utile ?

— Votre concours m'a été précieux. Quand une femme croit que le feu est à sa maison, son instinct naturel la porte à se précipiter vers l'objet auquel elle tient le plus. C'est une impulsion irrésistible et j'en ai tiré parti plus d'une fois. Cela m'a servi dans le scandale de la substitution Darlington et dans l'affaire du château d'Arnsworth. Une mère se précipite vers son enfant, une femme non mariée vers ses bijoux. Il me sembla évident que la dame en question n'avait dans sa maison rien de plus précieux que ce que nous cherchions. Il était certain qu'elle devait tâcher à le mettre en lieu sûr. L'alerte « Au feu ! » fut parfaitement simulée. La fumée et les cris étaient faits pour ébranler des nerfs d'acier. L'événement répondit à mon attente : la photographie est dans un renfoncement derrière un panneau mobile juste au-dessus du cordon de sonnette. La dame courut vers la cachette et j'aperçus même l'objet au moment où elle le retirait à moitié. Lorsque je criai que c'était une fausse alerte, elle remit la photographie à sa place, jeta un coup d'œil sur la fusée, sortit de la pièce et je ne l'ai pas revue depuis. Je me levai et, avec force excuses, je me retirai. J'hésitai à me procurer immédiatement la photographie ; le cocher venait d'entrer dans le salon et, comme il m'observait, il me sembla prudent de remettre cela à plus tard. Trop de précipitation pourrait tout gâter.

— Et maintenant ? demandai-je.

— Notre tâche est réellement finie. Je passerai demain chez Irène Adler avec le roi et avec vous, si vous voulez bien nous accompagner. On nous introduira dans le salon pour y attendre la dame, mais il est probable que lorsqu'elle apparaîtra elle ne trouvera ni nos personnes ni la photographie. Ce sera une satisfaction pour le roi de la prendre de ses propres mains.

— Et quand irez-vous ?

— À huit heures demain matin. Elle ne sera pas encore levée, de sorte que nous serons absolument libres. De plus, il n'y a pas un instant à perdre car ce mariage va amener un changement complet dans sa vie et dans ses habitudes. Il faut que je télégraphie au roi sur l'heure.

Nous avions atteint Baker Street et nous nous étions arrêtés devant la porte. Holmes cherchait sa clef dans sa poche, lorsque quelqu'un en passant dit :

— Bonsoir, m'sieur Sherlock Holmes !

Il y avait plusieurs personnes sur le trottoir à ce moment-là, mais le salut nous sembla être venu d'un petit jeune homme vêtu d'un *ulster* qui avait passé très vite à côté de nous.

— J'ai déjà entendu cette voix, dit Holmes, en cherchant à percer l'ombre de la rue mal éclairée. Je me demande qui diable cela peut-il être.

Je passai la nuit à Baker Street et nous étions en train de prendre notre café au lait, le lendemain matin, lorsque le roi de Bohême fit irruption dans le salon.

— Vous l'avez réellement ? cria-t-il en saisissant Sherlock Holmes par les deux épaules et en le regardant anxieusement dans les yeux.

— Pas encore.

— Mais vous avez de l'espoir ?

— J'ai de l'espoir.
— Alors, venez, je n'y tiens plus.
— Il faut héler un fiacre.
— Non, mon coupé est à la porte.
— Cela simplifie les choses.

Nous descendîmes lestement et nous reprîmes une fois de plus le chemin de Briony Lodge.

— Irène Adler est mariée, dit Holmes.
— Mariée ? depuis quand ?
— Depuis hier.
— Avec qui ?
— Avec un homme de loi anglais du nom de Norton.
— Elle ne l'aime pas, sûrement pas…
— J'espère que si.
— Et pourquoi cela ?
— Parce que cela éviterait à Votre Majesté tout ennui à l'avenir. Si la dame aime son mari, elle n'aime assurément pas Votre Majesté. Si elle n'aime pas Votre Majesté, il n'y a aucune raison pour qu'elle intervienne dans ses projets.
— C'est vrai. Et cependant ! Eh bien ! Si elle avait été de même condition que moi, quelle reine c'eût été !

Il se tut et resta pensif jusqu'à notre arrivée rue Serpentine.

La porte de Briony Lodge était ouverte. Une femme âgée se tenait sur les marches. Elle nous regarda descendre du coupé d'un œil sardonique.

— M. Sherlock Holmes, je crois ? dit-elle.
— Je suis M. Holmes, répondit mon compagnon en la regardant d'un air étonné et interrogatif.
— Ah ! vraiment ! ma maîtresse m'a dit que vous viendriez probablement. Elle a pris ce matin à Charing

Cross, avec son mari, le train de 5h15 pour le continent.

— Quoi ?

Holmes chancela, blême de chagrin et de surprise.

— Vous dites qu'elle a quitté l'Angleterre ?

— Pour n'y jamais revenir.

— Et les papiers ? demanda le roi d'une voix rauque. Tout est perdu !

— Nous verrons.

Holmes bouscula la servante et se précipita dans le salon, suivi du roi et de moi-même. Les meubles étaient sens dessus dessous, avec des étagères démontées, des tiroirs ouverts, comme si la dame avait tout saccagé avant de partir. Mon ami courut vers le cordon de sonnette, ouvrit nerveusement un panneau à coulisse et, y plongeant la main, en tira une photographie et une lettre. La photographie représentait Irène Adler elle-même en robe de soie ; la lettre était adressée : « À M. Sherlock Holmes. À garder jusqu'à ce qu'on vienne la prendre. » Il l'ouvrit et nous la lûmes tous les trois ensemble. Elle était datée de la veille à minuit et en voici le texte :

Mon cher monsieur Sherlock Holmes,

Vous avez admirablement monté votre coup. Vous m'avez mise dedans complètement et jusqu'après le cri d'alarme, je n'ai pas eu le moindre soupçon. Mais ensuite, en pensant à la manière dont je m'étais trahie, je me pris à réfléchir. J'avais été, depuis plusieurs mois, mise en garde contre vous. On m'avait dit que si le roi employait un agent, ce serait certainement vous et votre adresse m'avait été donnée. Et, cependant, malgré tout cela, vous m'avez forcée à révéler ce que vous vouliez savoir. Même après, j'eus des doutes ; je trouvais mal de me méfier d'un bon et naïf pasteur. Vous savez que je suis une actrice de profession ; je m'habille facilement en homme et je profite même souvent de l'indépendance que cela me donne. J'envoyai John le cocher vous surveiller, je courus dans ma chambre, je revêtis mon costume de marche, comme je l'appelle, et je redescendis au moment où vous veniez de partir. Alors je vous suivis jusqu'à votre porte et je me convainquis ainsi que j'étais réellement un objet d'intérêt pour le célèbre Sherlock Holmes. Puis, je vous souhaitai le bonsoir, plutôt imprudemment, je l'avoue, et j'allai au Temple voir mon mari.

Nous avons pensé tous deux que notre seule ressource était la fuite puisque nous allions avoir à lutter contre un si terrible adversaire, de sorte que vous trouverez le nid vide lorsque vous viendrez demain. Quant à la photographie, votre client peut être tranquille. J'aime et je suis aimée, et l'homme à qui j'ai voué ma foi vaut mieux que lui. Le roi est libre de faire ce qu'il désire ; ses desseins ne seront pas entravés par celle qu'il a cruellement trompée. Je garde seulement cette image pour ma propre sauvegarde et pour conserver une arme qui me mette toujours à l'abri des démarches qu'il pourrait tenter dans l'avenir. Je laisse une photographie qui lui fera peut-être plaisir, et je suis, cher monsieur Sherlock Holmes, bien sincèrement à vous.

Irène Norton, née Adler

— Quelle femme ! oh ! quelle femme ! s'écria le roi de Bohême lorsque nous eûmes tous trois achevé de lire cette épître. Ne vous avais-je pas dit combien elle était vive et décidée ? N'aurait-elle pas été une reine admirable ? N'est-il pas dommage qu'elle n'ait pas été de mon rang ?

— Par ce que j'ai vu de la dame, elle semble n'être pas en effet de même condition que Votre Majesté, dit Holmes froidement. Je regrette de n'avoir pas mené cette affaire à bien.

— Au contraire, cher monsieur, s'écria le roi. Vous avez parfaitement réussi. Je sais que sa parole est inviolable et je suis aussi tranquille sur le sort de cette photographie que si elle eût été brûlée.

— Je suis heureux d'entendre cette affirmation de la bouche de Votre Majesté.

— J'ai contracté une dette immense vis-à-vis de vous. Je vous en prie, dites-moi ce que je dois faire pour vous en remercier. Cette bague…

Il retira de son doigt une bague d'émeraudes disposées en forme de serpent et la posa sur la paume de sa main.

— Votre Majesté a une chose que j'apprécierais bien plus, dit Holmes.

— Dites-moi quoi, je vous en prie !

— Cette photographie.

Le roi le regarda, stupéfait.

— La photographie d'Irène ? s'écria-t-il. Certainement, si vous la désirez.

— Je remercie Votre Majesté. Alors, il n'y a plus rien à faire ? J'ai l'honneur de vous saluer.

Il s'inclina et, s'éloignant sans voir la main que le roi lui tendait, il partit avec moi pour rejoindre son domicile.

Et voilà comment un grand scandale menaça le royaume de Bohême et comment les plans les plus savants de Sherlock Holmes furent déjoués par la finesse et l'intelligence d'une femme. Il se moquait auparavant de l'habileté des femmes, mais depuis il y a renoncé. Et quand il parle d'Irène Adler, ou quand il fait allusion à sa photographie, c'est toujours sous cette dénomination dont il a fait un titre honorable : « La femme. »

L’Association des hommes roux

L’année dernière, un jour d’automne, j’entrai chez mon ami Sherlock Holmes. Je le trouvai en conférence avec un gros clergyman, d’âge moyen et dont la face rubiconde et les cheveux d’un roux ardent me frappèrent singulièrement. J’étais sur le point de me retirer en balbutiant une excuse, lorsque Sherlock Holmes m’attira brusquement dans le salon et ferma la porte derrière moi :

— Vous ne pouviez arriver plus à point, cher docteur, me dit-il d’un ton cordial.

— Vraiment. Je vous croyais pourtant très occupé ?

— Je le suis, en effet.

— Alors permettez-moi de vous attendre dans la pièce voisine.

— Pas du tout. Monsieur Wilson, dit-il en s’adressant au gros clergyman, le docteur ici présent a été mon associé et mon collaborateur dans plusieurs circonstances où j’ai pu éclaircir des affaires fort embrouillées ; il sera assurément un auxiliaire utile dans le cas que vous venez me soumettre.

Le personnage à qui s’adressait Holmes se souleva sur son siège en esquissant un salut et son petit œil, dissimulé sous les plis de l'arcade sourcilière, lança un éclair.

— Asseyez-vous sur le canapé, dit Holmes tandis que lui-même s'installait dans son fauteuil, en serrant les doigts nerveusement, comme il avait coutume de le faire lorsqu'il s'agissait d'une cause importante. Je sais, cher Watson, que vous partagez avec moi la passion du bizarre, que vous êtes attiré aussi par tout ce qui sort du convenu et du monotone train-train de chaque jour. Vous l'avez prouvé jusqu'à l'enthousiasme par la chronique, quelque peu embellie, ne vous en déplaise, que vous avez faite de mes petites aventures.

— Vous savez bien, cher ami, à quel point vos affaires judiciaires m'ont intéressé, répondis-je.

— Vous rappelez-vous à ce propos la remarque que me suggéra l'autre jour le problème si simple exposé par miss Mary Sutherland ? J'émettais cette assertion que, dans la vie réelle, il y a de ces effets si singulièrement étranges, de ces circonstances si extraordinaires qu'ils dépassent tout ce que l'imagination la plus fantastique et la plus audacieuse pourrait inventer.

— Oui, je me souviens de cette remarque que je me permis même de contredire.

— Parfaitement, docteur, ce qui n'empêche pas que vous allez être obligé de vous ranger à mon avis, écrasé que sera votre raisonnement par les preuves les plus indiscutables. Voici M. Jabez Wilson, qui a eu la bonté de venir me voir ce matin pour me faire le récit le plus saisissant qu'il soit possible d'entendre... Ne vous ai-je pas souvent fait remarquer cette bizarre anomalie qu'entre deux crimes ce sera toujours le plus grave qui sera le plus simple tandis que l'autre sera compliqué de circonstances si étranges, si invraisemblables même, qu'on en arrive à se demander si le crime a jamais existé ? Jusqu'ici et dans le cas présent, il m'est impossible d'exprimer une opinion quelconque, tant les faits qui se présentent à moi me semblent extraordinaires. Seriez-vous assez bon, monsieur Wilson, pour recommencer votre récit ? Vous rendrez service non seulement à mon ami le docteur Watson, qui n'est pas au courant de la situation, mais aussi à moi, en me permettant de recueillir encore de votre bouche, pour m'en pénétrer plus complètement, tous les détails de cette étrange aventure. Bien souvent une idée sommaire des événements suffit à me guider, surtout en me remémorant toutes les causes célèbres que j'ai eues à étudier. Mais, dans le cas présent, j'avoue que je me trouve en présence de circonstances absolument hors du commun.

Le gros client bomba sa large poitrine avec affectation et tira de la poche de sa redingote un vieux journal tout froissé. En le voyant ainsi, devant moi, penché en avant (il parcourait la colonne des annonces dans le journal qu'il avait étalé sur ses genoux), j'essayai d'employer les procédés d'analyse de mon camarade, de me faire une opinion sur cet individu d'après ses vêtements et d'après sa personne elle-même.

Mon inspection n'aboutit à rien de saillant : notre visiteur avait toute l'apparence du vulgaire commerçant anglais : obèse, pompeux et lent. Il portait un pantalon à carreaux gris et assez large, une redingote noire légèrement déboutonnée et un gilet gris ; une lourde chaîne Albert en cuivre et un morceau de métal en guise de breloque complétaient sa toilette. À côté de lui, sur une chaise, un chapeau haut de forme éraillé et un pardessus d'un brun passé avec son col de velours tout froissé n'apportèrent aucune lueur à mon investigation. Je ne distinguais aucun signe caractéristique, si ce n'est ses cheveux d'un roux ardent et une expression d'extrême mécontentement et même de chagrin répandue sur ses traits.

Sherlock Holmes, avec sa vivacité habituelle, saisit ma pensée et mon regard inquisiteur le fit même sourire. Il secoua la tête.

— Il est bien évident, dit-il, qu'à une époque quelconque de sa vie, monsieur s'est livré à des travaux manuels ; il prise, il est franc-maçon, il a été en Chine et il a beaucoup écrit ces temps derniers ; je n'en sais pas plus long.

M. Jabez Wilson bondit de sa chaise, son journal à la main, et, fixant mon camarade d'un air effaré, dit :

— Comment, au nom du ciel savez-vous cela, monsieur Holmes ? s'écria-t-il. Qui vous a dit que j'avais travaillé de mes mains ? C'est vrai, ma parole, j'ai été charpentier de marine.

— Cela saute aux yeux, cher monsieur. La main droite est sensiblement plus grande que la gauche, preuve que les muscles en ont été développés par le travail.

— Mais encore, où voyez-vous que j'ai l'habitude de priser ? que je suis franc-maçon ?

— Je ne vous ferai pas l'injure de vous dire comment je l'ai su ; car, en dépit de toutes les règles de votre association, vous en portez les insignes, le triangle et le compas, en épingle de cravate.

— Ah ! c'est vrai, je n'y pensais pas. Et comment savez-vous que j'ai beaucoup écrit ces temps-ci ?

— Que signifieraient alors, sur votre manche droite, cette marque luisante longue de cinq pouces et, sur la gauche, une reprise si bien faite, à l'endroit où votre coude reposait sur le pupitre ?

— Et où prenez-vous que je suis allé en Chine ?

— Il me semble que le poisson tatoué, juste au-dessus de votre poignet droit, n'a pu l'être que dans le Céleste Empire. J'ai fait sur le tatouage une étude spéciale que j'ai même publiée. Ce coloris rose tendre des écailles de poisson est tout à fait particulier à la Chine. Lorsqu'en plus, je vois un sou chinois suspendu, comme breloque, à votre chaîne de montre, il me semble qu'il ne faut pas être sorcier pour avancer que vous êtes allé dans ce pays-là.

M. Jabez Wilson rit d'un gros rire vulgaire.

— Ma parole, dit-il, je vous croyais très habile, avant de connaître votre procédé ; il est bien simple, après tout.

— Je commence à croire, Watson, repartit Holmes, que j'ai tort de donner des explications. Vous connaissez le proverbe : *Omne ignotum pro magnifico*, et ma pauvre réputation sombrera si je continue à être aussi franc. Ne pouvez-vous pas retrouver l'annonce dont vous me parliez, monsieur Wilson ?

— La voici enfin, répondit-il, en montrant de son gros doigt la colonne du journal, la voici, et c'est le début de toute l'histoire. Lisez-la vous-même, monsieur.

Je pris le journal de ses mains et lus ce qui suit : « *À l'Association des roux*. En raison du legs de feu Ezekiah Hopkins, de Lebanon, Pennsylvanie, États-Unis d'Amérique, il se trouve y avoir dans la Ligue une nouvelle place vacante qui donne droit à un salaire de quatre livres par semaine pour des services purement nominaux. Tous les hommes roux, sains de corps et d'esprit, et ayant plus de vingt et un ans sont éligibles. S'adresser en personne, lundi à onze heures, à Duncan Ross, au bureau de la Ligue, 7, Pope's Court, Fleet Street. »

— Que diable cela peut-il signifier ? m'écriai-je, après avoir relu deux fois cette singulière annonce.

Holmes esquissa un sourire et se trémoussa sur sa chaise ; c'était chez lui un signe d'extrême contentement.

— Cela sort de l'ordinaire, n'est-ce pas ? dit-il. Et maintenant, monsieur Wilson, tranchons dans le vif et racontez-nous tout ce qui vous concerne, vous et les vôtres. Quelle a été l'influence de cette annonce sur votre sort ? Veuillez, docteur, inscrire sur votre calepin le nom du journal et sa date.

— C'est le *Morning Chronicle* du 27 avril 1890. Il y a deux mois de cela.

— Parfaitement. Vous avez la parole, monsieur Wilson.

— Eh bien ! je vous disais donc, monsieur Sherlock Holmes, reprit Jabez Wilson en fronçant le sourcil, que j'ai un petit bureau de prêts sur gages à Coburg Square, près de la Cité. Ce n'est pas un bureau important, et, dans ces dernières années, j'ai eu bien de la peine à joindre les deux bouts. J'avais deux employés ; j'ai dû en licencier un, et encore aurais-je été obligé de renoncer au second si ce brave garçon n'avait consenti, pour apprendre le métier, à entrer chez moi pour la moitié des gages ordinaires.

— Quel est le nom de ce jeune homme obligeant ? demanda Sherlock Holmes.

— Il s'appelle Vincent Spaulding et il n'est pas aussi jeune qu'on pourrait le croire à première vue ; je ne saurais cependant lui assigner un âge, mais par exemple c'est un employé de premier ordre, monsieur Holmes ; il pourrait facilement gagner le double de ce que je lui donne. Après tout, s'il est satisfait, ce n'est pas mon rôle de lui donner des idées d'ambition.

— En effet. Vous devez vous estimer très heureux d'avoir un excellent employé à des conditions aussi modestes. C'est rare chez des employés de cet âge, et je me demande ce qu'il faut le plus admirer, de votre annonce ou de votre employé.

— Mon Dieu ! il a ses défauts aussi, dit M. Wilson. Je n'ai jamais vu la passion de la photographie poussée plus loin que chez lui. S'esquivant avec un appareil aux heures où il devrait travailler, il descend au fond de la cave, comme un lapin qui se terre, pour développer ses plaques. Voilà son principal défaut. En dehors de cela, c'est un bon travailleur, et il n'a pas la moindre malice.

— Je pense qu'il est encore chez vous ?

— Oui, monsieur, je n'ai que lui et une gamine de quatorze ans qui fait un peu de cuisine et balaye la maison ; car je suis veuf, et je n'ai plus de parents. Nous vivons très tranquillement, monsieur, tous les trois ; gagnant juste de quoi nous abriter sous un toit et payer nos dettes, rien de plus. La première chose qui vint rompre la monotonie de notre existence fut cette annonce. Spaulding arriva au bureau, je me rappelle que ce fut précisément il y a aujourd'hui huit jours, avec ce même journal à la main et s'écria :

« — Quel malheur, monsieur Wilson ! que je ne sois pas roux.

— Et pourquoi cela ? demandai-je.

— Pourquoi ? voici une place à prendre dans l'Association des hommes roux. Cela équivaut à de bonnes rentes pour celui qui y est admis. Je crois savoir qu'il y a plus de places que d'associés, de sorte que les administrateurs ne savent que faire du capital. Si seulement mes cheveux pouvaient changer de couleur, voilà un bon petit fromage dans lequel je pourrais me loger !

— Mais que signifie cette histoire ? m'écriai-je. Remarquez bien, monsieur Holmes, que je suis un homme très casanier. Les affaires viennent à moi ; je n'ai donc pas à me déranger ; et je passe souvent des semaines entières sans franchir le seuil de ma porte. De cette façon, j'ignore tout ce qui se passe au-dehors ; et la moindre nouvelle a de l'intérêt pour moi.

— N'avez-vous jamais entendu parler de l'Association des hommes roux ? demanda mon employé, en écarquillant les yeux.

— Jamais.

— C'est fort étonnant ; car vous êtes apte vous-même à en faire partie.

— Combien paye-t-on les associés ?

— Oh ! environ deux cents livres par an ; le travail est peu considérable, du reste, et cela ne nuit pas beaucoup aux autres occupations qu'on peut avoir. »

Vous pensez bien qu'à cette réponse je dressai l'oreille ; car les affaires n'ont pas été brillantes dans ces dernières années et une somme de deux cents livres n'est pas à dédaigner.

« — Racontez-moi donc tout cela par le menu, dis-je à Spaulding.

— Eh bien ! me dit-il, en me montrant l'annonce, vous voyez vous-même que l'Association est en quête d'un membre et voici l'adresse du bureau auquel vous devez vous présenter pour avoir de plus amples renseignements. Ce que je puis vous dire, c'est que l'Association a été fondée par un millionnaire américain, très original, Ezekiah Hopkins. Il était roux lui-même et avait beaucoup de sympathie pour les gens qui avaient aussi cette couleur de cheveux ; de sorte que, à sa mort, on découvrit qu'il avait laissé son immense fortune à cinq fidéicommissaires, à charge d'en servir les intérêts aux hommes roux besogneux. D'après ce que j'entends dire, c'est une situation bien payée et le travail est peu considérable.

— Mais cette place doit être briguée par des millions de roux ?

— Il n'y en a pas autant que vous croyez, car on n'admet que les habitants de Londres et des hommes faits. Cet Américain avait quitté Londres tout jeune et n'avait pas voulu être ingrat envers la vieille cité. J'ajouterai que les hommes à cheveux roux clair, ou roux foncé, sont exclus ; une seule nuance est admise : le roux aux reflets ardents. Si maintenant vous désirez vous présenter, monsieur Wilson, vous le pouvez ; mais, après tout, pour quelques centaines de livres ce n'est peut-être guère la peine de se déranger. »

— Vous le voyez, messieurs, mes cheveux sont d'une teinte très accentuée ; il me semblait donc que je dusse avoir dans un concours plus de chances qu'un autre. Vincent Spaulding me semblait si bien renseigné que je n'hésitai pas à me l'adjoindre, après lui avoir fait fermer le bureau pour la journée. Lui, ravi du congé que je lui proposais, partit avec moi et nous dirigeâmes nos pas vers l'adresse indiquée par le journal. Je ne reverrai jamais pareil spectacle, monsieur

Holmes: du nord au sud, de l'est à l'ouest, tout individu ayant les cheveux d'une teinte rougeâtre quelconque s'était dirigé vers la Cité pour répondre à l'annonce. Fleet Street était encombré de gens aux cheveux roux, et Pope's Court ressemblait à une voiture à bras remplie d'oranges. Je n'aurais jamais cru qu'il y eût un aussi grand nombre d'hommes roux. Toutes les nuances étaient représentées: le paille, le citron, l'orange, le brique, la couleur chien d'arrêt irlandais, le jaune foie, le jaune argile; mais, comme me l'avait dit Spaulding, il y en avait peu de cette nuance roux ardent qui est la mienne. Livré à moi-même et en voyant le nombre des concurrents, j'aurais volontiers renoncé à entrer en compétition. Mais Spaulding ne voulut pas me permettre de me retirer. Je ne sais comment il s'y prit; il poussa, coudoya, bouscula, jusqu'à ce qu'il m'eût fait traverser la foule et m'eût amené au haut de l'escalier qui conduisait au bureau et sur les marches duquel se heurtait le flot montant plein d'espoir, et le flot descendant, triste et désappointé; enfin nous forçâmes le passage et nous entrâmes.

— Ce début est fort intéressant, interrompit Holmes, pendant que son client s'arrêtait et rassemblait ses souvenirs au moyen d'une bonne prise. Je vous en prie, continuez votre récit.

— Il n'y avait dans le bureau que quelques chaises en bois et un comptoir derrière lequel se tenait un petit homme encore plus roux que moi. Il disait un mot à chaque candidat au moment où ce dernier s'approchait, et lui trouvait toujours quelque défaut qui le disqualifiât. L'admission ne me semblait pas une tâche aussi facile que je me l'étais laissé persuader tout d'abord. Enfin, lorsque vint mon tour, le petit homme roux sembla m'être plus favorable qu'aux autres; il ferma même la porte afin de causer seul avec nous.

« — Je vous amène M. Jabez Wilson, dit mon employé ; il est prêt à entrer dans l'Association.

— Et il a certainement toutes les qualités requises pour cela, répondit l'autre. Je ne me rappelle pas avoir vu une nuance de cheveux aussi parfaite. »

Il recula d'un pas, comme pour mieux chercher le jour, regarda à droite, à gauche, et fixa mes cheveux jusqu'à m'intimider. Puis, tout à coup, s'avançant vers moi, il me serra la main et me félicita chaudement de mon succès.

« — Il serait injuste d'hésiter un instant à vous faire entrer dans l'Association, permettez-moi cependant une précaution qui ne saurait vous blesser, j'espère. »

Et, ce disant, il saisit des deux mains une poignée de mes cheveux et tira dessus avec une telle violence qu'il m'arracha un cri de douleur involontaire.

« — Vous avez les yeux pleins de larmes, me dit-il, en me lâchant enfin. Je vois qu'il n'y a aucune supercherie ; mais vous comprenez bien que nous sommes tenus aux plus grandes précautions, ayant déjà été mis dedans deux fois par des perruques et une fois par de la teinture. Je pourrais vous faire des récits qui vous montreraient notre pauvre humanité sous un jour fâcheux. »

À ce moment mon interlocuteur s'approcha de la fenêtre et cria, de toutes ses forces, à la foule, que la place était prise. Un murmure de désappointement s'ensuivit et chacun rentra chez soi plus ou moins penaud. Je restai en tête à tête avec l'étrange personnage à la chevelure non moins rousse que la mienne.

« — Je m'appelle Duncan Ross, me dit-il, et je suis l'un des membres bénéficiaires de l'Association fondée par notre noble bienfaiteur. Êtes-vous marié, monsieur Wilson ? Avez-vous une famille ? »

Et sur ma réponse négative, la mine de M. Duncan Ross s'allongea prodigieusement.

« — Mon Dieu, dit-il d'un air grave, c'est très fâcheux et je le regrette pour vous, la dotation ayant pour but de perpétuer les têtes rousses et d'en augmenter le nombre. Il est vraiment déplorable que vous soyez célibataire. »

Ce fut à mon tour, monsieur Holmes, de prendre une expression navrée en voyant cette situation m'échapper. Mais, après un instant de réflexion, le gérant m'assura que je serais admis quand même.

« — Pour un autre, nous n'aurions peut-être pas consenti à cette faveur, mais vos cheveux sont d'un roux si admirable et si rare que nous ferons pour vous une exception. Pouvez-vous entrer rapidement en fonctions ?

— Voilà ce qui m'embarrasse, mon métier me laissant peu de loisirs.

— Oh ! ne vous inquiétez pas de cela, monsieur Wilson, s'écria Vincent Spaulding ; je me charge de vous seconder et de vous remplacer au besoin.

— Quelles seraient les heures qui vous conviendraient ?

— J'aurais besoin de vous de dix heures du matin à deux heures de l'après-midi. »

Il faut que vous sachiez, monsieur Holmes, qu'un prêteur sur gages est surtout occupé à la fin de la journée, et en particulier le jeudi et le vendredi qui précèdent les jours de paye. J'étais donc ravi de trouver pour la matinée une occupation lucrative, et je savais que mon brave employé me suppléerait auprès de mes clients. Je répondis que c'était chose entendue et je m'informai des appointements.

« — Quatre livres par semaine, me fut-il répondu.

— Et qu'y a-t-il à faire ?

— Ceci est purement accessoire.

— Qu'entendez-vous par là ?

— Eh bien ! ce qui est exigé avant tout est que vous ne bougiez pas du bureau, ou tout au moins de la maison, pendant le temps convenu ; une seule infraction à cette règle vous ferait immanquablement perdre votre situation. Le testament insiste sur cette condition que tout associé doit s'engager à remplir.

— Quatre heures sont bien vite passées ; comptez sur moi.

— Rappelez-vous bien que nous n'admettrons aucune excuse, dit M. Duncan Ross, fût-ce maladie, affaires, etc. Il faut rester là, sous peine de perdre la place.

— Quel travail me demanderez-vous ?

— La copie de l'*Encyclopédie britannique*. Voici le premier volume sous cette presse. Vous aurez à fournir l'encre, les plumes et le papier buvard ; de notre côté, nous vous fournissons cette table et cette chaise. Serez-vous prêt à venir demain ?

— Certainement, répondis-je.

— Alors, au revoir ! monsieur Jabez Wilson, et permettez-moi de vous féliciter encore de la position importante que vous avez eu le bonheur d'obtenir. »

Il me donna congé et je rentrai avec mon employé, la tête absolument perdue par cette bonne aubaine.

J'y réfléchis tout le long du jour, et le soir venu je n'avais déjà plus l'enthousiasme du matin, obsédé que j'étais par l'idée d'une mystification ou d'une fraude, mais dans quel but ? voilà ce qui me semblait incompréhensible. D'un autre côté, quoi de plus invraisemblable qu'un pareil testament, ou qu'il fût alloué une aussi forte somme pour un travail aussi simple que la copie de l'Encyclopédie britannique ? Donc, malgré ce que put faire Vincent Spaulding pour me remonter, j'étais bien décidé, en me couchant, à renoncer à cette situation. Toutefois, à mon réveil, je fus tenté d'aller voir de quoi il retournait et après m'être muni d'un petit flacon d'encre, d'une plume et de sept feuilles de papier, je me dirigeai vers Pope's Court.

Là, à ma grande joie, rien ne me parut suspect : la table était bien en place et M. Duncan Ross m'attendait pour voir si je me mettrais sérieusement au travail. Il me fit commencer par la lettre A et me quitta, revenant de temps à autre s'assurer que tout marchait bien. À deux heures il me dit au revoir, me félicita pour la rapidité avec laquelle j'écrivais et ferma la porte derrière moi.

Ceci, monsieur Holmes, se renouvela tous les jours pendant une semaine. Le samedi, le directeur entra, et étala devant moi quatre souverains en or pour prix de mon travail ; de même les deux semaines suivantes. Tous les matins j'arrivais au bureau à dix heures pour en repartir à deux heures. Peu à peu,

M. Duncan Ross exerça sur moi une surveillance moins active. Il ne vint plus qu'une fois dans la matinée ; puis plus du tout. Quant à moi, fidèle à ma consigne, je n'osais pas quitter le bureau, ne fût-ce qu'une seconde, tant je craignais d'être pris en faute et de perdre ainsi une situation si largement rétribuée.

Huit semaines s'étaient écoulées, j'avais traité successivement des abbés, de l'art, du tir à l'arc, des armures, de l'architecture, des attiques, bref la plupart des mots commençant par un *A* avaient été copiés. J'avais noirci une certaine quantité de papier, j'avais presque couvert une étagère de mes copies, et j'espérais, en me hâtant un peu, commencer la lettre *B* lorsque tout s'effondra subitement.

— Non ? vraiment ?

— Oui, monsieur. Pas plus tard que ce matin, je me suis rendu à dix heures comme d'habitude à mon bureau ; j'ai trouvé la porte close avec la petite annonce que voici clouée sur le panneau. Lisez plutôt vous-même.

L'homme aux cheveux rouges exhiba un morceau de carton, grand comme une feuille de papier à lettres, et sur lequel étaient tracées les lignes suivantes :

« L'Association des hommes roux est dissoute, 9 octobre 1890. »

L'annonce lue, nous portâmes instinctivement, Sherlock Holmes et moi, nos regards sur le visage déconfit de notre interlocuteur ; et, le côté comique de l'affaire l'emportant sur toute autre considération, nous partîmes tous deux d'un bruyant éclat de rire.

— Je ne vois rien de risible à cette histoire, s'exclama notre visiteur en rougissant de colère ; si vous n'avez que des sarcasmes à m'offrir, je vais ailleurs.

— Non, non, s'écria Holmes, en le forçant à se rasseoir sur la chaise qu'il avait déjà quittée. Vrai, cette affaire vaut pour moi son pesant d'or. C'est si neuf et si original ! Mais vous conviendrez bien avec moi du côté drolatique de l'aventure. Maintenant, soyons sérieux. Quelles démarches avez-vous faites lorsque vous avez trouvé cette carte sur la porte ?

— Je suis resté cloué sur place, monsieur. Je ne savais que faire. J'entrai chez les voisins ; je questionnai à droite et à gauche ; personne ne put me donner le moindre renseignement. Enfin j'allai chez le propriétaire de la maison, qui est un caissier, et qui demeure au rez-de-chaussée ; je lui demandai s'il savait ce qu'était devenue l'Association des hommes roux. Il me dit n'avoir jamais entendu parler d'une association de ce genre. Alors je lui parlai de M. Duncan Ross. Ce nom lui était totalement inconnu. Mais enfin, lui dis-je, quel est le monsieur du n° 4 ?

« — Comment, l'homme roux ?

— Oui.

— Oh ! vous voulez dire William Moriss, l'avoué. Il n'avait loué chez moi qu'en attendant que son nouveau local fût prêt. Il a déménagé hier.

— Où pourrais-je le trouver ?

— Voici son adresse : 17, King Edward Street, près de Saint Paul. »

— J'y allai sur l'heure, monsieur Holmes ; mais au lieu de M. Moriss, je me trouvai en présence d'une fabrique de rotules artificielles, et personne ne connaissait ni M. William Moriss, ni M. Duncan Ross.

— Qu'avez-vous fait alors ? demanda Holmes.

— Je suis rentré chez moi à Coburg Square, et j'ai consulté mon employé, qui n'a su que m'exhorter à la patience en ajoutant que, probablement, je recevrais une lettre. Vous comprenez que ce n'était pas suffisant pour moi, monsieur Holmes ; je ne voulais pas perdre une situation semblable sans me démener ; et comme j'avais entendu dire que vous vouliez bien prêter votre concours aux pauvres malheureux qui se trouvent dans une position difficile, je suis venu tout droit chez vous.

— Et vous avez bien fait, répondit Holmes ; votre affaire est extrêmement intéressante ; je serai heureux de chercher à l'éclaircir. D'après votre récit, je me figure que tout cela est plus sérieux et plus grave qu'on ne le croirait à première vue.

— Sérieux, en effet, murmura M. Jabez Wilson ; pensez donc : perdre quatre livres par semaine !

— Pour votre part, remarqua Holmes, je ne vois pas que vous ayez à vous plaindre de cette extraordinaire association. Vous êtes au contraire de trente-deux livres plus riche, sans compter la science complète que vous avez pu acquérir sur les mots commençant par la lettre *A*. Vous n'avez donc rien perdu.

— Assurément, monsieur, mais je voudrais découvrir ce que sont ces gens et quel était leur but en me jouant cette farce, si farce il y a. En tout cas, cela leur a coûté trente-deux livres.

— Nous tâcherons de vous fixer là-dessus. Et d'abord permettez-moi de vous faire deux ou trois questions, monsieur Wilson. C'est votre employé qui, le premier, a attiré votre attention sur l'annonce, n'est-ce pas ? Depuis combien de temps était-il à votre service ?

— Depuis environ un mois.

— Comment l'avez-vous trouvé ?

— Il avait répondu à une annonce que j'avais insérée dans le journal.

— Est-il le seul qui soit venu se présenter ?

— Non, j'en ai eu une douzaine.

— Pourquoi l'avez-vous choisi de préférence à un autre ?

— Parce que je l'avais sous la main et qu'il avait des prétentions modestes.

— Il a, en somme, accepté la moitié des gages ordinaires ?

— Oui.

— Voulez-vous me décrire ce Vincent Spaulding ?

— Il est petit, fort, très vif dans ses mouvements, et n'a pas de barbe quoiqu'il ait tout près de trente ans. Il a sur le front une cicatrice provenant d'une brûlure faite avec un acide.

Holmes, très agité, se redressa sur son siège :

— C'est ce que je pensais, dit-il. Avez-vous jamais remarqué que ses oreilles fussent percées comme pour porter des boucles d'oreilles ?

— Précisément, monsieur. Il m'a dit qu'une bohémienne les lui avait percées lorsqu'il était gamin.

— Hum ! dit Holmes, en s'étalant de nouveau, et en retombant dans ses réflexions. Est-il encore chez vous ?

— Oh ! certainement monsieur, je viens de le quitter.

— S'est-il occupé de vos affaires en votre absence ?

— Je n'ai rien à lui reprocher, monsieur ; il y a du reste peu de clients dans la matinée.

— C'est bien, monsieur Wilson, je serais heureux de vous donner mon impression sur tout cela dans un ou deux jours ; nous sommes aujourd'hui samedi ; j'espère que vers lundi nous aurons une solution.

— Eh bien ! Watson, dit Holmes lorsque notre visiteur nous eut quittés, qu'en pensez-vous ?

— Je n'y comprends rien, répondis-je avec sincérité. C'est une affaire des plus mystérieuses.

— Souvenez-vous, dit Holmes, qu'en règle générale, plus une chose est bizarre, moins elle est mystérieuse.

Ce sont les crimes communs, sans traits distinctifs, qui sont vraiment énigmatiques ; de même un visage banal est plus difficile à identifier qu'un autre. Mais il faut que je me hâte d'en finir avec cette affaire.

— Quel est votre plan ? demandai-je.

— Fumer d'abord, répondit-il ; il me faut bien trois pipes pour résoudre ce problème, et je vous demande de ne pas me parler pendant cinquante minutes.

Sur ce, Holmes se pelotonna sur sa chaise, en remontant ses genoux étiques jusqu'à son nez d'aigle, et demeura ainsi longtemps, les yeux fermés, sa pipe de terre noire à la bouche ; on eût dit, en le regardant ainsi, un de ces étranges oiseaux de proie au bec extraordinairement recourbé.

J'en étais arrivé à croire qu'il dormait et je commençais à m'assoupir moi-même, lorsque subitement il bondit de sur sa chaise, comme un homme qui a soudainement pris une résolution, et déposa sa pipe sur la cheminée.

— Sarasate joue à Saint James' Hall cet après-midi, dit-il. Pensez-vous, Watson, que vos clients puissent se passer quelques heures de vous ?

— Je n'ai rien à faire aujourd'hui ; vous savez que mes occupations ne sont jamais très absorbantes.

— Alors prenez votre chapeau et venez. Je traverserai d'abord la City, où nous pourrons trouver à déjeuner. Le programme du concert nous annonce beaucoup de musique allemande ; vous savez combien je la préfère à la musique italienne ou française, et elle conviendra aujourd'hui tout particulièrement à mon état d'âme. Venez.

Quelques minutes plus tard, le métropolitain nous amenait à Aldersgate, d'où nous n'avions plus qu'un court trajet jusqu'à Coburg Square, théâtre de la singulière aventure qui nous avait été contée le matin. C'était un endroit malsain, resserré, d'aspect misérable et prétentieux à la fois, sur lequel prenaient jour des maisons en briques à deux étages. Chacune d'elles était précédée d'une bande de terrain défendue par une grille, et où un maigre gazon et quelques massifs de lauriers végétaient péniblement dans une atmosphère viciée par une épaisse fumée noire. Trois boules dorées et une enseigne brune avec « Jabez Wilson » se détachant en lettres blanches sur le fond nous indiquèrent que la maison du coin était bien celle où se trouvait le bureau de notre client aux cheveux roux.

Sherlock Holmes s'arrêta devant la boutique et l'examina tout en hochant la tête : on aurait dit que l'œil perçant qui brillait sous ses paupières clignotantes cherchait à traverser les murs. Mon ami s'avança lentement puis revint sur ses pas jusqu'au coin de la rue en regardant toujours les maisons avec la plus grande attention. Enfin, il retourna chez le prêteur, donna deux ou trois vigoureux coups de canne sur le pavé, et frappa à la porte du bureau. Un jeune homme bien rasé, à la physionomie intelligente, vint lui ouvrir et l'invita à entrer.

— Merci, dit Holmes, je voulais seulement vous demander quel est le plus court chemin d'ici au Strand.

— Prenez la troisième rue à droite et la quatrième à gauche, répondit l'employé brièvement, tout en refermant la porte.

— C'est un malin, ce garçon-là, me dit Holmes chemin faisant. Je n'en connais que trois à Londres capables de lui damer le pion et encore, pour l'audace, lui assignerais-je facilement la troisième place dans ce quatuor. J'ai déjà entendu parler de lui.

— Évidemment, répondis-je, l'employé de M. Wilson a un rôle important dans ce mystère de l'Association des hommes roux. Je parie que vous ne lui avez demandé votre chemin qu'afin de le voir.

— Pas lui.

— Quoi, alors ?

— Les genoux de son pantalon.

— Et qu'avez-vous vu ?

— Ce que je m'attendais à y voir.

— Et pourquoi avez-vous frappé le pavé avec votre canne ?

— Mon cher docteur, c'est le moment d'observer et non de parler. Nous sommes des espions en pays ennemi ; nous voici à peu près édifiés sur Coburg Square. Explorons maintenant la partie qui est située derrière cette place.

La rue dans laquelle nous nous trouvâmes en quittant ce square si peu fréquenté peut se comparer à ce qu'est l'envers d'une toile par rapport à l'endroit ; c'est une des artères principales de la Cité, une de celles qui se dirigent du nord à l'ouest et qui a le plus de trafic. La voie était obstruée comme si tout le commerce de la ville était venu s'y engouffrer, en un double courant montant et descendant, tandis que les trottoirs étaient une fourmilière de piétons ; il semblait absolument impossible que les somptueux magasins et les grandes agences commerciales qui s'étalent dans cette rue eussent aussi accès sur le square si misérable et si peu fréquenté que nous venions de quitter.

— Voyons, dit Holmes en s'arrêtant au coin et en suivant des yeux la rangée de maisons ; il faut que je me rappelle l'ordre dans lequel elles sont placées. Vous connaissez ma vieille manie de toujours chercher à connaître Londres à fond. Voici d'abord Mortimer, le marchand de tabac, puis le petit magasin de journaux, la succursale pour le quartier de Coburg de la Banque suburbaine et de la Cité, le restaurant des Végétariens et le dépôt Mac Farlane pour la construction de voitures : ceci nous mène jusqu'à l'autre pâté de maisons. Assez maintenant, docteur, nous avons bien travaillé ; prenons un peu de distraction. Un sandwich, une tasse de café et puis en route pour le monde du dilettantisme, où tout est suave, délicat, harmonieux, et où nous ne trouverons pas de client à cheveux roux qui nous ennuie de ses turlupinades.

Mon ami Sherlock Holmes n'était pas seulement un musicien enthousiaste, mais aussi un habile exécutant et un compositeur émérite. Il passa tout l'après-midi dans sa loge découverte, battant doucement la mesure de ses doigts longs et effilés et jouissant du bonheur le plus complet. Son visage s'épanouissait en un sourire béat et ses yeux devenaient langoureux et rêveurs ; il ne restait plus rien de Holmes le fin limier, de Holmes l'implacable agent criminel que son esprit vif et perçant plaçait au premier rang parmi les policiers. La dualité de nature de ce singulier personnage s'affirmait tour à tour. À mon avis, l'extrême exactitude de Holmes et son astuce n'étaient que la réaction contre cet état d'âme poétique et contemplatif qui tendait à le dominer ; mais, grâce à l'élasticité de sa nature, il passait rapidement d'une langueur extrême à une énergie dévorante.

J'avais remarqué qu'il n'était jamais plus vraiment redoutable que lorsqu'il était resté plusieurs jours étendu dans son fauteuil, au milieu de ses improvisations et de ses éditions gothiques. Tout à coup la passion de la chasse le saisissait, et, telle était alors la puissance de son raisonnement que le public ignorant de sa méthode prenait pour des intuitions ce qui n'était que de simples déductions, se demandant où cet homme avait pu puiser une science si supérieure à celle de ses semblables. En le voyant, cet après-midi, absorbé par la musique à Saint James' Hall, je prévoyais que les gens qu'il allait traquer passeraient un mauvais quart d'heure.

— Rentrez-vous, docteur ? me dit-il, en sortant du concert.

— Oui, je n'ai rien de mieux à faire.

— Quant à moi, je vais être fort occupé pendant quelques heures ; cette affaire de Coburg Square est très grave !

— Pourquoi très grave ?

— Parce que nous sommes en présence d'un attentat qui se prépare ; j'ai tout lieu de croire que nous arriverons à temps pour l'empêcher ; mais il faut nous hâter, d'autant plus que c'est aujourd'hui samedi ; puis-je compter sur votre concours ce soir ?

— À quelle heure ?

— À dix heures !

— Parfait ; je serai chez vous à cette heure-là.

— Ayez soin, seulement, docteur, de vous munir de votre revolver ; nous courrons peut-être quelque danger.

Sherlock Holmes me fit de la main un geste d'adieu, tourna sur ses talons et disparut aussitôt dans la foule.

Je ne me crois pas plus bête qu'un autre, et cependant je me sens toujours écrasé par le sentiment de mon infériorité lorsque je suis en présence de Sherlock Holmes. Dans l'affaire que je raconte ici, j'avais entendu ce qu'il avait entendu ; j'avais vu ce qu'il avait vu, et cependant, il voyait clairement non seulement ce qui était arrivé, mais ce qui devait arriver, là où pour moi tout était confus et grotesque. En rentrant chez moi à Kensington, je me refaisais l'historique de cette aventure, depuis l'étrange récit du copiste de l'*Encyclopédie britannique*, jusqu'à notre promenade dans le quartier de Coburg Square ; les mots sinistres, sur lesquels Sherlock Holmes m'avait quitté, me revenaient en mémoire ; que devait être cette expédition nocturne, et pourquoi me munir d'armes ? Quel était notre rendez-vous ? notre but ? Holmes m'avait bien donné à entendre que cet employé à la figure pateline était un homme dangereux, un homme capable de faire un coup, mais… en vain essayai-je de comprendre ; et, devant cet insuccès, je cherchai à me soustraire à cette pensée, en attendant que notre promenade nocturne m'apportât une solution.

Il était neuf heures un quart lorsque je sortis de chez moi pour m'acheminer, à travers le parc et Oxford Street, vers Baker Street. Je vis deux *hansoms* à la porte de Sherlock Holmes, et lorsque je pénétrai dans le corridor, j'entendis distinctement plusieurs voix. Je trouvai effectivement Holmes en conversation très animée avec deux hommes, dont l'un, Peter Jones, était un agent de police officiel, tandis que l'autre, un individu long, maigre, à la figure patibulaire, revêtu d'une redingote râpée et tenant à la main un chapeau luisant, m'était totalement inconnu.

— Ah ! nous voici au complet, dit Holmes, en boutonnant sa veste et en décrochant du portemanteau sa lourde sacoche de chasse. Watson, vous connaissez, je crois, M. Jones, de Scotland Yard ? Permettez-moi de vous présenter à M. Merryweather, qui va être notre compagnon dans l'expédition de cette nuit.

— Comme vous le voyez, docteur, nous chassons encore en chiens couplés, dit Jones, de son ton suffisant. Notre ami, ici présent, est merveilleux pour lancer ; mais il lui faut ensuite un bon chien de change.

— J'espère que tout cela n'est pas un canular, observa tristement M. Merryweather.

— Ayez confiance en M. Holmes, dit l'agent de police d'un ton pompeux ; il a une méthode à lui, un peu trop théorique et fantastique à mon avis, mais il y a bien en lui l'étoffe d'un détective. Je dois ajouter qu'une ou deux fois même, dans l'affaire du crime de Sholto, et celle du trésor d'Agra, par exemple, il était plus près de la vérité que la police.

— Oh ! je vous crois sur parole, monsieur Jones, dit l'étranger avec déférence ; mais je manque mon whist du samedi, et ce sera la première fois depuis vingt-sept ans.

— Je crois, dit Sherlock Holmes, que vous jouerez plus gros jeu que jamais ce soir et que ce sera fort excitant, car pour vous, monsieur Merryweather, l'enjeu sera de quelque trente mille livres, et, pour vous, Jones, ce sera l'arrestation de l'homme que vous cherchez.

— John Clay, l'assassin, le voleur, l'escroc, le faussaire, continua M. Jones. Il est jeune, monsieur Merryweather, mais il connaît bien son métier. Si j'avais le choix entre plusieurs criminels, c'est bien à lui que je mettrais d'abord les menottes. C'est un homme vraiment remarquable, ce jeune Clay ; son grand-père était un duc authentique et lui-même a été élevé à

Eton et à Oxford. Il est aussi malin qu'habile de ses doigts, et, quoique nous voyions partout des traces de son passage, nous n'arrivons jamais à le saisir : un jour, il détruira une crèche en Écosse, et huit jours après, il ouvrira une souscription en Cornouailles. Je suis sur sa piste depuis plusieurs années ; je n'ai encore jamais réussi à le voir.

— J'espère que j'aurai le plaisir de vous présenter à lui ce soir. Je me suis déjà une ou deux fois trouvé en rapport avec M. John Clay, et je suis d'accord avec vous sur ce point qu'il est parfaitement au courant de son métier. Mais il est dix heures passé ; partons, il en est grand temps. Montez tous deux dans le premier *hansom* ; Watson et moi nous vous suivrons dans le second.

Sherlock Holmes ne fut pas très communicatif pendant cette longue course ; il s'étendit au fond de la voiture, en fredonnant les airs qu'il avait entendus dans la journée. Nous traversâmes un labyrinthe sans fin de rues éclairées au gaz, jusqu'au moment où nous débouchâmes dans Farringdon Street.

— Nous voici presque arrivés, dit Holmes. Ce Merryweather est le directeur d'une banque et il est personnellement intéressé à cette affaire. J'ai pensé qu'il était préférable de nous adjoindre ce brave Jones, quoiqu'il soit parfaitement idiot dans l'exercice de sa profession. On ne peut cependant lui refuser certaines qualités ; il a la bravoure du bouledogue et la ténacité du homard quand il saisit une victime entre ses pinces. Mais nous voici arrivés et les autres nous attendent déjà.

Nos voitures s'étaient arrêtées devant ce même passage que nous avions exploré dans la journée, alors qu'il était si encombré.

Nous congédiâmes nos fiacres et nous suivîmes M. Merryweather dans un petit couloir terminé par une porte de service qu'il nous ouvrit. Cette porte donnait sur un étroit corridor que fermait une massive porte de fer, laquelle donnait accès à un escalier de pierre tournant, au bas duquel se trouvait une autre formidable grille de fer. Là, M. Merryweather s'arrêta pour allumer une lanterne, à la lueur de laquelle nous nous engageâmes dans un couloir sombre, imprégné d'humidité, au bout duquel se trouvait une troisième porte. C'était l'entrée d'une grande cave voûtée, entièrement tapissée de massives caisses de fer.

— Rien à craindre du côté de la voûte, dit Holmes, après avoir examiné la cave.

— Ni de celui-ci, répondit M. Merryweather, en frappant les dalles avec sa canne. Mais sapristi ! mon cher, cela sonne creux, s'écria-t-il stupéfait.

— Plus de calme, je vous en prie, dit Holmes sévèrement ; voilà que vous avez déjà compromis le succès de notre expédition. Veuillez vous asseoir sur une de ces caisses et ne vous occuper de rien.

Le solennel M. Merryweather prit un air piqué et se percha sur une caisse, tandis que Holmes tombait à genoux et, à l'aide de sa lanterne et d'une loupe, examinait minutieusement les interstices des pierres. Au bout de peu d'instants, il se releva brusquement et, mettant sa loupe dans sa poche :

— Nous avons au moins une heure devant nous, dit-il, car ils ne peuvent rien faire avant que le brave usurier ne soit tranquillement endormi. Mais une fois leur besogne commencée ils ne perdront plus une minute, car plus tôt ils auront fini et plus ils auront de chances de s'échapper. Vous avez, je pense, deviné, docteur, que nous sommes dans la cave d'une des principales banques de Londres. M. Merryweather est le président du conseil d'administration et il vous expliquera les raisons pour lesquelles les plus hardis criminels de la capitale s'intéressent tout particulièrement à cette cave.

— C'est notre or français, murmura le directeur ; nous avons déjà été plusieurs fois prévenus des tentatives qui se préparaient dans le but de s'en emparer.

— Votre or français ?

— Oui. Il y a quelques mois, nous avons eu occasion d'augmenter nos réserves et nous avons emprunté à cet effet trente mille napoléons à la Banque de France. On a su que nous ne nous étions pas encore servis de cet or et qu'il était intact dans nos caves. La caisse sur laquelle je suis assis contient deux mille napoléons emballés entre des feuilles de plomb. Notre réserve en numéraire est beaucoup plus considérable en ce moment qu'elle ne l'est d'habitude dans cette succursale et les directeurs en sont même préoccupés.

— Leur inquiétude était bien justifiée, remarqua Holmes. Et maintenant, songeons à faire notre plan. J'espère que dans une heure environ les hostilités commenceront ; en attendant, il faut, monsieur Merryweather, que nous voilions cette lanterne sourde.

— Et que nous restions dans l'obscurité ?

— Je crains que ce ne soit absolument nécessaire ; j'avais bien emporté un jeu de cartes dans ma poche, pensant que nous pourrions faire notre whist à quatre. Mais les préparatifs de l'ennemi sont tels que nous ne pouvons nous risquer à garder une lumière.

Il faut même choisir nos positions, car nous avons affaire à des hommes capables de tout et, quoique nous ayons l'avantage sur eux, ils peuvent nous faire du mal si nous ne prenons pas nos précautions. Moi, je vais me dissimuler derrière ce coffre et vous derrière celui-là. Puis, lorsque je tournerai la lumière de leur côté, entourez-les promptement. S'ils tirent sur nous, Watson, tirez aussi, sans la moindre hésitation.

Je plaçai mon revolver chargé sur la caisse en bois derrière laquelle j'étais accroupi. Holmes cacha sa lanterne, et nous laissa dans l'obscurité la plus complète, une obscurité que je ne connaissais pas encore et qui m'aurait donné un sentiment de malaise, si une vague odeur de métal chauffé n'était venue nous rappeler que nous avions là une lanterne prête à nous éclairer. J'avais les nerfs extrêmement tendus et j'étais, malgré moi, impressionné par les ténèbres et l'air froid et humide de ce caveau.

— Ils ne peuvent nous échapper que par un seul côté, murmura Holmes, par la maison qui donne sur Coburg Square. Avez-vous fait ce que je vous ai demandé, Jones ?

— J'ai un inspecteur et deux officiers en faction à la porte d'entrée.

— Alors, nous avons bouché toutes les issues. Et maintenant, plus un mot.

L'attente nous parut interminable. Il nous semblait que l'aurore devait commencer à poindre, alors que, d'après les calculs que nous fîmes plus tard, cette situation n'a pas dû se prolonger au-delà d'une heure un quart. Mes membres étaient de plus en plus raides et engourdis, tant je craignais de faire le moindre mouvement ; mes nerfs étaient surexcités au dernier point, et mon oreille si tendue que non seulement j'entendais la tranquille respiration de mes compagnons, mais encore je distinguais l'haleine bruyante du gros Jones de celle, légère et saccadée, du directeur de la banque. La caisse derrière laquelle je me cachais ne masquait pas le sol, et tout à coup mes yeux perçurent un rayon lumineux. Ce ne fut d'abord qu'un jet, qui se profila sur le dallage pour disparaître aussitôt en un mince filet. Un instant après, sans aucun avertissement, sans aucun bruit, une fissure sembla se former entre les dalles, et, à la faveur du rayon de lumière, nous aperçûmes une main blanche, presque une main de femme, qui cherchait à se glisser dans l'interstice des pierres. Peu à peu, la main, doigts tendus, émergea au-dessus du sol, puis redisparut aussitôt et tout rentra dans l'obscurité, sauf le seul point lumineux qui marquait un intervalle entre les carreaux.

Cette disparition ne fut que momentanée ; une des dalles blanches tourna de côté avec un grincement plaintif, laissant un trou béant par lequel jaillit la lueur d'une lanterne. Nous vîmes alors apparaître une tête au visage jeune, à l'œil investigateur, puis deux mains à l'aide desquelles l'individu, s'appuyant de chaque côté de l'ouverture, se hissa au-dessus du trou, s'aidant des genoux jusqu'à ce qu'il pût prendre pied dans la cave. Il tirait derrière lui un camarade mince et chétif comme lui, avec une figure pâle et quelques rares cheveux roux.

— La place est libre, murmura le premier arrivé. Avez-vous le ciseau et les sacs ? Grand Dieu ! Debout, Archibald, debout ! Je suis perdu.

Sherlock Holmes avait bondi hors de sa cachette et il avait déjà saisi l'intrus par le cou, tandis que l'autre plongeait dans l'excavation en déchirant son vêtement, que Jones saisit au passage. À la lueur de notre lanterne, nous vîmes briller le canon d'un revolver braqué sur nous, mais le gourdin de Holmes, en s'abattant sur le poignet de l'homme qui cherchait à se défendre, fit tomber l'arme sur la pierre.

— Inutile, John Clay, dit Holmes d'un ton mielleux, votre affaire est faite.

— Je le vois, répondit l'autre avec le plus grand sang-froid. Je suppose que mon camarade s'en est tiré, lui, quoique vous ayez conservé les pans de son habit.

— Trois hommes l'attendent à la porte, dit Holmes.

— Oh! vraiment, vous me semblez avoir tout prévu. Je vous en fais mon compliment.

— Je vous félicite à mon tour, répondit Holmes. Votre idée de cheveux roux a été géniale et vraiment très pratique.

— Vous verrez tout à l'heure votre « camarade », dit Jones. Il sait descendre dans un trou plus vite que moi. Tendez donc les mains afin que je vous mette les menottes.

— Ne me touchez pas de vos mains dégoûtantes, dit notre prisonnier, au moment où les menottes se refermaient. Vous ignorez sans doute que j'ai du sang royal dans les veines. Ayez aussi la bonté, quand vous me parlez, de me dire « monsieur » et « s'il vous plaît ».

— Fort bien, répondit Jones, en ricanant. Eh bien! voulez-vous, s'il vous plaît, monsieur, monter afin que nous prenions un fiacre pour conduire Votre Altesse au poste de police.

— Voilà qui est mieux! s'écria gaiement John Clay. Et, nous ayant salués tous trois très bas, il partit tranquillement sous la garde du détective.

— Vraiment, monsieur Holmes, dit M. Merryweather en sortant du caveau, je ne sais comment la banque pourra jamais s'acquitter envers vous du service que vous venez de lui rendre, car vous avez découvert et déjoué une des plus audacieuses tentatives de vol que j'aie vues.

— J'ai déjà eu deux ou trois fois à faire avec M. John Clay, dit Holmes. Cela m'a même coûté quelque argent et j'espère que la banque m'en dédommagera. Mais cela dit, je suis largement payé par la satisfaction d'avoir eu une aventure que je qualifierai d'unique dans son genre et par le récit très original de l'Association des hommes roux.

— Vous voyez, Watson, m'expliqua Holmes le lendemain matin, en buvant un verre de whisky-soda dans son salon de Baker Street, vous voyez clairement maintenant que le seul but possible de cette curieuse annonce d'association et de cette singulière tâche de copie était de se débarrasser pendant quelques heures chaque jour du naïf usurier. C'était une étrange manière d'atteindre son but ; mais très bonne assurément. La tête rousse du complice a sans doute donné à Clay cette idée très suggestive. Tous deux leurraient et allèchaient l'usurier au moyen de quatre livres par semaine. Qu'était-ce, en effet, que cette somme à côté des millions qu'ils pouvaient gagner ? L'annonce que nous connaissons ayant été insérée dans les journaux, l'un des gredins tient le bureau ; l'autre engage le prêteur à s'y présenter, et ils s'assurent pleine et entière liberté chaque jour pendant la matinée. J'ai bien compris qu'ils avaient de sérieuses raisons pour vouloir être maîtres de la place dès que j'ai su que l'employé était entré au service de Jabez Wilson pour la moitié des gages habituels.

— Mais comment avez-vous pu deviner leur but ?

— D'abord, il n'y avait pas de femme dans la maison, d'où absence de la simple et vulgaire intrigue. Le commerce de cet homme était peu considérable, et rien dans sa maison ne pouvait justifier et un plan aussi compliqué et les sacrifices d'argent que faisaient ces habiles coquins. C'était donc hors de la maison qu'il fallait chercher leur but, mais lequel ? Je me souvins alors du goût de l'employé pour la photographie et de la manie qu'il avait de disparaître à la cave. La cave ! Voilà la clef de l'énigme, pensai-je. Alors, je fis une enquête sur ce mystérieux employé, et je découvris que j'étais en présence d'un des plus impudents et des plus audacieux criminels de Londres. Pourquoi s'enfermait-il dans cette cave plusieurs heures par jour, pendant des mois ? Pourquoi ? C'est que sans doute il creusait un souterrain pour aboutir à un autre bâtiment.

J'en étais là de mes déductions, lorsque je suis allé avec vous sur le théâtre des lieux. Là, j'ai dû vous surprendre en frappant le sol avec ma canne ; je voulais en effet me rendre compte si le caveau s'étendait en avant ou en arrière. Puis j'ai sonné à la porte, et, comme je l'espérais, l'employé est venu ouvrir. J'ai déjà eu affaire à lui, mais je ne connaissais pas ses traits. Je jetai un coup d'œil sur ses genoux, qui étaient tels que je m'attendais à les voir. Vous avez dû remarquer vous-même combien son pantalon usé, froissé et taché à la place des genoux révélait des heures de travail dans un trou de lapin ! Dans quel but creusait cet homme ? Voilà ce qu'il me restait à savoir. Je tournai le coin de la rue et je m'aperçus que la Banque suburbaine s'étendait jusqu'au local de notre ami, et, par cette découverte, mon problème fut résolu. Lorsque vous êtes rentré, après le concert, je me suis rendu à Scotland Yard et chez le président du conseil d'administration de la Banque. Vous savez le résultat de ces visites.

— Enfin, comment pouviez-vous savoir qu'ils feraient leur tentative ce soir ? demandai-je.

— C'est bien simple, le fait seul d'avoir fermé le bureau de la fameuse Association prouvait que la présence de M. Jabez Wilson leur était devenue indifférente, autrement dit qu'ils avaient achevé leur tunnel ; il était essentiel pour eux de l'utiliser au plus vite, car ils pouvaient être découverts et le numéraire même pouvait être enlevé. Le samedi devait leur convenir tout particulièrement, puisque cela leur donnait deux jours pour se sauver. C'est pour toutes ces raisons que je les attendais ce soir.

— Votre raisonnement était parfait, m'écriai-je avec une admiration non déguisée ; pas une lacune dans cette longue série de faits !

— Cela m'a sauvé de l'ennui, répondit Holmes, en bâillant. Hélas ! le voilà qui m'envahit de nouveau. Ma vie n'est qu'un perpétuel effort pour échapper à la monotonie de tous les jours, monotonie qui n'est rompue que par ces petits problèmes.

— Et vous êtes assurément un bienfaiteur de l'humanité.

Il haussa les épaules.

— Ma foi ! peut-être suis-je utile à quelque chose, répondit-il simplement.

« L'homme n'est rien – l'œuvre, c'est tout », comme Gustave Flaubert l'écrivait à George Sand.

Un cas d'identité

Nous étions, Sherlock Holmes et moi, assis près de la cheminée, en face l'un de l'autre, dans l'appartement bien connu de Baker Street, lorsque, rompant le silence, il me lança cette phrase empreinte de philosophie :

— La vie a de ces bizarreries que l'esprit le plus inventif ne saurait concevoir et qui ne sont cependant que monnaie courante dans notre existence. Si, ouvrant la fenêtre, nous pouvions nous envoler tous deux, planer sur cette grande cité et soulever secrètement les toitures pour jeter un coup d'œil sur les événements étranges qui s'y passent, que de surprises nous attendraient ! Tous les romans, avec leur convenu, leurs conclusions prévues d'avance, nous paraîtraient fades et surannés à côté des singulières coïncidences, des sombres projets, des systèmes contradictoires, en un mot, de l'étonnante série de faits qui se succèdent, à travers les âges, pour aboutir aux résultats les plus invraisemblables !

— Je ne suis pas de votre avis, répondis-je. Les affaires judiciaires dont nous lisons le compte rendu dans les journaux sont généralement vulgaires et dénuées d'intérêt ; le réalisme y est poussé jusqu'à ses dernières limites, et le dénouement n'est rien moins qu'artistique et séduisant.

— Il y a, même dans le réalisme, un choix à faire, remarqua Holmes ; c'est ce qui manque dans les rapports de police, où l'on attache plus d'importance aux paroles du magistrat qu'aux détails qui, pour un observateur, sont l'essence même de l'affaire. Croyez-moi, il n'y a rien de moins simple que le lieu commun.

Je secouai la tête d'un air d'incrédulité.

— Je comprends parfaitement notre divergence d'opinions. Vous êtes le conseiller, le recours suprême de tous les désespérés ; vous vous trouvez donc tout naturellement en présence de ce qui peut se rencontrer de plus bizarre, de plus étrange au monde. Mais mettons cela à l'épreuve, ajoutai-je, en jetant les yeux sur le journal du matin, qui avait glissé par terre. Voici en première page l'article de tête : « Cruauté d'un mari envers sa femme. »

Le récit tient toute une colonne, mais j'en sais d'avance la teneur. Il y a, bien entendu, une histoire de femme, un ivrogne, une rixe, des coups et des blessures, une sœur ou une propriétaire compatissante. L'auteur le plus réaliste n'inventerait rien de plus cru.

— Vraiment ! eh bien ! Cet exemple n'est pas fait pour appuyer votre thèse, dit Holmes, en prenant le journal et en le parcourant d'un coup d'œil. C'est l'affaire de la séparation des Dundas et j'ai même été employé à éclaircir les faits qui s'y rattachent. Le mari faisait partie d'une société de tempérance, aucune femme n'était mêlée à l'affaire ; le plus grand grief qu'on eût contre lui était sa manie d'enlever son râtelier après chaque repas et de le jeter à la figure de sa femme. Vous admettrez qu'il ne viendrait à l'idée d'aucun romancier d'inventer pareille accusation. Prisez donc un peu, docteur, et avouez que vous êtes battu.

Il me tendit sa tabatière, un vrai bijou ancien en or, dont le centre était une magnifique améthyste. Cet objet d'art contrastait tellement avec les habitudes de simplicité et la vie austère de mon ami que je ne pus éviter une allusion à ce sujet.

— Ah ! j'oubliais, me dit-il, que j'ai passé plusieurs semaines sans vous voir. Ceci est un petit souvenir du roi de Bohême, en reconnaissance de mon heureux concours dans l'affaire des papiers d'Irène Adler.

— Et cette bague ? ajoutai-je, en désignant un très beau diamant qui brillait à son doigt.

— C'est un présent de la maison régnante de Hollande, mais les circonstances très délicates auxquelles j'ai été mêlé me font un devoir d'être d'une discrétion absolue, même vis-à-vis de vous, qui avez bien voulu mettre en lumière plusieurs de mes succès.

— Et travaillez-vous en ce moment ? demandai-je avec curiosité.

— J'ai environ dix ou douze affaires à étudier, sur lesquelles je n'en trouve pas une vraiment intéressante. Comprenez bien : elles sont sérieuses sans offrir la moindre originalité. J'ai remarqué que les faits les plus insignifiants fournissaient parfois ample matière à l'observation et à cette rapide analyse de la cause et de l'effet qui rend toute recherche si passionnante. Les plus grands crimes sont souvent les plus simples parce que le motif en est très clair.

Les affaires que j'étudie en ce moment ne présentent aucun intérêt, à l'exception cependant d'une seule plus embrouillée que les autres et au sujet de laquelle j'ai été consulté depuis Marseille. Mais je vais être sans doute plus occupé dans quelques instants car, si je ne me trompe, voici un de mes clients.

Il s'était levé, et, par la fenêtre dont les volets étaient entrouverts, il observait ce qui se passait dans la rue sombre, grise, mélancolique, comme toutes les rues de Londres. Je jetai un coup d'œil par-dessus son épaule et je vis sur le trottoir opposé une grande et forte femme qui portait autour du cou un gros boa de fourrure. Son chapeau à large bord coquettement relevé, dans le style duchesse de Devonshire, était orné d'une énorme plume qui retombait sur l'oreille. Je remarquai que son œil, à demi dissimulé par cette coiffure monumentale, était fixé sur nos fenêtres et que ses doigts machinalement occupés à déboutonner et à reboutonner ses gants dénotaient une nervosité extraordinaire. Soudain, elle se redressa et, bondissant d'un trottoir à l'autre, elle se précipita sur la sonnette qu'elle agita violemment.

— Je connais ces symptômes, dit Holmes en jetant sa cigarette dans le feu. Cette hésitation est toujours le signe d'une « affaire de cœur ». Elle voudrait un conseil mais trouve le sujet bien délicat pour le révéler à un tiers. Et cependant, là encore, il y a des nuances. Une femme gravement trompée par un homme n'hésite jamais ; elle se pend au cordon de sonnette et le casse. Ici le cœur est blessé, la jeune personne est plus perplexe et peinée que courroucée. Mais la voici, elle va nous mettre au courant.

Il n'avait pas achevé sa phrase qu'on frappait à la porte, et que le petit groom entrait, annonçant miss Mary Sutherland. Elle s'avança, majestueuse, écrasant par l'ampleur de ses formes le jeune garçon qui la précédait.

Sherlock Holmes la reçut avec l'aimable courtoisie qui le caractérisait ; puis ayant fermé la porte et invité la visiteuse à s'asseoir dans un fauteuil, il l'étudia dans les moindres détails, mais avec l'air distrait qu'il prenait dans ces cas-là.

— Étant donné votre myopie, lui dit-il, la machine à écrire doit vous fatiguer.

— J'ai éprouvé de la lassitude au début, répondit-elle, mais maintenant je sais sans regarder où se trouvent les lettres.

Tout à coup, elle sursauta violemment sur sa chaise ; sa physionomie plutôt joviale exprima la terreur et l'ébahissement en présence de la réflexion de Holmes.

— Vous avez sûrement entendu parler de moi, monsieur, s'écria-t-elle, ou vous êtes sorcier ?

— Peu importe, dit Holmes en riant, c'est mon affaire d'être toujours bien renseigné. La grande habitude que j'ai de tout observer me fait voir ce qui échappe à d'autres ; autrement, pourquoi me consulteriez-vous ?

— C'est Mme Etheredge qui m'a conseillé de venir ici. Vous souvenez-vous que tout le monde, y compris la police, croyait son mari mort et que vous l'avez instantanément retrouvé ? Oh ! monsieur Holmes, puissiez-vous réussir aussi bien pour moi. Je ne suis pas riche, j'ai en tout quatre mille livres de rentes, sans compter ce que peut me rapporter mon travail de copie. Eh bien ! je donnerais tout ce que je possède pour savoir ce qu'est devenu M. Hosmer Angel.

— Dites-moi donc, reprit Holmes, les yeux fixés sur le plafond et les doigts serrés selon sa manie, dites-moi pourquoi vous êtes sortie de chez vous avec un tel affolement ?

Le regard quelque peu vague de miss Mary Sutherland prit une expression d'effroi.

— En effet, je suis sortie précipitamment de chez moi, furieuse de l'indifférence de M. Windibank, mon père, dans une question aussi grave. Il n'a voulu ni prévenir la police ni venir vous voir ; c'est sur son refus de faire aucune démarche et sa persistance à répéter qu'après tout le mal n'était pas bien grand que, furieuse, j'ai revêtu mes effets pour courir chez vous.

— Votre père ? dit Holmes, vous vouliez dire votre beau-père, puisqu'il ne porte pas le même nom que vous.

— Oui, mon beau-père ; je l'appelle mon père, tout étrange que cela paraisse, vis-à-vis d'un homme qui n'est que de cinq ans et cinq mois plus âgé que moi.

— Et votre mère est en vie ?

— Oh ! oui, et elle a une excellente santé. Je n'ai pas été très satisfaite de la voir se remarier si vite après la mort de mon père et épouser un homme qui avait près de quinze ans de moins qu'elle. Mon père était plombier et habitait Tottenham Court Road. Il laissa en mourant un bon fonds de commerce que ma mère continua à faire valoir avec l'aide de M. Hardy, le contremaître : mais sous l'influence de M. Windibank, placier en vins, et par conséquent dans une situation meilleure que la sienne, elle vendit son fonds avec la clientèle. Elle toucha, capital et intérêts, deux mille cinq cents livres, somme bien inférieure à celle que mon père eût touchée s'il eût vécu.

Je pensais que ce récit aussi extravagant qu'inutile lasserait la patience de Holmes, mais à mon grand étonnement il semblait écouter avec le plus vif intérêt.

— Est-ce que c'est sur cette vente que votre petit avoir a été constitué ?

— Oh ! non, monsieur, c'est une chose complètement séparée, puisque c'est un legs, qui m'a été laissé par mon oncle Ned Auckland, et qui est constitué par des actions de Nouvelle-Zélande rapportant quatre et demi pour cent. Le capital de deux mille cinq cents livres est inaliénable et je n'en puis toucher que les intérêts.

— Vous m'intéressez beaucoup, dit Holmes. Et puisque votre revenu s'élève à cent livres par an, sans compter ce que vous gagnez en dehors de cela, vous avez les moyens de vous payer quelques petits voyages et bien des fantaisies. Il me semble qu'une femme seule peut se tirer parfaitement d'affaire avec un revenu d'environ soixante livres.

— Je vivrais confortablement avec une somme inférieure à celle-là, monsieur Holmes, mais vous comprenez que tant que j'habite chez mes parents, je ne puis et ne veux être à leur charge, de sorte que je leur laisse la jouissance de mes revenus. Bien entendu, cela n'aura qu'un temps. M. Windibank touche mes coupons tous les trimestres et les verse à ma mère ; pour moi, je me suffis parfaitement à moi-même avec les appointements qu'on me donne pour mes copies ; cela me rapporte vingt centimes par feuille et je puis en faire de quinze à vingt par jour.

— Vous m'avez très clairement exposé votre situation, dit Holmes. Je vous présente mon ami le docteur Watson ; vous pouvez parler devant lui aussi librement que devant moi. Soyez donc assez aimable pour nous dire tout ce que vous savez sur M. Hosmer Angel.

Miss Sutherland rougit légèrement et se mit à jouer nerveusement avec la frange de sa jaquette.

— Je l'ai rencontré pour la première fois, dit-elle, au bal des gaziers. Cette corporation envoyait toujours des invitations à mon père de son vivant et continue maintenant qu'il n'est plus, si bien que ma mère en a reçu une ces jours-ci. M. Windibank n'était pas d'avis que nous allions à ce bal ; il est toujours opposé à ce que nous acceptions quoi que ce soit, et serait absolument furieux si j'allais aux réunions scolaires des dimanches. Mais cette fois-ci, ma résolution était prise ; je voulais aller à ce bal, et de quel droit m'en eût-il empêchée ? Il nous objectait que ce bal serait mal composé, mais ce n'était pas mon avis car tous les amis de mon père devaient s'y trouver. Il ajoutait que je n'avais pas de quoi m'habiller, alors que j'avais dans mon armoire une robe de peluche pourpre que je n'avais jamais portée. Enfin, à bout d'arguments, il partit pour la France, prétextant les affaires de sa maison. Ma mère et moi nous allâmes au bal, accompagnées de M. Hardy qui avait été notre premier commis.

— Je suppose, interrompit Holmes, que lorsque M. Windibank revint de France, il fut très contrarié d'apprendre que vous étiez allée à cette fête.

— Dans tous les cas, il fut très aimable, sourit et me dit, en haussant les épaules, qu'il n'y avait rien de plus entêté qu'une femme.

— J'y suis. Vous disiez donc qu'à ce bal des gaziers, vous aviez rencontré un certain M. Hosmer Angel ?

— Oui, monsieur, je l'ai rencontré ce soir-là pour la première fois et il est venu le lendemain demander si nous étions rentrées à bon port. Ensuite nous, ou plutôt moi, je me suis promenée deux fois avec lui en tête à tête. Mais le retour de mon beau-père m'a empêchée de continuer à recevoir M. Hosmer Angel !

— Vraiment, et pourquoi donc ?

— Ne vous ai-je pas dit que mon beau-père s'opposait à ce que je visse des étrangers ? Il les éloignait le plus possible, sous prétexte qu'une femme doit se contenter de vivre au sein de sa famille. Or, moi, je vous répète ce que je disais à ma mère : une femme doit se créer des relations, et je n'en avais pas.

— Revenons, je vous prie, à M. Hosmer : n'a-t-il fait aucune tentative pour vous voir de nouveau ?

— Comme mon beau-père devait retourner en France huit jours plus tard, M. Hosmer m'écrivit qu'il trouvait plus prudent d'attendre ce départ pour nous rencontrer. Mais nous étions en correspondance, M. Hosmer et moi, et je recevais chaque jour une lettre de lui. Mon père ne s'en doutait pas, puisque c'était moi-même qui recevais le courrier et le distribuais.

— Étiez-vous déjà, à ce moment-là, fiancée à M. Hosmer ?

— Oh ! oui, monsieur Holmes ; nous avons été fiancés après notre première promenade. Hosmer, je veux dire M. Angel, était caissier dans un bureau de Leadenhall Street et...

— Quel bureau ?...

— Hélas ! monsieur, je n'en sais rien.

— Où demeurait-il, alors ?

— Il habitait le bureau même.

— Et vous ne savez pas son adresse ?

— Non, si ce n'est que le bureau se trouve dans Leadenhall Street.

— Mais où adressiez-vous vos lettres ?

— Au bureau de poste de Leadenhall Street, poste restante. Il me disait que si mes lettres lui étaient adressées à son bureau, les employés, en voyant une écriture de femme, ne lui épargneraient pas leurs sarcasmes ; c'est alors que j'ai proposé de les écrire à la machine comme il le faisait lui-même, mais il refusa, sous prétexte que mon écriture lui faisait plus de plaisir que ces caractères imprimés, qu'il trouvait trop banals. Cela vous prouve à quel point il m'aime, monsieur Holmes, et combien ses sentiments sont élevés.

— C'est très suggestif, en effet, repartit Holmes. J'ai constaté, il y a longtemps déjà, à quel point les petits détails ont de l'importance. Pouvez-vous vous rappeler d'autres particularités ayant trait à M. Hosmer Angel ?

— C'était un homme très timide, monsieur. Il sortait avec moi de préférence le soir afin d'être moins remarqué. Il était réservé dans ses manières et parfaitement bien élevé. Sa voix elle-même était douce. Il avait eu dans sa jeunesse une angine, et il lui en était resté une grande sensibilité de la gorge qui le forçait à parler bas. Il était, quoique très simple, fort bien mis et toujours tiré à quatre épingles. Il était myope comme moi, ce qui l'obligeait à porter des lunettes bleues.

— Et qu'est-il arrivé durant le séjour en France de M. Windibank, votre beau-père ?

— M. Hosmer Angel est revenu me voir et m'a proposé de nous marier avant le retour de mon beau-père, c'est-à-dire le vendredi suivant. Et il était de si bonne foi qu'il m'a fait jurer sur la Bible que je lui resterais fidèle, quoi qu'il pût arriver. Ma mère a approuvé cette garantie qu'il exigeait, n'y voyant qu'une preuve de son amour pour moi. Je dois vous dire que ma mère l'a toujours encouragé, dès le début, et qu'elle lui a même témoigné plus d'affection qu'à moi. Lorsqu'il fut question d'une date aussi rapprochée pour le mariage, je demandai comment il fallait agir vis-à-vis de mon beau-père. Ma mère comme M. Hosmer Angel me conseillèrent de ne pas nous occuper de lui, et de ne lui annoncer la chose que lorsqu'elle serait faite. Ma mère s'engagea même à tout arranger avec lui. Je dois vous avouer, monsieur, que ce plan ne me séduisait qu'à demi. Je n'avais, il est vrai, aucune autorisation à lui demander, puisqu'il est de peu d'années plus âgé que moi, mais je ne voulais cependant rien faire en cachette ; je me décidai donc à lui écrire à Bordeaux, où la maison qu'il représente a sa succursale française, et ma lettre me revint le matin même du mariage.

— Votre lettre ne l'a donc pas trouvé à son adresse ?

— Non, monsieur, il était parti pour l'Angleterre un peu avant que le courrier portant ma lettre ne lui parvînt.

— C'était vraiment jouer de malheur. Votre mariage était alors fixé au vendredi. Devait-il se faire à l'église ?

— Oui, monsieur, à Saint-Sauveur près de King's Cross, en très petit comité ; nous devions ensuite déjeuner à l'hôtel Saint Pancrace. Hosmer vint en *hansom* nous chercher, ma mère et moi ; il nous mit toutes deux dans son fiacre et héla pour lui-même une autre voiture, la seule qui se trouvât dans la rue. Nous arrivâmes les premières devant l'église et lorsque le fiacre qui nous suivait s'arrêta, nous fûmes stupéfaites de le trouver vide. Le cocher descendit de son siège aussitôt, et, ayant constaté l'absence de son client, il nous déclara ne pouvoir comprendre ce qui s'était passé, car il l'avait vu de ses propres yeux monter dans la voiture. Ceci se produisit vendredi dernier, monsieur Holmes, et depuis je n'ai rien vu ni rien entendu dire qui pût me mettre sur la trace de mon fiancé.

— Il me semble qu'il vous a traitée d'une manière indigne, dit Holmes.

— Oh ! non, monsieur, il était trop bon, trop charmant pour m'avoir abandonnée ainsi. Comment ? Toute la matinée il n'avait cessé de me supplier de lui demeurer fidèle quoi qu'il pût arriver, fût-ce même la circonstance la plus imprévue. « Nous sommes liés à tout jamais, me disait-il ; je ne l'oublierai pas et je m'en prévaudrai tôt ou tard. » Ce langage me semblait singulier quelques heures avant le mariage, mais maintenant je me l'explique.

— Évidemment. Votre opinion est donc que M. Hosmer Angel est victime d'une catastrophe ?

— Oui, monsieur, c'est sûrement parce qu'il prévoyait un danger qu'il m'a dit la phrase étrange rapportée plus haut.

— Avez-vous une idée quelconque sur le genre de danger qui le menaçait ?

— Non, aucune.

— Permettez-moi encore une question. Comment votre mère a-t-elle pris cet événement ?

— Elle était furieuse et m'a priée de ne jamais lui reparler de cette triste affaire.

— Et votre père ? lui avez-vous raconté ce qui s'était passé ?

— Oui, et il a pensé comme nous qu'il était sans doute arrivé un accident à Hosmer, mais que nous entendrions sûrement parler de lui. Dans quel but un individu m'aurait-il amenée à la porte de l'église pour me planter là ensuite ? Ah ! s'il m'avait emprunté de l'argent, s'il m'avait épousée, s'il s'était assuré mon capital, alors c'eût été plus compréhensible. Mais Hosmer n'était pas un homme d'argent et il n'aurait jamais voulu accepter même un schilling. Maintenant, je me demande ce qui a pu lui arriver. Pourquoi ne m'a-t-il pas écrit ? Cette incertitude me rend folle. Je ne dors plus, je n'ai pas un instant de repos.

Ici, miss Sutherland dut s'interrompre, car les sanglots l'étranglaient ; elle tira de son manchon un mouchoir et répandit d'abondantes larmes.

— J'examinerai votre affaire, dit Holmes, en se levant, et je suis persuadé que nous arriverons à un résultat. Ayez confiance en moi et tâchez de ne plus penser à tout cela. Que M. Hosmer Angel disparaisse de votre souvenir comme de votre vie !

— Alors je ne le reverrai plus ?

— Je crains bien que non !

— Que lui est-il donc arrivé ?

— Je me charge de vous l'apprendre avant peu, mais en attendant, il me faut une description minutieuse de sa personne, et celles de ses lettres dont vous consentiriez à vous dessaisir.

— J'ai fait insérer une annonce dans le *Chronicle* de samedi, dit-elle ; la voici, et voici avec quatre lettres de lui.

— Merci, quelle est votre adresse ?

— 31, Lyon Street, Camberwell.

— Vous n'avez jamais eu l'adresse de M. Angel, n'est-ce pas ? mais où est le bureau de votre beau-père ?

— Mon beau-père est représentant de commerce pour la maison Westhouse & Marbank, de Fenchurch Street, qui importe du bordeaux en grande quantité.

— Merci. Cela me suffit ; votre déposition est très claire. Laissez-moi vos papiers et suivez mon conseil. Oubliez à tout jamais ce fâcheux personnage, et qu'il n'influe en rien sur votre destinée.

— Merci de votre bon intérêt, monsieur Holmes, mais je ne puis me résoudre à cela et je resterai fidèle à M. Hosmer afin qu'il me trouve prête à lui appartenir quand il reviendra.

Ce fut dit avec un tel accent de conviction que, pris de respect pour la foi si simple et si naïve de cette brave fille, nous n'osâmes répliquer, malgré le ridicule de sa coiffure et le peu d'intelligence que révélait sa physionomie. Elle déposa ses papiers sur la table et se retira en promettant de revenir dès qu'on lui ferait signe. Sherlock Holmes demeura quelques instants silencieux, les doigts serrés, les jambes étendues, le regard obstinément fixé au plafond. Puis il décrocha de son chevalet la vieille pipe de terre huileuse, en tout temps sa conseillère. L'ayant allumée, il se renversa sur sa chaise. Bientôt, un nuage de fumée l'enveloppa, tandis que son visage reflétait une langueur extrême.

— Le problème est banal, observa Holmes, mais la jeune personne est intéressante à étudier. J'ai déjà vu des cas semblables ; mon recueil fait mention d'une circonstance analogue à Andover en 1877. L'année dernière même, à La Haye, il s'est passé une chose similaire, et, quelque ancienne que soit la ruse, j'ai noté ici cependant deux détails absolument inédits. Mais la jeune fille à elle seule est une étude.

— Vous avez alors découvert en elle ce qui est resté absolument caché pour moi.

— C'est que, voyez-vous, Watson, vous ne savez pas observer, ni même regarder, et tout ce qui a quelque importance vous échappe. Je n'ai pas encore réussi à vous faire comprendre tout ce que peut révéler une manche ! à quel point peut être suggestif un ongle ou un pouce, ou les conséquences qu'on peut tirer d'un lacet de bottine. Dites-moi votre opinion sur cette femme d'après son extérieur. Décrivez ses vêtements.

— Eh bien ! elle avait un chapeau de paille à large bord, couleur ardoise, orné d'une plume rouge brique ; une jaquette noire brodée de perles de jais et agrémentée d'une frange de même espèce ; une robe d'un brun très froncé garnie au col et aux manches de peluche pourpre. Elle portait des gants gris usés à l'index. J'ai omis de regarder ses bottines. Enfin elle avait de petites boucles d'oreilles à pendeloques, et m'a donné l'impression d'une personne fort à son aise dans le milieu peu élégant auquel elle appartient.

Sherlock Holmes applaudit discrètement et ne put s'empêcher de sourire.

— Ma parole, Watson, vous faites des progrès. Votre description est très exacte. Il est vrai que vous avez omis tout ce qui était important, mais vous avez compris la méthode et vous voyez juste quant aux couleurs. Ne vous fiez jamais aux impressions générales, mon garçon, mais consacrez toute votre attention aux détails. Chez une femme, je regarde toujours les manches d'abord. Chez un homme, je regarde de préférence le pantalon aux genoux. Comme vous l'avez observé, cette femme avait de la peluche à sa manche ; c'est, comme vous le savez, l'étoffe qui se frappe le plus facilement. Or au-dessus du poignet, il y avait sur la peluche la double ligne qui se forme lorsque, écrivant à la machine, on appuie la main sur la table. La même marque existe sur la manche des personnes qui cousent à la machine à main ; mais alors le bras gauche seul est marqué, et encore, du côté opposé au pouce, au lieu de l'être sur toute la largeur du poignet comme chez miss Sutherland. De plus, en regardant attentivement son visage, je remarquai sur le nez l'empreinte d'un binocle ; cette observation jointe à l'autre me permit, au grand étonnement de la demoiselle, de lui parler de sa myopie et de l'écriture à la machine.

— J'avoue que j'avais été aussi surpris qu'elle.

— C'était pourtant bien simple ! Une autre remarque me parut digne d'intérêt : c'est que les bottines de la jeune personne fussent dépareillées ; sans être toutefois absolument dissemblables, l'une ayant un bout pointillé et l'autre un bout uni. Est-il admissible qu'une jeune personne soignée sorte avec des bottines dépareillées, à moitié mises, à moins qu'elle ne soit partie précipitamment ? Une de ses bottines n'avait que deux boutons boutonnés sur cinq, et l'autre le troisième et le cinquième boutons seulement.

— Ensuite ? demandai-je, de plus en plus intéressé par le raisonnement si serré et si clair de mon ami Sherlock Holmes.

— Je constatai, pour mémoire, que complètement prête et sur le point de sortir, elle avait écrit une lettre.

Vous avez sûrement remarqué que son gant droit était déchiré à l'index et que le gant comme le doigt étaient tachés d'encre violette. Dans sa précipitation, elle avait dû enfoncer sa plume trop profondément dans l'encrier. De plus, la marque était toute fraîche, preuve que la demoiselle venait d'écrire lorsqu'elle est venue. Tout ce que je vous dis là, bien qu'amusant, est tout à fait élémentaire et saute aux yeux. Mais il faut maintenant, Watson, que je vaque à mes affaires. Vous serait-il égal de me lire l'annonce du journal donnant la description de M. Hosmer Angel ?

Je m'approchai de la fenêtre et je lus ce qui suit : « Perdu le 16, au matin, un individu du nom d'Hosmer Angel, haut d'environ cinq pieds sept pouces, très fortement bâti ; teint blafard, cheveux noirs, un peu chauve au sommet de la tête, moustache et épais favoris noirs, lunettes teintées, léger défaut de langue. Était vêtu la dernière fois qu'il a été rencontré d'une redingote noire doublée de soie, d'un gilet noir avec chaîne Albert en or, d'un pantalon en cheviotte grise : il était chaussé de bottines à élastiques recouvertes de guêtres brunes ; était employé dans un bureau de Leadenhall Street. Quiconque apportera, etc.

— Cela me suffit, dit Holmes. Quant aux lettres, ajouta-t-il, en les parcourant, elles sont fort banales ; absolument rien qui mette sur la piste de M. Angel, sauf la citation de Balzac. Mais il est un détail qui doit vous frapper comme moi.

— C'est qu'elles sont imprimées, répliquai-je.

— Oui, jusqu'à la signature. Voyez-vous : « Hosmer Angel », bien imprimé au bas des lettres ? Je remarque aussi qu'elles sont datées, mais qu'elles ne portent que l'adresse très vague de Leadenhall Street. Cette signature imprimée est pour moi très suggestive; je dirai même concluante.

— Pourquoi?

— Est-il possible, cher ami, que vous n'en compreniez pas l'importance?

— Non, à moins cependant que l'individu en question n'ait eu l'intention de récuser ces lettres dans le cas où on lui intenterait un procès pour abus de parole.

— Vous n'y êtes pas. En attendant, je vais écrire deux lettres qui nous procureront des données certaines. J'adresse l'une à une compagnie de la Cité, l'autre au beau-père de la jeune personne, M. Windibank, à qui je donne rendez-vous demain soir, à six heures, ici. Il est préférable, je crois, de nous en prendre aux personnages masculins de cette comédie. Et maintenant, docteur, plus rien à faire jusqu'à ce que j'aie reçu mes réponses; pensons donc à autre chose.

Je connaissais pour les avoir vues à l'œuvre les puissantes facultés de raisonnement de mon ami et l'énergie extraordinaire qu'il savait déployer pour arriver à son but. Aussi ne doutai-je pas un instant qu'il n'eût des raisons sérieuses pour montrer tant de calme et d'aplomb dans le singulier mystère qu'il était appelé à sonder. Une fois seulement, dans l'affaire de la photographie d'Irène Adler, je l'avais trouvé en défaut; mais en revanche, quand je me rappelais le drame du Signe des Quatre, les étranges circonstances qui se rattachaient à l'Étude en rouge, je me sentais plein de confiance dans la solution de ce dernier problème et j'étais convaincu qu'à brève échéance Holmes se trouverait sur la piste du fiancé de miss Sutherland. Je le laissai donc fumer sa pipe de terre noire en paix et je courus là où le devoir m'appelait. J'avais à ce moment un client très malade, dont le soin m'absorba toute la journée du lendemain. Je ne repris ma liberté que vers six heures du soir ; j'en profitai aussitôt pour sauter dans un *hansom* et me faire conduire à Baker Street, tout en craignant d'avoir manqué le dénouement de l'histoire qui m'intéressait.

Je trouvai Sherlock Holmes seul, à moitié endormi dans son fauteuil ; près de lui, tout un déploiement de bouteilles et d'éprouvettes ; et l'odeur saine mais âcre de l'acide chlorhydrique me prouvait qu'il venait de se livrer à ses plus chères expériences.

— Eh bien ! avez-vous une solution ? demandai-je aussitôt.

— Oui, c'était le bisulfate de…

— Non, non, pas ça, le mystère, m'écriai-je.

— Oh ! pardon, j'étais encore absorbé par mon travail d'aujourd'hui. Mais il n'y a jamais eu aucun mystère dans cette affaire émaillée, toutefois, de quelques détails intéressants. Je n'ai qu'un regret à exprimer, c'est qu'il n'existe pas de loi pour punir ce gredin.

— Mais qui est le coupable et pourquoi a-t-il abandonné miss Sutherland ?

Je n'avais pas encore achevé de formuler ma question, et Holmes n'avait pas encore ouvert la bouche pour y répondre, que nous entendîmes dans le corridor un pas pesant ; puis un coup à la porte.

— C'est le beau-père de la jeune fille, M. James Windibank, me dit Holmes. Il m'a écrit qu'il viendrait à six heures. Entrez, cria-t-il.

L'homme qui se présenta était un vigoureux garçon d'âge moyen, trente ans environ, à la peau blafarde, aux manières doucereuses, insinuantes même, et avec une paire d'yeux pleins de malice et de roublardise.

Il nous jeta un regard inquisiteur, plaça son chapeau haut de forme graisseux sur le buffet, et, nous ayant légèrement salués, il se laissa tomber plutôt qu'il ne s'assit sur la chaise la plus proche.

— Bonsoir, monsieur James Windibank, dit Holmes, je crois que c'est bien vous qui, par cette lettre imprimée, me donnez rendez-vous ici à six heures.

— Oui, monsieur, j'arrive peut-être un peu en retard, mais je ne suis pas toujours libre de mes mouvements. Je regrette beaucoup que miss Sutherland vous ait ennuyé de cette petite affaire, car je suis d'avis qu'il faut laver son linge sale en famille. C'est contre mon gré qu'elle est venue vous voir, mais c'est une personne si nerveuse et impulsive, comme vous avez pu en juger vous-même, qu'il est difficile de la faire revenir sur une résolution qu'elle a prise. Il est vrai que vous n'avez rien à voir avec la police officielle, ce qui rendait sa démarche moins grave ; il n'est cependant pas agréable de voir ébruiter un événement de famille aussi fâcheux que celui-là. Enfin c'est de l'argent dépensé inutilement ; comment retrouver cet Hosmer Angel ?

— Je compte bien le découvrir, dit Holmes avec calme ; j'ai de sérieuses raisons pour parler ainsi.

M. Windibank eut un tressaillement nerveux et laissa tomber ses gants.

— Je vous félicite, dit-il.

— Il est singulier que la machine à écrire ait presque autant d'individualité que l'écriture ordinaire. Excepté lorsqu'elles sont tout à fait neuves, vous n'en trouveriez pas deux qui soient absolument identiques. Ainsi, il y a des lettres qui s'usent plus que d'autres ; il y en a qui s'usent d'un côté seulement. Voyez plutôt votre lettre, monsieur Windibank : pas un de vos e n'est irréprochable et le délié des r a un petit défaut. J'y découvre quatorze autres signes caractéristiques, mais ceux que je vous ai cités sont les plus évidents.

— Il est certain que cette machine est un peu usée, car au bureau elle nous sert pour toute notre correspondance, répondit notre visiteur, en dardant ses petits yeux vifs sur Holmes.

— Ce n'est pas tout, monsieur Windibank, ajouta Holmes, et nous allons continuer cette étude vraiment intéressante qui me suggère la pensée d'une monographie sur la machine à écrire et le rôle qu'elle peut jouer dans les crimes. J'ai déjà étudié le sujet. Je suis en possession de quatre lettres qui sont censées être de l'homme disparu ; elles sont toutes écrites à la machine et outre cette particularité que les e sont barbouillés et les déliés des r défectueux, vous pourrez y voir avec ma loupe, si vous le voulez bien, les quatorze autres signes caractéristiques auxquels j'ai fait allusion.

M. Windibank se leva brusquement et saisit son chapeau.

— Je n'ai pas de temps à perdre, monsieur Holmes, et je ne puis écouter plus longtemps ces élucubrations fantastiques. Si vous trouvez l'individu, arrêtez-le, et faites-le moi savoir.

— Certainement, répondit Holmes, en se dirigeant vers la porte pour la fermer à clé. Je vous annonce qu'il est pris.

— Comment ? Où ? cria M. Windibank.

Il était devenu blême et regardait tout autour de lui comme ferait une souris prise au piège.

— Oh ! c'est assez plaisanté, vraiment assez, dit Holmes avec une feinte douceur. Il n'y a pas moyen de vous en tirer, monsieur Windibank. Votre ruse est absolument percée à jour et vous m'avez fait un mauvais compliment en me disant qu'il était impossible de résoudre un problème aussi simple. C'est ça, asseyez-vous et causons sérieusement.

Notre homme, de plus en plus blême et couvert d'une sueur froide, se laissa tomber sur un fauteuil.

— Ce… ce n'est pas passible des tribunaux, balbutia-t-il.

— Je le crains, monsieur Windibank, mais, entre nous, c'est la supercherie la plus cruelle, la plus égoïste, la plus lâche que je connaisse. Laissez-moi maintenant vous raconter brièvement les faits. Vous m'arrêterez si je me trompe. Notre individu était enfoncé sur sa chaise, la tête penchée sur la poitrine ; il semblait complètement atterré.

Holmes appuya ses pieds sur le manteau de la cheminée et, les mains dans les poches, selon l'habitude qui lui était familière, il commença un récit qu'il semblait plutôt adresser à lui-même qu'à l'assistance.

— Le personnage en question a épousé, uniquement pour son argent, une femme beaucoup plus âgée que lui et dont la fille contribuait, par sa petite fortune personnelle, à l'aisance de la maison. Les revenus de la jeune personne représentaient une somme considérable pour des gens de cette position ; et sans cet appoint, ils se seraient assurément sentis gênés. Il fallait donc à tout prix que cet état de choses subsistât. Il était évident que la jeune fille, avec sa nature bonne et aimable, susceptible d'affections vives et même de passion, douée en plus de qualités physiques, se marierait avant peu et que, par son mariage, sa famille perdrait cent livres de rente par an. Alors, qu'imagine le beau-père pour y mettre obstacle ? Il l'empêche de sortir et lui interdit de rechercher la société des gens de son âge. Mais il craint que ce système ne lui réussisse pas, car sa belle-fille lui résiste, fait valoir ses droits à l'indépendance et déclare un certain jour qu'elle est décidée à aller au bal. Qu'invente cette fois le beau-père ? Une ruse qui fait plus d'honneur à son intelligence qu'à son cœur. Aidé de sa femme, qui devient son complice, il se déguise, cache ses yeux sous des lunettes bleues, se grime avec une fausse moustache et d'épais favoris, transforme sa voix en un murmure insinuant et, profitant de la myopie de la jeune personne, il se présente comme M. Hosmer Angel ; il éloigne ainsi les prétendants et lui fait la cour pour son propre compte.

— Ce n'était qu'une plaisanterie au début, murmura notre visiteur ; nous ne pouvions supposer qu'elle s'emballât à ce point.

— Assurément, mais il n'en est pas moins vrai que la jeune personne était très éprise et qu'elle n'a jamais soupçonné une trahison, persuadée qu'elle était que son beau-père était en France. Elle était visiblement flattée des assiduités dont elle était l'objet, et l'admiration non déguisée de sa mère en augmentait encore l'effet. M. Angel se risqua à venir chez la jeune personne, car il voulait, pour arriver à son but, pousser les choses aussi loin que possible. Ils se rencontrèrent souvent, et, finalement, se fiancèrent ; c'était pour lui le moyen d'empêcher la jeune fille de chercher un autre prétendant. Cependant, cette ruse ne pouvait toujours durer et les prétendus voyages en France du beau-père étaient embarrassants à expliquer. Il fallait donc à tout prix terminer l'affaire, et cela d'une manière dramatique afin d'impressionner à tel point la fiancée qu'elle ne songerait pas avant longtemps à se marier. Ceci explique le vœu de fidélité qu'il lui fit jurer sur la Bible et ses allusions à un événement pouvant se produire le matin même du mariage. Le but de James Windibank était que miss Sutherland fût liée de telle manière à Hosmer Angel, et qu'elle ignorât si bien son sort, que pendant dix ans elle ne voulût écouter aucune proposition de mariage. Il la mena donc jusqu'à l'église et, comme la farce devait s'arrêter là, il disparut facilement en employant le vieux truc qui consiste à entrer dans un fiacre par une porte et à en sortir par l'autre. N'est-ce pas ainsi, monsieur Windibank, que les événements se sont passés ?

Notre homme, en écoutant ce récit, avait recouvré quelque assurance et, lorsqu'il se leva pour répondre, une froide ironie se lisait sur son visage.

— C'est vrai ou pas vrai, monsieur Holmes, dit-il, mais peu importe, et puisque vous êtes si malin, vous n'ignorez pas que c'est vous et non pas moi qui transgressez la loi en ce moment. Je n'ai rien fait qui tombe sous le coup de cette loi, tandis que vous vous rendez coupable de voies de fait et de contrainte illégale, en maintenant cette porte fermée à clef.

— La loi, comme vous le dites fort bien, ne peut vous atteindre, dit Holmes, en ouvrant la porte, et cependant personne plus que vous ne mérite châtiment. Si la jeune personne que vous avez indignement traitée avait un frère ou un ami, il aurait raison de vous cravacher. Par Jupiter, continua-t-il en s'animant, à la vue du sourire railleur de son interlocuteur, cela ne rentre pas dans mes attributions, mais ma parole, j'ai là un fouet de chasse sous la main et je crois que je vais me payer une…

Il s'était avancé pour saisir le fouet, mais il n'en eut pas le temps.

M. Windibank s'était esquivé et, dégringolant l'escalier, avait refermé derrière lui la lourde porte du vestibule. Par la fenêtre, nous l'aperçûmes se sauvant à toutes jambes.

— Voilà un gredin qui a du toupet, dit Holmes gaiement, en retombant sur sa chaise. Cet individu n'en est qu'à son début dans la voie du crime et il ira jusqu'au bagne. En tout cas, cette affaire n'a pas été complètement dénuée d'intérêt.

— J'avoue que je ne suis pas bien votre raisonnement.

— Eh bien ! je vais vous l'expliquer. J'étais, dès le début, persuadé que ce M. Hosmer Angel avait de fortes raisons pour agir d'une manière aussi bizarre, et il était pour moi clair jusqu'à l'évidence que le beau-père était le seul individu devant tirer profit de l'aventure. Un autre détail qui me parut suggestif était que jamais le beau-père et le fiancé n'étaient apparus ensemble : l'un succédait à l'autre. Les lunettes bleues me semblèrent suspectes aussi bien que cette voix étrange et ces longs favoris. Je soupçonnai un déguisement, et tous mes doutes se changèrent en conviction lorsque je constatai que la signature de M. Angel était imprimée, dans le but évident de masquer une écriture familière à la jeune personne. Vous voyez que tous ces faits isolés, ajoutés à d'autres moins importants que je fus à même de relever, tendaient au même but.

— Mais comment les avez-vous vérifiés ?

— Puisque j'avais trouvé le coupable, il était facile de corroborer les faits. Je savais quelle était la société qui employait cet homme. J'adressai au directeur le signalement inséré dans le journal, après en avoir éliminé tout ce qui pouvait être du déguisement comme les favoris, les lunettes et la voix, et en lui demandant si l'un de ses voyageurs répondait à cette description. Comme j'avais déjà remarqué les défectuosités de la machine à écrire, j'envoyai aussi un mot à M. Windibank en le priant de vouloir bien passer chez moi. Ainsi que je m'y attendais, sa réponse était imprimée et révélait les défauts qui, pour insignifiants, n'en étaient pas moins caractéristiques. Le même courrier m'apporta une lettre de Westhouse & Marbank, de Fenchurch Street, me disant que James Windibank répondait en tous points au signalement que j'avais envoyé. Voilà tout.

— Et miss Sutherland ?

— Si je lui dis la vérité, elle ne me croira pas. Vous devez vous rappeler le vieux proverbe persan : « Il y a autant de danger à enlever à la tigresse son petit qu'à la femme son illusion. »

Hafiz raisonne aussi juste qu'Horace et connaît l'humanité aussi bien que lui.

Le mystère de la vallée de Boscombe

Nous déjeunions un matin, ma femme et moi, lorsqu'on nous remit un télégramme de Sherlock Holmes ainsi conçu :

« Seriez-vous libre deux jours. Suis mandé par dépêche dans l'Ouest pour l'affaire de la vallée de Boscombe. Serais heureux de vous emmener. Climat délicieux. Pays charmant. Départ à 11 h 15, gare de Paddington. »

— Qu'en pensez-vous, mon ami, me dit ma femme. Acceptez-vous ?

— Je n'en sais rien. J'ai beaucoup de malades en ce moment.

— Oh ! Anstruther vous remplacera au besoin. Vous avez mauvaise mine et je crois qu'un changement d'air vous ferait du bien, sans parler de l'intérêt qu'ont toujours pour vous les enquêtes judiciaires de Sherlock Holmes.

— Je serais bien ingrat de ne leur pas conserver quelque attachement, puisque c'est à une de ces enquêtes que je dois d'être votre mari. Mais si je dois partir, je n'ai pas de temps à perdre. Il me reste tout juste une demi-heure pour faire ma valise et me rendre à la gare.

Ma campagne d'Afghanistan m'avait habitué aux prompts départs. Je ne m'encombrais jamais de bagages inutiles. Donc, muni du strict nécessaire, je roulais quelques instants après vers la gare de Paddington. Sherlock Holmes arpentait déjà le quai ; il portait une casquette de drap enfoncée sur la tête et sa silhouette décharnée semblait plus longue et plus mince encore sous son grand manteau gris.

— Vous êtes bien aimable de venir, Watson, dit-il. Vous me serez d'un grand secours car je sais pouvoir entièrement compter sur vous. Sur les lieux on ne trouve, en règle générale, que des gens inutiles ou remplis de préventions. Montez donc dans le compartiment et retenez les deux coins tandis que je vais prendre les billets.

Nous étions seuls dans le wagon, mais nous le remplissions tout entier avec les paperasses dont Holmes s'était encombré. Tout le long de la route, mon compagnon compulsa ce volumineux dossier, s'interrompant de loin en loin, soit pour prendre des notes, soit pour réfléchir.

Cela dura jusqu'au-delà de Reading. Alors, il roula tous ses papiers en une boule énorme qu'il lança dans le filet, puis, se tournant vers moi :

— Avez-vous entendu parler de l'affaire ? me demanda-t-il.

— Je n'en connais pas le premier mot ; je n'ai pas lu les journaux depuis plusieurs jours.

— La presse de Londres n'a été qu'imparfaitement renseignée. Je viens de parcourir les journaux nouvellement parus afin d'achever de m'édifier. Il me semble toutefois que c'est un de ces cas, très simples en apparence mais d'autant plus difficiles à expliquer.

— Ceci me paraît quelque peu paradoxal, cher ami.

— C'est pourtant très vrai. L'originalité me fournit presque toujours un indice certain. Plus un crime est banal, plus il est difficile d'en faire la preuve. Dans l'affaire qui nous occupe, il y a cependant de très fortes présomptions contre le fils de la victime.

— Il s'agit, alors, d'un assassinat ?

— On le suppose. Mais je ne veux pas me prononcer avant d'avoir fait mon enquête. Voici, en quelques mots, les faits tels que je les comprends :

La ville de Boscombe est un canton situé près de Ross, dans le Herefordshire. Le plus important propriétaire de cette région est un certain M. Turner qui a fait sa fortune en Australie et qui est revenu dans son pays natal depuis quelques années seulement. L'une de ses fermes, celle de Hatherley, était louée à M. Charles Mac Carthy, un Australien aussi. Ces deux hommes, s'étant connus aux colonies, il était tout naturel qu'ils aient cherché à se rapprocher. Turner était le plus riche ; Mac Carthy devint son fermier, ce qui ne les empêcha pas de vivre sur un pied de parfaite égalité et de se promener souvent ensemble. Ils étaient veufs tous deux ; Mac Carthy n'avait qu'un fils de dix-huit ans ; Turner une fille unique du même âge. Ni l'un ni l'autre n'avaient recherché la société du voisinage ; ils vivaient retirés, ne fréquentant que les réunions de courses dont ils étaient grands amateurs. Mac Carthy avait deux serviteurs, un homme et une femme, tandis que Turner avait une maison mieux montée, qui se composait de six domestiques au moins. Voilà tout ce que je sais quant à la famille.

Passons aux faits :

Le 3 juin, c'est-à-dire lundi dernier, Mac Carthy quitta sa maison de Hatherley vers trois heures de l'après-midi, et descendit à pied à la mare de Boscombe, petit étang formé par le débordement de la rivière qui arrose la vallée du même nom. Il était allé dans la matinée à Ross avec son domestique, auquel il aurait dit qu'il se pressait parce qu'il avait un rendez-vous important à trois heures. Il s'y est rendu, mais n'en est pas revenu vivant.

La distance de Hatherley à la mare de Boscombe est de cinq cents mètres et deux personnes ont rencontré Mac Carthy sur la route. L'un de ces témoins est une vieille femme dont on ne donne pas le nom ; l'autre est William Crowder, un garde employé par M. Turner. Tous deux affirment que M. Mac Carthy était seul. Le garde ajoute que, quelques instants après avoir vu passer M. Mac Carthy, il a rencontré son fils, M. James Mac Carthy, suivant la même route, un fusil sous le bras. Il lui semble qu'à ce moment le père était encore en vue et que le fils le suivait de près. Il n'attacha, du reste, aucune importance à ce fait, et s'en souvint seulement le soir, lorsqu'il apprit le drame qui avait eu lieu.

Les deux Mac Carthy ont été vus encore un instant après. La mare de Boscombe est bordée d'herbes et de roseaux qui poussent jusque dans l'eau et elle est entourée d'épais taillis. Une fillette de quatorze ans, Patience Moran, fille du portier du domaine de Boscombe Valley, affirme que, en ramassant des fleurs dans le bois, elle vit sur le bord de l'étang M. Mac Carthy et son fils qui semblaient se disputer violemment. Elle entendit M. Mac Carthy père injurier son fils et elle vit celui-ci lever la main dans l'intention de le frapper. Elle fut si effrayée qu'elle se sauva, et dit à sa mère, en rentrant, qu'elle avait laissé les deux Mac Carthy se disputant près de l'étang de Boscombe et qu'elle craignait qu'ils n'en vinssent à des voies de fait. Elle achevait à peine son récit que M. Mac Carthy fils vint en courant chez le portier dire qu'il avait trouvé son père mort dans le bois, et qu'il lui fallait du secours. Il avait l'air très ému, et n'avait ni chapeau ni fusil. Sa main et sa manche droites étaient fraîchement tachées de sang. Sur ses indications, on trouva le cadavre de son père étendu sur l'herbe, près de l'étang. La tête portait des traces de coups produits par une arme pesante et contondante. Les blessures pouvaient avoir été faites avec la crosse du fusil, que l'on trouva du reste sur l'herbe, non loin de la victime. Avec de telles présomptions, le jeune homme fut immédiatement arrêté et, l'enquête ayant conclu à un homicide volontaire, il fut traduit, mercredi, devant le tribunal de Ross, qui l'a déféré aux prochaines assises. Voilà les principaux faits, tels qu'ils résultent de l'enquête du *coroner* et du rapport de police.

— Il est difficile de trouver des preuves plus écrasantes, dis-je. Si jamais le témoignage des circonstances a désigné un criminel, c'est bien dans le cas précédent.

— Oui, mais ce témoignage peut aussi jouer de bien vilains tours, répondit Holmes d'un air rêveur. Il semble parfois converger vers un seul point. Si cependant vous faites abstraction de votre propre jugement, pour considérer les circonstances à un tout autre point de vue, il peut arriver que votre conclusion soit complètement différente. J'avoue toutefois que les charges contre le jeune homme sont très sérieuses ; il est donc possible qu'il soit coupable, quoique miss Turner, la fille du propriétaire voisin, et quelques personnes des environs croient à son innocence et qu'ils aient remis sa défense entre les mains de ce même Lestrade qui, vous vous en souvenez, a été mêlé à l'affaire de l'*Étude en rouge*. Lestrade, très perplexe, a eu recours à moi. Voilà le motif pour lequel deux individus d'âge moyen comme vous et moi se dirigent vers l'ouest à une vitesse de cinquante milles à l'heure au lieu de déjeuner tranquillement chez eux.

— Je crains, dis-je, qu'avec des preuves aussi évidentes vous n'ayez pas grand profit à tirer de cette affaire.

— Je vous le répète, il n'y a rien de plus trompeur qu'un fait très simple à première vue, répondit-il en riant. J'ajouterai que nous serons peut-être assez heureux pour découvrir d'autres détails qui peuvent avoir échappé à M. Lestrade. Vous me connaissez et vous savez que je ne me vante pas en disant que j'emploierai, soit pour renforcer son opinion, soit pour la combattre, des moyens qu'il est incapable d'employer ou même de comprendre. Un simple exemple au hasard : je m'aperçois parfaitement que dans votre chambre la fenêtre est à droite, et je doute que M. Lestrade ait observé une chose aussi évidente que celle-là.

— Comment, diable ?

— Mon cher ami, je connais vos habitudes de correction parfaite, toute militaire. Vous vous rasez tous les matins, et dans cette saison, au jour ; mais comme vous êtes moins bien rasé du côté gauche, et que vous l'êtes très mal en dessous de la mâchoire, il est absolument certain que ce côté est moins éclairé que l'autre. Je ne m'imagine pas qu'un homme comme vous se fût contenté de ce résultat si la pièce eût été suffisamment éclairée pour le voir. Je vous cite ceci comme un vulgaire exemple d'observation et de déduction. C'est du métier et il est possible que cela me serve dans les recherches que nous avons à faire. L'enquête a mis en lumière deux points secondaires qui ont toutefois leur importance.

— Lesquels ?

— Il paraît que le fils de la victime ne fut pas arrêté sur l'heure mais seulement après son retour à la ferme de Hatherley. Lorsque l'inspecteur de police lui lut son mandat d'arrêt, il répondit simplement qu'il n'en était pas étonné et qu'il le méritait. Cette parole dissipa naturellement les doutes qui auraient pu encore planer sur le jury.

— C'était une confession ! m'écriai-je.

— Non, car il protesta ensuite de son innocence.

— Cette parole, venant s'ajouter à des charges aussi graves, est tout au moins suspecte.

— Tout au contraire, dit Holmes, c'est une éclaircie, et la seule peut-être, dans un ciel chargé de nuages. Quelque innocent qu'il soit, il n'est pas assez idiot pour ne pas s'apercevoir que tout est contre lui. S'il avait paru surpris de son arrestation ou s'il avait feint l'indignation, cela m'aurait donné des soupçons, parce que la surprise ou la colère, qui n'auraient pas été naturelles dans ces circonstances, auraient peut-être semblé être de bonne politique au coupable. La manière franche dont notre homme a accepté la situation est pour moi l'indice ou de son innocence absolue ou d'une grande force de caractère. Il est tout simple aussi qu'il ait dit n'avoir que ce qu'il méritait puisqu'il a été trouvé près du cadavre de son père; il est de plus absolument certain que ce jour-là même il avait oublié ses devoirs filiaux au point d'insulter son père et même, si nous en croyons le témoignage si important de la fillette, jusqu'à lever la main pour le frapper. Le reproche qu'il semble se faire à lui-même et ses regrets sont pour moi plutôt la preuve d'une conscience innocente que d'une conscience coupable.

Je secouai la tête:

— Bien des hommes ont été pendus sur des charges moins sérieuses, répondis-je.

— Assurément. Et beaucoup l'ont été aussi à tort.

— Quel est le récit du jeune homme lui-même?

— Je crains qu'il ne soit guère encourageant pour ses défenseurs, quoique j'y trouve un ou deux détails plutôt suggestifs. Vous les lirez ici, si vous voulez en prendre la peine.

Il tira de son monceau de paperasses un exemplaire du journal local et mit le doigt sur le paragraphe qui avait trait à la déposition du malheureux inculpé. Je m'installai confortablement dans un coin du compartiment et lus le récit suivant:

« M. James Mac Carthy, le fils unique de la victime, fut interrogé et fit la déposition suivante: "J'étais allé à Bristol et j'étais resté absent trois jours. Je ne rentrai que le lundi 3, dans la matinée. Mon père ne se trouvait pas à la maison lorsque j'y arrivai et la servante me dit qu'il était parti en voiture pour Ross, accompagné du groom. Peu de temps après, j'entendis le roulement de sa voiture et, m'étant approché de la fenêtre, je l'en vis descendre et s'éloigner rapidement, sans que je pusse me rendre compte de la direction qu'il avait prise une fois sorti de la cour. Je m'armai de mon fusil et j'allai me promener du côté de l'étang de Boscombe pour voir la garenne qui se trouve de l'autre côté. Sur la route, je croisai William Crowder ; celui-ci l'a du reste déclaré dans sa déposition ; mais j'affirme qu'il se trompe en supposant que j'ai suivi mon père. Je ne me doutais pas qu'il fût un peu plus loin en avant de moi. À cent mètres environ de l'étang, j'entendis un cri, *Couhi*, signal habituel entre mon père et moi. Je hâtai le pas et le trouvai au bord de l'étang. Il parut très étonné de me voir et me demanda assez brusquement ce que je faisais là. Il en résulta une discussion qui se termina par des paroles injurieuses et presque par des coups, car mon père était d'un caractère très violent. Voyant qu'il en était arrivé au paroxysme de la colère, je le quittai et me dirigeai vers la ferme de Hatherley. Je n'avais pas parcouru plus de cent cinquante mètres qu'un horrible cri, derrière moi, me fit revenir sur mes pas en courant. Je trouvai mon père étendu sur le sol, expirant et portant à la tête une terrible blessure. Je lâchai mon fusil et je le soutins dans mes bras ; mais il expira presque au moment même. Je m'agenouillai quelques instants auprès de lui et puis je courus chercher du secours chez le portier de M. Turner, qui habitait la maison la plus rapprochée de cet endroit. Je n'avais vu personne près de mon père et je ne sais à quoi attribuer ses blessures et sa mort. Il n'était pas populaire dans le pays, à cause de son extérieur froid et peu sympathique, mais je ne lui connaissais aucun ennemi. Je ne sais pas autre chose.

Le coroner. – Votre père n'a-t-il fait aucune déclaration avant de mourir ?

Le témoin. – Il a murmuré quelques mots dans lesquels j'ai vaguement démêlé une allusion à un rat.

Le coroner. — Qu'en avez-vous conclu ?

Le témoin. — Cela n'avait aucun sens pour moi et je pensai que c'était un effet du délire.

Le coroner. — Quel était le sujet de l'ultime discussion que vous avez eue avec votre père ?

Le témoin. — Je préférerais garder le silence sur ce point.

Le coroner. — Je suis forcé d'insister pour le savoir.

Le témoin. — Il m'est vraiment impossible de vous le dire. Ce que je puis vous affirmer, c'est que cela n'a rien à faire avec le terrible drame qui a suivi.

Le coroner. — Le tribunal statuera sur ce point. Inutile de vous dire, n'est-ce pas, que votre persistance à ne pas répondre à cette question aggravera considérablement les charges qui pèsent contre vous.

Le témoin. — Je persiste dans mon refus.

Le coroner. — Vous m'avez dit que le cri de *Couhi* était un signal habituel entre votre père et vous.

Le témoin. — En effet.

Le coroner. — Comment se fait-il, alors, qu'il ait poussé ce cri avant de vous avoir vu et avant même de savoir que vous étiez revenu de Bristol ?

Le témoin (très ému). — Je n'en sais rien.

Un juré. — Après avoir entendu le cri et être revenu sur vos pas pour trouver votre père mortellement blessé, n'avez-vous rien vu qui ait pu éveiller vos soupçons ?

Le témoin. — Rien de bien défini.

Le coroner.— Qu'entendez-vous par là ?

Le témoin. — J'étais si bouleversé et ému au moment où je me précipitai vers l'étang que je ne pensai à rien en dehors de mon père. Cependant, j'ai la vague impression qu'en me rapprochant il y avait à gauche, par terre, un objet de couleur grise qui aurait pu être un paletot, un plaid, peut-être. Lorsque je me relevai d'auprès de mon père, je cherchai cet objet, mais il avait disparu.

Le coroner. – Vous voulez dire qu'il avait disparu avant que vous ne soyez allé chercher du secours ?

Le témoin. – Oui.

Le coroner. – Vous ne pouvez pas affirmer quel était cet objet ?

Le témoin. – Non. J'ai le sentiment qu'il y avait là un objet et c'est tout.

Le coroner. – À quelle distance du cadavre ?

Le témoin. – À douze mètres environ.

Le coroner. – Et à quelle distance de la bordure du bois ?

Le témoin. – À peu près à la même distance.

Le coroner. – Alors, si cet objet a été enlevé, il l'a été pendant que vous étiez là, éloigné seulement de douze mètres ?

Le témoin. – Oui, mais je lui tournais le dos."

Ainsi se termina l'interrogatoire du témoin. »

– Je trouve, dis-je en parcourant de nouveau l'article, que le coroner a été plutôt sévère pour le jeune Mac Carthy. Il insiste, et avec raison, sur ce fait contradictoire que son père l'aurait appelé avant de l'avoir vu ; il insiste aussi sur le refus du fils de donner aucun détail sur sa conversation avec son père, et enfin sur sa singulière déposition touchant les dernières paroles qu'aurait prononcées le mourant. Il fait remarquer que ce sont autant de preuves à charge contre l'inculpé.

Holmes sourit malicieusement et s'étala de tout son long sur le coussin capitonné du wagon.

— Vous avez tous deux, le coroner et vous, fait un véritable effort pour mettre en lumière les chefs d'accusation les plus accablants pour le jeune homme. Ne voyez-vous pas que vous lui prêtez alternativement trop d'imagination ou pas assez ? Pas assez puisqu'il n'est pas capable d'inventer un sujet de querelle qui lui donnerait la sympathie du jury ; trop, puisqu'en toute conscience il fait mention d'une chose aussi extraordinaire que l'allusion du mourant à un rat ou l'incident d'un manteau qui disparaît. Vous êtes donc dans l'erreur. Moi, je suppose, au contraire, que le jeune homme dit vrai et nous verrons à quoi nous mènera cette hypothèse. Maintenant voici mon Pétrarque de poche, dans la lecture duquel je vais m'absorber. Plus un mot de cette affaire, je vous prie, jusqu'à ce que nous soyons sur le lieu de l'action. Nous déjeunerons à Swindon, dans vingt minutes.

Il était près de quatre heures lorsque, après avoir traversé la belle vallée de Stroud, et les eaux si transparentes de la Severn, nous arrivâmes enfin à la jolie petite ville de Ross.

Sur le quai de la gare, un homme mince, à l'expression chafouine, nous attendait. Malgré le cache-poussière brun clair et les leggings de cuir dont il s'était affublé pour se mettre au niveau de son entourage rural, je n'eus pas de peine à reconnaître Lestrade, de Scotland Yard.

Nous l'emmenâmes en voiture aux Armes du Hereford, l'hôtel où on nous avait retenu une chambre.

— Je vous ai commandé une voiture, dit Lestrade, pendant que nous prenions une tasse de thé. Connaissant votre activité, j'ai pensé que vous ne seriez tranquille que lorsque vous auriez vu le théâtre du crime.

— C'est très aimable et très flatteur de votre part, répondit Holmes. C'est absolument une question de pression barométrique.

Lestrade parut étonné.

— Je ne saisis pas très bien, dit-il.

— Que dit l'instrument ? Vingt-neuf, je vois. Pas de vent et pas un nuage au ciel. J'ai ici une boîte de cigarettes qui ne demandent qu'à être fumées et ce sofa est bien plus moelleux que les meubles rembourrés de noyaux de pêche que l'on rencontre d'ordinaire dans ces auberges de petites villes. Je ne pense pas user de la voiture ce soir.

Lestrade sourit avec indulgence.

— Vous vous êtes fait une opinion d'après les journaux, dit-il. L'affaire est claire comme de l'eau de roche et plus on l'étudie, plus elle est simple. Cependant, on ne peut refuser à une dame, surtout à une dame aussi décidée, ce qu'elle vous demande. Elle avait entendu parler de vous et voulait à tout prix avoir votre opinion, quoique je lui aie répété plusieurs fois que vous ne feriez rien de plus que moi. Ma parole, je crois que c'est sa voiture qui est là, devant la porte !

Il avait à peine fini de parler que la porte s'ouvrit et donna passage à la plus ravissante jeune fille que j'aie jamais vue ; ses yeux, bleu pervenche, avaient un éclat tout particulier ; ses lèvres, légèrement entrouvertes, étaient d'un dessin très pur. Sur ses joues, une légère animation ; elle avait enfin ce naturel parfait que lui donnait l'oubli complet d'elle-même devant la seule pensée et la grande préoccupation qui la dominaient.

— Oh ! monsieur Sherlock Holmes ! s'écria-t-elle, en nous regardant alternativement ; puis, avec cette rapide intuition particulière à la femme, elle arrêta son regard sur mon camarade : Merci d'être venu. Je veux vous en exprimer au plus vite toute ma reconnaissance. Je sais que James n'est pas coupable. Je le sais et je tiens à ce que vous commenciez votre enquête avec cette conviction. Il n'y a aucun doute là-dessus ; nous nous connaissons, James et moi, depuis notre plus tendre enfance. Je sais quels sont ses défauts, mais son cœur est excellent et il n'est pas capable de faire du mal à une mouche. Pour quiconque le connaît, cette accusation est une absurdité.

— J'espère que nous pourrons le disculper, miss Turner, dit Sherlock Holmes. Vous pouvez compter absolument sur moi.

— Mais vous avez lu sa déposition. Quelle conclusion en avez-vous tirée ? Est-elle claire ou bien a-t-elle un vice de forme ? Ne croyez-vous pas l'accusé innocent ?

— Il est probable qu'il l'est.

— Là ! dit-elle en secouant sa tête d'un air de triomphe et en jetant un coup d'œil de défi à Lestrade. Vous entendez ? Il me donne de l'espoir.

Lestrade haussa les épaules.

— Je crains, dit-il, que mon collègue n'ait tiré ses conclusions un peu trop rapidement.

— Mais il a raison, j'en suis sûre ! s'écria la jeune fille. James n'a jamais commis le crime. En ce qui concerne sa querelle avec son père, je suis persuadée que ce qui l'a empêché d'en parler au *coroner*, c'est que j'en étais le sujet.

— Et comment cela ? demanda Holmes.

— Il ne faut plus rien dissimuler, maintenant : James et son père ont été en dissentiment à cause de moi. Mac Carthy désirait beaucoup une union entre nous. James et moi avons été élevés comme frère et sœur, mais il est très jeune, il ne connaît pas le monde et… et il ne voulait rien décider encore. De sorte qu'il avait des discussions avec son père : la dernière était sûrement à ce sujet.

— Et votre père ? demanda Holmes, était-il favorable à cette union ?

— Non, il s'y était opposé. Personne d'autre que Mac Carthy ne la désirait.

Une légère rougeur monta à son jeune et frais visage, au moment où Holmes la fixait d'un œil pénétrant et interrogateur.

— Merci de ce détail, dit-il. Serais-je reçu par monsieur votre père si je me rendais chez lui demain ?

— Je crains que le médecin ne l'autorise pas à vous voir.

— Le médecin ?

— Oui. Ah ! c'est vrai, vous ne savez pas. Depuis plusieurs années, mon pauvre père n'a pas beaucoup de santé, mais ce dernier événement l'a complètement anéanti. Il a été obligé de s'aliter et le docteur Willows dit qu'il est bien bas et que le système nerveux tout entier est ébranlé. M. Mac Carthy était le seul homme encore vivant qui ait connu mon père autrefois, à Victoria.

— Ah ! à Victoria. Ceci est important.

— Oui, aux mines.

— Parfaitement ; dans ces mines d'or où M. Turner, je crois, a fait fortune.

— C'est cela même.

— Merci, miss Turner, vous m'avez puissamment aidé.

— Si vous avez des nouvelles demain, ne manquez pas de me les faire connaître. Vous irez certainement à la prison voir James. Oh ! si vous y allez, monsieur Holmes, dites-lui, je vous en prie, que je suis sûre de son innocence.

— Je le lui dirai, miss Turner.

— Il faut que je rentre, maintenant, car mon père est vraiment très souffrant et il ne peut se passer de moi. Au revoir et que Dieu vous vienne en aide dans l'œuvre que vous entreprenez !

Elle sortit de la pièce aussi rapidement qu'elle y était entrée et nous entendîmes bientôt le roulement de sa voiture sur le pavé.

— Je rougis de vous, Holmes, dit Lestrade avec dignité après quelques minutes de silence. Pourquoi donner à cette malheureuse un espoir que vous savez être irréalisable ? Je ne suis pas plus sensible qu'il ne le faut, mais j'appelle cela un jeu cruel.

— Je crois avoir trouvé le moyen de disculper James Mac Carthy, dit Holmes. Avez-vous l'autorisation de le voir dans sa prison ?

— Oui, mais valable pour vous et moi seulement.

— Alors, je vais peut-être revenir sur mon refus de sortir. Nous avons, ce me semble, encore le temps de prendre un train pour aller à Hereford et voir le prisonnier avant la nuit.

— Amplement.

— Alors, partons. Watson, je crains que vous ne vous ennuyiez pendant mon absence ; mais je serai revenu dans moins de deux heures. Je les accompagnai à la gare, j'errai dans les rues de cette petite ville de province, et finalement je revins à l'hôtel où je m'étendis sur le sofa en cherchant à m'absorber dans un roman à reliure jaune. L'intrigue en était si insignifiante, comparée à celle qui se déroulait sous nos yeux, que je n'arrivai pas à fixer mon attention et que mon esprit passait sans cesse du roman à la réalité. Enfin, impatienté, je jetai le livre à l'autre bout de la pièce, afin de ne plus penser qu'aux événements du jour. En supposant que le récit de ce malheureux jeune homme fût absolument vrai, quel fatal accident avait pu se produire ? Quelle calamité extraordinaire et imprévue était venue s'abattre sur la malheureuse victime, entre le moment où James Mac Carthy quitta son père et celui où, rappelé par ses cris, il se précipita dans la clairière ? Le coup porté avait été mortel. D'où provenait-il ? La nature des blessures ne pourrait-elle être une révélation pour moi, médecin ? Sur cette réflexion, je donnai un coup de sonnette et je demandai le journal hebdomadaire de la localité, qui contenait un compte rendu in extenso de l'enquête.

La déposition du chirurgien rapportait que la partie postérieure de l'os pariétal gauche et la moitié gauche de l'os occipital avaient été fracassées par le coup très violent d'une arme contondante. J'étudiai le coup sur ma propre tête. Il était évident que la victime avait été frappée par-derrière, et ceci était à la décharge de l'inculpé, qui se trouvait faire face à son père lorsqu'on l'avait vu en discussion avec lui. Cependant, cela ne pouvait aller très loin comme défense car le père pouvait parfaitement avoir fait un mouvement et tourné le dos avant que le coup ne l'eût frappé. Toutefois, je me promis d'appeler l'attention de Holmes sur ce détail. Il y avait aussi cette allusion du mourant à un rat qui m'embarrassait fort. Que pouvait signifier cela ? Un effet du délire ? Un homme frappé mortellement n'est pas, en général, subitement atteint de délire. Non, il est probable qu'il avait cherché à expliquer par là sa mort. Mais qu'est-ce que cela voulait dire ? J'eus beau torturer mon cerveau pour trouver une explication, ce fut en vain. Et cette couverture grise vue par le jeune Mac Carthy ? S'il disait vrai, l'assassin devait avoir laissé tomber, dans sa fuite, quelque partie de son vêtement, probablement son pardessus. Il avait dû avoir la témérité de revenir sur ses pas et de l'emporter au moment où le fils était agenouillé, lui tournant le dos, à douze pas au plus de lui. Quel tissu de mystères et d'invraisemblances ! Je n'étais pas surpris des conclusions de Lestrade, et cependant j'avais une telle foi dans la perspicacité de Sherlock Holmes que je ne perdais pas espoir, d'autant que chaque nouveau fait semblait confirmer sa conviction de l'innocence du jeune Mac Carthy.

Il était tard lorsque Sherlock Holmes rentra. Il revint seul. Lestrade était retourné directement en ville, où il avait pris une chambre.

— Le baromètre est toujours très haut, dit-il en s'asseyant. Il est important qu'il ne pleuve pas avant que nous ne soyons allés sur les lieux du crime. D'un autre côté, un homme a besoin de toutes ses facultés pour mener à bien une mission aussi délicate que celle-là, et je n'ai pas voulu l'entreprendre lorsque je me sentais encore fatigué par le voyage. J'ai vu le jeune Mac Carthy.

— Et qu'avez-vous appris de lui ?

— Rien.

— N'a-t-il pas pu jeter un peu de lumière sur cette affaire ?

— Absolument aucune. J'avais cru un moment qu'il connaissait l'auteur du crime et qu'il le cachait, mais je suis convaincu, maintenant, qu'il est aussi intrigué que le public. Il n'a aucune vivacité d'intelligence, mais il est d'extérieur agréable et brave garçon, je crois.

— Je ne puis approuver son goût, dis-je, s'il est vrai qu'il se refuse à épouser une jeune fille aussi charmante que miss Turner.

— Ah ! ceci cache une fâcheuse histoire. Ce garçon est follement épris d'elle ; mais il y a environ deux ans, alors qu'il n'était encore qu'un gamin et que miss Turner était devenue presque une inconnue pour lui, puisqu'elle venait de passer cinq années en pension, imaginez que cet idiot a eu la bêtise de se laisser circonvenir à Bristol par la fille de comptoir d'un cabaret, et qu'il l'a épousée dans un bureau de placement. Personne n'en sait rien – vous pensez cependant combien il rageait lorsqu'on lui reprochait de refuser une union qu'il désirait si ardemment mais qu'il savait être absolument impossible. C'était donc par dépit qu'il levait les bras au ciel lorsque son père, à leur dernière entrevue, le poussait à faire sa demande à miss Turner. D'un autre côté, il n'avait aucune ressource personnelle et son père, qui était certainement un homme très rigide, se serait complètement désintéressé de lui s'il avait connu la vérité. C'était avec sa femme, la fille de comptoir, qu'il avait passé les trois derniers jours à Bristol et son père n'en avait pas le moindre soupçon. Notez bien ce détail, c'est important. Cependant tout cela a bien tourné, car la femme en question, ayant vu dans les journaux que M. Mac Carthy était impliqué dans une affaire criminelle et qu'il serait probablement pendu, a voulu se débarrasser de lui et lui a écrit pour lui annoncer qu'elle avait déjà, avant de l'épouser, un mari à l'arsenal de marine des Bermudes ; il en résulte que ce second mariage n'existe pas. Je crois que cette nouvelle a payé le jeune Mac Carthy de toutes ses épreuves.

— Mais s'il est innocent, quel est le coupable ?

— Ah ! quel est-il ? Voilà la question. J'appellerai très particulièrement votre attention sur deux points. Le premier est que la victime avait un rendez-vous avec quelqu'un à l'étang et que ce quelqu'un ne pouvait être son fils, puisque ce dernier était absent et que le père ignorait le moment de son retour. Le second point est qu'on a entendu la victime crier *Couhi* avant qu'elle n'ait su que son fils était revenu. Voilà les points fondamentaux sur lesquels repose l'affaire. Et maintenant, parlons de George Meredith, s'il vous plaît, et laissons de côté jusqu'à demain toutes les affaires secondaires.

Comme l'avait prédit Holmes, il ne plut pas, et le soleil, à son lever, éclaira un ciel sans nuage. À neuf heures, Lestrade vint nous prendre en voiture et nous partîmes pour Hatherley Farm et l'étang de Boscombe.

— Il y a du nouveau ce matin, dit Lestrade. On raconte que M. Turner est si malade qu'il n'y a plus d'espoir de le sauver.

— C'est un homme âgé, je suppose, objecta Holmes.

— Environ soixante ans, mais sa constitution a été ébranlée par son séjour dans les colonies et sa santé décline depuis quelque temps. Cette affaire l'a très vivement impressionné. C'était un vieil ami de M. Mac Carthy et je puis même ajouter un bienfaiteur, car je viens d'apprendre qu'il n'exigeait pas de fermage pour la location de Hatherley Farm.

— Vrai ? c'est intéressant, dit Holmes.

— Oh ! oui, et il lui est venu en aide de cent autres manières. Tout le monde ici connaît les bontés qu'il a eues pour lui.

— Réellement ? Ne vous semble-t-il pas un peu singulier que ce M. Mac Carthy qui, sans fortune, semble avoir été l'obligé de M. Turner, parle encore de faire épouser à son fils la fille de Turner, héritière, sans doute, de la propriété, et cela d'une manière si péremptoire qu'il semble que ce soit chose faite ? Cela paraît d'autant plus étrange maintenant que nous savons que Turner lui-même était opposé à ce projet. Sa fille nous l'a dit. Cela ne vous suggère-t-il pas une nouvelle déduction ?

— Nous les tenons, les déductions et les conclusions, dit Lestrade en me lançant une œillade. Il est déjà assez difficile de coordonner les faits, Holmes, sans aller nous lancer dans des théories fantaisistes.

— Vous avez raison, dit Holmes modestement, il est en effet bien difficile de reconstituer l'action.

— Dans tous les cas, je tiens pour certain un fait que vous ne voulez pas admettre, repartit Lestrade, avec animation.

— Et c'est ?

— Que Mac Carthy aîné a été tué par Mac Carthy jeune et que toutes les théories tendant à prouver le contraire ne sont que mirage.

— Mieux vaut le mirage que le brouillard, dit Holmes en riant. Mais, ou je me trompe fort, ou voici à gauche Hatherley Farm.

— Nous voici en effet arrivés.

Nous nous trouvions devant un long bâtiment à deux étages d'aspect confortable. Le toit était couvert en ardoise et sur les murs gris se voyaient de grandes plaques de lichen. Les volets fermés et les cheminées, d'où ne sortait aucune fumée, donnaient cependant à cette demeure un aspect maudit, comme si le poids d'un crime pesait sur elle. Nous nous arrêtâmes devant la porte et la servante, sur la demande de Holmes, lui montra les chaussures que portait son maître au moment de sa mort, ainsi que celles du fils – pas celles cependant que celui-ci portait lors de la mort de son père.

Après avoir minutieusement mesuré ces chaussures en tous sens, Holmes exprima le désir d'aller dans la cour, d'où nous partîmes pour nous engager dans le sentier sinueux qui menait à l'étang de Boscombe.

Sherlock Holmes était transformé lorsqu'il était ainsi sur une piste chaude. Les gens qui n'avaient eu affaire qu'au penseur profond et au logicien de Baker Street ne l'auraient jamais reconnu. Il avait le sang à la tête et sa figure s'assombrissait. Ses sourcils n'étaient plus que deux lignes raides et ses yeux brillants avaient la dureté de l'acier. Sa tête était penchée en avant, ses épaules courbées, ses lèvres serrées ; ses veines gonflées faisaient saillie sur son long cou nerveux ; ses narines se dilataient comme celles de l'animal en chasse et toutes ses facultés étaient si complètement concentrées sur son travail qu'il n'entendait plus ni question, ni remarque. Ou du moins, s'il les entendait, il n'y répondait que par un grognement d'impatience. Il marchait vite et en silence le long du sentier qui traversait les herbages et le bois jusqu'à l'étang de Boscombe. Le sol était humide et marécageux, comme dans toute cette région, et il y avait de nombreuses traces de pas sur le chemin ainsi que sur l'herbe rase qui le bordait de chaque côté. Tantôt Holmes marchait en avant, tantôt il s'arrêtait, immobile ; une fois même il fit un petit détour dans l'herbage. Nous le suivions, Lestrade et moi ; le détective d'un air indifférent et dédaigneux, moi avec intérêt et confiance, sachant que chacune de ses actions tendait à un but parfaitement défini.

La mare de Boscombe était une petite nappe d'eau, longue de cinquante mètres environ et entourée de roseaux ; elle formait la limite entre la ferme de Hatherley et le parc du riche M. Turner. Par-dessus les bois qui la bordaient sur l'extrémité opposée à celle sur laquelle nous nous trouvions, nous voyions le faîte rouge qui révélait la demeure du propriétaire. Sur le côté de la mare touchant à la ferme de Hatherley, les bois étaient très épais et, entre la lisière et les roseaux qui entouraient le parc, il y avait une bande d'herbes marécageuses large d'environ vingt pas.

Lestrade nous montra l'endroit exact où le cadavre avait été trouvé, et, en effet, la terre était si humide qu'on voyait encore clairement l'empreinte du corps de la victime. Mais Holmes, je le lisais sur son visage et dans l'expression de ses yeux, déchiffrait bien d'autres choses sur ce terrain piétiné ; il courait tout autour comme un chien qui cherche la piste. Tout à coup, se retournant vers mon compagnon :

— Pourquoi êtes-vous allé dans la mare ? lui demanda-t-il.

— Je l'ai sondée avec un râteau. Je pensais y trouver peut-être une arme ou un indice quelconque. Mais comment diable ?…

— Bon, bon, je n'ai pas le temps de m'arrêter à des vétilles. L'empreinte de votre pied gauche, qui est tourné en dedans, est visible partout ; une taupe elle-même pourrait la relever et je la vois là, disparaissant parmi les roseaux. Oh! comme ma tâche aurait été facile si j'étais venu ici avant que tous ces gens ne se soient vautrés sur la piste tel un troupeau de buffles! Voici l'endroit où la bande du portier s'est arrêtée, et ils ont tout piétiné sur un rayon de six ou huit pieds autour du cadavre. Mais voici trois pistes différentes tracées par les mêmes personnes.

Il tira une loupe de sa poche et, se couchant par terre pour mieux voir, après avoir étendu son imperméable afin de ne pas se mouiller, il se mit à se parler à lui-même plutôt qu'à nous:

— Ce sont les empreintes du jeune Mac Carthy. Deux fois il marchait et une fois il courait, c'est bien certain, car la semelle est profondément marquée tandis que le talon est à peine visible. Cela confirme sa déposition. Il a couru lorsqu'il a vu son père étendu par terre. Je vois ici les empreintes du vieux Mac Carthy lorsqu'il se promenait de long en large. Mais qu'est-ce? Ah! j'y suis: la crosse du fusil lorsque le fils était là, à écouter. Et ceci? Ah! ah! Les empreintes de quelqu'un qui a marché sur la pointe des pieds et qui avait des bottines tout à fait particulières. L'individu est venu, il est reparti, puis il est revenu; naturellement pour chercher le manteau. Maintenant, d'où venait-il?

Holmes fouillait le sol, perdant la piste puis la retrouvant; il la suivit ainsi jusqu'à la lisière du bois, à l'ombre d'un grand hêtre, l'arbre le plus élevé du voisinage. La piste contournait l'arbre. Holmes se coucha une fois de plus à plat ventre, avec une visible satisfaction. Il demeura là, longtemps, remuant les feuilles et les morceaux de bois mort, mettant dans une enveloppe ce qui me parut être de la poussière et examinant avec sa loupe non seulement le terrain, mais même l'écorce de l'arbre jusque dans sa plus grande profondeur. Il examina ensuite une pierre ébréchée qui émergeait de la mousse, et la prit. Il suivit enfin le sentier à travers bois jusqu'à sa jonction avec la grand-route, sur laquelle les traces se perdaient.

— Très intéressant, remarqua Holmes, redevenu lui-même. Je pense que cette maison grise, là, à droite, est la loge. Je vais y entrer dire un mot à Moran et peut-être écrire un billet. Nous pourrons ensuite retourner déjeuner. Allez reprendre la voiture, je vous rejoins tout de suite.

Dix minutes plus tard, nous remontions en voiture pour rentrer à Ross, Holmes portant toujours la pierre qu'il avait ramassée dans le bois.

— Ceci vous intéressera peut-être, Lestrade, dit-il en lui montrant l'objet. C'est avec cela que le crime a été commis.

— Je n'en vois aucune trace.

— Il n'y en a pas.

— Comment le savez-vous, alors ?

— L'herbe poussait à l'endroit où elle se trouvait.

Elle n'était donc là que depuis quelques jours. On ne voit pas où elle a pu être prise ; elle correspond exactement aux blessures et il n'y a pas d'indice d'aucune autre arme.

— Et l'assassin, quel est-il ?

— C'est un homme de haute taille, gaucher, boitant de la jambe droite, portant des bottines de chasse à semelles épaisses et un manteau gris ; il fume des cigares indiens, se sert d'un fume-cigare et porte dans sa poche un canif émoussé. Il y a plusieurs autres indications, mais celles-ci semblent être suffisantes pour guider nos recherches.

Lestrade sourit :

— Je regrette d'être un peu sceptique, dit-il. Les théories, c'est parfait, mais n'oublions pas que nous aurons affaire à un jury anglais très têtu.

— Nous verrons, dit Holmes froidement. Suivez votre méthode et je suivrai la mienne. J'aurai à faire toute l'après-midi et je pense retourner à Londres par le train du soir.

— Et vous laisserez l'enquête ébauchée ?

— Non, terminée.

— Mais le mystère ?

— Il est résolu.

— Qui est l'assassin, alors ?

— L'individu que je vous ai décrit.

— Où est-il ?

— Il n'est sûrement pas difficile à découvrir. Le pays n'est pas très populeux, il me semble.

Lestrade haussa les épaules.

— Je suis un homme pratique, dit-il, et je ne puis parcourir le comté à la recherche d'un monsieur qui a la jambe crochue. Je serais la risée de Scotland Yard.

— Très bien, dit Holmes avec calme. Je vous ai mis sur la voie. Nous voici arrivés chez vous. Adieu. Je vous écrirai un mot avant de partir.

Après avoir déposé Lestrade chez lui, nous rentrâmes à notre hôtel où nous trouvâmes le déjeuner servi. Holmes était silencieux et absorbé dans ses pensées. Il avait une expression de tristesse révélant une grande perplexité.

— Écoutez-moi, Watson, dit-il, quand le couvert fut enlevé. Mettez-vous sur cette chaise en face de moi, et laissez-moi pérorer un peu. Je ne vois pas bien ce qu'il faut faire et votre avis me serait précieux. Allumez un cigare et écoutez-moi.

— Parlez, je vous en prie.

— Eh bien ! maintenant, en y réfléchissant, il y a deux points dans la déposition du jeune Mac Carthy qui nous ont frappés et qui nous ont impressionnés, moi en sa faveur et vous contre lui. Le premier de ces points est que son père ait pu crier *Couhi* avant de le voir. Le second est l'étrange allusion qu'a faite le mourant à un rat. Il a murmuré quelques mots, il est vrai, mais le fils n'a entendu que celui-là. Prenons ce double point de départ et supposons que le récit du jeune homme soit rigoureusement exact. Dans ce cas, que signifie ce *Couhi* ? Cet appel n'était évidemment pas à l'adresse de son fils, qu'il croyait encore à Bristol. C'est par hasard que le jeune homme se trouvait à portée de sa voix. Le *Couhi* était donc un signal à la personne avec laquelle il avait un rendez-vous. Mais *Couhi* est un cri essentiellement australien et employé par les habitants de cette colonie. Il y a donc de fortes présomptions pour que la personne que Mac Carthy s'attendait à rencontrer à l'étang de Boscombe fût un Australien.

— Alors, que signifie ce « rat » ?

Sherlock Holmes tira de sa poche un papier plié et l'étendit sur la table.

— Ceci est une carte de la colonie de Victoria, dit-il. J'ai télégraphié à Bristol hier soir pour la demander.

Il cacha une partie de la carte avec sa main.

— Que lisez-vous là ? me demanda-t-il.

— Je lis : « rat ».

— Et maintenant ? dit-il en levant la main.

— « Ballarat ».

— Parfaitement. C'est ce mot-là que le mourant a prononcé, dont son fils n'a entendu que la dernière syllabe. C'est le nom de son assassin : Untel, de Ballarat.

— Merveilleux ! m'écriai-je.

— Cela saute aux yeux. Et maintenant, vous voyez que j'ai bien restreint les recherches. Enfin, il y a un troisième point, qui devient une certitude si le récit du fils est correct : c'est que l'assassin est possesseur d'un manteau gris. Nous ne sommes plus dans le vague et nous partons d'une base sûre ; l'assassin est un Australien de Ballarat qui a un manteau gris.

— Il n'y a pas de doute.

— Et un homme qui habitait le district, car la mare n'est accessible que par la ferme ou par le domaine sur lequel les étrangers s'aventurent rarement.

— Parfaitement.

— Enfin, il résulte de notre expédition d'aujourd'hui sur les lieux du crime et de l'examen du sol les détails que j'ai donnés à cet imbécile de Lestrade, sur la personnalité du criminel.

— Mais comment les avez-vous acquis, ces détails ?

— Vous connaissez ma méthode. Elle est fondée sur l'observation la plus minutieuse. Je sais qu'il est possible de juger approximativement de la taille de quelqu'un par l'écartement de son pas et aussi de ses bottines par leur empreinte.

— Oui, ce sont des bottines particulières. Mais vous dites qu'il est boiteux ?

— L'empreinte du pied droit est constamment moins distincte que celle du pied gauche ; c'est donc qu'il appuie moins dessus. Pourquoi ? Parce qu'il est infirme, parce qu'il boite.

— Vous ajoutez qu'il est gaucher.

— Vous avez sûrement été frappé par la nature de la blessure décrite par le chirurgien lors de sa déposition. Le coup a été porté directement par-derrière et cependant à gauche. C'est bien le fait d'un gaucher. Il est sûrement resté derrière l'arbre pendant l'entrevue du père et du fils. Il a même fumé à cet endroit. J'ai retrouvé là la cendre d'un cigare que mes connaissances particulières en cendres de tabac me permettent de reconnaître pour être celles d'un cigare indien. Vous savez que je me suis appliqué à cette étude et que j'ai écrit une petite monographie sur les cendres de cent quarante variétés différentes de tabacs de pipe, de cigare et de cigarette. Après avoir trouvé de la cendre, j'ai cherché tout autour, dans la mousse, le bout de cigare qui avait dû être jeté là, et je l'ai découvert. C'était, en effet, un cigare indien de la qualité fabriquée à Rotterdam.

— Et le fume-cigare ?

— J'ai constaté que le bout du cigare n'avait pas été mis dans la bouche ; l'individu avait donc employé un fume-cigare pour le fumer. La pointe avait été coupée et non mordue, mais la coupure n'était pas nette, d'où j'ai conclu qu'il avait un couteau émoussé.

— Holmes, dis-je, vous avez pris cet homme dans les mailles d'un filet d'où il ne pourra pas s'échapper et vous avez sauvé la vie d'un innocent avec autant de certitude que si vous aviez vous-même coupé la corde qui l'étranglait. Je vois le but clairement. Le coupable est…

— M. John Turner ! annonça le garçon d'hôtel en ouvrant la porte de notre salon et en introduisant un visiteur.

L'homme qui entra avait une tournure étrange et bien faite pour impressionner. Il était boiteux, et ses épaules voûtées le faisaient paraître plus âgé qu'il ne l'était réellement. Ses traits durs, accentués, et ses membres robustes dénotaient une force physique et morale peu ordinaire. Sa barbe embroussaillée, ses cheveux grisonnants, ses épais sourcils retombant sur ses yeux se combinaient pour donner à sa personne un aspect de dignité et d'énergie ; mais il était d'une pâleur de cire ; ses lèvres et les coins de ses narines étaient légèrement teintés de bleu, signe absolument certain pour moi qu'il était atteint d'une maladie organique mortelle.

— Asseyez-vous, je vous prie, sur le sofa, dit Holmes aimablement. Vous avez reçu ma lettre ?

— Oui, le portier me l'a remise. Vous m'avez écrit que vous désiriez me voir pour éviter un scandale.

— Oui, on aurait pu jaser si j'étais allé au château.

— Et pourquoi désiriez-vous me voir ?

Il regarda mon compagnon, et ses yeux fatigués, dans lesquels on lisait le désespoir le plus profond, répondirent d'avance à la question.

— Oui, dit Holmes, saisissant sa pensée. Je sais comment est mort M. Mac Carthy.

Le vieillard se cacha la figure dans les mains.

— Dieu ait pitié de moi, s'écria-t-il. Je n'aurais jamais laissé condamner le jeune homme. Je vous donne ma parole que j'aurais parlé s'il avait comparu aux assises.

— Je suis heureux de ce que vous me dites, répondit Holmes gravement.

— J'aurais parlé dès maintenant si je n'avais une fille. Elle aura le cœur brisé lorsqu'elle me verra arrêté…

— Il se peut que les choses n'en viennent pas là, dit Holmes.

— Comment ?

— Je ne suis pas de la police. C'est votre fille qui m'a appelé ici et j'agis dans son intérêt. Il faut cependant que le jeune Mac Carthy échappe à tout soupçon.

— Je suis un mourant, dit le vieux Turner ; je suis depuis plusieurs années atteint de diabète. Mon docteur se demande si je vivrai plus d'un mois. Je vous avoue bien franchement que je préférerais mourir sous mon toit que dans une geôle. Holmes se leva, et s'assit devant la table, la plume à la main, avec une liasse de papier devant lui.

— Dites-nous la vérité. J'écrirai votre récit, vous le signerez, et Watson, ici présent, peut servir de témoin. À la dernière extrémité, je produirai votre confession, si c'est absolument nécessaire pour sauver le jeune Mac Carthy. Je vous promets de ne l'employer qu'à défaut d'autre ressource.

— Cela vaudra mieux, dit le vieillard ; il s'agit de savoir si je vivrai jusqu'aux assises. Donc peu importe, mais je veux à tout prix épargner Alice. Si vous voulez, je vais tout vous expliquer ; il m'a fallu plus de temps pour accomplir l'acte qu'il n'en faut pour le dire.

Vous ne connaissez pas la victime, Mac Carthy. C'était le diable incarné, je vous le certifie. Que Dieu vous préserve de jamais tomber dans les griffes d'un homme comme lui ! Depuis dix ans il pèse sur ma destinée et il a ruiné ma vie.

Dans les années qui suivirent 1860, je me trouvais occupé dans les mines d'or de l'Australie. Très jeune, ardent et téméraire, j'étais prêt à entreprendre n'importe quoi ; je fis partie d'un groupe de fortes têtes, je me mis à boire, je tombai sur une concession improductive, je me jetai dans la brousse et je devins, en un mot, ce que vous appelez ici un voleur de grand chemin. Nous étions une bande de six, et nous menions une vie de sauvages, dévastant de temps à autre une station, ou arrêtant les wagons se dirigeant vers les mines. J'étais connu sous le nom de « Black Jack de Ballarat » et on appelle encore notre bande « la bande de Ballarat ».

Un jour arriva de Ballarat un convoi d'or se dirigeant vers Melbourne. Nous le guettâmes pour l'attaquer. Il était défendu par six cavaliers et nous étions six aussi, de sorte que c'était jouer serré ; mais quatre de nos adversaires tombèrent à la première décharge. Trois de nos boys furent tués cependant avant que nous ayons pu prendre le dessus. Je mis mon pistolet sous le nez du fourgonnier, qui était précisément ce Mac Carthy. Plût à Dieu que je l'eusse tué alors ! Mais je l'épargnai, quoique je visse bien que ses mauvais yeux n'étaient fixés sur moi que pour bien graver mes traits dans sa mémoire. Cet or dont nous nous étions emparés fut le point de départ de notre fortune et nous revînmes en Angleterre sans avoir été soupçonnés. Là je me séparai de mes vieux camarades et je me décidai à me fixer enfin et à vivre d'une vie calme et respectable. J'achetai cette propriété que j'eus la chance de trouver à vendre et je cherchai à consacrer ma fortune au bien pour compenser la manière dont je l'avais acquise. Je me mariai aussi et, quoique ma femme mourût peu de temps après, elle me laissa

une fille, ma chère petite Alice. Même tout enfant, sa main semblait me guider dans le bon chemin, où aucun autre ne m'eût mené. En un mot, je commençai une vie nouvelle et je fis de mon mieux pour réparer le passé. Tout alla bien jusqu'au moment où Mac Carthy réapparut.

J'étais allé à la ville pour faire un placement lorsque je le rencontrai dans Regent Street, à peine vêtu et chaussé.

« — Ah ! te voilà, Jack, dit-il en me touchant familièrement le bras ; nous allons te servir de famille, mon fils et moi ; tu penses bien, j'espère, nous prendre à ta charge. Sinon, l'Angleterre est un beau pays, respectueux des lois, et il y a toujours un sergent de ville à la portée de la voix. »

Je ne pus les empêcher de venir dans l'Ouest, et ils se sont installés chez moi, où ils ont vécu depuis ce moment sans payer de loyer. Dès lors, je n'eus plus un instant de repos, de paix ou d'oubli ; je rencontrais à tout bout de champ la figure sournoise et grimaçante de cet homme. Ce fut bien pis lorsqu'Alice fut devenue une jeune fille, car il s'aperçut vite que ce que je redoutais bien plus encore que la police, c'était qu'elle ne connût mon passé. J'étais obligé d'accorder sans barguigner à Mac Carthy tout ce qu'il demandait : terre, argent, maisons ; mais à la fin, il me demanda une chose que je ne pouvais lui accorder : Alice elle-même.

Son fils avait grandi, ma fille aussi, et comme on me savait malade, Mac Carthy pensait que grâce à cette union le jeune homme ne tarderait pas à devenir propriétaire du domaine. Cette fois, je résistai. Je ne voulais pas que sa race maudite s'alliât à la mienne, non pas que j'eusse la moindre antipathie pour ce garçon,

mais il suffisait pour moi qu'il fût le fils de son père pour que je m'opposasse à ce mariage. Je tins donc bon. Mac Carthy menaça. Je le défiai d'aller au bout de ses menaces. Nous prîmes rendez-vous à la mare qui se trouve à mi-chemin de nos deux habitations pour causer de l'affaire.

Lorsque j'y arrivai, je le trouvai parlant avec son fils ; alors, je fumai un cigare et j'attendis derrière un arbre qu'il fût seul. Mais, en écoutant leur conversation, tout ce que j'avais de mauvais en moi prit le dessus. Je l'entendis presser son fils d'épouser ma fille avec aussi peu de considération pour les sentiments de la jeune personne que si elle eût été une fille perdue. Je me sentis devenir fou, à la pensée que moi et ce que j'avais de plus cher au monde, nous étions au pouvoir de cet homme. Ne pouvais-je m'affranchir, enfin, de cette chaîne ? n'étais-je pas un mourant, un homme condamné ? Quoique sain d'esprit et assez fort physiquement, je savais que mes jours étaient comptés ; mais il fallait sauver ma mémoire et ma fille à la fois. Je savais pouvoir atteindre ce double but si je réduisais au silence cette langue de vipère. C'est ce que j'ai fait, monsieur Holmes, et je serais prêt à recommencer. Quelque graves qu'aient été mes fautes, je les ai expiées par une vie de martyre ; je ne pouvais cependant souffrir que ma fille fût prise dans le même filet que moi. Je frappai cet homme avec aussi peu de remords que si ç'avait été une bête malfaisante et dangereuse. Son cri fit revenir son fils, lorsque j'avais déjà atteint le couvert du bois ; bien que j'aie été forcé de revenir sur mes pas pour ramasser le manteau que j'avais laissé tomber en fuyant.

Voilà, messieurs, le récit exact de ce qui s'est passé.

— Eh bien ! je n'ai pas à vous juger, dit Holmes au moment où le vieillard signait la déposition qui lui avait été arrachée. Dieu veuille que nous ne nous trouvions jamais en pareille situation.

— Dieu le veuille, monsieur ! Et qu'allez-vous faire maintenant ?

— À cause de votre état, rien. Vous savez vous-même que vous aurez bientôt à répondre de votre acte devant un tribunal plus élevé que les assises. Je garderai votre confession ; si Mac Carthy est condamné, je serai forcé de la produire ; sinon, elle ne sera jamais vue par aucun mortel et votre secret, que vous soyez vivant ou mort, ne sera pas divulgué.

— Adieu alors, dit le vieillard avec solennité. Vous mourrez vous-même plus tranquille en pensant au repos que vous me donnez en cet instant suprême.

Tremblant de la tête aux pieds, il sortit en chancelant de la chambre.

— Que Dieu nous vienne en aide ! dit Holmes après un long silence. Pourquoi le sort nous joue-t-il de mauvais tours, à nous autres infimes vers de terre ? Je n'entends jamais parler d'une affaire comme celle-là sans penser au mot de Baxter et dire : « Là, sans la grâce de Dieu, c'en serait fait de Sherlock Holmes. »

James Mac Carthy fut acquitté aux assises à cause de toutes les objections présentées par Holmes et soumises à la défense. Le vieux Turner vécut encore sept mois après notre entrevue, mais il est mort maintenant, et il y a toutes les chances possibles pour que le fils et la fille de ces deux hommes vivent heureux ensemble sans qu'ils connaissent jamais le nuage noir qui obscurcit leur passé.

L'aventure des cinq pépins d'orange

Je viens de relire les notes que j'ai prises sur les causes célèbres qui furent confiées à Sherlock Holmes entre les années 1882 et 1890 ; je les trouve presque toutes d'un intérêt si palpitant que je ne sais sur laquelle arrêter mon choix. Je me bornerai donc à laisser de côté celles qui ont été publiées par les journaux et celles qui ne font pas suffisamment ressortir le talent si remarquable de mon ami, ce talent que je cherche à mettre en lumière.

Il y en a aussi, parmi ces causes, qui ont échappé à sa fine analyse ; les relater ici serait inutile puisque l'enquête n'a pas abouti ; d'autres n'ont été que partiellement éclaircies, et leur explication est plutôt basée sur des soupçons et des conjectures que sur ces preuves d'une logique serrée qui sont le triomphe de Sherlock Holmes. C'est dans cette dernière catégorie que je choisis une aventure aussi remarquable dans ses détails qu'émouvante dans ses résultats, et qui ne pourra manquer d'intéresser mes lecteurs, bien que quelques points en soient demeurés obscurs.

L'année 1887 nous a fourni une longue série de causes sur lesquelles j'ai pris des notes. Je citerai l'affaire de la Chambre Paradol, celle de la Société des mendiants amateurs, qui tenait ses brillantes réunions sous les voûtes du garde-meuble; les faits qui se rattachent à la perte de la barque anglaise *Sophie-Anderson*; les singulières aventures des Grice Paterson dans l'île d'Uffa, et enfin l'affaire de poison de Camberwell. Dans cette dernière, Sherlock Holmes a pu prouver, en remontant la montre du défunt, qu'elle l'avait été deux heures auparavant et que son propriétaire avait dû se coucher à ce moment-là. Cette déduction a été de la plus haute importance. Toutes ces aventures, je les raconterai un jour ou l'autre, mais je n'en connais pas de plus étrange que celle que j'ai l'intention de mettre aujourd'hui sous les yeux de mes lecteurs.

C'était aux derniers jours de septembre, à l'époque où les tourmentes d'équinoxe font rage : tout le jour, le vent avait soufflé et la pluie avait fouetté les fenêtres, si bien que même dans cet immense Londres, cœur de la civilisation, nous étions forcés de nous incliner devant les forces de la Nature et de les subir. Vers le soir, la tempête sembla redoubler : le vent dans la cheminée produisait un bruit semblable aux cris et aux sanglots d'un enfant. Sherlock Holmes était tristement assis devant l'âtre, compulsant ses dossiers, tandis qu'en face de lui j'étais plongé dans la lecture d'un pathétique récit maritime de Clark Russell. Ma femme était allée passer quelques jours chez sa tante et j'étais revenu habiter provisoirement mon ancien quartier de Baker Street.

— Tiens, dis-je, en levant les yeux sur mon compagnon, on vient de sonner ! Qui donc peut venir ce soir ? Un de vos amis, sans doute.

— En dehors de vous, je n'ai pas d'amis, me répondit Holmes; d'ailleurs je fais mauvais accueil aux visiteurs.

— Un client peut-être ?

— Alors, le cas doit être bien grave pour qu'un homme se dérange par ce temps affreux et à cette heure. Je crois plutôt que c'est quelque ami de la propriétaire.

Sherlock Holmes se trompait, car au même moment nous entendîmes un bruit de pas dans le couloir et un coup à la porte.

— Entrez, dit Holmes en étendant le bras pour rapprocher la lampe du fauteuil destiné au nouveau venu.

Le visiteur était un jeune homme d'environ vingt-deux ans, bien mis, élégant, plutôt fin et distingué de tournure. Son parapluie ruisselant d'eau et son caoutchouc ne laissaient aucun doute sur la tempête qui sévissait au dehors. Il regarda autour de lui avec anxiété ; ses yeux et sa pâleur révélaient une violente émotion.

— Je vous fais d'abord mes excuses, dit-il, en assujettissant son pince-nez, j'espère que je ne vous dérange pas et je regrette d'apporter dans votre confortable home des traces d'eau et de boue.

— Donnez-moi votre manteau et votre parapluie, dit Holmes ; je vais les accrocher et les faire sécher. Je suppose que vous venez du sud-ouest.

— Oui, de Horsham.

— L'argile et la craie qui recouvrent vos chaussures sont bien significatives pour moi.

— Je suis venu pour vous consulter.

— Je vous donnerai volontiers mon avis.

— Et pour chercher du secours auprès de vous.

— Ceci est moins facile.

— Je vous connais de réputation, monsieur Holmes ; je sais comment vous avez sauvé le major

Prendergast dans l'affaire scandaleuse du Club Tankerville.

— Ah! oui; on l'accusait injustement d'avoir triché au jeu.

— Le major m'a affirmé que vous étiez capable de résoudre les cas les plus difficiles.

— Il s'est peut-être beaucoup avancé.

— Et qu'on ne vous avait jamais pris en défaut.

— Pardon, j'ai été mis dedans quatre fois: trois fois par des hommes; une fois par une femme.

— Qu'est-ce que cela en comparaison de tous vos succès?

— Le fait est que j'ai été généralement assez heureux.

— J'espère que vous aurez la même chance avec moi.

— Faites-moi le plaisir d'abord d'approcher votre chaise du feu et de m'exposer votre affaire.

— C'est un cas peu ordinaire.

— Toutes les causes que l'on me soumet sont du même genre; on vient à moi en dernier ressort.

— Eh bien! monsieur, je ne crois pas que vous ayez jamais vu une série d'événements plus mystérieux et plus bizarres que ceux qui se sont passés dans ma famille!

— Vous excitez ma curiosité, dit Holmes, je vous en prie, racontez-moi d'abord les principaux faits, et je vous poserai ensuite des questions sur les détails qui me paraîtront avoir de l'importance.

Le jeune homme avança sa chaise et chauffa ses pieds à la flamme du foyer.

— Mon nom est John Openshaw, mais ma propre histoire a peu de rapport avec cette horrible affaire.

C'est un cas d'hérédité que je vais vous exposer et, afin que vous le compreniez bien, je suis forcé de remonter plusieurs années en arrière.

Il faut que vous sachiez que mon grand-père a eu deux fils : mon oncle Elias et mon père Joseph. Mon père avait à Coventry une petite usine, qu'il agrandit à l'époque de l'invention de la bicyclette ; il avait pris un brevet pour le pneumatique increvable Openshaw, et il fit de si belles affaires qu'il put revendre son brevet et vivre dans l'aisance.

Mon oncle Elias émigra tout jeune en Amérique et devint planteur en Floride, où il s'enrichit de son côté. Au moment de la guerre civile, il combattit dans l'armée de Jackson, puis sous les ordres de Hood qui le nomma colonel. Quand Lee déposa les armes, mon oncle regagna sa plantation et y resta trois ou quatre ans. Vers 1869 ou 1870, il revint en Europe et acheta une propriété dans le comté de Sussex, près de Horsham. Il avait amassé une belle fortune en Amérique ; et s'il quitta le pays, ce fut à cause de la répulsion que lui inspiraient les Noirs et de son aversion pour la République qui les avait affranchis. C'était un homme original, nerveux, violent, emporté même et d'humeur peu sociable. Pendant tout son séjour à Horsham, je doute qu'il ait consenti à aller une seule fois en ville. Il avait un jardin et deux ou trois champs autour de sa maison ; c'est là qu'il prenait de l'exercice, quand il ne restait pas des semaines entières dans sa chambre. Il buvait beaucoup d'eau-de-vie, il était gros fumeur, aimait la solitude et ne cherchait pas à avoir des amis ; son frère même paraissait lui être indifférent.

Quant à moi, gamin de douze ans et traité comme tel, je fus bientôt pris en affection par lui. En 1878, huit ou neuf ans après son arrivée en Angleterre, il demanda à mon père de me confier à lui et fut très bon pour moi. Quand il n'était pas en état d'ébriété, il aimait à jouer avec moi au trictrac et aux dames ; il me laissait diriger ses domestiques et répondre à ses fournisseurs, si bien qu'à seize ans j'étais devenu un maître de maison accompli. J'avais toutes ses clefs et pouvais sortir à mon gré, à condition de ne pas le déranger dans ses habitudes. Pourtant, il y avait dans les mansardes une chambre, sorte de débarras, qui restait invariablement fermée et dont l'accès était interdit, à moi aussi bien qu'à tout autre. Avec ma curiosité d'enfant, j'avais bien essayé de regarder par le trou de la serrure, mais je n'avais pu apercevoir qu'un amas de vieilles malles et de vieilleries du genre de celles que l'on voit d'habitude dans les greniers.

Un jour, en mars 1883, je vis sur la table de la salle à manger et devant l'assiette du colonel une lettre timbrée de l'étranger. C'était chose peu commune pour lui que de recevoir des lettres car il payait comptant ses factures et n'avait pas d'amis.

— Des Indes, dit-il, en prenant la lettre, et de Pondichéry ! Qu'est-ce que cela peut être ?

Il l'ouvrit à la hâte : cinq pépins d'orange s'en échappèrent et tombèrent sur son assiette. Je me mis à rire, mais je m'arrêtai court en voyant l'expression de sa figure : ses lèvres s'étaient serrées, ses yeux étaient devenus hagards, sa peau avait pris une teinte de mastic. Il regardait l'enveloppe et sa main était toute tremblante.

— « KKK », s'écria-t-il, mon Dieu ! j'expie mes fautes.

— Qu'y a-t-il, mon oncle ?

— La mort, répondit-il, et, se levant de table, il gagna sa chambre.

J'étais terrifié. Je ramassai l'enveloppe et je remarquai qu'il y avait au dos, juste au-dessus de la partie gommée, la lettre *K* tracée à l'encre rouge et trois fois répétée. L'enveloppe ne contenait pas autre chose que les cinq pépins secs. Quelle pouvait bien être la raison de cet accès de terreur ? Je quittai la table, je montai l'escalier et je rencontrai mon oncle qui descendait. Il tenait à la main une vieille clef rouillée qui devait être celle du grenier, et il portait une petite boîte en cuivre qui ressemblait à une cassette.

— Ils peuvent faire ce qu'ils veulent, mais je déjouerai leur complot, dit-il en jurant ; dis à Marie de faire un bon feu dans ma chambre et envoie chercher Fordham, l'avoué de Horsham.

J'exécutai ses ordres et quand l'avoué arriva je l'introduisis chez mon oncle, selon le désir exprimé par celui-ci. Le feu pétillait dans la cheminée, mais je remarquai qu'il y avait dans la grille un amas de cendres noires et légères provenant de papiers brûlés ; à côté, la boîte de cuivre était ouverte et vide. En regardant la boîte, je m'aperçus que le couvercle portait les trois *K* que j'avais vus le matin même sur l'enveloppe.

— John, me dit mon oncle, je désire que vous serviez de témoin à mon testament : je lègue ma propriété avec tous ses agréments et désagréments à mon frère, votre père, qui vous la laissera sûrement en héritage. Si vous pouvez en jouir, tant mieux ; sinon, croyez-moi, mon ami, léguez-la à votre plus grand ennemi. Je regrette de vous laisser dans cette incertitude, mais actuellement je ne peux pas prévoir comment les choses tourneront. Veuillez signer ce papier à l'endroit que vous indique M. Fordham.

Je signai le testament et l'avoué l'emporta. Comme vous le pensez, ce singulier incident m'émut beaucoup : j'y réfléchis longuement, j'examinai la question à tous les points de vue sans pouvoir la résoudre et je demeurai sous une impression de terreur qui s'atténua, toutefois, avec le temps. Rien du reste ne vint troubler notre existence. Mon oncle, cependant, n'était plus le même : il buvait plus que jamais et devenait de moins en moins sociable. Il passait la plus grande partie de son temps enfermé dans sa chambre ; parfois il sortait comme un fou de la maison, et arpentait le jardin, revolver au poing, en criant qu'il n'avait peur de personne et que ni Dieu ni diable ne sauraient le garder parqué comme un mouton dans son enclos. Dès que ces accès étaient passés, il se précipitait sur la porte, la fermait à clef, et plaçait à l'intérieur une barre de sûreté, agissant comme un homme qui ne peut se soustraire plus longtemps à une terreur enracinée au-dedans de lui-même. Ces jours-là, même par une température très basse, j'avais remarqué que son visage était inondé de sueur.

Enfin, monsieur Holmes, pour en arriver au dénouement et ne pas abuser de votre patience, je vous dirai qu'une certaine nuit, il fit une escapade qui lui fut fatale, car nous le retrouvâmes sans vie à l'extrémité du jardin, la face plongée dans un bassin rempli d'eau croupie. Comme son corps ne portait aucune trace de violence, que le bassin mesurait à peine deux pieds de profondeur, et qu'en plus la victime était connue pour son excentricité, le jury n'hésita pas à conclure à un suicide. Moi qui connaissais sa terreur de la mort, j'étais loin de croire qu'il l'eût cherchée. Mais personne ne poussa plus loin l'enquête et mon père entra en possession de l'héritage : environ quatorze mille livres qu'il déposa à la Banque.

— Un instant, interrompit Holmes ; votre déposition est une des plus curieuses que j'aie jamais entendues ; dites-moi les dates précises à la fois de la réception de la lettre par votre oncle et du jour de son supposé suicide.

— La lettre arriva le 10 mars 1883 ; sa mort eut lieu sept semaines après, dans la nuit du 2 mai.

— Merci. Et maintenant, continuez.

— Quand mon père entra en jouissance de la propriété, le grenier, si bien fermé jusqu'à ce jour, fut sur ma demande soigneusement visité ; nous y trouvâmes bien la boîte de cuivre, mais elle était absolument vide. À l'intérieur du couvercle se trouvait une étiquette avec les initiales *KKK* répétées et l'inscription suivante : « Lettres, memoranda, reçus et liste », indiquant sans doute la nature des papiers détruits par le colonel Openshaw. En dehors de cela, des papiers et des carnets relatifs à la vie de mon oncle en Amérique ; quelques-uns de ces carnets dataient de la guerre et prouvaient que mon oncle, en faisant son devoir, avait mérité la réputation de brave soldat. D'autres, qui dataient de la reconstitution des États du Sud, traitaient surtout de politique et révélaient l'énergique opposition qu'il avait dû faire aux aventuriers venus du Nord.

Ainsi, mon père s'établit à Horsham au commencement de 1884 et tout alla aussi bien que possible jusqu'en janvier 1885. Le 4 janvier, nous étions ensemble à déjeuner quand soudain mon père jeta un grand cri de surprise : il tenait d'une main une enveloppe qu'il venait de déchirer et de l'autre cinq pépins d'orange. Il s'était toujours moqué de ce qu'il appelait « mon histoire de revenant », mais cette histoire devenant pour lui réalité, il en fut ahuri, effrayé même.

« — Que diable cela veut-il dire, John ? grommela-t-il.

Je me sentis glacé d'effroi.

— C'est le KKK, dis-je.

Il regarda à l'intérieur de l'enveloppe.

— C'est bien cela : voilà les mêmes lettres.

— Mais qu'y a-t-il d'écrit au-dessus ?

— « Placez les papiers sur le cadran solaire », lus-je en regardant par-dessus son épaule.

— Quels papiers, quel cadran solaire ?

— Le cadran du jardin, il n'y en a pas d'autre. Mais ces papiers doivent être ceux qui ont été détruits.

— Peuh ! dit-il, rassemblant son courage. Nous sommes ici en pays civilisé : trêve de niaiseries. D'où tout cela vient-il ?

— De Dundee, répondis-je en voyant le timbre.

— C'est une mauvaise plaisanterie. Je n'ai que faire de cette histoire de cadran solaire et de papiers.

— À votre place, j'en parlerais à la police, dis-je.

— Non, non, je ne veux pas qu'on se moque de moi.

— Alors laissez-moi faire.

— Je vous défends de bouger. Je ne tiens pas à ébruiter de telles bêtises. »

Mon père était très obstiné : c'était perdre mon temps que d'essayer de le convaincre. Je n'en restai pas moins sous le coup de tristes pressentiments. Le troisième jour après la réception de cette lettre, mon père alla rendre visite à l'un de ses vieux amis, le major Freebody, qui commande un des forts de Portsdown Hill. Au fond, j'étais content de le voir sortir, car il me semblait plus en sûreté hors de la maison. Combien je me trompais ! Le deuxième jour de son absence, je reçus un télégramme du major, me demandant de venir sur l'heure : mon père était tombé dans une des crevasses qui abondent aux environs et avait été retrouvé sans connaissance, le crâne fracturé. Il respirait encore lorsque j'arrivai, mais il s'éteignit peu après, sans que nous ayons pu le faire revenir à lui. Il paraît qu'il avait quitté Fordham au crépuscule ; il ne connaissait pas le pays et ignorait que le chemin longeait des carrières de craie qu'aucune barrière ne défendait. Une chute n'avait rien de surprenant dans ces conditions et le jury se prononça pour un cas de mort accidentelle. Moi-même, après avoir examiné les circonstances qui avaient trait à la mort de mon père, j'écartai la possibilité d'un meurtre : son corps ne portait en effet aucun signe de violence ; le vol n'aurait pu être le mobile du crime et, du reste, on n'avait pas vu d'étrangers rôder aux alentours. Malgré cela, j'avais l'esprit à la torture et je ne pouvais m'empêcher de croire qu'un complot avait été ourdi contre lui.

J'étais fatalement l'unique héritier de mon père, et si je consentis à jouir de ses biens, j'étais convaincu que nos malheurs se rattachaient à un incident de la vie de mon oncle et que je serais poursuivi dans quelque endroit que je me réfugiasse.

C'est en janvier 1885 que mon pauvre père mourut ; depuis, deux ans et huit mois se sont écoulés. Pendant ce temps, j'ai vécu heureux à Horsham. Je commençais même à croire que l'heure de la malédiction était passée pour ma famille et que la série de nos malheurs s'était éteinte avec la génération précédente. Hélas ! je m'étais vanté trop tôt, car hier matin le coup fatal s'est abattu sur moi, comme jadis sur mon père.

Le jeune homme sortit de son gilet une enveloppe froissée, la retourna sur la table et en fit tomber cinq pépins d'orange.

— Voici l'enveloppe, continua-t-il ; le timbre est de Londres, quartier Est. À l'intérieur sont les mêmes lettres qui figuraient sur le dernier message de mon père, « KKK », et puis cette phrase : « Placez les papiers sur le cadran solaire. »

— Qu'avez-vous fait ? demanda Holmes.

— Rien.

— Rien ?

— À vrai dire, répondit-il en cachant sa tête dans ses mains fines et pâles, je suis aussi désespéré qu'un lapin qu'un serpent cherche à enlacer. Je me sens poursuivi par une invincible et inexorable fatalité capable de déjouer tous mes efforts.

— Ah bah ! s'écria Holmes. Il faut agir, mon cher, ou vous êtes perdu. L'énergie seule peut vous tirer de là, et ce n'est pas le moment de désespérer.

— J'ai vu la police.

— Ah !

— Ils ont écouté mon histoire en souriant. L'inspecteur s'imagine sans doute que ces lettres sont des plaisanteries, que la mort successive de mes parents est le résultat d'accidents, comme le jury l'a déclaré, et qu'elle n'a rien de commun avec ces histoires mystérieuses.

Holmes agita en l'air ses poings fermés, en criant :

— Oh ! stupidité incroyable !

— Néanmoins, ils m'ont octroyé un policeman pour garder la maison avec moi.

— Est-il venu avec vous cette nuit ?

— Non car il avait l'ordre de rester dans la maison.

Holmes gesticula encore.

— Pourquoi êtes-vous venu me trouver ? Mais surtout, pourquoi n'êtes-vous pas venu plus tôt ?

— Je ne vous connaissais pas. C'est aujourd'hui seulement que j'ai fait part de mon effroi au major Prendergast, et c'est lui qui m'a conseillé d'aller vous voir.

— Voilà déjà deux jours que vous avez la lettre. Vous deviez venir avant. Vous n'avez aucune autre preuve, je suppose, que celle que vous venez de m'exposer, aucun autre détail qui puisse nous mettre sur la voie ?

— Si, j'ai autre chose, dit John Openshaw.

Et ce disant, il fouilla dans sa veste et en sortit un bout de papier bleu décoloré qu'il posa sur la table.

— Je me souviens vaguement avoir remarqué, ajouta-t-il, le jour où mon oncle brûla ses papiers, que les bords des papiers non consumés qui se trouvaient parmi les cendres avaient la même couleur que celui-ci. J'ai trouvé cette seule feuille sur le parquet de sa chambre et je suis porté à croire qu'elle a voltigé loin des autres, échappant ainsi à leur destruction. Sauf le fait que cette feuille mentionne les pépins d'orange, je ne vois pas qu'elle soit un indice important. Je pense que c'est une page de quelque agenda. En tout cas, c'est bien l'écriture de mon oncle.

Holmes déplaça la lampe et, tous deux, nous nous penchâmes sur la feuille de papier, dont les bords écornés indiquaient qu'elle avait été arrachée d'un livre.

En tête, on lisait : « Mars 1869 », et en bas, ces notes énigmatiques : « Le 4 : Hudson est arrivé. Rien de changé. Le 7, envoyé les pépins à Mac Caulay à Paramore et à John Swain de Saint-Augustin. Le 9, Mac Caulay disparaît. Le 10, John Swain disparaît. Le 12, visite à Paramore. Tout va bien. »

— Merci, dit Holmes, repliant le papier et le rendant au visiteur. Maintenant, vous n'avez pas un instant à perdre : allez chez vous et agissez au plus vite.

— Mais que faire ?

— Une seule chose, et immédiatement : vous allez mettre cette feuille de papier dans la boîte en cuivre dont vous m'avez parlé ; vous y joindrez une note spécifiant, dans des termes formels, que votre oncle a brûlé tous les autres papiers sauf celui-là. Ensuite, vous placerez la boîte sur le cadran solaire. Me comprenez-vous ?

— Parfaitement.

— Pour le moment, ne pensez ni à la vengeance ni à autre chose de semblable. Nous y arriverons par les moyens légaux ; nous avons à tendre notre filet tandis que le leur est tout prêt. La première chose à faire est d'écarter le danger qui vous menace ; ensuite nous éclaircirons le mystère, en punissant les coupables.

— Merci, dit le jeune homme, en se levant et en remettant son pardessus ; vous m'avez ramené à la vie et à l'espérance et je vais suivre vos conseils.

— Ne perdez pas un instant, et surtout, veillez sur votre sécurité car vous êtes certainement menacé par un réel et imminent danger. Comment allez-vous rentrer ?

— Par le train qui part de Waterloo.

— Il n'est pas encore neuf heures : les rues doivent être fréquentées et je pense que vous serez en sûreté.

Rappelez-vous, pourtant, que vous ne veillerez jamais trop sur vous-même.

— Je suis armé.

— Parfait ! Demain je vais me mettre à étudier votre affaire.

— Alors, je vous verrai à Horsham ?

— Non, c'est à Londres que se cache votre secret. C'est là que je veux le chercher.

— Eh bien ! je reviendrai vous voir dans un ou deux jours pour savoir ce que vous pensez de la boîte et des papiers. Je suivrai vos avis sur toute la ligne.

Il nous donna une poignée de main et s'en alla. Au dehors, le vent mugissait toujours et la pluie cinglait contre les fenêtres. Cette étrange aventure semblait nous être apportée par les éléments en fureur, poussée vers nous comme le serait une nappe d'algues marines un jour de tempête, et semblait aussi destinée à être engloutie par les flots même qui l'avaient apportée.

Sherlock Holmes était assis, silencieux, la tête penchée en avant ; ses yeux ne quittaient pas la flamme qui brillait dans l'âtre. Il alluma sa pipe et, se renversant au fond de son fauteuil, se mit à contempler les spirales de fumée qui se pourchassaient vers le plafond.

— Je crois, Watson, dit-il enfin, que nous tenons là le plus fantastique de tous nos cas judiciaires.

— Excepté, pourtant, le Signe des Quatre.

— Oui, peut-être ; cependant ce John Openshaw me fait l'effet de courir plus de dangers que n'en couraient les Sholtos.

— Mais, lui demandai-je, vous représentez-vous bien ce que sont tous ces dangers ?

— Il ne peut y avoir aucun doute sur leur nature, répondit Holmes.

— Eh bien ! quels sont-ils ? Qui est ce *KKK*, et pourquoi s'acharne-t-il sur cette pauvre famille ?

Sherlock Holmes ferma les yeux, plaça ses coudes sur les bras du fauteuil, et joignit le bout de ses doigts.

— Le logicien idéal, dit-il, dès qu'il a connaissance d'un fait dans tous ses détails, devrait non seulement en déduire la suite des événements qui l'ont précédé, mais aussi toutes les conséquences.

De même que Cuvier pouvait décrire un animal tout entier par la seule étude d'un os, de même l'observateur, qui a bien examiné un événement pris dans une série, devrait être capable de déterminer tous les autres, ceux qui précèdent comme ceux qui suivent. Nous n'avons pas encore saisi les conséquences auxquelles la raison seule peut nous amener. On peut résoudre par l'étude certains problèmes qui ont défié les efforts de la seule raison. Toutefois, pour arriver à la perfection de l'art, il faut que le logicien soit capable de tirer parti de tous les faits portés à sa connaissance ; ceci implique, comme vous allez le voir, une science profonde, chose rare même à notre époque d'enseignement gratuit et encyclopédique. Il n'est pas impossible cependant qu'un homme arrive à connaître tout ce qui est nécessaire à sa profession ; je puis dire que tel a été le but de ma vie. Si j'ai bonne mémoire, vous avez un jour, au début de notre amitié, défini et limité ma science d'une façon très précise.

— Oui, répondis-je en riant. C'était un singulier document. La philosophie, l'astronomie et la politique étaient cotées zéro, je m'en souviens ; en botanique votre science était inégale ; en géologie, profonde, en ce qui concerne les taches de boue lorsque cette boue était prise dans un rayon de 50 kilomètres de la ville. Je vous avais qualifié d'excentrique en chimie, je trouvais que vous manquiez de méthode en anatomie, mais que vous étiez incomparable en littérature sensationnelle et en études de crime ; joueur de violon, boxeur, homme de loi et d'épée, monomane de cocaïne et de tabac. Telles sont, je crois, les principales lignes de mon analyse.

Holmes fit la grimace à ces derniers mots :

— Eh bien ! reprit-il, j'ai dit et je répète qu'un homme devrait garder dans sa petite cervelle tout ce qui peut lui être utile ; quant au surplus, il l'entasserait dans sa bibliothèque en attendant qu'il en ait besoin. Ainsi, pour un cas comme celui qui vient de nous être soumis ce soir, nous avons besoin de faire appel à toutes nos ressources. Donnez-moi, je vous prie, la lettre *K* de l'*Encyclopédie américaine*, qui est à côté de vous sur le rayon. Merci. Maintenant, examinons la situation et voyons ce que nous pouvons en déduire. Tout d'abord, nous pouvons hardiment présumer que le colonel Openshaw avait quelque raison spéciale d'abandonner

l'Amérique. Un homme de son âge n'aime pas volontiers à changer ses habitudes et à quitter le charmant climat de Floride pour venir s'isoler dans une petite ville de province, en Angleterre. Son grand amour de la solitude me fait croire qu'il était poursuivi par la crainte de quelqu'un ou de quelque chose, et nous pouvons supposer que c'est cette crainte qui lui a fait abandonner l'Amérique. Quant à l'objet même de sa crainte, nous ne pouvons le déterminer que d'après les terribles lettres que lui-même et ses héritiers ont reçues. Avez-vous remarqué les timbres de ces lettres ?

— La première venait de Pondichéry, la deuxième de Dundee, la troisième de Londres.

— De Londres Est : que pouvez-vous en déduire ?

— Ces trois villes sont des ports. J'en conclus que l'auteur de ces lettres était à bord d'un bateau.

— Parfait, nous tenons déjà un bout du fil. L'auteur était à bord d'un bateau. Continuons l'examen par la lettre de Pondichéry : sept semaines se sont écoulées entre la menace et la réalisation de la menace. Pour celle de Dundee, l'intervalle n'a été que de trois ou quatre jours. Y voyez-vous un indice ?

— Celui d'une grande distance parcourue par l'auteur de la missive.

— Oui, mais la lettre a aussi parcouru cette même distance.

— Alors, je ne vois pas.

— Le vaisseau sur lequel voyageait ce ou ces hommes est évidemment un voilier : il semble qu'ils aient toujours envoyé leur singulier message avant qu'eux-mêmes ne se missent en route. Remarquez, pour la lettre de Dundee, combien peu de temps s'est écoulé entre le message et sa réalisation. S'ils étaient venus par un vapeur de Pondichéry, ils seraient arrivés presque en même temps que leur lettre. Or, sept semaines entières se sont écoulées : d'après moi, les sept semaines représentent la différence de vitesse entre le vapeur qui a apporté la lettre, et le voilier qui a amené l'auteur de la lettre.

— C'est possible.

— Je dirai mieux : c'est probable. Et maintenant, vous comprenez combien ce nouveau cas est pressant, et pourquoi j'ai recommandé au jeune Openshaw de tant veiller sur lui-même. La fatalité s'est toujours abattue sur les victimes à l'échéance du temps nécessaire au voyage de l'expéditeur de la missive. Cette dernière lettre vient de Londres, nous ne devons donc pas nous attendre à un long délai.

— Grand Dieu ! m'écriai-je. Que peut donc signifier cette persécution acharnée ?

— Les papiers que possédait Openshaw sont évidemment de toute importance pour la personne ou les personnes qui sont à bord du voilier. Je crois pouvoir affirmer que ces personnes étaient plusieurs : un seul homme n'aurait pas pu être l'auteur de deux meurtres et tromper ainsi le jury. Les assassins étaient donc plusieurs, tous hommes de ressources et bien résolus. Ils veulent avoir ces papiers, quel qu'en soit le possesseur. De cette façon, *KKK* ne représente plus les initiales d'un individu mais le symbole d'une association.

— Mais de quelle association ?

— Avez-vous jamais entendu parler du « Ku Klux Klan » ? dit Holmes en baissant la voix.

— Non, jamais.

Holmes feuilleta son livre.

— Tenez, voici : « Ku Klux Klan », dit-il ; ce nom tire son origine de sa frappante ressemblance avec le son d'une carabine qu'on arme. Cette terrible société secrète fut formée après la guerre civile, dans les États du Sud, par quelques ex-confédérés, et elle eut bientôt des ramifications dans différentes régions, notamment le Tennessee, la Louisiane, les Carolines, la Géorgie et la Floride. Elle avait une puissance politique, terrorisait les électeurs noirs et faisait disparaître ou chassait du pays tous ceux qui contrecarraient ses desseins. Avant de frapper, les membres de cette société envoyaient, sous une forme fantastique, mais facile à reconnaître, un message à la victime désignée : tantôt une pousse de feuille de chêne, tantôt des pépins de melon ou d'orange. En recevant cet avertissement, la victime devait ou changer sa façon de vivre ou s'enfuir du pays. Si elle bravait la menace, la mort l'attendait infailliblement, et toujours une mort étrange, imprévue. Cette société était si bien organisée et si méthodiquement réglementée qu'il existe à peine un cas où un homme ait pu la défier impunément et où on ait trouvé la trace des auteurs du crime. Il y a quelques années, cette société était à son apogée, en dépit des efforts du gouvernement et de la classe élevée des États du Sud. En 1869, l'association fut subitement dissoute ; il y eut toutefois depuis cette époque des essais isolés de réorganisation. Vous remarquerez, dit Holmes en posant le volume, que la soudaine dislocation de cette société coïncide avec la disparition d'Openshaw, quittant l'Amérique avec les papiers : il pourrait bien y avoir là cause et effet à la fois. Il n'est pas étonnant que des esprits implacables poursuivent sans cesse les membres de la famille Openshaw. Vous comprenez que ce registre et cet agenda peuvent compromettre quelques-uns des notables du Sud et que beaucoup d'entre eux ne dormiront pas tant que ces papiers ne seront pas entre leurs mains.

— Alors, la page que nous avons vue... ?

— ... Est bien ce que nous pouvions supposer. On y lisait, si je m'en souviens : « Envoyé les pépins à A. B. et C. », ce qui veut dire envoyé des avertissements de la société à A. B. et C. Puis la note : A. et B. ont disparu ou quitté le pays ; quant à C., je crains qu'il n'ait connu un triste sort. Eh bien ! je crois maintenant, docteur, que nous pourrons jeter un peu de lumière sur cette obscure histoire, et que la seule chance de salut pour le jeune Openshaw est de faire ce que je lui ai dit.

Rien de plus pour ce soir. Donnez-moi mon violon et essayons d'oublier pendant une demi-heure ce temps si triste au dehors et les passions non moins lamentables de l'espèce humaine.

Au matin, le temps s'était éclairci et le soleil brillait d'une timide clarté à travers le voile nuageux qui recouvre la grande ville. Sherlock Holmes était déjà à table quand je descendis :

— Excusez-moi de ne pas vous avoir attendu, dit-il, je vais avoir, je suppose, une journée très remplie par l'étude de l'affaire du jeune Openshaw.

— Quelle marche allez-vous suivre ?

— Cela dépendra du résultat de mes premières recherches ; il peut se faire que j'aie à

aller à Horsham.

— Vous n'irez pas là d'abord ?

— Non, je commencerai par la Cité… Sonnez la servante pour qu'elle apporte votre café.

En attendant, j'ouvris un des journaux déposés sur la table et j'y jetai un coup d'œil. Mes yeux tombèrent sur un article qui me fit frissonner.

— Holmes, dis-je, vous arrivez trop tard.

— Ah ! dit-il en posant sa tasse, c'est ce que je redoutais. Comment cela se fait-il ?

Holmes, tout en affectant beaucoup de calme, était très ému.

— Mes yeux sont tombés sur le nom d'Openshaw et sur cet en-tête : « Drame au pont de Waterloo. » Voici l'article : « La nuit dernière, entre neuf et dix heures du soir, le policeman Cook, de la division H, en faction près du pont de Waterloo, entendit un appel au secours et un plongeon. La nuit était sombre, la tempête faisait rage et malgré l'aide de plusieurs passants, il fut impossible d'opérer un sauvetage. L'alarme pourtant fut donnée et la police des quais parvint à repêcher le corps d'un jeune homme, nommé Openshaw et habitant Horsham, comme l'atteste une enveloppe trouvée dans sa poche. On suppose que dans sa hâte à arriver à temps pour prendre le dernier train à Waterloo Station, par la faute de l'obscurité, il s'est trompé de chemin et a enjambé l'extrémité d'un ponton qui sert à amarrer les bateaux. Son corps ne portant nulle trace de violence, il semble évident que le défunt a été la victime d'un fatal accident. Ce malheur devra attirer l'attention des autorités sur la fâcheuse disposition des pontons d'amarrage. »

Nous restâmes quelques minutes immobiles et silencieux, Holmes plus déprimé et ému que jamais.

— Quel échec à mon amour-propre, Watson ! dit-il enfin. C'est là un bien petit sentiment, je l'avoue, mais mon orgueil en souffre. J'en fais une affaire personnelle et si Dieu me prête vie, je mettrai la main sur cette bande ! Dire que ce jeune homme venait implorer mon secours et que je l'ai envoyé à la mort !

Il se leva brusquement de son fauteuil et arpenta la chambre d'un pas agité ; ses joues blêmes avaient pris une légère coloration ; ses mains longues et amaigries se crispaient nerveusement.

— Ces gens-là doivent être de rusés gredins, s'écria-t-il, pour l'avoir fait tomber dans ce piège. La berge de la rivière n'est pas en droite ligne avec la station ; même à cette heure de la nuit, il passait trop de monde sur le pont pour qu'ils pussent exécuter leurs projets. Eh bien ! Watson, nous allons voir qui gagnera cette course : je sors sur l'heure !

— Pour aller voir la police ?

— Non, je me suffirai à moi-même. Quand j'aurai préparé mon filet, je serai sûr de prendre le gibier, mais pas avant.

Toute la journée, je dus vaquer à mes occupations, et il était tard quand je regagnai Baker Street. Holmes n'était pas encore rentré. Enfin, vers dix heures, il revint, pâle et exténué. Il alla droit au buffet, coupa un morceau de pain et le mangea avec voracité. Puis, il avala un grand verre d'eau.

— Vous avez faim, lui dis-je.

— Je tombe d'inanition. Je n'ai rien pris depuis le déjeuner.

— Rien ?

— Non, d'ailleurs je n'avais pas le temps d'y penser.

— Eh bien ! avez-vous réussi ?

— Oui, certes.

— Vous avez trouvé la piste ?

— Je les tiens dans le creux de ma main. Le jeune Openshaw sera bientôt vengé. Nous allons les marquer à leur propre et diabolique marque de fabrique. C'est bien inventé, n'est-ce pas ?

— Que voulez-vous dire ?

Il prit une orange, l'ouvrit et en exprima les pépins sur la table. En choisissant cinq, il les mit dans une enveloppe et inscrivit au bas : « S. H. pour J. O. » Ensuite, il la cacheta et l'adressa à : « Capitaine James Calhoum, Barque *Lone Star*, Savannah, Georgie. »

— Cette lettre lui sera remise à son entrée au port, dit-il en ricanant, et pourra bien l'empêcher de dormir. Elle sera pour lui, comme pour Openshaw, le signe avant-coureur de son destin.

— Qui est ce capitaine Calhoum ?

— Le chef de la bande. J'aurai les autres, mais lui d'abord.

— Comment l'avez-vous dépisté ?

Holmes sortit de sa poche une large feuille de papier toute couverte de dates et de noms.

— J'ai passé toute la journée, dit-il, à consulter les registres de la Lloyd's et des monceaux de vieux papiers, suivant la marche de tous les vaisseaux qui avaient touché à Pondichéry en janvier et février 1883 ; trente-six bateaux de faible tonnage sont inscrits sur les registres de cette ville pendant ces derniers mois. L'un d'eux, le *Lone Star*, attira immédiatement mon attention (bien que, d'après les registres, il provînt de Londres) parce que son nom est celui d'un des États d'Amérique.

— Le Texas, je crois !

— Je ne puis pas l'affirmer ; mais je suis sûr de son origine américaine.

— Eh bien ! Alors ?

— Je fouillai les registres de Dundee, et quand j'eus découvert que le *Lone Star* était dans ce port en janvier 1885, ma supposition devint une certitude. De là, je consultai la liste des vaisseaux actuellement dans le port de Londres.

— Et ensuite ?

— Le *Lone Star* est arrivé la semaine dernière. J'allai au dock Albert et appris que la barque avait descendu la rivière ce matin même, faisant route vers Savannah. Je télégraphiai à Gravesend et sus qu'elle avait déjà passé au large ; le vent étant de l'est, le *Lone Star* a maintenant doublé les Goodwins et doit être en vue de l'île de Wight.

— Qu'allez-vous faire alors ?

— Soyez tranquille, je ne les lâche pas ; je sais que le capitaine et ses deux seconds sont les seuls Américains du bord ; les autres sont des Danois et des Allemands. Je sais aussi que tous les trois sont descendus à terre la nuit dernière ; je le tiens de la bouche de l'arrimeur qui a aidé à charger le bateau. Avant que leur barque atteigne Savannah, ma lettre sera arrivée par la malle, et la police de Savannah saura par câble que ces trois messieurs sont inculpés du crime.

Comme toujours, les plans humains pèchent par quelque endroit, et les meurtriers de John Openshaw ne reçurent jamais les pépins d'orange qui devaient leur révéler qu'un homme aussi résolu et aussi hardi qu'eux était lancé à leur poursuite. Cette année-là, la tempête fit rage à l'équinoxe. Nous attendions toujours des nouvelles du *Lone Star*, mais aucune ne nous parvint. Un jour pourtant, nous apprîmes qu'on avait vu là-bas, au loin sur l'Atlantique, flotter entre deux lames l'étambot d'un navire portant les lettres « L. S. ». C'est là tout ce que nous saurons jamais du *Lone Star*.

L’homme à la lèvre retroussée

Isa Whitney, frère du défunt Elias Whitney, docteur en théologie, principal de l’École de théologie de Saint-Georges, s’adonnait à l’opium. Il paraît qu’il contracta ce vice au collège, à la suite d’une ridicule espièglerie. Il avait lu la description des rêves et sensations de Quincey et, pour produire les mêmes résultats à son profit, il avait inondé son tabac de laudanum. Il découvrit, comme beaucoup d’autres, qu’il est plus facile de prendre une habitude que de s’en débarrasser, et, pendant plusieurs années, lui, qui avait été un homme respectable, devint, sous l’empire de cette passion, un objet d’horreur et de pitié pour ses parents et amis. Je le vois encore, assis, tout ramassé sur lui-même ; je vois son teint jaune et empâté, ses paupières lourdes, ses pupilles réduites à la dimension de pointes d’épingles ; en un mot, l’image de la dégradation.

Une nuit – c’était en juin 1889 –, on sonna à ma porte, à peu près à l’heure où un homme aux habitudes rangées commence à bâiller et regarde la pendule. Je me redressai sur ma chaise et ma femme laissa tomber son ouvrage sur ses genoux, avec une petite moue de désappointement.

— Un client, me dit-elle, vous allez être obligé de sortir.

Je laissai échapper un gros soupir, car j'avais eu une journée fatigante et j'aspirais au repos.

La porte s'ouvrit, nous entendîmes quelques mots prononcés à la hâte, des pas rapides dans le corridor, et on introduisit dans le salon une dame vêtue d'une robe sombre, le visage caché sous un voile noir.

— Excusez-moi de venir si tard, balbutia-t-elle.

Puis, perdant toute contenance, elle se jeta au cou de ma femme et sanglota sur son épaule.

— Oh ! que je suis malheureuse ! s'écria-t-elle. J'ai bien besoin d'un peu de secours.

— Comment, dit ma femme en relevant son voile, mais c'est Kate Whitney ! Comme vous m'avez fait peur, Kate. Je ne vous avais absolument pas reconnue lorsque vous êtes entrée.

— Je suis dans une terrible situation. Je ne sais plus que faire, alors je suis venue vous trouver.

Cette phrase n'était pas nouvelle pour moi : ma femme s'était faite depuis longtemps le refuge et le conseil des affligés.

— Vous avez bien fait de venir, lui dit-elle. Prenez un peu d'eau et de vin pour vous remonter ; asseyez-vous sur un siège confortable et contez-moi votre peine. Préférez-vous que James se retire ?

— Oh non ! non ! J'ai besoin de l'avis du docteur et aussi de son secours. C'est à propos d'Isa. Il n'est pas rentré depuis deux jours. J'ai bien peur qu'il ne lui soit arrivé quelque chose de fâcheux.

Ce n'était pas la première fois qu'elle nous parlait de l'infirmité de son mari : à moi comme docteur, à ma femme comme à une vieille amie de pension. Nous fîmes tous nos efforts pour la calmer et la réconforter, tout en la questionnant sur l'endroit où pouvait se trouver son mari et la possibilité de le ramener au logis.

Elle nous dit savoir de source certaine que, lors de sa dernière crise, il était devenu l'habitué d'une taverne d'opium dans la partie Est de la Cité. Jusqu'alors, ses orgies s'étaient bornées à un seul jour d'absence ; il rentrait le soir crispé et étourdi. Mais, cette fois, il était depuis quarante-huit heures sous l'empire de sa malheureuse passion, et c'est dans cette taverne qu'on devait le trouver, respirant du poison, ou dormant jusqu'à ce que les effets de l'opium fussent passés, cela au milieu d'un public vil et dégradé, la lie des docks. C'était vers le Bar d'Or, dans Upper Swandam Lane, qu'il fallait diriger les recherches. Mais que faire ? Comment une timide jeune femme pouvait-elle entrer dans un pareil lieu et forcer son mari à quitter cet antre de gredins ?

Tel était le but de sa visite, avec l'espoir que je pourrais l'accompagner dans ce lieu maudit. Puis changeant d'avis, elle jugea qu'après tout sa présence n'était d'aucune utilité et que moi, le médecin traitant d'Isa Whitney, je serais plus apte à avoir de l'influence sur lui ; il valait donc mieux me laisser aller seul. Je m'engageai à lui renvoyer son mari dans un fiacre si vraiment je le trouvais dans l'endroit qu'elle m'avait indiqué. Dix minutes plus tard, j'avais quitté mon fauteuil et mon confortable salon pour rouler vers l'est de la ville, chargé d'une étrange mission, moins étrange encore en apparence qu'elle ne le devint en réalité.

La première partie de mon entreprise fut des plus simples. Upper Swandam Lane est une vilaine rue, cachée derrière les hauts entrepôts qui bordent le côté nord de la rivière à l'est du Pont de Londres. Entre un magasin de liqueurs et un marchand de gin, auxquels on accède par un raide escalier en pierre aboutissant à un trou noir comme l'entrée d'une cave, je découvris l'antre que je cherchais. Ayant donné l'ordre à mon fiacre de m'attendre, je descendis l'escalier, usé dans sa partie médiane par le passage constant des ivrognes, et à la lueur d'une lampe à huile vacillante, suspendue au-dessus de la porte, je soulevai le loquet et entrai en tâtonnant dans une longue pièce basse dont l'atmosphère était épaissie par la fumée brune de l'opium. Des couchettes en bois, formant terrasse, s'étageaient tout autour comme sur le gaillard d'avant d'un navire d'émigrants.

À travers cette vapeur, on apercevait vaguement des silhouettes qui affectaient les formes les plus fantastiques ; des épaules voûtées, des genoux repliés, des têtes rejetées en arrière dans une attitude hébétée, avec çà et là un œil sombre et terne braqué vers la porte d'entrée. Du cercle d'ombre émergeaient de petits points plus ou moins lumineux, selon que le poison se consumait ou s'éteignait dans les fourneaux des pipes de métal. La plupart des fumeurs étaient étendus et ne parlaient pas ; mais quelques-uns murmuraient leurs propres rêves, et d'autres échangeaient leurs pensées d'une voix étrange, caverneuse, saccadée, s'arrêtant tout à coup, demeurant absorbés sans s'occuper de ce que racontait le voisin. À l'extrémité opposée, j'aperçus un petit brasier de charbon allumé et, tout près, sur un trépied en bois, un grand vieillard décharné, dont la mâchoire reposait sur ses mains ; il appuyait ses coudes sur ses genoux, et ses yeux semblaient être attirés par le feu.

À mon arrivée, un serviteur malais, pâle et blafard, s'était empressé de m'offrir une pipe et une provision d'opium, m'invitant à m'étendre sur une couchette vide.

— Merci, je ne suis pas venu pour rester ici, mais pour y rencontrer un de mes amis, M. Isa Whitney, à qui j'ai à parler.

Quelqu'un à ma droite fit un brusque mouvement et poussa une exclamation. Alors, ma vue perçant l'obscurité, je découvris devant moi, me regardant avec fixité, Whitney en personne, mais un Whitney pâle, hagard, abruti.

— Grand Dieu ! C'est Watson, dit-il.

Le pauvre homme était dans un état navrant et ses nerfs étaient surexcités au plus haut point.

— Dites donc, Watson, quelle heure est-il ?

— Bientôt onze heures.

— De quel jour ?

— Vendredi 19 juin.

— C'est affreux ! Je me croyais le mercredi. Non, vous vous trompez, c'est bien mercredi, n'est-ce pas ? Pourquoi voulez-vous jouer un vilain tour à un camarade ?

Il pencha sa tête sur son épaule et commença à pleurer sur une note aiguë.

— Je vous dis que c'est bien vendredi, mon cher. Votre femme vous attend depuis deux jours. Vous devriez être honteux de votre conduite.

— J'ai honte, en effet. Seulement vous vous trompez, Watson, car je n'ai passé ici que quelques heures : j'ai fumé trois pipes, quatre peut-être, je ne me rappelle pas combien, mais je vais rentrer avec vous. Je ne veux pas effrayer Kate, pauvre petite Kate. Donnez-moi la main. Avez-vous une voiture ?

— Oui, j'en ai une à la porte.

— Alors, je vais en profiter. Il faut cependant que je paye ma note ici, Watson. Je vous en prie, voyez ce que je peux devoir, je n'ai plus la force de rien faire par moi-même.

Pour arriver jusqu'au patron de l'établissement, je m'engageai dans l'étroit passage laissé libre entre les doubles rangs de dormeurs, retenant mon souffle afin de ne pas aspirer les vapeurs délétères et engourdissantes de l'opium. En passant devant l'homme décharné assis à côté du brasier, je sentis une main qui tirait ma veste et j'entendis une voix sourde qui murmurait: «Lorsque vous m'aurez dépassé, retournez-vous et regardez-moi.»

Je jetai un coup d'œil autour de moi. Ces paroles avaient été prononcées très distinctement et ne pouvaient l'avoir été que par le vieillard à côté duquel je me trouvais. J'hésitais cependant à le croire, tant cet individu paraissait absorbé! Il était d'une maigreur extrême, très ridé, voûté par l'âge; il tenait entre ses genoux sa longue pipe d'opium, qu'il semblait avoir laissé échapper de sa main par lassitude. Je fis deux pas en avant, puis je me retournai, mais il me fallut toute ma présence d'esprit pour retenir une exclamation! Le vieillard s'était placé de telle manière que moi seul pouvais le voir. Son corps était moins maigre, ses rides avaient disparu, les yeux ternes étaient redevenus brillants et l'être que j'avais là devant moi, assis près du fourneau, n'était autre que Sherlock Holmes, oui, Sherlock Holmes en personne, s'amusant de ma surprise. Je compris à un signe imperceptible que je devais m'approcher de lui, mais déjà il avait repris, avec sa lèvre pendante, son attitude de vieillard tombé en enfance.

— Holmes, murmurai-je, que diable faites-vous ici, dans cet antre ?

— Parlez aussi bas que possible. J'ai d'excellentes oreilles. Si vous aviez l'extrême bonté de vous débarrasser de l'abruti d'ami que vous avez là, je serais très heureux de causer un instant avec vous.

— J'ai un fiacre à la porte.

— Alors, je vous en prie, mettez-le dedans et renvoyez-le chez lui. Vous pouvez être tranquille à son sujet, il m'a l'air trop abattu pour faire des sottises. Je vous conseille aussi de donner un mot au cocher pour votre femme afin de lui dire que vous êtes retenu par moi. Attendez-moi dehors, je suis à vous dans cinq minutes.

Je ne savais rien refuser à Sherlock Holmes, dont toutes les demandes étaient précises, nettes, et formulées d'un ton calme et autoritaire. Je savais aussi que, lorsque j'aurais mis Whitney dans le fiacre, ma mission serait accomplie, et je me réjouissais d'autre part de me lancer avec mon ami dans une de ces singulières aventures qui étaient sa seule raison d'être. En quelques secondes, j'eus écrit un petit billet à ma femme et payé la note de Whitney. J'installai celui-ci dans mon fiacre et, lorsque je l'eus vu s'éloigner, j'attendis patiemment Sherlock Holmes. Quelques minutes après, je vis sortir de l'antre à opium un homme à l'aspect décrépit qui vint me rejoindre et, côte à côte, nous descendîmes la rue. Un bon moment, il marcha d'un pied incertain, le dos courbé. Puis, se retournant tout à coup, il se redressa et partit d'un joyeux éclat de rire.

— Vous devez penser, Watson, dit-il, que j'ai ajouté le vice de l'opium aux injections sous-cutanées de cocaïne et à toutes les autres faiblesses sur lesquelles vous avez bien voulu m'ouvrir des horizons médicaux ?

— J'ai assurément été très surpris de vous trouver ici.

— Pas plus que moi de vous y voir.

— Je suis venu y chercher un ami.

— Et moi un ennemi.

— Un ennemi ?

— Oui, un de mes ennemis naturels, ou, si vous le préférez, une proie. En un mot, Watson, je suis en train de faire une enquête très intéressante et j'espère avoir trouvé, comme déjà d'autres fois, une piste sérieuse au milieu des divagations incohérentes de ces imbéciles. Si j'avais été reconnu dans cet antre, ma vie ne valait pas quatre sous ; je cours une course et ce gredin de lascar qui me poursuit a juré qu'il se vengerait. Si la trappe qui est derrière ce bâtiment, près de l'embarcadère de Saint-Paul, pouvait raconter tout ce qu'elle a vu passer par les sombres nuits sans lune…

— Quoi, vous voulez parler de cadavres ?

— Oui, de cadavres, Watson. Nous serions riches si on nous donnait mille livres pour chaque malheureux que cet antre a tué. C'est le plus horrible piège à crime qui existe sur cette rive du fleuve, et je crains que Neville Saint-Clair y soit entré pour n'en jamais plus ressortir. Mais la voiture devrait être ici.

Il plaça deux de ses doigts entre ses dents et donna un vigoureux coup de sifflet, signal auquel répondit au loin un autre coup de sifflet, suivi d'un bruit de sabots de cheval et de roulement de voiture.

— Maintenant, Watson, dit Holmes, au moment où émergeait de l'obscurité un grand *dog cart* éclairé par des lanternes, vous allez venir avec moi, c'est entendu.

— Si je puis vous être utile...

— Oh ! un ami sûr est toujours utile, et un chroniqueur plus encore. J'ai, aux Cèdres, une chambre à deux lits.

— Aux Cèdres ?

— Oui, aux Cèdres, c'est la maison de M. Saint-Clair. J'y habite depuis que je dirige l'enquête.

— Et où est-ce ?

— Près de Lee, dans le comté de Kent. Nous avons sept lieues de trajet devant nous.

— Mais je ne sais pas le premier mot de l'histoire !

— Naturellement. Je vous raconterai cela dans un moment. Montez ici. Bien. John, nous n'avons pas besoin de vous. Voici une demi-couronne. Attendez-moi demain vers onze heures. Mettez la jument en marche. Parfait.

Il donna un léger coup de fouet et nous nous engageâmes dans un dédale de rues sombres et désertes pour aboutir au large pont jeté sur l'eau fangeuse. Plus loin, un grand terrain pavé de briques et de mortier, espace silencieux où résonnait seul le pas lourd et régulier d'un sergent de ville, ou les chants et les cris de quelque joyeux viveur attardé. De gros nuages sombres s'amoncelaient dans le ciel, laissant à peine entrevoir quelques étoiles. Holmes ne parlait pas : la tête penchée sur la poitrine, il semblait absorbé par ses réflexions, tandis que moi, assis à côté de lui, je grillais d'apprendre quel était le nouveau problème sur lequel se concentraient toutes ses facultés. Je n'osais pourtant l'interroger. Nous avions déjà parcouru plusieurs milles et atteint les faubourgs, peuplés de nombreuses villas, lorsque mon compagnon, se secouant tout à coup, haussa les épaules et alluma sa pipe d'un air satisfait.

— Vous savez vous taire, Watson, me dit-il. C'est une qualité inappréciable chez un compagnon de voyage. Mais, ma parole, j'ai besoin de causer avec quelqu'un, car mes pensées en ce moment ne sont rien moins que gaies. Je me demandais à l'instant ce que je dirai à cette pauvre petite femme ce soir, lorsqu'elle viendra me recevoir à la porte.

— Vous oubliez que je ne suis pas au courant.

— J'ai juste le temps de vous exposer les faits avant que nous n'arrivions à Lee. Cela paraît très simple et cependant je ne trouve pas la bonne piste. Il y a beaucoup d'indices, assurément, mais ces indices ne forment pas un ensemble. Maintenant, Watson, je vais vous raconter l'affaire aussi clairement que possible et il se peut qu'il jaillisse dans votre cerveau une étincelle qui me mettra sur la voie.

— Je vous écoute.

— Il y a quelques années, en mai 1884 pour être précis, vint à Lee un individu qui s'appelait Neville Saint-Clair et qui passait pour être très riche. Il prit une grande villa et en arrangea les abords avec goût, puis vécut sur un assez grand pied. Peu à peu, il se fit des amis dans les environs et, en 1887, il épousa la fille d'un brasseur du cru, de laquelle il a eu deux enfants. Il n'avait pas d'occupation, mais faisait partie de plusieurs compagnies et allait généralement à la ville le matin, revenant chaque soir par le train qui part de Canon Street à 5 h 14. M. Saint-Clair a maintenant trente-sept ans; c'est un homme d'habitudes sobres, un bon mari, un père très tendre et un homme populaire parmi tous ceux qui le connaissent. J'ajouterai que, d'après nos renseignements, ses dettes, à l'heure actuelle, se montent à quatre-vingt-huit livres dix shillings, tandis qu'il a un crédit de deux cent vingt livres dans les banques de la capitale et du comté. Il n'y a donc aucune raison de supposer que ses ennemis, s'il en a, soient des créanciers intransigeants.

Lundi dernier, M. Neville Saint-Clair est allé en ville plus tôt que de coutume, disant, avant de partir, qu'il avait deux importantes commissions à faire et qu'il rapporterait à son petit garçon un jeu de construction. Par hasard, sa femme reçut un télégramme ce même lundi, très peu de temps après son départ, lui annonçant qu'un petit paquet d'une valeur considérable, paquet qu'elle attendait du reste, était à sa disposition dans les bureaux de la Compagnie maritime d'Aberdeen. Si vous connaissez bien votre Londres, vous savez que le bureau de la Compagnie est dans la rue de Fresno, qui aboutit à Upper Swandam Lane, où vous m'avez trouvé ce soir. Mme Saint-Clair déjeuna donc, partit pour la Cité, fit quelques courses, se rendit au bureau de la Compagnie, prit son paquet et se trouva exactement à 4 h 35 dans Swandam Lane, en route pour la gare. M'avez-vous bien suivi jusqu'ici ?

— Parfaitement.

— Si vous vous en souvenez, la température était très élevée lundi dernier. Mme Saint-Clair marchait lentement et regardait à droite et à gauche dans l'espoir de voir un *hansom*, n'aimant pas à se trouver seule à pied dans ce quartier mal famé. En descendant ainsi Swandam Lane, elle entendit tout à coup une exclamation ou un cri, et demeura stupéfaite en voyant son mari la regarder, et même lui faire signe (du moins à ce qu'il lui semblait), du haut d'une fenêtre d'un deuxième étage. La fenêtre était ouverte et Mme Saint-Clair affirme que son mari paraissait bouleversé. Il fit avec la main un mouvement désespéré, puis disparut de la fenêtre soudainement, comme tiré par une force irrésistible. Un détail étrange la frappa : quoique vêtu du vêtement foncé qu'il portait en partant pour la ville, il n'avait ni col ni cravate.

Convaincue qu'il était arrivé un malheur à son mari, elle descendit rapidement les marches (la maison n'était autre que l'antre d'opium dans lequel vous m'avez trouvé ce soir), et, traversant en courant la pièce d'entrée, elle essaya de monter l'escalier qui conduit au premier étage. Mais au pied de cet escalier, elle rencontra l'homme dont je vous ai parlé, ce gredin de lascar, qui l'empêcha de passer et qui, aidé du Danois qui sert là de factotum, la repoussa dans la rue. Assaillie d'affreux pressentiments, elle descendit la rue et rencontra, par bonheur, dans la rue Fresno, un certain nombre de sergents de ville avec un inspecteur, qui regagnaient tous leur section.

L'inspecteur et deux hommes la suivirent et, malgré la résistance opiniâtre du propriétaire, ils pénétrèrent dans la pièce dans laquelle M. Saint-Clair venait d'être aperçu. Ils ne l'y trouvèrent pas. En réalité, il n'y avait personne à cet étage, excepté un malheureux infirme d'aspect repoussant qui habitait là. Lui et Lascar jurèrent solennellement que personne, en dehors d'eux, n'était entré dans cette chambre cette après-midi-là. Leurs dénégations étaient si énergiques que l'inspecteur en fut ébranlé et crut que Mme Saint-Clair avait fait erreur. Mais celle-ci, poussant un cri, bondit à ce moment sur une petite boîte de bois blanc qui se trouvait sur la table et en arracha le couvercle : un jeu de construction en tomba, précisément celui que M. Saint-Clair devait rapporter à son enfant.

Cette découverte, ajoutée au trouble évident que laissa voir le boiteux, prouva à l'inspecteur que l'affaire était grave. L'appartement fut soigneusement perquisitionné et on conclut à un crime abominable. La pièce de devant était meublée en salon modeste et ouvrait sur une petite salle à manger qui avait vue sur l'un des entrepôts. Entre l'entrepôt et la fenêtre de la chambre à coucher se trouve un étroit passage qui est à sec à marée basse, mais qui est recouvert, à marée haute, d'au moins quatre pieds et demi d'eau. La fenêtre de la chambre est large et s'ouvre sur toute la hauteur. À l'examen, on découvrit des traces de sang sur le rebord de la fenêtre et quelques gouttes encore visibles sur le parquet de la chambre. Dans la première pièce, derrière un rideau, on trouva tous les vêtements de M. Neville Saint-Clair, à l'exception de son pardessus. Bottines, chaussettes, chapeau, montre, tout était là. Ces objets ne révélaient aucune trace de violence, mais M. Saint-Clair avait disparu. Il avait dû sortir par la fenêtre, puisqu'il n'y avait pas d'autre issue, et les sinistres taches de sang sur le rebord de la fenêtre ne laissaient pas même l'espoir qu'il ait pu se sauver à la nage, la marée devant être au plus haut au moment de la tragédie.

Et maintenant, un mot sur les gredins qui semblent directement impliqués dans cette affaire.

Lascar est un homme de détestable réputation, mais comme Mme Saint-Clair raconte l'avoir vu au pied de l'escalier quelques instants après l'apparition de son mari à la fenêtre, il n'a guère pu être qu'un complice dans le crime. Son système de défense est l'ignorance absolue : il proteste n'avoir aucune connaissance des faits et gestes de Hugues Boone, son locataire, et ne pouvoir être, sous aucun prétexte, responsable de la présence des vêtements de la victime.

Voilà pour le gérant.

Quant au boiteux de mauvaise mine qui habite le second étage de l'antre à opium et qui a certainement été le dernier à voir M. Neville Saint-Clair, son nom est Hugues Boone et sa figure hideuse est familière à tous ceux qui fréquentent la Cité. C'est un mendiant de profession, quoique, pour échapper aux règlements de police, il feigne de vendre des boîtes d'allumettes. Non loin d'ici, en descendant Thread Needle Street, sur la gauche, vous avez dû remarquer un petit angle dans le mur. C'est là que cet individu se tient chaque jour, les jambes croisées, son petit éventaire sur les genoux. Il offre un spectacle si digne de pitié qu'une pluie de sous tombe dans la casquette graisseuse qu'il pose par terre devant lui. J'ai observé cet individu plus d'une fois, ayant dû faire connaissance avec lui par nécessité professionnelle, et j'ai toujours été étonné de la récolte qu'il glane en quelques minutes. C'est que, voyez-vous, son aspect est si étrange que personne ne peut passer près de lui sans le remarquer. Une touffe de cheveux roux ; une figure pâle, traversée d'une horrible cicatrice qui, par contraction, a retroussé le bord de sa lèvre supérieure ; un menton de bouledogue et une paire d'yeux noirs très vifs qui contrastent singulièrement avec la couleur de ses cheveux : tout cela le distingue de la foule des mendiants, ainsi que son esprit de repartie, car il a toujours réponse aux plaisanteries que les passants ne manquent pas de lui faire. C'est cet homme, locataire de l'antre à opium, qui, le dernier, a vu le personnage que nous cherchons.

— Mais qu'a pu faire un boiteux seul contre un homme dans la force de l'âge ?

— Il est boiteux en ce sens qu'il marche clopin-clopant ; malgré cela, il semble être vigoureux et bien portant. Votre expérience professionnelle a dû vous apprendre, Watson, que la faiblesse d'un membre est souvent compensée par une force plus grande des autres membres.

— Je vous en prie, continuez votre récit.

— Mme Saint-Clair s'était évanouie à la vue du sang sur la fenêtre et la police la ramena chez elle dans un fiacre, sa présence ne pouvant être d'aucun secours dans l'enquête. L'inspecteur Barton, chargé de l'affaire, examina très sérieusement l'appartement, mais sans rien trouver qui pût le mettre sur la voie. On a commis une faute en n'arrêtant pas Boone sur l'heure et on lui a laissé quelques minutes pendant lesquelles il a pu communiquer avec son ami Lascar : lorsqu'enfin on l'a arrêté et fouillé, on n'a rien découvert qui pût l'incriminer. On constata, il est vrai, des taches de sang sur la manche droite de sa chemise, mais il montra une coupure qu'il avait à l'annulaire droit, près de l'ongle, et déclara que le sang provenait de cette coupure, ajoutant qu'il s'était approché de la fenêtre peu de temps avant et que les taches observées là avaient sans aucun doute la même provenance. Il nia énergiquement avoir jamais vu M. Neville Saint-Clair et jura que la présence de ses vêtements dans sa chambre était aussi mystérieuse pour lui que pour la police. Quant à l'assertion de Mme Saint-Clair, selon qui son mari était à la fenêtre, Boone déclara que cette femme était folle ou qu'elle avait rêvé. Il fut emmené au poste malgré ses protestations. L'inspecteur de police resta dans l'appartement, dans l'espoir que la marée descendante lui apporterait un nouvel indice : il ne se trompait pas car on retrouva dans la vase non pas ce qu'on cherchait, mais la veste de Neville Saint-Clair, à défaut de Saint-Clair lui-même. Et devinez ce que cette veste renfermait dans ses poches ?

— Je n'en sais rien.

— Cela ne m'étonne pas, c'est impossible à deviner. Eh bien ! toutes les poches étaient pleines de gros et de petits sous. Il y avait quatre cent vingt et une pièces de deux sous et deux cent soixante-dix d'un sou. Il n'est pas étonnant que la marée ait respecté cette épave. Mais un cadavre est plus facilement enlevé. Il y a toujours un violent remous entre l'embarcadère et la maison ; il sembla donc tout naturel que la veste, très lourde, fût restée tandis que le corps, dépouillé de tout vêtement, a été entraîné dans le lit du fleuve.

— Je croyais avoir compris que tous les autres vêtements avaient été trouvés dans la chambre. Le corps aurait-il été revêtu de cette seule veste ?

— Non, monsieur, et cependant cette thèse pourrait se soutenir. Supposez que Boone ait jeté Neville Saint-Clair par la fenêtre. Personne n'a pu le voir : que fait-il alors ? Il cherche à se débarrasser des vêtements révélateurs. Il prend la veste pour la jeter, mais réfléchit tout à coup qu'elle flottera au lieu de s'enfoncer. Il n'a pas de temps à perdre, car il a entendu la lutte qui se livre au bas de l'escalier, lorsque la femme essaye de monter, et peut-être a-t-il déjà appris par son complice Lascar que les sergents de ville arrivent au grand trot. Il n'y a plus d'hésitation possible. Il se précipite sur la cachette où il a accumulé le fruit de sa mendicité et il fourre tous les sous qu'il peut prendre à poignée dans les poches de la veste afin qu'elle ne flotte pas ; puis il la jette par la fenêtre. Les autres vêtements auraient connu le même sort s'il n'avait entendu du bruit. Il n'eut que le temps de fermer la fenêtre avant que la police ne fît irruption dans la pièce.

— Cela paraît, en effet, admissible.

— Dans tous les cas, nous partirons de cette hypothèse, faute de mieux. Comme je vous l'ai dit, Boone a été arrêté et emmené au poste, mais on n'a pu trouver aucune preuve contre lui. Il est connu depuis des années comme mendiant de profession, et on ne trouve dans sa vie rien de répréhensible. Voilà à quel point en est l'enquête. Reste à résoudre plusieurs questions : ce que faisait Neville Saint-Clair dans cet antre à opium, ce qui lui est arrivé pendant qu'il y était, où il se trouve maintenant, et la part qu'a eue Hugues Boone dans sa disparition. Autant de problèmes dont la solution n'a pas fait un pas. Je ne me rappelle pas avoir jamais eu à étudier une affaire aussi simple en apparence et aussi compliquée à l'examen.

Tandis que Sherlock Holmes racontait cette singulière histoire, nous avions parcouru les faubourgs de la grande ville et dépassé les dernières maisons isolées. Nous roulions maintenant sur une route bordée d'une haie de chaque côté. Au moment où Sherlock Holmes terminait son récit, nous venions de traverser deux villages écartés, où des lumières brillaient encore aux fenêtres.

— Nous voici dans les environs de Lee, me dit mon compagnon. Nous avons traversé trois comtés lors de ce court trajet. Notre point de départ a été le Middlesex, nous avons franchi un angle du Surrey et nous arrivons dans le Kent. Voyez-vous cette lumière à travers les arbres ? C'est là que se trouvent les Cèdres. À côté de cette lumière, une lampe, il y a une femme dont les oreilles anxieuses ont déjà perçu le son des sabots du cheval.

— Mais pourquoi ne travaillez-vous pas à cette affaire chez vous, dans Baker Street ?

— Parce qu'il y a beaucoup d'informations à prendre sur place. Mme Saint-Clair a très aimablement mis deux chambres à ma disposition et il est certain que vous, mon collègue, serez le bienvenu chez elle. Je suis tout ému, mon cher Watson, de la revoir sans lui rapporter une nouvelle quelconque. Mais nous voici arrivés. Holà !

Nous nous étions arrêtés devant une grande villa entourée d'un parc. Un garçon d'écurie était accouru pour tenir le cheval. Je sautai à terre et je suivis Holmes dans l'allée sablée qui menait à la maison. Une petite femme blonde s'avança sur le perron, au-devant de nous. Elle était vêtue d'une robe de mousseline de soie, garnie d'un peu de rose au col et aux manches. Sa silhouette se dessinait dans l'encadrement de la porte d'entrée. L'une de ses mains reposait sur le loquet, l'autre était tendue vers nous en signe d'anxiété. Son corps et sa tête étaient légèrement penchés en avant. Dans ses yeux se lisait l'émotion la plus vive, et ses lèvres entrouvertes retenaient à peine la question prête à s'en échapper.

— Eh bien ! cria-t-elle, eh bien !

Puis, m'apercevant, elle poussa un cri d'espoir, qui se transforma en un gémissement lorsqu'elle remarqua que mon compagnon secouait la tête et haussait les épaules.

— Pas de bonne nouvelle ?

— Aucune.

— Pas de mauvaise non plus ?

— Non !

— Dieu merci ! Mais entrez dans la maison. Vous avez eu une longue journée et vous devez être fatigué.

— Je vous présente mon ami, le docteur Watson. Il m'a beaucoup aidé dans plusieurs des affaires que j'ai débrouillées, et une heureuse circonstance m'a permis de l'emmener ici afin qu'il prenne part à cette enquête.

— Je suis ravie de vous voir, dit-elle en me serrant la main. S'il vous manque quoi que ce soit, ne m'en veuillez pas. Vous savez le terrible coup qui vient de me frapper.

— Chère madame, lui dis-je, je suis un vieux troupier, et du reste, ne le serais-je pas, vous n'auriez pas à vous excuser davantage. Si je puis rendre service, soit à vous, soit à mon ami, j'en serai trop heureux.

— Maintenant, monsieur Sherlock Holmes, dit Mme Saint-Clair en nous faisant entrer dans une salle à manger bien éclairée, où un souper froid avait été servi, je tiens beaucoup à vous poser une ou deux questions auxquelles, j'espère, vous répondrez franchement.

— Certainement, madame.

— Faites abstraction du sentiment. Je n'ai pas les nerfs sensibles et je veux avant tout connaître votre opinion.

— Sur quel point ?

— Croyez-vous bien sincèrement que Neville soit vivant ?

Sherlock Holmes sembla interloqué par cette question.

— Parlez sincèrement, répéta-t-elle en se plaçant debout devant la chaise sur laquelle il était assis et en le regardant fixement.

— À vrai dire, madame, je ne le crois pas.

— Vous croyez qu'il est mort ?

— Je le crois.

— Assassiné ?

— Je ne saurais le dire. Peut-être.

— Et quel jour est-il mort ?

— Lundi.

— Alors, monsieur Holmes, vous seriez bien aimable de m'expliquer comment il se fait que j'aie reçu cette lettre de lui aujourd'hui.

Sherlock Holmes bondit de sa chaise, comme mû par un ressort.

— Quoi ? s'écria-t-il.

— Oui, aujourd'hui.

Et elle lui sourit, montrant une feuille de papier.

— Puis-je lire ?

— Certainement.

Il lui arracha fiévreusement la lettre des mains et la posa sur la table, en pleine lumière, pour l'examiner attentivement. J'avais moi-même quitté ma chaise et je regardais aussi la lettre par-dessus son épaule. L'enveloppe, très grossière, était timbrée du bureau de Gravesend et portait la date du jour même, ou plutôt de la veille, car il était minuit passé.

— C'est une écriture vulgaire, murmura Holmes. Assurément, madame, ce n'est pas l'écriture de votre mari.

— Non, mais la lettre est de lui.

— Je vois aussi que la personne qui a écrit l'enveloppe a dû demander l'adresse.

— Comment le savez-vous ?

— Voyez vous-même. Le nom est écrit avec une encre parfaitement noire qui a séché seule. Le reste a cette couleur grisâtre que prend l'encre qui a été séchée avec du papier buvard. Si cela avait été écrit sans interruption et puis séché ensuite, comment expliquer qu'une partie de l'adresse soit d'un beau noir ? Cet homme a écrit le nom d'abord puis s'est arrêté avant d'écrire l'adresse, ce qui prouve bien qu'elle ne lui était pas familière. Cet indice semble peu de chose, au premier abord, mais peut toutefois avoir son importance. Voyons maintenant la lettre. Tiens ! elle contenait un objet.

— Oui, une bague, le cachet de mon mari.

— Et êtes-vous bien sûre que c'est l'écriture de votre mari ?

— L'une de ses écritures.

— L'une d'elles ?

— Son écriture lorsqu'il est pressé. Cela ne ressemble guère à son écriture ordinaire, et cependant je la reconnais parfaitement. « Chère amie ! Ne soyez pas effrayée. Tout s'arrangera. Il y a un grave malentendu, il faudra peut-être un certain temps pour l'éclaircir. Ayez patience. Neville. »

— Ceci a été écrit au crayon sur le feuillet blanc d'un livre in-octavo, pas de filigrane. Hum ! mis à la poste aujourd'hui à Gravesend, par un homme qui avait le pouce sale. Ah ! et la partie de l'enveloppe qui se replie a été collée, si je ne me trompe, par quelqu'un qui avait mâché du tabac. Et vous êtes bien sûre, madame, que c'est l'écriture de votre mari ?

— Parfaitement. C'est Neville lui-même qui a écrit ces lignes.

— Cette missive a été jetée à la poste aujourd'hui à Gravesend. Eh bien ! madame Saint-Clair, le ciel me paraît un peu moins sombre. Je n'ose toutefois espérer que tout danger soit écarté.

— Mais il est vivant, monsieur Holmes !

— À moins que cette lettre ne soit un piège pour nous mettre sur une fausse piste. Après tout, la bague n'est pas une preuve. Elle a pu lui être volée.

— Non, non ; c'est, j'en suis certaine, sa propre écriture.

— Très bien ! Cette lettre peut cependant avoir été écrite lundi et mise à la poste aujourd'hui seulement.

— C'est possible !...

— S'il en est ainsi, il peut s'être passé bien des choses dans l'intervalle.

— Oh ! il ne faut pas me décourager, monsieur Holmes. Je sais qu'il ne lui est arrivé aucun mal. Il y a une si tendre sympathie entre nous que je le sentirais, s'il lui était arrivé un accident. Le dernier jour que nous nous sommes vus, il s'est fait dans sa chambre une coupure au doigt ; j'étais à ce moment dans la salle à manger et j'ai eu si bien l'intuition qu'il lui était arrivé un accident que je me suis précipitée chez lui. Croyez-vous que je puisse vibrer pour une simple bagatelle et ignorer sa mort ?

— J'ai trop d'expérience de la vie pour ne pas savoir que l'impression d'une femme est souvent plus vraie que les conclusions d'un philosophe, et cette lettre est certainement une preuve que vous étiez dans le vrai. Mais si votre mari est en vie et en état d'écrire des lettres, pourquoi reste-t-il éloigné de vous ?

— Je n'en sais rien. C'est extraordinaire.

— Et lundi, en vous quittant, il n'a fait aucune allusion qui puisse nous guider ?

— Non.

— Et vous avez été étonnée de le voir dans la maison de Swandam Lane ?

— Stupéfaite.

— La fenêtre était-elle ouverte ?

— Oui.

— Alors, il aurait pu vous appeler ?

— Assurément.

— Il n'a pourtant, je crois, poussé qu'un cri inarticulé ?

— Oui.

— Un appel au secours, vous semble-t-il ?

— Oui. Il a fait un signe de la main.

— C'était peut-être un cri de surprise : l'étonnement de vous voir alors qu'il ne s'y attendait pas.

— C'est possible.

— Et il vous a paru que quelqu'un le tirait en arrière ?

— Il a disparu subitement.

— N'aurait-il pu faire de lui-même un bond en arrière ? Vous n'avez vu personne avec lui dans la chambre ?

— Non, mais cet affreux homme a avoué avoir été là, et Lascar était au pied de l'escalier.

— Parfaitement. Et vous croyez que votre mari avait ses vêtements ordinaires ?

— Oui, mais sans col ni cravate. J'ai distinctement vu son cou nu.

— Avait-il jamais parlé de Swandam Lane ?

— Jamais.

— Vous étiez-vous aperçue qu'il fumât de l'opium ?

— Non.

— Merci, madame Saint-Clair. Je désirais être complètement éclairé sur ces points importants. Nous allons maintenant souper, si vous le permettez, puis nous nous retirerons en prévision de la dure journée que nous aurons peut-être devant nous demain.

Une chambre à deux lits, très spacieuse et confortable, avait été mise à notre disposition, et je me hâtai de me coucher tant j'étais éreinté de ma nuit mouvementée. Mais Sherlock Holmes, lorsqu'il avait un problème à résoudre, se fût passé de repos pendant des jours et même une semaine entière. Il examinait la question sous toutes ses faces jusqu'à ce qu'il s'en fût bien rendu maître ou qu'il se fût convaincu que ses données étaient insuffisantes. Je compris qu'il se préparait à veiller en le voyant enlever sa veste et son gilet, revêtir une ample robe de chambre bleue, puis se mettre à arpenter la chambre. Il prit les oreillers de son lit et les coussins du sofa et des fauteuils, il s'en fit une espèce de divan oriental et s'étendit dessus, les jambes croisées, après avoir placé à portée de sa main une once de caporal et une boîte d'allumettes. À la lueur blafarde de la lampe qui éclairait ses traits accentués et son nez aquilin, je le voyais assis, une vieille pipe de bruyère entre les dents, les yeux vaguement fixés sur un coin du plafond ; il demeurait là, immobile, tandis que la fumée de la pipe s'élevait autour de lui en spirales bleutées. C'est en le regardant que je m'endormis. Il n'avait pas changé de position lorsque, réveillé en sursaut par une exclamation, je m'aperçus que le soleil d'été luisait déjà dans la pièce. Sherlock Holmes avait toujours sa pipe dans la bouche ; les spirales de fumée continuaient à s'élever vers le plafond et l'atmosphère de la chambre était alourdie par les vapeurs du tabac consumé pendant la nuit, car rien ne restait du paquet de caporal que j'avais vu à côté de mon ami au moment où je m'étais endormi.

— Réveillé, Watson ? me demanda-t-il.

— Oui.

— Prêt pour une promenade matinale en voiture ?

— Certainement.

— Alors, habillez-vous. Personne n'est encore levé, mais je sais où habite le garçon d'écurie et nous aurons bientôt attelé la charrette.

Tout riait dans sa figure ; ses yeux étaient brillants ; le sombre penseur de la nuit s'était totalement transformé.

Tout en m'habillant, je regardai ma montre. Rien d'étonnant au silence qui nous environnait ; il n'était que quatre heures vingt-cinq à peine. Je finissais de me vêtir lorsque Holmes revint m'annoncer que le groom attelait.

— Je veux essayer un de mes systèmes particuliers, dit-il en se chaussant. Watson, vous voyez devant vous le plus grand imbécile d'Europe. Je mérite de recevoir un formidable coup de pied. Mais je crois que je tiens la clef de l'affaire.

— Et où se trouve-t-elle ? demandai-je en souriant.

— Dans la salle de bains, répondit-il. Oh ! oui, je ne plaisante pas, continua-t-il en voyant mon air incrédule. J'en sors, je l'ai prise et je l'ai placée dans ce petit sac. Venez, mon garçon, et nous allons bien voir si elle s'adapte à la serrure.

Nous descendîmes à pas de loup et nous sortîmes. Le soleil brillait déjà dans tout son éclat. À quelques pas de la maison, sur la route, nous trouvâmes notre voiture, sous la garde du garçon d'écurie à demi vêtu. Nous montâmes lestement dans le véhicule et nous partîmes à fond de train dans la direction de Londres.

Nous rencontrâmes bien quelques charrettes de maraîchers allant vendre leurs légumes en ville, mais les cottages qui bordaient la route étaient plongés dans le plus profond silence.

— Curieuse histoire, dit Holmes tout à coup en mettant le cheval au galop. J'ai été aveugle comme une taupe, il faut l'avouer, mais mieux vaut toutefois acquérir la sagesse sur le tard que de ne pas l'acquérir du tout.

Du côté du Surrey, les gens matinaux commençaient à se mettre à leurs fenêtres, les yeux encore gonflés de sommeil. Nous traversâmes la Tamise sur le pont de Waterloo, puis, enfilant Wellington Street et tournant à droite, nous nous trouvâmes dans Bow Street. Sherlock Holmes était bien connu à la Force et les deux sergents de ville qui se tenaient devant la porte le saluèrent aussitôt. L'un d'eux tint le cheval, tandis que l'autre nous introduisait.

— Qui est de service ? demanda Holmes.

— L'inspecteur Bradstreet, monsieur.

— Ah ! Bradstreet, comment cela va-t-il ? L'employé auquel il s'adressait était un homme fortement charpenté, qui venait au-devant de nous par un corridor carrelé. Il était coiffé d'une casquette à visière et portait un veston.

— Je désire vous parler, Bradstreet.

— Je suis à vous, monsieur Holmes, veuillez entrer dans mon bureau, ici.

C'était une petite pièce avec une table sur laquelle se trouvait un énorme registre ; un téléphone faisait saillie sur le mur. L'inspecteur s'assit à son bureau.

— Qu'y a-t-il pour votre service, monsieur Holmes ?

— Je suis venu vous parler du mendiant Boone, celui qui est impliqué dans l'affaire de la disparition de M. Neville Saint-Clair, de Lee.

— Oui, il a comparu, puis l'enquête a été remise à plus tard.

— C'est ce qu'on m'a dit. Est-il ici ?

— Oui, il est en prison.

— Est-il tranquille ?

— Oh ! il ne cause aucun ennui, mais il est d'une malpropreté repoussante.

— Il est malpropre ?

— Oui. Tout ce que nous avons pu obtenir jusqu'ici, c'est qu'il se lave les mains. Quant à sa figure, elle est noire comme celle d'un charbonnier. Dans tous les cas, lorsque son affaire sera jugée, on lui donnera un bain obligatoire, et ce ne sera pas du luxe, croyez-moi.

— Je voudrais bien le voir.

— Vraiment ? C'est chose facile. Suivez-moi. Vous pouvez laisser votre sac ici.

— Non, je préfère l'emporter.

— À votre aise. Venez par ici, je vous prie.

Il nous fit suivre un couloir, ouvrit une porte qui était fermée au moyen d'une barre de fer, descendit un escalier tournant et nous conduisit dans un corridor blanchi à la chaux, sur lequel s'ouvrait, de chaque côté, une succession de portes.

— La cellule est la troisième à droite, dit l'inspecteur. La voici.

Il ouvrit un panneau ménagé dans la partie supérieure de la porte et regarda par cette ouverture.

— Il dort, dit-il, vous pouvez le regarder à loisir. Nous nous approchâmes tous deux de la grille et nous vîmes le prisonnier couché, la tête tournée vers nous ; il dormait d'un sommeil lourd ; sa respiration était lente et profonde. Cet homme était de taille moyenne, et grossièrement vêtu comme il convenait à sa condition. Il portait une chemise de couleur qui passait par la déchirure de sa veste en haillons. Comme l'inspecteur nous l'avait dit, il était extrêmement sale, mais le noir qui couvrait sa figure ne cachait qu'imparfaitement sa laideur repoussante. Une large balafre traversait son visage de l'œil au menton et la blessure qui l'avait produite avait, en se cicatrisant, relevé un côté de la lèvre supérieure, découvrant ainsi trois dents qui lui donnaient l'air d'un bouledogue hargneux. Une profusion de cheveux d'un roux ardent descendait jusque sur ses yeux et son front.

— Il est joli, n'est-ce pas ? dit l'inspecteur.

— Il a, ma foi, besoin de se laver, répondit Holmes. Je m'en doutais et j'ai eu la précaution d'apporter tout ce qu'il faut pour cela.

Il ouvrit son petit sac et en tira, à ma grande stupéfaction, une énorme éponge de bain.

— Eh bien ! vous avez de bien drôles d'idées, ricana l'inspecteur.

— Maintenant, ayez la bonté de m'ouvrir la porte tout doucement, et vous verrez qu'il aura bientôt un air beaucoup plus respectable.

— Après tout, ce ne sera pas dommage, car il ne fait pas honneur à la prison de Bow Street.

Il introduisit la clef dans la serrure et nous pénétrâmes tous trois dans la cellule, en étouffant nos pas.

Le prisonnier se tourna à demi, puis retomba dans un profond sommeil. Holmes s'approcha du pot à eau, humecta son éponge et en frotta vigoureusement, à deux reprises, la figure de l'inculpé.

— Permettez-moi de vous présenter, s'écria-t-il, M. Neville Saint-Clair, de Lee, comté de Kent.

Jamais de ma vie je n'ai vu pareil spectacle. La figure de cet homme s'était transformée sous l'éponge ; on eût dit une écorce qu'on enlevait. La teinte brune avait disparu, ainsi que l'horrible cicatrice qui couturait le visage de travers. La lèvre était redevenue droite et le sourire narquois s'était évanoui. Une secousse enleva la broussaille de cheveux roux : il ne restait plus rien du mendiant hideux dans l'homme pâle et triste, d'aspect distingué, avec sa peau fine et ses cheveux noirs qui, assis sur son lit, se frottait les yeux en regardant autour de lui avec l'ahurissement de quelqu'un qu'on vient de réveiller.

Il se rendit compte de la situation et, poussant un cri, se cacha le visage dans son oreiller.

— Grand Dieu ! s'écria l'inspecteur, voilà, en effet, l'homme que nous cherchons ! Je le reconnais à sa photographie.

Le prisonnier nous regarda avec l'insouciance d'un homme qui s'abandonne à son sort.

— Tant pis ! dit-il. Puis-je savoir de quoi je suis accusé ?

— D'avoir fait disparaître M. Neville Saint…

— Cela ne tient pas debout, à moins qu'on n'en fasse un cas de suicide, dit l'inspecteur avec un sourire. Je suis dans la police depuis vingt-sept ans, mais ceci est le pompon.

— Si je suis bien M. Neville Saint-Clair, il est alors évident qu'il n'y a pas crime et que je suis illégalement détenu.

— Il n'y a pas crime, mais une erreur grave. Vous auriez mieux fait de vous confier à votre femme.

— Ce n'était pas ma femme, c'étaient les enfants, grommela le prisonnier. Que Dieu me vienne en aide, je ne voudrais pas qu'ils eussent à rougir de leur père. Mon Dieu ! Quel scandale ! Que faire ?

Sherlock Holmes s'assit à côté de lui sur le lit et lui passa doucement la main sur l'épaule.

— Il est bien certain que si vous vous en rapportez à un tribunal pour juger cette affaire, vous éviterez difficilement la publicité. D'un autre côté, si vous arrivez à convaincre les gros bonnets de la police qu'on ne peut porter aucune accusation contre vous, les journaux se tairont. L'inspecteur Bradstreet prendra, j'en suis sûr, note de ce que vous lui direz et soumettra l'affaire à qui de droit, sans qu'il soit question de tribunaux.

— Dieu vous bénisse ! s'écria le prisonnier avec vivacité. J'aurais supporté la prison et même le bourreau plutôt que de divulguer cet odieux secret, qui serait devenu une tare pour mes enfants. Personne autre que vous n'aura connu mon histoire. Mon père était maître d'école à Chesterfield, où je reçus une excellente éducation. J'ai voyagé dans ma jeunesse ; puis, je me fis acteur et, finalement, je devins reporter dans un journal du soir à Londres. Un jour, mon rédacteur en chef exprima le désir d'avoir une série d'articles sur la mendicité dans la métropole et je lui proposai de les lui fournir. Ce fut le commencement de toutes mes aventures. Il me fallut devenir mendiant amateur pour recueillir les faits qui devaient servir de base à mes articles. Au théâtre, j'avais naturellement appris à me grimer et j'en avais fait un art véritable. J'ai mis ce talent à profit : j'ai peint ma figure et, pour apitoyer le public, j'ai simulé une énorme balafre ; j'ai pris l'habitude de relever ma lèvre à l'aide d'un petit morceau de taffetas couleur de chair. Puis, coiffé d'une perruque rousse et vêtu d'un costume approprié, j'ai établi mon quartier dans la partie la plus animée de la Cité, me faisant passer pour un marchand d'allumettes mais n'étant, par le fait, qu'un simple mendiant. Pendant sept heures, j'exerçai ce métier, et lorsque je rentrai le soir, je me trouvai, à ma grande surprise, avoir gagné vingt-six shillings et quatre pence.

J'écrivis mes articles et je ne pensais guère plus à cette histoire jusqu'à ce que, ayant un jour donné ma signature à vue pour obliger un ami, je fusse assigné pour une somme de vingt-cinq livres. Je ne savais où trouver cet argent, lorsque soudain il me vint une idée. Je demandai à mon créancier un délai de quinze jours, à mes chefs un congé, et je passai, déguisé en mendiant, mes journées à demander l'aumône dans la Cité. En dix jours, j'avais recueilli de quoi payer ma dette. Vous pensez bien qu'il était dur de se mettre à un travail sérieux, aux appointements de deux livres par mois, lorsque je savais pouvoir en gagner tout autant dans un jour, sans bouger, en me barbouillant le visage d'un peu de peinture et en mettant ma casquette par terre à côté de moi. Il se livra un long combat entre ma vanité et l'amour de l'argent, mais les dollars eurent le dessus. Je renonçai au reportage et chaque jour je vins m'asseoir dans le coin que j'avais d'abord choisi, où j'inspirai pitié grâce à ma figure blafarde. Pendant ce temps, ma poche se remplissait de sous. Un seul homme connaissait mon secret. C'était le propriétaire d'un antre de Swandam Lane, dans lequel je logeais. Chaque matin, j'en sortais déguisé en mendiant sordide et, chaque soir, transformé en homme comme il faut. Je payais largement mon loyer à cet homme, un certain Lascar, de sorte que je savais mon secret bien gardé. Je m'aperçus vite que je gagnais beaucoup. Ce n'est pas qu'un mendiant de Londres puisse se faire toujours sept cent livres par an, moins que ma moyenne ; mais j'avais en mon pouvoir un don exceptionnel d'imitation et aussi une facilité de repartie qui s'accrut encore par la pratique et fit de moi un personnage marquant dans la Cité.

Toute la journée, un flot de sous mêlés de pièces blanches tombait sur moi, et il était bien rare que je ne recueillisse pas au moins deux livres.

À mesure que je m'enrichissais, je devenais plus ambitieux ; je louai une maison à la campagne et, même, je me mariai sans que personne ne se doutât de ma profession. Ma chère petite femme savait que j'avais un emploi dans la Cité, c'est tout.

Lundi dernier, j'avais fini ma journée et je m'habillais dans ma chambre, au-dessus de l'antre à opium, lorsque, regardant par la fenêtre, j'aperçus, à ma stupéfaction, ma femme qui était là dans la rue, les yeux fixés sur moi. Je jetai un cri de surprise, couvris ma figure de mes mains et me précipitai chez mon confident, l'adjurant d'empêcher quiconque

Quelques illustrations de Sidney Paget pour *Les Aventures de Sherlock Holmes*

"HE CURLED HIMSELF UP IN HIS CHAIR."

"Sarasate plays at the St. James's Hall this afternoon," he remarked. "What do you think, Watson? Could your patients spare you for a few hours?"

"I have nothing to do

Arthur Conan Doyle et son temps

	1859	1876	1879	1887
Conan Doyle	Naissance de Conan Doyle à Édimbourg	Étudiant à la Faculté de médecine d'Édimbourg	Première nouvelle publiée : *Le Mystère de la vallée de Sasanna*	Publication d'*Une étude en rouge*, où apparaît le personnage de Holmes
En France	Guerre avec l'Autriche ; bataille de Solferino	Émile Zola publie *L'Assommoir* 	Victoire des républicains et démission du président Mac-Mahon	Début de la construction de la tour Eiffel 
En Europe	Publication de *L'Origine des espèces* de Darwin 	Première de *L'Anneau des Nibelungen* de Wagner	Catastrophe ferroviaire du pont de Tay en Écosse 	Jubilé d'or de la reine Victoria 
Dans le reste du monde	Découverte du pétrole à Titusville (USA) 	Invention du téléphone par Graham Bell 	Invention de l'ampoule électrique par Edison 	La Chine cède Macao au Portugal

1890

Publication du *Signe des Quatre*

Mort de Van Gogh à Auvers-sur-Oise

Renvoi de Bismarck par Guillaume II

USA: bataille de Wounded Knee, fin des guerres indiennes

1891

Conan Doyle abandonne la médecine

Départ de Gauguin pour Tahiti

Publication du *Portrait de Dorian Gray* d'Oscar Wilde

Neuf Italiens lynchés à La Nouvelle-Orléans

1892

Publication des *Aventures de Sherlock Holmes*

Scandale de Panama

Créations de *Paillasse* à Milan et de *Casse-noisette* à Saint-Pétersbourg

New York : ouverture du centre d'accueil des immigrants à Ellis Island

1893

Publication de la nouvelle *Le Problème final*

Attentat anarchiste : une bombe à la Chambre des députés

À Londres, inauguration de la fontaine de Piccadilly Circus

La Nouvelle-Zélande, premier pays à accorder le droit de vote aux femmes

Arthur Conan Doyle et son temps

	1894	1900	1901	1902
Conan Doyle	Publication des *Mémoires de Sherlock Holmes*	Participe à la guerre des Boers	Publication du *Chien des Baskerville*	Conan Doyle est anobli
En France	Procès et condamnation du capitaine Dreyfus 	Exposition universelle de Paris 	Premier prix Nobel de Littérature à Sully Prudhomme 	*Le Voyage dans la lune*, film de Georges Méliès 
En Europe	Accession au trône du tsar Nicolas II 	Ouverture de la Central Line du métro de Londres 	Mort de la reine Victoria	Londres : première condamnation sur la base des empreintes digitales
Dans le reste du monde	Chine : début de la dernière épidémie de peste	Pékin : siège du quartier des légations par les Boxers	USA : assassinat du président McKinley à Buffalo 	Éruption de la Montagne Pelée en Martinique 

1904

Publication du *Retour de Sherlock Holmes*

Signature de l'Entente cordiale avec l'Angleterre

Londres : première de *Peter Pan*, pièce de J. M. Barrie

Premier vol en circuit fermé d'Orville Wright

1912

Publication de *L'Affaire Oscar Slater*

Siège de la bande à Bonnot à Choisy-le-Roi

Gaudi construit la Casa Mila à Barcelone

Naufrage du *Titanic*

1916

Conan Doyle proclame sa foi dans le spiritisme

Bataille de Verdun

Dublin : insurrection nationaliste de Pâques

Révolte arabe contre les Turcs

1930

Mort de Conan Doyle à Crowborough (Sussex)

Saint Exupéry publie *Vol de nuit*

Le parti nazi remporte 107 sièges au Reichstag

USA: début de la Grande Dépression

Sherlock Holmes à l'écran

Savez-vous quel est le personnage de fiction le plus souvent porté à l'écran, cinéma et télévision confondus ? Sherlock Holmes, bien sûr, qui l'a été 254 fois. Ce titre, qu'il détenait depuis longtemps, a été confirmé en 2012 par le Guinness World Records dans la catégorie *Most Portrayed Literary Human Character in Film and TV*. Un bémol cependant : nous parlons bien de « personnage humain » (*human character*). Car dans la catégorie des personnages non humains, tels que fantômes, robots, vampires, super-héros, c'est Dracula qui l'emporte, ayant été représenté dans 272 films !

Reginald Owen incarne Sherlock Holmes
dans *Une étude en rouge* (1933).

Les fans du détective de Baker Street s'en remettront, sachant que, dans sa catégorie, Holmes bat largement son plus proche rival, Hamlet, porté à l'écran 206 fois. Conan Doyle l'emportant sur Shakespeare, excusez du peu… Très loin derrière suivent Cendrillon (136 fois), Robin des Bois (121 fois), Roméo et Juliette (101 fois) et Tarzan (85 fois).

La toute première apparition de Sherlock Holmes remonterait aux années 1890 en Amérique sur un Mutoscope, procédé primitif antérieur aux projections sur écran du cinématographe Lumière. Comme son rival le Kinétoscope de Thomas Edison, il s'agissait d'un appareil de la taille d'un meuble où un bout de film pouvait être visionné par une personne à la fois. À partir de 1905-1910, les adaptations se multiplient, non seulement en Angleterre et aux États-Unis, mais dans

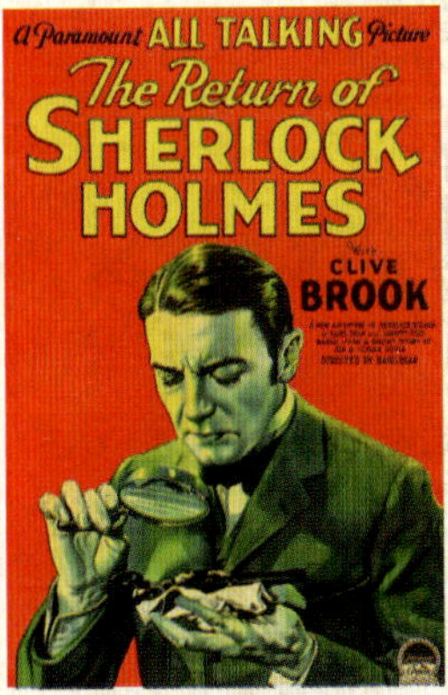

Affiche du
Retour de Sherlock Holmes, de Basil Dean, avec Clive Brook (1929).

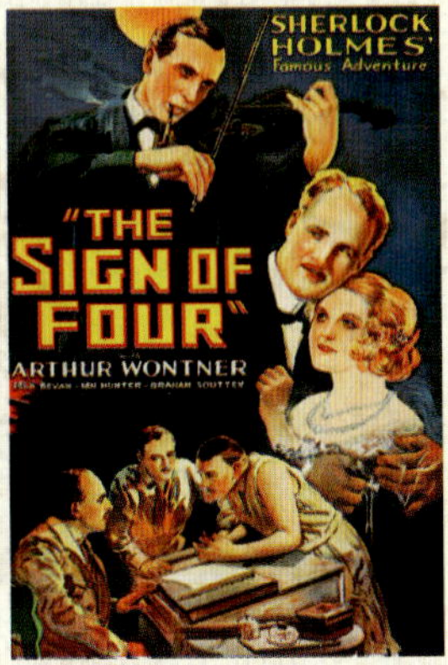

Affiche du
Signe des Quatre, de Graham Cuts, avec Arthur Wontner (1932).

Affiche d'*Une étude en rouge*, d'Edwin Marin, avec Reginald Owen (1933).

Affiche de *On a tué Sherlock Holmes*, de Karl Hartel, avec Hans Albers (1937).

d'autres pays comme le Danemark, où une série de douze films est tournée à partir de 1908.

Et les acteurs ? On n'en compte pas moins de 75, grandes célébrités ou illustres inconnus, et même un acteur noir dans un film muet de 1929… mais il est vrai qu'il s'agissait d'une parodie. Pendant cette même période du cinéma muet, il faut citer l'Américain William Gillette (1853-1937), qui joua le rôle 1 300 fois sur scène, mais une seule fois à l'écran, en 1916. Ce film était considéré comme perdu. Mais en 2014, une copie est miraculeusement retrouvée dans les réserves de la Cinémathèque française. Rénové, ce film vieux d'un siècle y fut projeté le 15 janvier 2015.

Raymond Massey
dans *La Bande mouchetée*,
de Jack Raymond (1931).

Le cinéma parlant fut plus prolifique encore. Parmi les interprètes de Holmes les plus connus, on citera dans les années 1930 John Barrymore, Clive Brook, Raymond Massey, Hans Albers et bien sûr Basil Rathbone. Après la Seconde Guerre mondiale, il y eut au cinéma Peter Cushing, Christopher Lee, John Neville, Robert Stephens, George Scott, Christopher Plummer, Roger Moore, Michael Caine et, plus récemment, Robert Downey Jr. Sans oublier, à la télévision, Ian Richardson, Jeremy Brett, Charlton Heston, John Cleese et, au XXIe siècle, Benedict Cumberbatch et Jonny Lee Miller.

Parmi les interprètes de Holmes à la télévision, un nom se détache, celui de Jeremy Brett : 26 téléfilms sur 4 saisons, de 1984 à 1988 et le plus fort taux d'audience jamais obtenu par une série télévisée en Grande-Bretagne. Succès mérité à la fois par la qualité de l'interprétation et par celle des scénarios qui, contrairement à beaucoup d'autres, se sont efforcés de coller aux histoires originales de Conan Doyle.

Dans toute cette énumération, ce qui frappe plus encore que la quantité des adaptations, c'est peut-être leur permanence. Pas de période de purgatoire, pas d'essoufflement. Après plus d'un siècle, la « sherlockomania » est plus vivante que jamais.

James Bragington dans *Une étude en rouge*, de George Pearson (1914).

John Barrymore dans *Sherlock Holmes*, d'Albert Parker (1922).

Jeremy Brett dans *Le Problème final*, un épisode de la série Granada (1985).

Michael Caine dans *Without A Clue*, de Thom Eberhardt (1988).

Juillet
1891

Avril
1911

Décembre
1911

Décembre
1913

Septembre
1914

Septembre
1917

Février
1925

Janvier
1927

Avril
1927

Le *Strand Magazine*

George Newnes, croqué par Spy en 1894.

Quand *Un scandale en Bohême* paraît en juillet 1891 dans le *Strand Magazine*, ce mensuel n'a que six mois d'existence. Son premier numéro est paru en janvier 1891. Son fondateur, George Newnes (1851-1910), a été un grand patron de presse de l'ère victorienne, avec des revues comme *Tit-Bits*, destinée aux 5-12 ans, ou *Country Life*.

Le *Strand Magazine* doit son nom au Strand, la grande artère londonienne reliant Charing Cross à l'entrée de la City. Ses bureaux se trouvent non sur l'avenue elle-même, mais dans une petite rue adjacente, Burleigh Street. La couverture – d'abord bleue, plus tard en couleurs – représente d'ailleurs le Strand vu de l'angle de Burleigh Street.

Son contenu ? Très éclectique. De la fiction, sous la forme de nouvelles ou de romans-feuilletons. Parmi les auteurs qui ont laissé un nom, Rudyard Kipling, H. G. Wells, Joseph Conrad, P. G. Wodehouse, Graham Greene, G. K. Chesterton, et bien sûr des auteurs de nouvelles policières : Dorothy Sayers, Edgar Wallace, Agatha Christie ou encore E. W. Hornung, le créateur du gentleman-cambrioleur Raffles, équivalent britannique d'Arsène Lupin. Mais aussi beaucoup d'articles d'intérêt général, des portraits de personnalités du monde politique, culturel et scientifique, des reportages sur les contrées lointaines (pour un public qui ne voyageait guère à l'étranger), les animaux exotiques, les fleurs et les jardins, des jeux, etc. Le *Strand*

Deux volumes reliés du *Strand Magazine* (1901-1902).

put même se vanter de compter parmi ses contributeurs la reine Victoria en personne, qui autorisa la reproduction d'un de ses dessins représentant un de ses petits-enfants.

Deux autres choses attirent le public : les illustrations – des dessins et même des photographies presque à chaque page, une grande nouveauté à l'époque – et le prix, fièrement souligné par ce slogan : « Un mensuel qui coûte six pence et qui vaut un shilling » (c'est-à-dire le double).

Le succès est immédiat et le tirage atteint vite 500 000 exemplaires. Le *Strand* survivra jusqu'en 1950, quand la formule subira de plein fouet la concurrence de la télévision. En sa période de gloire, elle fut largement imitée. En 1905, l'éditeur français Pierre Laffitte a lancé *Je sais tout*, « magazine encyclopédique illustré » qui publie les premières aventures d'Arsène Lupin par Maurice Leblanc.

À Londres, le *Strand* est pour Conan Doyle un support idéal. Il lui demeura toujours fidèle. Outre les aventures de Sherlock Holmes sous forme de nouvelles, il y publie en feuilleton deux romans, *Le Chien des Baskerville* (1901) et *La Vallée de la Peur* (1915), ainsi que d'autres écrits comme *Les Aventures du brigadier Gérard*, amusantes chroniques des guerres napoléoniennes, ou encore ses propres mémoires en 1924.

Inséparables de Sherlock Holmes sont les illustrations de Sidney Paget (1860-1908), qui aurait donné à Holmes les traits de son frère, au grand dam de Conan Doyle qui aurait préféré un personnage moins beau, mais d'une « laideur énergique ». C'est Paget qui imagina la casquette à double visière, contribuant ainsi plus que quiconque, voire autant que son créateur, à la légende de Holmes. Parmi ses dessins, quelques-uns sont célèbres, partout reproduits. C'est le cas, dans *Flamme d'argent* (1892), du compartiment de chemin de fer où Sherlock Holmes converse avec le Dr Watson. Beaucoup plus dramatique est la scène du *Problème final* (1893) où le détective lutte avec son ennemi le professeur Moriarty au bord des chutes du Reichenbach. Pour l'anecdote, l'original de ce dessin, vendu par Sotheby's à New York en 2004, a été adjugé 220 000 dollars !

Sidney Paget.

Les accessoires de Sherlock Holmes

Ils font partie intégrante du personnage. Allons plus loin : ils en sont peut-être la caractéristique essentielle. Même le lycéen japonais ou l'ouvrier américain qui n'ont jamais lu une ligne de Conan Doyle le reconnaîtront au premier coup d'œil à sa casquette, à son manteau macfarlane, à sa loupe et à sa pipe recourbée de type « calebasse ». Et pourtant aucun de ces accessoires, hormis la loupe, ne figure dans un des textes de Conan Doyle !

La panoplie du détective, dans
une vitrine du musée de Londres.

Commençons par le plus célèbre, la casquette appelée en anglais *deerstalker* – littéralement, un « chasseur de cerf ». C'est en effet un modèle conçu pour la chasse, avec une double visière pour abriter de la pluie et, sur les côtés, deux pans que l'on peut rabattre pour protéger les oreilles du froid ou du bruit des coups de feu. Conan Doyle n'y a jamais fait la moindre allusion, se bornant à mentionner une casquette de voyage (*travel cap*) lors des déplacements de son personnage. C'est l'illustrateur du *Strand Magazine*, Sidney Paget, qui eut l'idée d'en coiffer Holmes. La première apparition de ce mythique couvre-chef date d'octobre 1891. Il figure dans deux illustrations du *Mystère de la vallée de Boscombe*, la quatrième des nouvelles réunies sous le titre *Les Aventures de Sherlock Holmes*.

Précisons tout de suite un point important : Sherlock Holmes ne porte cette casquette que lorsqu'il est en déplacement à la campagne, et encore, selon les circonstances. Dans *Flamme d'argent*, on le voit en casquette dans le train et lorsqu'il mène son enquête. Mais, lorsqu'il assiste aux courses de Winchester, Sidney Paget le représente bien entendu en chapeau haut-de-forme. Il en est de même dans toutes les histoires ayant pour cadre les rues de Londres. Autant dire que montrer Sherlock Holmes, au cinéma ou à la télévision, affublé en permanence d'un *deerstalker*, relève d'un contresens. Les deux premiers films de Basil Rathbone ou l'excellente série télé des années 1980 avec Jeremy Brett ne commettent jamais cet impair.

En revanche, on décernera la palme au film *Meurtre par décret* où Holmes, joué par Christopher Plummer, se rend à l'Opéra de Covent Garden en casquette et en macfarlane. Ce dernier, que l'on appelle plus volontiers *Inverness cape* en Écosse, n'est pas mentionné par Conan Doyle et ne figure pas dans les illustrations de Sidney Paget ! Il apparaîtra par la suite au cinéma.

Le stradivarius et la pipe à calebasse… que Sherlock n'a jamais fumée ! (Musée de Saint-Sauvier)

Dernier accessoire : la pipe. Holmes est un grand fumeur, et nul lecteur n'ignore qu'il garde son tabac dans une babouche persane. Mais quel type de pipe ? Sidney Paget l'a toujours dessiné fumant une pipe droite. D'où vient dès lors que l'image d'un Sherlock Holmes fumant une calebasse se soit imposée ? Il semble que l'initiative en revienne à l'acteur américain William Gillette qui interpréta Holmes sur scène pendant trente ans, de 1899 à 1929. Gillette aurait remarqué qu'il lui était plus facile de prononcer ses répliques en ayant dans la bouche une pipe recourbée plutôt qu'une pipe droite.

Pour finir, faisons un sort à un autre élément emblématique, non plus matériel celui-ci, mais littéraire. Quoi de plus connu que la réplique : « Élémentaire, mon cher Watson » ? L'ennui, c'est qu'elle non plus ne figure nulle part dans le « Canon ». Sans que l'on sache très bien ni quand ni pourquoi, elle se serait imposée après être apparue dans une adaptation théâtrale ou cinématographique. Ainsi se font et défont les mythes, qu'ils soient importants ou anecdotiques…

Un curieux fait divers…

L'Association des hommes roux sur une fresque murale du métro de Londres… à la station Baker Street, bien sûr !

Attention ! Ne lisez ce qui suit qu'après avoir lu *L'Association des hommes roux* (p. 47)…

Tout commence à Londres, le samedi 11 septembre 1971 à 23 heures. Un radio amateur, Robert Rowland, tombe par hasard sur un dialogue tout proche entre plusieurs personnes sur talkie-walkie. Il comprend qu'il s'agit de cambrioleurs en train de creuser un tunnel pour accéder à la salle des coffres d'une banque. Il téléphone aussitôt au poste de police le plus proche. Le policier de permanence ne semble guère intéressé. Rowland tente d'alerter d'autres postes. Il lui faudra attendre 2 heures du matin pour que l'on commence à prendre son information au sérieux. Des policiers viennent enfin écouter son enregistrement. Si les propos échangés ne laissent aucun doute sur la nature de l'opération, ils ne donnent aucun renseignement précis, ni le nom de la banque ni la rue où elle se trouve.

Robert Rowland habite Wimpole Street, au cœur du West End, un quartier truffé d'agences bancaires. Dans un rayon d'un mile autour de chez lui, il faudrait vérifier quelque 150 agences ! En outre, c'est le week-end et tout est fermé. Impossible d'aller tirer de chez eux 150 directeurs d'agence pour accéder à leurs salles des coffres ! De toute façon, les émissions ont cessé et les policiers veulent croire encore à un canular.

Ils déchanteront le lundi, à l'ouverture des bureaux. Une succursale de la Lloyds Bank a bien été pillée, les voleurs ont percé un tunnel jusqu'à la salle des coffres, qu'ils ont forcés un à un. On estimera le butin entre 2 et 3 millions de livres, un montant comparable à celui du célèbre vol du train postal Londres-Glasgow, huit ans plus tôt.

Le *modus operandi* rappelle à l'évidence celui des voleurs dans *L'Association des hommes roux*. Leurs émules de 1971, eux aussi, sont partis du sous-sol d'une échoppe toute proche, une maroquinerie. Mais ils n'ont pas eu besoin de demander au propriétaire d'aller recopier l'*Encyclopedia Britannica*. La maroquinerie avait fermé boutique et les cambrioleurs l'avaient louée en toute légalité. Plusieurs journalistes firent référence à la nouvelle de Conan Doyle ; l'un d'eux parla même de «*red-headed cops*», rouges non de chevelure… mais de confusion ! De leur côté, les voleurs n'avaient pu s'empêcher de laisser un message ironique sur le mur de la salle des coffres : «*Let Sherlock Holmes try to solve this*» («Demandez à Sherlock Holmes de résoudre ça»). Enfin, cette succursale de la Lloyds Bank était celle de Baker Street ! Plus précisément du n° 185, à un jet de pierre du 221.

Le casse fit les gros titres des journaux, puis on l'oublia. Le gouvernement venait en effet d'émettre une «*D-Notice*» – injonction interdisant aux journaux de faire état d'un événement donné. Cette procédure rare n'est pas contraignante, mais les journaux ont pour habitude de s'y conformer. Ce qui, bien sûr, n'empêche pas les rumeurs. Le bruit se répandit qu'un des coffres contenait des photos compromettantes pour la princesse Margaret, montrant ses ébats amoureux dans sa retraite de l'île Moustique…

La princesse étant décédée en 2002, le cinéma s'estima libre de reprendre le sujet. En 2008 sortait *The Bank Job* (*Braquage à l'anglaise*), film plutôt amusant mais qu'il serait imprudent de prendre à la lettre. Quelle est la part de la réalité et celle de la fiction ? Comme disent les policiers anglais quand on leur pose des questions auxquelles ils ne veulent pas répondre : « *You may speculate.* »

de monter chez moi. J'entendis bien, en bas, la voix de ma femme, mais je savais qu'elle ne pourrait monter. Vite, j'enlevai mes vêtements d'homme du monde pour revêtir ceux du mendiant, je peignis mon visage et je me coiffai de ma perruque. Ma femme elle-même ne perça pas un déguisement aussi complet. Il me vint alors à l'esprit qu'on pourrait bien faire une perquisition dans cette pièce et que les vêtements me trahiraient. Je me précipitai sur la fenêtre pour l'ouvrir et, dans ce mouvement brusque, je fis saigner une coupure que je m'étais faite le matin même. Puis, saisissant mon vêtement lesté par les sous que je venais d'y mettre, je le jetai par la fenêtre et il disparut dans la Tamise. Les autres vêtements auraient eu le même sort si, à ce moment, un flot de sergents de ville n'avait envahi l'escalier. Quelques minutes plus tard j'étais, et ce fut, je le confesse, un soulagement pour moi, non pas identifié à M. Neville Saint-Clair, mais arrêté comme son meurtrier.

Je ne vois pas autre chose à vous expliquer. J'étais décidé à conserver mon déguisement aussi longtemps que possible, d'où ma figure sale. Sachant que ma femme serait terriblement anxieuse, je confiai ma bague à Lascar, à un moment où aucun sergent de ville ne me regardait, et j'y joignis un petit billet lui disant qu'elle n'avait rien à craindre.

— Cette note ne lui est parvenue qu'hier, dit Holmes.

— Grand Dieu ! Quelle semaine elle a dû passer !

— La police a l'œil sur Lascar, dit l'inspecteur Bradstreet, et je comprends parfaitement qu'il lui ait été difficile de mettre à la poste une lettre sans être observé. Il l'a probablement remise à quelque marin de ses clients, qui l'aura oubliée plusieurs jours au fond de sa poche.

— C'est cela, dit Holmes, approuvant d'un signe de tête. Sans aucun doute. N'avez-vous jamais été mis à l'amende pour mendicité ?

— Plus d'une fois, mais qu'était une amende pour moi ?

— Maintenant, il faut en finir, dit Bradstreet. Si la police doit faire le silence sur cette affaire, Hugues Boone doit disparaître.

— J'en ai pris l'engagement par le serment le plus solennel qu'un homme puisse faire.

— Dans ce cas, notre rôle est fini. Si toutefois on vous repince, nous dirons tout… Quant à vous, monsieur Holmes, nous vous sommes très reconnaissants d'avoir tiré les choses au clair. Je voudrais bien connaître votre méthode.

— Elle n'a consisté, cette fois-ci, qu'à m'asseoir sur cinq coussins et à consumer une once de tabac… Je crois, Watson, qu'en prenant une voiture nous rentrerons à Baker Street juste à temps pour déjeuner.

L'escarboucle bleue

Le surlendemain de Noël, je passai dans la matinée chez mon ami Sherlock Holmes pour lui souhaiter la bonne année. Il était en veston d'intérieur, paresseusement étendu sur un sofa; à portée de sa main, une pipe, et une pile de journaux qu'il avait dû lire et relire tant ils étaient froissés; un peu plus loin, sur le dossier d'une chaise de paille, un vieux chapeau de feutre dur très râpé et bossué. Un microscope et une forme à chapeau, posés sur la chaise elle-même, attestaient que le chapeau avait dû être placé là pour être examiné attentivement.

— Vous me semblez fort occupé, mon cher, dis-je à Holmes. Je crains de vous déranger.

— Non, certes, je suis ravi de pouvoir discuter avec un ami le résultat que je viens d'atteindre : une chose des plus banales du reste, ajouta-t-il, en montrant du doigt le chapeau râpé; mais, à l'observation, il s'y mêle certaines particularités intéressantes et même instructives.

Je m'assis dans un fauteuil; il faisait un froid noir, les vitres étaient couvertes de givre et tout en me chauffant les mains au feu qui pétillait dans la cheminée :

— Je suppose, dis-je, que le fait qui vous occupe, quelque simple qu'il paraisse, a trait à un meurtre et que voilà l'indice au moyen duquel vous découvrirez un mystère et punirez un crime.

— Non, non, il ne s'agit pas d'un crime, dit Sherlock Holmes en riant, mais seulement d'un de ces étranges incidents qui se produisent dans les centres urbains où quatre millions d'êtres humains se coudoient sur une surface de quelques kilomètres carrés. Le va-et-vient de cet essaim humain si compact, si dense, peut donner naissance, en dehors des crimes, à tous les événements possibles et aux problèmes les plus bizarres ; nous en avons eu la preuve plus d'une fois, n'est-il pas vrai ?

— En effet, répondis-je, et parmi les six dernières causes judiciaires que j'ai consignées sur mes notes, trois ont été entièrement exemptes de ce que la loi qualifie du nom de crime.

— Précisément. Je vois que vous faites allusion à mes efforts pour rentrer en possession des papiers d'Irène Adler, à la singulière aventure de miss Mary Sutherland et à l'histoire de l'homme à la bouche de travers. Eh bien ! je suis convaincu que l'affaire en question entrera dans la catégorie de celles qui n'ont pas de crime à la clef. Vous connaissez Peterson, le commissionnaire ?

— Oui.

— C'est à lui qu'appartient ce trophée.

— Est-ce son chapeau ?

— Non, il l'a trouvé. Le propriétaire est inconnu. Considérez-le, je vous prie, non comme un simple couvre-chef, mais comme un problème intellectuel. Et d'abord, que je vous dise comment il se trouve là. Il a fait son entrée ici, le matin de Noël, en compagnie d'une bonne oie qui est sans doute en train de rôtir devant le feu de Peterson. Mais je reprends l'histoire à son début.

Vers quatre heures du matin, le jour de Noël, Peterson, un très honnête garçon, vous le savez, revenait de quelque souper et rentrait par Tottenham Court Road lorsque devant lui il aperçut, à la lueur du bec de gaz, un homme de taille élevée, qui marchait d'un pas mal assuré, portant une oie sur son épaule.

Comme il atteignait le coin de Goodge Street, une dispute s'éleva entre cet individu et un petit groupe de gamins. L'un d'eux jeta par terre, avec son bâton qui lui servait d'arme défensive, le chapeau de l'homme, puis, lançant le bâton, brisa la fenêtre de la boutique qui se trouvait derrière lui.

Peterson se précipita au secours de l'étranger, mais l'homme, effrayé du désastre dont il était cause, et voyant un individu en uniforme s'avancer vers lui, laissa tomber l'oie, prit ses jambes à son cou et disparut dans le labyrinthe de petites rues qui se trouvent derrière Tottenham Court Road. Les gamins, de leur côté, avaient fui à l'aspect de Peterson, de sorte qu'il resta maître du champ de bataille et en possession des trophées de la victoire sous la forme d'un chapeau bossué et d'une superbe oie de Noël.

— Trophées qu'il a assurément rendus à leur propriétaire.

— Mon cher ami, voilà où est le proverbe. Il est vrai que l'oie portait attachée à la patte gauche une carte avec l'inscription « pour Mme Henry Baker » et que les initiales « H. B. » sont lisibles au fond du chapeau ; mais comme il existe quelques milliers de Baker et quelques centaines de Henry Baker dans notre cité, il n'est pas facile de rendre à chacun ce qu'il peut avoir perdu.

— Alors, qu'a fait Peterson ?

— Il m'a apporté le matin de Noël le chapeau et l'oie pour flatter ma manie, car il sait à quel point j'aime à résoudre les problèmes, quelque insignifiants qu'ils paraissent à première vue. Nous avons gardé l'oie jusqu'à ce matin, c'était la dernière limite qu'elle pût atteindre, et celui qui l'a trouvée l'a emportée pour lui faire subir la destinée ordinaire de toute oie grasse, tandis que moi j'ai gardé le chapeau de l'inconnu si malencontreusement privé de son dîner de Noël.

— N'a-t-il pas mis des annonces dans les journaux ?

— Non.

— Alors, quels indices pouvez-vous avoir sur son identité ?

— Pas d'autres que ceux que nous pouvons déduire nous-mêmes.

— De son chapeau ?

— Précisément.

— Mais vous plaisantez, que peut vous apprendre ce vieux chapeau bossué ?

— Voici ma loupe. Vous connaissez mon système. Que pensez-vous de l'homme qui a porté ce couvre-chef ?

Je pris le chapeau et, après l'avoir tourné et retourné dans tous les sens, je me sentis fort embarrassé. C'était un chapeau melon en feutre dur et très ordinaire, absolument râpé. Il avait été doublé d'une soie rouge qui avait changé de ton. Il ne portait pas le nom du fabricant ; mais, comme l'avait remarqué Holmes, les initiales « H. B. » étaient griffonnées sur un des côtés. Le bord était percé pour y adapter un cordon, qui manquait, du reste. Enfin, il était percé et couvert de poussière et de taches qu'on avait essayé de cacher en les badigeonnant d'encre.

— Je ne suis pas plus avancé qu'avant mon examen, dis-je, en rendant le chapeau à mon ami.

— Vous êtes très observateur, mais vous ne savez pas, au moyen du raisonnement, tirer des conclusions de ce que vous avez sous les yeux.

— Alors, dites-moi, je vous en prie, ce que vous pouvez déduire de ce chapeau.

Holmes le ramassa et l'examina avec la pénétration qui était si caractéristique chez lui.

— Il est peut-être moins suggestif qu'il aurait pu l'être, remarqua-t-il, et cependant j'en tire un certain nombre de déductions, dont quelques-unes seulement très claires, d'autres basées sur de sérieuses probabilités. Il est évident que le possesseur de ce chapeau était extrêmement intelligent, et que dans ces dernières années il s'est trouvé dans une situation qui, d'aisée, est devenue difficile. Il a été prévoyant, mais l'est beaucoup moins aujourd'hui, c'est la preuve d'une rétrogression morale qui, ajoutée au déclin de sa fortune, semble indiquer quelque vice dans sa vie, probablement celui de l'ivrognerie. Ceci explique suffisamment pourquoi sa femme ne l'aime plus.

— Assez, Holmes !

— Il a cependant conservé un certain respect des convenances, continua-t-il, sans paraître avoir entendu mon exclamation. C'est un homme d'âge moyen qui mène une vie sédentaire, sort peu, ne fait aucun exercice. Il graisse avec de la pommade ses cheveux grisonnants qu'il vient de faire couper. Voilà ce que l'observation de ce chapeau m'apprend de plus saillant. Ah! j'oubliais d'ajouter qu'il n'y a probablement pas de gaz dans la maison qu'habite notre héros.

— Vous plaisantez, certainement, Holmes.

— Pas le moins du monde. Comment! vous n'êtes même pas capable, lorsque je vous mets les points sur les *i*, de comprendre la manière dont je m'y prends?

— Je ne suis évidemment qu'un sot, tout à fait incapable de vous suivre. Par exemple, comment pouvez-vous savoir que cet homme était intelligent?

Pour toute réponse, Holmes mit sur sa tête le chapeau qui s'enfonça jusque sur ses yeux.

— C'est une simple question de cube: un homme qui a un crâne si volumineux doit avoir des facultés exceptionnelles.

— Et le déclin de sa fortune?

— Ce chapeau date de trois ans; or, à ce moment, ses bords plats légèrement retournés étaient à la mode. Puis, c'est un chapeau de toute première qualité. Voyez donc le ruban gros grain qui le borde et sa doublure soignée. Si cet homme avait de quoi s'acheter, il y a trois ans, un chapeau de ce prix-là et qu'il n'en ait pas eu d'autre depuis, j'en conclus que sa situation est aujourd'hui moins bonne qu'elle ne l'a été.

— Tout cela paraît assez clair, mais comment expliquerez-vous et sa prévoyance et sa rétrogression morale?

Sherlock Holmes sourit.

— Voici l'explication de sa prévoyance, dit-il, en posant son doigt sur le petit disque et l'anneau destinés au cordon du chapeau, ceci ne se place que sur commande, et si cet homme a fait mettre ce cordon par précaution contre le vent, c'est bien la preuve qu'il est doué d'une certaine prévoyance. Cependant, je constate que le caoutchouc s'étant cassé, il ne s'est pas donné la peine de le remplacer, d'où j'affirme qu'il a moins de prévoyance maintenant qu'autrefois, preuve d'un affaiblissement de ses facultés. Mais il lui reste encore un certain respect des convenances parce qu'il a cherché à dissimuler les taches de son chapeau en les barbouillant d'encre.

— Votre raisonnement est fort juste.

— J'ai ajouté qu'il est d'âge moyen, que ses cheveux sont grisonnants, qu'il se les est fait couper récemment et qu'il emploie de la pommade. Vous pourriez vous en convaincre comme moi en examinant de près la partie inférieure de la doublure. La loupe me découvre beaucoup de bouts de cheveux coupés évidemment par un coiffeur. Il s'en dégage une odeur de graisse et ils sont collés ensemble. Enfin cette poussière, loin d'être graveleuse et grise comme celle de la rue, est brunâtre et floconneuse comme celle qu'on soulève dans les maisons ; ce chapeau est donc plus souvent accroché que porté ; et les traces de moisissure que j'y remarque à l'intérieur me prouvent que celui qui le portait n'était pas habitué à l'exercice puisqu'il transpirait si facilement.

— Vous avez ajouté que sa femme ne l'aimait plus.

— N'avez-vous pas remarqué que ce chapeau n'a pas été brossé depuis plusieurs semaines ? Mon cher Watson, lorsque votre femme vous laissera sortir avec un chapeau non brossé et que je vous verrai arriver ainsi chez moi, j'aurai des doutes sur la bonne entente de votre ménage.

— Votre homme est peut-être célibataire ?

— Certainement pas. Il rapportait l'oie comme gage de paix à sa femme. Rappelez-vous donc la corde attachée à la patte de l'oie.

— Vous avez réponse à tout ! Où diable voyez-vous maintenant qu'il n'y a pas de gaz dans sa maison ?

— Passe encore s'il n'y avait qu'une tache de bougie, mais lorsque j'en compte au moins cinq, il est bien évident que le personnage en question se sert habituellement de ce mode d'éclairage, et qu'il remonte le soir chez lui son chapeau d'une main et sa bougie ruisselante de l'autre. Dans tous les cas, ces taches ne proviennent pas d'un bec de gaz. Êtes-vous satisfait ?

— C'est fort ingénieux, dis-je en riant, mais puisqu'il n'y a eu ni crime, ni dommage causé, sauf la perte d'une oie, vous avez, ce me semble, bien perdu votre temps.

Sherlock Holmes allait répondre, lorsque la porte s'ouvrit brusquement. Peterson, le commissionnaire, apparut sur le seuil, les joues empourprées, l'air absolument ébahi.

— L'oie, monsieur Holmes ! L'oie, monsieur ! prononça-t-il avec effort.

— Eh bien, quoi ! Est-elle revenue à la vie et s'est-elle envolée par la fenêtre de la cuisine ?

Holmes changea de place afin de mieux observer le jeu de physionomie du visiteur.

— Voyez donc, monsieur, voyez ce que ma femme a trouvé dans le gosier de l'oie.

Et il étendit la main pour me montrer une pierre bleue de la dimension d'un haricot, mais d'une limpidité et d'un éclat tels qu'elle semblait un point lumineux. Sherlock Holmes se redressa en sifflant.

— Sapristi, Peterson, vous avez fait là une précieuse trouvaille ; je suppose que vous savez quelle est cette pierre ?

— Une pierre précieuse… un diamant : il entre dans le verre comme dans une pâte !

— Mon cher, c'est plus qu'une pierre précieuse, c'est « la pierre précieuse » !

— Serait-ce par hasard de la comtesse de Morcar ? m'écriai-je.

— Précisément : j'en connais et la dimension et la forme par l'annonce que publie journellement le *Times*. C'est un bijou absolument unique, dont on ne peut apprécier la valeur, mais il est certain que les mille livres sterling que l'on promet à celui qui le rapportera ne sont pas la vingtième partie de sa valeur marchande.

— Mille livres, grand Dieu !

Et le pauvre commissionnaire tomba sur une chaise, nous regardant l'un après l'autre avec stupéfaction.

— Oui, c'est bien la récompense promise, reprit Holmes. J'ai tout lieu de croire qu'un roman se rattache à cette pierre et que la comtesse de Morcar sacrifierait volontiers la moitié de sa fortune pour la retrouver.

— Il me semble, dis-je, que le joyau a été perdu à l'hôtel Cosmopolitain.

— Précisément le 22 décembre, il y a cinq jours de cela. Les soupçons ont porté sur le plombier, John Horner, qui a été accusé de l'avoir volé dans le coffret à bijoux de la dame. Il y avait tant de présomptions contre lui que la cause a été renvoyée aux assises. Je crois avoir ici une relation de l'affaire.

Il reprit un à un ses journaux, regardant les dates jusqu'à ce qu'enfin il fût tombé sur le paragraphe suivant :

HÔTEL COSMOPOLITAIN, VOL DE BIJOUX.

John Horner, vingt-six ans, est accusé d'avoir volé le 22 courant dans la boîte à bijoux de la comtesse de Morcar le précieux joyau connu sous le nom d'« escarboucle bleue ». James Ryder, le maître d'hôtel, a témoigné qu'il avait introduit Horner dans le cabinet de toilette de la comtesse, le jour du vol, pour souder la seconde barre de la grille de cheminée qui était brisée. Il était resté quelque temps avec Horner, mais finalement avait été appelé au dehors ; en revenant, il s'aperçut qu'Horner avait disparu, que le bureau avait été forcé et que la petite boîte de maroquin, dans laquelle, comme on le sut plus tard, la comtesse avait l'habitude de mettre ses bijoux, était vide sur la table de toilette. Ryder donna instantanément l'alarme et Horner fut arrêté le même soir ; mais la pierre ne put être retrouvée ni sur lui ni chez lui. Catherine Cusack, femme de chambre de la comtesse, déposa qu'elle avait entendu le cri d'effroi de Ryder en découvrant ce vol et qu'elle s'était précipitée dans la chambre, où elle avait trouvé les choses telles que le dernier témoin les avait décrites. L'inspecteur Bradstreet, de la division B, témoigne de l'arrestation de Horner, qui se débattit furieusement et protesta de son innocence dans les termes les plus violents. Comme on a pu prouver que le prisonnier avait déjà été condamné pour vol, le magistrat refusa de juger la cause sans enquête préalable et il en référa aux assises.

Horner, qui avait donné les signes de l'émotion la plus intense pendant la procédure, s'évanouit au moment du verdict et on fut obligé de l'emporter hors de la salle. »

— Hum ! Voilà pour le tribunal de police, dit Holmes d'un air rêveur en jetant de côté le journal. La question qui nous reste à résoudre est la série d'événements qui s'est déroulée entre une boîte à bijoux dévalisée et le jabot d'une oie trouvée dans Tottenham Court Road. Vous voyez, Watson, nos petites déductions ont pris tout à coup un aspect beaucoup plus grave et moins innocent. Voici la pierre : cette pierre a été trouvée dans une oie et l'oie appartenait à M. Henry Baker, le monsieur au vieux chapeau suggestif dont je vous ai si longuement parlé. De sorte que maintenant il faut nous mettre très sérieusement à la recherche de cet individu et nous assurer du rôle qu'il a joué dans cette petite énigme. Pour ce, il faut prendre d'abord le moyen le plus simple, qui est évidemment une annonce dans tous les journaux du soir. Si cela ne réussit pas, j'aurai recours à une autre méthode.

— Comment rédigerez-vous cette annonce ?

— Donnez-moi un crayon et ce bout de papier. Voici : « Trouvé au coin de Goodge Street une oie et un chapeau de feutre noir. Ils seront tous deux à la disposition de M. Henry Baker à partir de dix heures et demie du soir. Baker Street, n° 221 *bis*. » C'est clair et concis, n'est-ce pas ?

— Très clair en effet, mais la lira-t-il ?

— Il est probable qu'il regardera les annonces des journaux, car pour un homme peu fortuné, cette perte était importante. Effrayé d'avoir cassé une vitre, affolé par l'approche de Peterson, il n'a pensé tout d'abord qu'à la fuite ; mais depuis il a dû regretter beaucoup le premier mouvement qui l'a porté à lâcher sa volaille.

Puis, la précaution que j'ai eue de mettre son nom n'aura pas été inutile, car tous ceux qui le connaissent appelleront son attention sur le fait. Dites donc, Peterson, allez vite à l'agence des annonces et faites insérer celle-ci dans les journaux.

— Dans lesquels, monsieur ?

— Oh ! dans le *Globe*, le *Star*, le *Pall Mall*, la *Saint-James' Gazette*, les *Evening News*, le *Standard*, l'*Écho* et ceux encore qui vous viendront à l'idée.

— Très bien, monsieur, et la pierre ?

— Je la garde, mon ami ! Ah ! j'oubliais, Peterson. Achetez une oie en revenant et déposez-la ici, car il nous en faut une pour ce monsieur, à la place de celle que votre famille est en train de dévorer.

Lorsque le commissionnaire fut parti, Holmes prit la pierre et, la regardant à contre-jour :

— C'est un beau spécimen, dit-il. Voyez comme ça brille ! Naturellement c'est une source de crimes, comme toutes les belles pierres ; elles sont l'appât favori du démon. Dans les bijoux plus gros et plus anciens, chaque facette correspond à un crime. Cette pierre n'a pas encore vingt ans d'existence. Elle a été trouvée sur les rives de la rivière Amoy, au sud de la Chine, et a cette particularité qu'avec tous les caractères de l'escarboucle elle est d'une teinte bleue, au lieu d'être rouge rubis. En dépit de ses vingt ans d'existence, elle a déjà une sinistre histoire… Ces quarante carats de charbon cristallisé ont été cause de deux crimes, d'un attentat au vitriol, d'un suicide et de plusieurs vols. Qui croirait que ce joli hochet serait un pourvoyeur de galères et de prison ? Je vais l'enfermer maintenant dans mon coffre-fort et écrire un mot à la comtesse pour lui dire que la pierre est en ma possession.

— Croyez-vous que ce Horner soit innocent ?

— Je ne puis le dire.

— Eh bien ! alors, pensez-vous que Henry Baker ait été mêlé à cette affaire ?

— Je le crois parfaitement innocent ; il ne s'est pas douté une seconde de la valeur qu'avait son oie, valeur bien plus grande que si elle eût été d'or massif. Mais s'il répond à notre annonce, je m'en convaincrai vite en le soumettant à une épreuve très simple.

— Et vous ne pouvez rien faire d'ici là ?

— Rien.

— Dans ce cas, je vais continuer ma tournée professionnelle ; mais je reviendrai dans la soirée à l'heure que vous avez indiquée, car je désire voir la solution d'une affaire si embrouillée.

— Très heureux de vous revoir, mon cher ami. Je dîne à sept heures, j'ai même un faisan, je crois. À propos, ne pensez-vous pas qu'en présence des événements, je devrais dire à Mme Hudson d'examiner le gosier de ce faisan ?

Je fus retardé par un malade et il était un peu plus de six heures et demie lorsque je revins dans Baker Street. Comme j'approchais de la maison, je vis devant la porte, à la lueur du réverbère, un homme assez grand, coiffé d'une toque écossaise, son paletot boutonné jusqu'au menton. Au moment où je le rejoignais, la porte du 221 s'ouvrit et nous entrâmes ensemble chez Holmes, qui se leva aussitôt de son fauteuil pour recevoir son visiteur.

— Vous êtes, je pense, M. Henry Baker, dit-il avec ce naturel et cette gaieté qu'il se donne si facilement. Prenez, je vous prie, cette chaise, là près du feu, monsieur Baker, il fait froid et je remarque que vous n'êtes pas vêtu très chaudement. Ah ! Watson, vous êtes venu au bon moment. Est-ce bien votre chapeau, monsieur Baker ?

— Oui, monsieur, c'est certainement mon chapeau.

Notre interlocuteur était un homme vigoureux, carré d'épaules avec une tête massive et une figure large et intelligente, s'amincissant vers le menton, que terminait une barbe en pointe, d'un châtain grisonnant. Son nez et ses joues légèrement rouges, un léger tremblement de la main me prouvaient que les soupçons de Holmes, quant à ses habitudes, étaient fort justifiées. Sa redingote, aux reflets roux, était boutonnée jusqu'au cou, le col relevé, et sur les poignets amaigris de notre héros, il n'y avait trace ni de linge ni de manchettes. La parole de cet homme était lente et saccadée, mais les expressions choisies prouvaient qu'il avait de l'instruction et que, si son apparence était aussi minable, c'est qu'il avait subi des revers de fortune.

— Nous avons gardé ces objets quelques jours, dit Holmes, parce que nous espérions trouver, dans les journaux, une annonce de vous nous donnant votre adresse. Je ne puis comprendre pourquoi vous n'avez pas pris ce moyen.

Notre visiteur eut un sourire contraint.

— Je suis obligé d'économiser beaucoup maintenant, répondit-il. Je ne doutais pas que la troupe de polissons qui m'a assailli n'eût emporté chapeau et volaille. Je ne voulais pas risquer de l'argent dans une tentative peut-être infructueuse.

— Très sensé. À propos de cette volaille, nous avons été obligés de la manger.

— De la manger !

Notre visiteur, dans son agitation, se leva de son siège.

— Oui, elle n'aurait profité à personne si nous n'avions pas pris ce parti. Mais en voici une autre, sur le dressoir, qui est à peu près du même poids et parfaitement fraîche, je présume qu'elle remplira le même but.

— Oh ! certainement, certainement, répondit M. Baker avec un soupir de soulagement.

— Naturellement, nous avons encore les plumes, les pattes, le cou, etc., de votre volaille, de sorte que si vous voulez…

L'homme éclata d'un rire franc.

— Ce seraient des souvenirs de mon aventure, dit-il, mais à part cela, je ne vois pas trop en quoi les *disjecta membra* de mon oie pourraient m'être utiles. Non, monsieur, je crois qu'avec votre permission je me contenterai de la belle pièce que j'aperçois sur le dressoir.

Sherlock Holmes me jeta un coup d'œil d'intelligence, en haussant légèrement les épaules.

— Alors voici votre chapeau et votre oiseau, dit-il. À propos, vous serait-il égal de me dire où vous aviez acheté l'autre oie ? Je suis quelque peu amateur de volailles et j'en ai rarement vu de plus grasse.

— Certainement, monsieur, dit Baker, qui s'était levé et avait mis sous son bras l'objet retrouvé. Nous sommes, mes amis et moi, des habitués du cabaret de L'Alpha, près du Muséum, où nous nous réfugions dans la journée. Cette année-ci, notre bon cabaretier Windigate a institué un comité de l'oie de Noël, dont le but est de procurer à chacun de ses membres une oie, le 25 décembre, moyennant une petite cotisation hebdomadaire. J'ai payé la mienne régulièrement, vous savez le reste. Je vous suis très reconnaissant, monsieur, de me rendre mon chapeau, car ma toque écossaise ne convient ni à mon âge ni à ma dignité.

Et d'un air pompeux et comique à la fois, il nous salua gravement et prit congé de nous.

— Voilà qui met M. Henry Baker hors de cause, dit Holmes, lorsque notre visiteur eut fermé la porte derrière lui. Il est parfaitement certain qu'il n'est pour rien dans cette affaire. Avez-vous faim, Watson ?

— Pas particulièrement.

— Alors je vous propose de substituer un souper au dîner et de suivre cette piste pendant qu'elle est encore chaude.

— Avec plaisir.

Il faisait très froid : nous revêtîmes des *ulster*s et des cache-nez. Les étoiles brillaient avec éclat dans un ciel pur, et l'haleine des passants formait de petits nuages légers comme ceux de la poudre. Nos chaussures craquaient et nos pas résonnaient, tandis que nous traversions le quartier du docteur, c'est-à-dire Wimpole Street, Harley Street et enfin Wigmore Street qui nous amena tout droit dans Oxford Street. En un quart d'heure, nous eûmes atteint, dans le quartier de Bloomsbury, le cabaret de L'Alpha, situé au coin d'une des rues qui mène à Holborn. Holmes poussa la porte du bar privé et, s'adressant à un individu en tablier blanc, à la face rubiconde, le cabaretier sans aucun doute, il lui demanda deux bocks.

— Votre bière doit être excellente si elle est aussi bonne que vos oies, lui dit-il.

— Mes oies ?

— Oui, je causais, il y a précisément une demi-heure, avec M. Henry Baker, qui est un membre de votre comité des oies de Noël.

— Ah ! j'y suis. Mais voyez-vous, monsieur, ce ne sont pas nos oies.

— Vraiment ! d'où viennent-elles alors ?

— Eh bien ! je les ai achetées à un marchand qui demeure aux abords de Covent Garden.

— Tiens donc, j'en connais quelques-uns de ce quartier, lequel est-ce ?

— Il s'appelle Breckinridge.

— Ah ! celui-là m'est inconnu, répondit Holmes. À votre santé, et je souhaite la prospérité à votre maison. Bonsoir ! En route pour chez Breckinridge, continua-t-il, en boutonnant son paletot car la brise pinçait. Remarquez, Watson, que l'aventure peut se terminer par une condamnation à sept ans de travaux forcés, à moins que nous ne puissions prouver l'innocence de l'inculpé. Il est possible que notre enquête pèse lourdement contre lui, mais nous sommes plus avancés que la police, car nous avons une donnée certaine que le plus grand des hasards nous a procurée. Suivons donc cette piste jusqu'au bout et marchons sous le vent.

Nous traversâmes Holborn puis, ayant longé Endell Street et un dédale de rues du bas quartier, nous arrivâmes au marché de Covent Garden. Une des boutiques les plus en vue portait le nom de Breckinridge, et le propriétaire était un homme à la figure intelligente, ornée de longs favoris. Au moment où nous l'abordâmes, il aidait un jeune garçon à fermer la boutique.

— Bonsoir ! Il fait bien froid en ce moment, dit Holmes.

Le marchand opina de la tête et jeta un coup d'œil interrogateur sur mon compagnon.

— Vous n'avez plus d'oies à vendre, ce me semble, continua Holmes, montrant le comptoir de marbre, absolument dépourvu de marchandise.

— Je vous en procurerai cinq cents demain matin, si vous voulez.

— Ce n'est pas ce que je demande.

— Tenez, si vous en désirez tout de suite, il y en a là-bas dans cette boutique éclairée par un bec de gaz.

— C'est qu'on m'avait spécialement recommandé de m'adresser à vous.

— Qui donc vous a parlé de moi ?

— Le cabaretier de L'Alpha.

— Oh ! oui, je lui ai fourni environ deux douzaines d'oies.

— C'étaient de belles pièces. De qui les teniez-vous ? À ma grande surprise, cette question provoqua une explosion de colère chez le marchand.

— Allons, m'sieur, dit-il, la tête penchée de côté et les poings sur les hanches, où voulez-vous en venir ? Pas de détours.

— C'est assez clair. Je désire savoir qui vous a vendu les oies que vous avez fournies à L'Alpha.

— Eh bien ! je ne vous le dirai pas, là.

— Oh ! cela m'est égal, mais je ne vois pas pourquoi vous vous irritez d'une telle bagatelle…

— Irrité ! vous le seriez tout autant si vous étiez embêté comme moi. Quand je paye une denrée avec du bon argent comptant, il ne devrait plus en être question. Mais ce ne sont plus que : « Où sont les oies ? à qui avez-vous vendu vos oies ? et que valent vos oies ? » Le public est si occupé de ces oies qu'on croirait, ma parole, qu'il n'en existe pas d'autres au monde.

— Eh bien ! moi je n'ai aucune relation avec les gens qui ont pu faire une enquête, dit Holmes avec indifférence. Si vous ne voulez pas me répondre, le pari est manqué. Mais je suis toujours prêt à soutenir mon opinion en matière de volailles et j'ai parié que cette oie avait été élevée à la campagne.

— Eh bien ! monsieur, vous avez perdu votre pari car elle a été élevée en ville, dit notre marchand d'un ton bourru.

— Je n'en crois pas un mot.

— Vous avez tort.

— Vous ne me convaincrez pas.

— Croyez-vous donc que vous en sachiez plus long que moi sur un commerce que je fais depuis mon enfance ? Je vous dis que les oies vendues à L'Alpha ont été élevées en ville.

— Vous ne me persuaderez jamais.

— Voulez-vous parier alors ?

— C'est vous prendre votre argent dans votre poche, car je sais ce que je dis et je suis sûr d'avoir raison ; mais je parierais volontiers une livre, ne serait-ce que pour vous apprendre à ne pas être têtu.

Le marchand ricana d'un air contraint.

— Apportez-moi les livres, Bill, dit-il.

Le jeune garçon apporta deux livres : un petit très mince, et un autre plus volumineux au dos graisseux. Il les étala sur le comptoir, sous le bec de gaz.

— Eh bien ! monsieur l'obstiné, dit le marchand, je croyais n'avoir plus d'oies dans ma boutique, mais dans un instant, je vous prouverai qu'il y en a une devant moi. Vous voyez ce petit livre ?

— Eh bien !

— Il renferme la liste des gens à qui j'achète mes volailles. Y êtes-vous ? Ensuite, sur cette page il y a la liste des gens de la campagne et les numéros à la suite de leurs noms indiquent la page de leur compte sur le grand livre. Maintenant vous voyez cette autre page écrite au crayon rouge ? C'est la liste de mes fournisseurs de la ville. Regardez le troisième nom, lisez-le tout haut, je vous prie.

— « Mme Oakshott, 117, Brixton Road – 249 », lut Holmes.

— Parfaitement, reportez-vous maintenant au grand livre.

Holmes ouvrit à la page indiquée.

— Nous y voici : « Mme Oakshott, 117, Brixton Road, marchande d'œufs et de volailles ».

— Quelle est la dernière fourniture ?

— « 22 décembre. Vingt-quatre oies à sept shillings six pence. »

— Parfaitement, vous y êtes, et en dessous ?

— « Vendues à M. Windigate, de L'Alpha, à douze shillings pièce. »

— Qu'avez-vous à dire maintenant ?

Sherlock Holmes avait l'air très profondément chagrin. Il tira une livre de sa poche et la jeta sur la table de marbre, en se retirant de l'air d'un homme trop furieux pour parler. Quelques mètres plus loin, il s'arrêta sous un réverbère pour rire tout à son aise, mais silencieusement selon son habitude.

— Lorsque vous rencontrez un homme avec cette coupe de favoris et dans sa poche un grand mouchoir à carreaux, vous pouvez toujours en tirer ce que vous voulez au moyen d'un pari, me dit-il. Je suis persuadé que si j'avais mis cent livres sous les yeux de cet homme, il ne m'aurait pas donné des renseignements aussi complets que ceux que je lui ai arrachés lorsqu'il a cru faire une gageure. Eh bien ! maintenant, Watson, je crois que nous approchons de la fin de notre enquête et le seul point qui reste à déterminer est si nous devons aller chez cette Mme Oakshott ce soir, ou si nous devons réserver cette visite pour demain. Il est clair, d'après ce maussade individu, que d'autres gens s'intéressent à cette affaire et je voudrais...

Sa réflexion fut subitement interrompue par un grand vacarme partant de la boutique que nous venions de quitter. Nous étant retournés, nous vîmes le spectacle suivant : Breckinridge encadré par la porte montrait furieusement le poing à un individu petit de taille, dont la figure de fouine était mal éclairée par la lumière jaunâtre de la lampe suspendue.

— Je suis excédé de vous et de vos oies, cria-t-il. Allez au diable ! Et si vous continuez à m'embêter, je mettrai mon chien à vos trousses. Amenez donc ici Mme Oakshott et je saurai lui répondre ; mais en quoi cela vous regarde-t-il, après tout ? Est-ce à vous que j'ai acheté les oies ?

— Non, mais il y en avait une qui m'appartenait tout de même, gémit le petit homme.

— Eh bien ! réclamez-la à Mme Oakshott.

— Elle m'a dit de vous la demander.

— Eh bien ! demandez-la au roi de Prusse, pour ce que cela peut me faire. J'en ai assez. Filez. Et il s'avança furieux vers son interlocuteur, qui disparut dans l'obscurité.

— Ho ! ho ! ceci peut nous éviter une visite à Brixton Road, murmura Holmes. Suivez-moi, et nous allons voir ce qu'il y a à tirer de cet individu.

Se faufilant à grands pas à travers les groupes de flâneurs, mon compagnon rejoignit vite le petit homme et le toucha à l'épaule. Celui-ci pivota rapidement sur lui-même et je remarquai qu'il devint blême.

— Qui êtes-vous donc, et que me voulez-vous ? demanda-t-il d'une voix tremblante.

— Vous m'excuserez, dit Holmes mielleusement, mais je n'ai pu m'empêcher d'entendre les questions que vous avez faites tout à l'heure au marchand d'oies. Je crois pouvoir vous renseigner.

— Vous ! Comment pouvez-vous savoir quoi que ce soit de cette affaire ?

— Je m'appelle Sherlock Holmes et si je sais ce que d'autres ignorent cela ne vous regarde pas.

— Mais vous ne savez rien de ceci.

— Excusez-moi, je sais tout. Vous cherchez à retrouver ce que sont devenues quelques oies vendues, par Mme Oakshott de Brixton Road, à un marchand nommé Breckinridge, par lui ensuite à M. Windigate de L'Alpha, et par lui, à son tour, au comité dont fait partie M. Henry Baker.

— Oh ! monsieur ! vous êtes précisément l'individu que je cherche, s'écria le petit homme, en agitant fiévreusement les mains. Je ne puis vous dire combien cette affaire me tient à cœur.

Sherlock Holmes héla un fiacre qui passait.

— En ce cas, nous ferons mieux de discuter dans une bonne pièce confortable, plutôt que dans ce marché ouvert à tous les vents, objecta Sherlock

Holmes. Mais, je vous en prie, dites-moi, avant d'aller plus loin, qui j'ai le plaisir de renseigner.

L'homme hésita un instant.

— Je m'appelle John Robinson, répondit-il en jetant un regard de côté.

— Non, non, votre vrai nom, dit Holmes aimablement. C'est toujours gênant de s'occuper d'une affaire sous un faux nom.

Le sang afflua aux joues blafardes de l'étranger.

— Eh bien ! alors, dit-il, mon vrai nom est James Ryder.

— Précisément, premier maître d'hôtel à l'hôtel Cosmopolitain. Entrez dans le fiacre, je vous prie, et je vous dirai bientôt tout ce que vous désirez savoir.

Le petit homme était là, immobile, jetant des regards obliques à chacun de nous. Dans ses yeux, on pouvait lire tour à tour l'effroi et l'espoir. Il me faisait l'effet de quelqu'un qui ne sait pas s'il doit s'attendre à une aubaine ou à une catastrophe. Il se décida enfin à monter dans le fiacre. Une demi-heure après, nous étions revenus dans le salon de Baker Street. Nous n'avions pas proféré une parole pendant le trajet, mais la respiration bruyante et courte de notre nouveau compagnon et la manière dont il croisait et décroisait ses mains prouvaient combien ses nerfs étaient tendus.

— Nous voici arrivés, dit Holmes gaiement, comme nous entrions dans le salon. Le feu est bien de saison aujourd'hui. Vous avez l'air gelé, monsieur Ryder. Je vous en prie, prenez ce siège d'osier. Je vais, si vous le permettez, mettre mes pantoufles avant de m'occuper de votre petite affaire… Allons, je suis à vous maintenant. Vous voulez savoir ce que sont devenues les oies ?

— Oui, monsieur.

— Ou plutôt je suppose, cette oie. Je pense que vous vous intéressez à un de ces volatiles particulièrement : une oie blanche avec une ligne noire en travers sur la queue.

Ryder tremblait d'émotion.

— Oh ! monsieur, cria-t-il, pouvez-vous me dire ce qu'elle est devenue ?

— Je l'ai ici même.

— Ici ?

— Oui. C'était une oie des plus remarquables, du reste, et je ne m'étonne pas que vous vous intéressiez tout spécialement à elle. Elle a pondu, après sa mort, le plus joli, le plus étincelant petit œuf bleu qu'on ait jamais vu. Je l'ai déposé là dans mon musée.

Notre visiteur chancela sur ses pieds et s'accrocha de la main droite à la cheminée.

Holmes ouvrit son coffre-fort et exhiba, qui brillait de mille feux éclatants.

Ryder était là, debout, la figure contractée, fixant la pierre précieuse et ne sachant s'il devait la réclamer ou non.

— C'est assez de comédie, Ryder, dit Holmes avec calme. Allons, redressez-vous, ou vous allez tomber dans la cheminée. Aidez-le donc à se rasseoir, Watson. Il n'est pas encore assez corrompu pour commettre un crime impudemment. Donnez-lui quelques gouttes d'eau-de-vie pour le remonter. Bien. Maintenant il a l'air un peu plus homme. Vrai, quelle loque !

Notre héros était en effet sur le point de se trouver mal, mais l'eau-de-vie ramena un peu de couleur à ses joues et il s'assit, regardant son interlocuteur avec des yeux hagards.

— Je tiens l'enchaînement de cette affaire et toutes les preuves à l'appui, de sorte qu'il vous reste peu de choses à m'apprendre, continua Holmes. Malgré cela, autant vaut que vous acheviez de m'éclairer, afin de rendre mon enquête complète. Vous connaissez, Ryder, l'existence de cette pierre bleue de la comtesse de Morcar ?

— C'est Catherine Cusack qui m'en a parlé, dit-il d'une voix rauque.

— Je comprends : la femme de chambre de la comtesse. Alors vous n'avez pas su résister à la tentation de faire fortune d'un seul coup et si facilement ; vous avez cela de commun, du reste, avec beaucoup de gens qui valent mieux que vous. Mais vous n'avez pas été très scrupuleux dans les moyens que vous avez employés. Il me semble, Ryder, qu'il y a en vous l'étoffe d'un parfait coquin. Vous saviez que ce plombier, Horner, avait été compromis déjà dans une affaire de ce genre et que les soupçons se porteraient plus facilement sur lui. Qu'avez-vous fait, alors ? Vous avez détérioré quelque chose dans la chambre de la dame, vous et votre complice Cusack, et vous vous êtes arrangés pour qu'on envoyât chercher précisément cet homme. Puis, lorsqu'il a été parti, vous avez dévalisé la boîte à bijoux ; vous avez ensuite donné l'éveil et fait arrêter ce malheureux. Alors… vous avez…

Ryder se jeta subitement par terre et, saisissant les genoux de mon camarade :

— Pour l'amour de Dieu, ayez pitié de moi ! cria-t-il. Pensez à mon père, à ma mère. Cela leur briserait le cœur. Je n'ai encore jamais rien fait de mal. Je vous jure de ne pas recommencer. Je le jure sur la Bible. Je vous en supplie, ne me traduisez pas devant les tribunaux. Pour l'amour du Christ, ne le faites pas.

— Rasseyez-vous, dit Holmes sévèrement. Il vous sied de faire tout à coup le chien couchant, et de ramper, lorsque vous n'avez pas eu une pensée pour ce pauvre Horner, qui est au banc des accusés pour un crime dont il n'est nullement coupable.

— Je fuirai, monsieur Holmes. Je quitterai le pays. Alors l'accusation portée contre lui tombera d'elle-même.

— Hum ! nous en reparlerons. Et maintenant je veux entendre le récit vrai du fait suivant. Comment la pierre a-t-elle été avalée par une oie ? et comment cette oie a-t-elle été apportée au marché ? Dites la vérité, c'est votre seule planche de salut.

Ryder passa la langue sur ses lèvres desséchées.

— Je vais vous raconter la chose telle qu'elle s'est passée, monsieur, dit-il. Lorsque Horner eut été arrêté, il me sembla préférable de me débarrasser de la pierre sur l'heure, car je ne savais pas à quel moment la police aurait l'idée de faire une enquête sur moi et dans ma chambre. Il n'y avait aucun endroit sûr dans l'hôtel. Je sortis sous prétexte de faire une commission et j'allai chez ma sœur. Elle a épousé un homme nommé Oakshott et demeure à Brixton Road, où elle engraisse des oies pour les vendre au marché. Tout le long du chemin, les hommes que je rencontrais me semblaient être des agents de police ou des détectives et, quoique la nuit fût froide, des gouttes de sueur perlaient sur mon front. Ma sœur me demanda pourquoi j'étais si pâle ; je lui dis que j'avais été bouleversé par un vol de bijoux à l'hôtel. Puis j'allai dans la cour derrière la maison et, tout en fumant une pipe, je cherchai à quel parti m'arrêter.

J'ai eu autrefois pour ami un nommé Maudsley, qui a mal tourné depuis, et qui vient de faire de la prison à Pentonville. Je l'avais rencontré un jour et nous avions parlé par hasard des trucs des filous et de la manière dont ils savent se débarrasser de ce qu'ils ont volé. Je savais que je pouvais avoir confiance en lui, car j'étais au courant d'une ou deux de ses histoires ; je me décidai donc à aller le trouver chez lui, à Hilburn, et à lui demander conseil, convaincu qu'il me dirait le moyen de faire de l'argent avec ce bijou précieux. Mais comment arriver chez lui sans encombre ? Car enfin j'avais sué sang et eau pour venir de l'hôtel chez ma sœur. À tout instant, je pouvais être pris par la police et fouillé. Or la pierre se trouvait dans la poche de mon gilet ! J'en étais à ce moment de mes réflexions, appuyé contre le mur et regardant distraitement les oies qui se dandinaient autour de moi, lorsqu'il me vint soudain une idée qui devait me permettre de damer le pion au meilleur détective.

Ma sœur m'avait dit quelques semaines auparavant que je pouvais me choisir une oie, pour Noël, parmi les siennes, et je savais qu'elle tenait toujours parole. Je n'avais donc qu'à prendre mon oie maintenant et, en lui faisant avaler ma pierre, je pourrais me transporter sans danger à Hilburn. Il y avait un petit abri dans la cour, derrière lequel j'emmenai un des volatiles que j'avais choisi parmi les plus gros. Il était blanc avec une queue traversée d'une raie noire. Je le saisis et lui ouvrant le bec, je lui introduisis la pierre dans le gosier, aussi loin que mon doigt put atteindre. L'oiseau eut un soubresaut et je sentis la pierre qui descendait dans son jabot ; mais à ce moment l'animal se mit à battre des ailes et ma sœur, attirée par le bruit, arriva dans la cour.

Je me retournai pour lui parler, et, pendant ce temps-là, l'oie m'échappa et se mêla aux autres.

« — Qu'est-ce que tu faisais donc à cette bête, James ? dit-elle.

— Ne m'as-tu pas promis une oie pour Noël ? Je les palpais pour tâcher de choisir la plus grosse.

— Oh ! répondit-elle, nous avons mis la tienne de côté. C'est la grosse blanche que tu vois là-bas. Il y en a vingt-six : une pour toi, une pour nous et deux douzaines pour le marché.

— Merci, Maggie, lui dis-je, mais si cela ne te fait rien, j'aimerais mieux avoir celle que je tenais tout à l'heure.

— L'autre pèse au moins trois livres de plus, nous l'avons engraissée exprès pour toi.

— Peu importe, je veux l'autre et je désire l'emporter maintenant, dis-je.

— À ton aise, répliqua-t-elle avec humeur. Laquelle veux-tu, alors ?

— Cette blanche qui a la queue traversée d'une barre et qui est là au milieu du troupeau.

— Oh ! très bien, tue-la et emporte-la. »

Je ne me fis pas prier, monsieur Holmes, et j'emportai l'oiseau à Hilburn. Je racontai à mon complice ce que j'avais fait, car il était homme à écouter avec intérêt une histoire comme celle-là. Il en rit à en pleurer ; nous prîmes un couteau et nous ouvrîmes l'oie. Mais mon sang se figea dans mes veines, lorsque je ne trouvai pas trace de pierre dans l'intérieur de l'animal. J'avais donc commis une terrible erreur.

Je retournai au plus vite chez ma sœur et je me précipitai dans l'arrière-cour. Il n'y restait plus une seule oie !

« — Où ont-elles donc passé, Maggie ? m'écriai-je.

— Elles sont chez le marchand.

— Quel marchand ?

— Breckinridge, de Covent Garden.

— Mais y en avait-il une autre avec la queue barrée ?

— Oui, Jacques, et je n'ai jamais pu les distinguer l'une de l'autre. »

Alors, je compris tout et je courus, aussi vite que mes pieds purent me porter, chez ce Breckinridge ; mais il avait tout vendu en bloc et il refusait de me dire à qui. Vous l'avez entendu vous-même, ce soir. Eh bien ! il m'a toujours répondu aussi aimablement. Ma sœur pense que je deviens fou. Quelquefois, je le crois aussi moi-même. Et maintenant, me voilà un voleur qualifié sans avoir même joui de la fortune à laquelle j'ai sacrifié mon honneur. Dieu ait pitié de moi !

Il éclata en sanglots et cacha son visage dans ses mains.

Un long silence suivit ce récit, silence coupé seulement par la respiration haletante de notre interlocuteur et le tapotement régulier des doigts de Holmes sur le bord de la table. Puis, mon ami se leva et ouvrit la porte.

— Sortez, dit-il.

— Quoi, monsieur ? Que le ciel vous bénisse !

— Plus un mot. Sortez.

Il n'y eut pas une parole : un bond, une dégringolade, une porte se fermant violemment, des pas rapides sur le pavé, puis tout rentra dans le silence.

— Après tout, Watson, dit Holmes, en prenant sa pipe de terre, je ne suis pas engagé par la police pour suppléer à son insuffisance. Si Horner était en danger, ce serait une autre affaire, mais cet individu ne se présentera pas contre lui, et l'accusation doit tomber d'elle-même. Et en supposant que je favorise un criminel, je sauve peut-être une âme. Cet homme ne commettra plus de vol. Il a eu trop peur. S'il était condamné au bagne maintenant, il deviendrait un gibier de potence plus tard. De plus, c'est la saison du pardon. Le hasard a mis sur notre route un problème des plus singuliers et des plus capricieux, et le fait seul de l'avoir résolu est une satisfaction. Si vous voulez avoir la bonté de sonner, docteur, nous allons commencer une nouvelle investigation dans laquelle un oiseau figure aussi comme agent principal.

L'aventure de la bande mouchetée

En parcourant mes notes sur les soixante-dix affaires curieuses grâce auxquelles j'ai étudié, huit années durant, la manière de procéder de mon ami Sherlock Holmes, j'en trouve beaucoup de tragiques, quelques-unes de comiques, un grand nombre de simplement étranges. Mais pas une n'est banale, et cela tient à ce que, travaillant plutôt par amour de l'art que pour gagner de l'argent, il ne commençait jamais une enquête qui ne sentît le bizarre et même le fantastique. De toutes ces affaires diverses, je n'en trouve cependant aucune qui présente plus d'originalité que celle qui touche à une famille bien connue du Surrey : les Roylott, de Stoke Moran.

Les événements que je vais relater ici se déroulèrent au commencement de mon intimité avec Holmes, lorsque, célibataires tous deux, nous logions ensemble dans Baker Street. J'aurais pu les publier plus tôt, si je n'avais promis le secret, et je n'ai été relevé de ma parole que le mois dernier par la mort inattendue de celle à qui je l'avais donnée. Le moment est venu de faire connaître ces faits, car j'ai appris de source certaine qu'il s'est répandu sur la mort du docteur Grimesby Roylott des bruits qui tendraient à rendre l'affaire encore plus grave qu'elle ne l'a été en réalité.

C'était au commencement d'avril 1883 que, me réveillant un matin, je trouvai Sherlock Holmes tout habillé, auprès de mon lit. Il n'était pas matinal d'habitude, et comme l'horloge sur la cheminée marquait seulement sept heures un quart, je le regardai avec surprise et un tant soit peu de ressentiment, pour m'avoir troublé dans mon sommeil, moi, homme maniaque.

— Très fâché de vous réveiller, Watson dit-il, mais nous en sommes tous là ce matin ; Mme Hudson a donné le branle et, ayant été tirée brusquement de son lit, elle s'est vengée sur moi, et moi sur vous.

— Qu'y a-t-il donc ? le feu ?

— Non, une cliente, une jeune fille qui s'est présentée chez moi dans un état d'agitation extrême, et qui insiste pour me voir. Elle attend au salon. Or, quand des jeunes filles courent la métropole à cette heure-ci, et font lever des gens qui ont encore sommeil, j'en conclus qu'elles ont quelque chose de très pressant à communiquer.

— Si elle nous apporte une affaire intéressante à étudier, vous voudrez, j'en suis sûr, la suivre dès le début. J'ai donc eu l'idée de vous réveiller, afin de ne pas vous laisser perdre cette occasion.

— Mon cher, je serais désolé de la manquer. Rien ne me passionnait davantage que de suivre Holmes dans ses investigations professionnelles, et d'admirer les déductions aussi intuitives que rapides au moyen desquelles il démêlait les problèmes qui lui étaient soumis.

Je m'habillai rapidement et, au bout de quelques minutes, j'avais rejoint mon ami au salon.

Nous nous trouvâmes en présence d'une dame vêtue de noir, avec un voile épais sur le visage. En nous voyant, elle se leva du siège qù'elle avait choisi près de la fenêtre.

— Bonjour, madame, dit Holmes cordialement, je m'appelle Sherlock Holmes, et voici le docteur Watson, mon ami intime et mon associé, devant qui vous pouvez parler aussi librement que devant moi. Ah ! je suis bien aise de voir que Mme Hudson a eu le bon esprit de faire du feu. Ayez la bonté de vous en approcher, et je vais vous commander une tasse de café chaud, car je vois que vous grelottez.

— Ce n'est pas de froid que je tremble, dit la femme à voix basse, en changeant de place.

— De quoi donc ?

— C'est de peur, monsieur Holmes, je dirai même d'effroi.

À ces mots, elle leva son voile, et nous pûmes voir qu'elle était en effet dans un état d'agitation pitoyable : ses traits étaient tirés, sa peau livide, ses yeux inquiets, effrayés, hagards comme ceux d'une bête traquée. Son extérieur était celui d'une femme de trente ans, mais avec des cheveux gris prématurés, et une expression de grande lassitude. Sherlock vit tout cela d'un de ses coups d'œil rapides et pénétrants.

— N'ayez pas peur, dit-il d'un ton affectueux, en se penchant vers elle et lui touchant le bras. Nous allons éclaircir cela rapidement, j'en suis sûr. Il me semble que vous êtes venue par le train.

— Vous me connaissez donc ?

— Non, mais je vois votre billet de retour dans votre gant gauche. Vous avez dû partir de bonne heure et vous avez fait une longue route en *dog cart*, par de mauvais chemins avant d'arriver à la station.

Elle sursauta et, stupéfaite, regarda mon compagnon.

— Il n'y a là aucun mystère, chère madame, dit-il en souriant. La manche gauche de votre jaquette est tachetée de boue en sept endroits ; les marques en sont encore fraîches ; il n'y a qu'un *dog cart* pour éclabousser de cette manière ; surtout lorsqu'on est assis à la gauche du conducteur.

— Quelle que soit votre méthode de raisonnement, vous êtes tombé juste, dit-elle. J'ai quitté la maison avant six heures, je suis arrivée à Leatherhead à six heures vingt, et à Waterloo par le premier train. Monsieur, je ne puis plus y tenir, je deviendrai folle si cela continue. Je n'ai personne à qui m'adresser, personne absolument, et la seule qui s'intéresse à moi, un jeune homme, ne peut m'être que d'un faible secours. J'ai entendu parler de vous, monsieur Holmes, par Mme Farintosh, que vous avez aidée dans une circonstance difficile. C'est par elle que j'ai eu votre adresse. Oh ! monsieur, pensez-vous que vous puissiez m'aider, moi aussi, et au moins jeter quelque lumière dans le chaos qui m'environne ? À présent, je ne saurais vous rémunérer de vos services, mais dans un mois ou deux je serai mariée, je pourrai disposer de ma fortune et alors vous verrez que je ne suis pas une ingrate.

Holmes se tourna vers son bureau et en tira un carnet qu'il consulta.

— Farintosh, dit-il. Ah ! oui, je me rappelle l'affaire : c'était au sujet d'une tiare d'opales. Je crois que ce n'était pas de votre temps, Watson. Je puis vous assurer, madame, que je serai heureux de me consacrer à votre affaire comme je l'ai fait pour celle de votre amie. Ne parlons pas d'honoraires, je vous en prie, ma profession porte avec elle sa récompense ; je vous laisse libre de me rembourser les dépenses que j'aurai pu faire, quand cela vous conviendra. Et maintenant, je vous demande d'exposer votre affaire sans omettre aucun détail qui puisse nous éclairer.

— Hélas ! répondit notre visiteuse, l'horreur de ma situation vient de ce que mes craintes sont si vagues, et mes soupçons fondés sur des bases si faibles, je dirai même si puériles, que celui-là même à qui j'ai le droit de demander aide et conseil les considère comme des imaginations de femme nerveuse. Il ne le dit pas, mais je le devine à ses réponses conciliantes et à ses regards pleins de pitié. Mais on m'a dit, monsieur Holmes, que vous saviez lire au fond du cœur humain. Vous pouvez peut-être me donner un conseil en présence des dangers qui me menacent.

— Je suis tout attention, madame.

— Je m'appelle Hélène Stoner, et je vis chez mon beau-père, le dernier rejeton d'une des plus vieilles familles saxonnes d'Angleterre, les Roylott, de Stoke Moran, famille fixée sur les confins ouest du Surrey.

Holmes fit un signe de tête :

— Le nom m'est familier, dit-il.

— Cette famille fut à un moment donné parmi les plus riches d'Angleterre, et ses possessions s'étendaient jusque dans le Berkshire au nord, et le Hampshire à l'ouest. Mais, au siècle dernier, se succédèrent quatre générations de prodigues et de débauchés, et la ruine de la maison fut consommée par un joueur sous la Régence. Il ne resta rien de leurs terres, sauf quelques ares de terrain et la maison, vieille de deux cents ans, qui est elle-même hypothéquée autant qu'elle peut l'être. Le dernier possesseur y traîna sa misérable existence de noble ruiné, mais son fils unique, mon beau-père, se rendit compte qu'il fallait se tirer de là, obtint d'un parent une avance de fonds pour faire des études médicales, et partit pour Calcutta où, grâce à son habileté professionnelle et à sa force de caractère, il se créa une belle clientèle. Dans un mouvement de colère, causé par un vol qui avait été commis chez lui, il assomma son maître d'hôtel indien, et peu s'en fallut qu'il ne fût condamné à mort. Il fit plusieurs années de prison et revint en Angleterre, morose et aigri.

Pendant que le docteur Roylott était aux Indes, il avait épousé ma mère, Mme Stoner, la veuve encore jeune du major général Stoner, de l'artillerie du Bengale. Ma sœur Julia et moi, nous étions jumelles, et nous n'avions que deux ans lors de ce second mariage de ma mère. Elle était riche, mille livres sterling de rente, et elle légua sa fortune au docteur Roylott, afin qu'il nous gardât chez lui et à condition qu'il fît à chacune de nous, en cas de mariage, une rente qu'elle détermina. Peu de temps après notre retour en Angleterre, ma mère mourut, tuée dans un accident de chemin de fer près de Crewe, il y a huit ans de cela environ. À partir de ce moment, le docteur Roylott ne fit plus aucun effort pour se créer une clientèle à Londres, et il nous emmena dans la vieille maison de Stoke Moran. La fortune que ma mère avait laissée suffisait amplement à tous nos besoins, et il ne semblait pas qu'il pût y avoir d'obstacle à notre bonheur.

Mais tout à coup, le caractère de notre beau-père changea terriblement. Au lieu de se faire des amis et d'échanger des visites avec nos voisins, qui avaient d'abord été enchantés de voir un Roylott de Stoke

Moran installé de nouveau dans la vieille demeure de famille, il s'enferma chez lui, et ne sortit guère que pour se quereller férocement avec quiconque se trouvait sur sa route. Une violence de caractère voisine de la folie était du reste chose héréditaire chez les hommes de sa famille, et chez mon beau-père cette disposition avait été, je pense, accrue par son long séjour sous les tropiques. Il se produisit des rixes déplorables qui le firent traduire deux fois en police correctionnelle.

Il devint la terreur du village et les gens s'enfuyaient à son approche, car il est excessivement fort et ne se possède plus quand il est en colère.

La semaine dernière, il jeta le forgeron par-dessus un parapet dans la rivière, et je n'ai pu éviter un scandale public qu'en donnant à la victime tout l'argent que j'ai pu réunir. Il n'a aucun ami, excepté les bohémiens : il permet à ces vagabonds de camper sur les quelques ares de terre couverts de ronces qui sont la seule propriété de la famille, et accepte en retour l'hospitalité sous leurs tentes, voyageant même avec eux pendant des semaines entières. Il a aussi une passion pour certaines bêtes indiennes qui lui sont envoyées par un correspondant, et il a dans ce moment-ci une panthère et un babouin qui se promènent en liberté, et sont redoutés des villageois presque autant que leur maître.

Vous jugerez par tout ceci que ma pauvre sœur Julia et moi n'avions pas grand agrément dans la vie. Nous ne pouvions garder aucun domestique, et pendant longtemps nous avons dû nous servir nous-mêmes. Ma sœur n'avait que trente ans quand elle est morte, et pourtant ses cheveux avaient commencé à blanchir, tout comme les miens.

— Votre sœur est morte ?

— Oui, il y a juste deux ans de cela, et c'est de sa mort que je veux vous parler. Vous comprenez que, menant la vie que je vous ai décrite, il se présentait peu d'occasions de voir des gens de notre âge et de notre monde. Nous avions pourtant une tante, sœur non mariée de ma mère, Mlle Honoria Westphall, qui demeure auprès de Harrow, et nous obtenions de temps en temps la permission de lui faire une courte visite. Julia y passa les fêtes de Noël, il y a deux ans, et y rencontra un capitaine de corvette en demi-solde, avec qui elle se fiança. Mon beau-père apprit cet engagement au retour de ma sœur, et ne fit pas d'objection au mariage ; mais une quinzaine avant le jour fixé pour la cérémonie se déroula le terrible drame qui m'a privée de ma seule compagne.

Sherlock Holmes était resté appuyé au dossier de sa chaise, les yeux fermés, et la tête renversée sur un coussin, mais à ce moment il entrouvrit les yeux, et jeta un regard sur sa cliente.

— Soyez assez bonne pour donner des détails très précis, dit-il.

— Cela m'est facile, car chaque minute de cette épouvantable nuit est gravée dans ma mémoire. L'habitation est, comme je l'ai dit, très ancienne, et seule une des ailes est habitée. Les chambres à coucher se trouvent au rez-de-chaussée, les salons dans le pavillon central. La première chambre est celle du docteur Roylott, la seconde était celle de ma sœur, la troisième est la mienne. Elles ne communiquent pas, mais donnent toutes sur le même corridor. Me fais-je bien comprendre ?

— Parfaitement.

— Les fenêtres de ces trois pièces ouvrent sur la pelouse. Dans cette nuit fatale où mourut ma sœur, le docteur Roylott s'était retiré de bonne heure, mais sans se coucher, car Julia se trouva tout à coup incommodée par l'odeur des forts cigares indiens qu'il avait l'habitude de fumer. Elle quitta donc sa chambre et vint chez moi, où elle resta un certain temps à m'entretenir de son mariage. À onze heures, elle se leva pour partir, mais, s'arrêtant à la porte, elle me dit :

« — À propos, Hélène, as-tu jamais entendu siffler au milieu de la nuit ?

— Jamais, répondis-je.

— Je suppose qu'il te serait impossible de siffler en dormant, n'est-ce pas ?

— Assurément, mais pourquoi ?

— Parce que ces dernières nuits j'ai toujours, vers les trois heures du matin, entendu un sifflement faible, et cependant distinct. J'ai le sommeil très léger, et cela m'a réveillée. Je ne puis me rendre compte d'où cela vient, de la chambre voisine ou de la pelouse ? Je voulais savoir si tu l'avais aussi entendu, ce sifflement.

— Non. Ce sont probablement ces maudits bohémiens dans le parc.

— Cela se pourrait. Et pourtant, si c'est sur la pelouse, il est étonnant que tu n'aies pas perçu ce bruit tout comme moi.

— Ah ! mais je n'ai pas le sommeil aussi léger que toi.

— Oh ! cela n'a pas grande importance, du reste, ajouta-t-elle en souriant. »

Puis, elle me quitta et, un instant après, je l'entendis fermer sa porte à clef.

— Vraiment, dit Holmes, était-ce votre habitude de fermer ainsi votre porte la nuit ?

— Toujours.

— Et pourquoi ?

— Je crois vous avoir dit que le docteur avait une panthère et un babouin ; en conséquence, nous ne nous sentions en sûreté que quand nos portes étaient fermées à clef.

— Cela se comprend. Continuez, je vous prie.

— Je ne pus pas dormir, cette nuit-là. Le vague pressentiment d'un malheur m'oppressait. Ma sœur et moi, vous vous le rappelez, étions jumelles et vous savez combien subtils sont les liens unissant deux âmes qui se tiennent de si près. Au dehors, le temps était affreux. Le vent soufflait par rafales et une pluie battante venait se briser contre les fenêtres. Soudain, au milieu du vacarme de la tempête, j'entendis un cri désespéré de femme affolée et je reconnus la voix de ma sœur. Je sautai à bas de mon lit, m'enveloppai d'un châle, et me précipitai dans le corridor. Au moment où j'ouvrais la porte, il me sembla entendre un léger sifflement du genre de celui décrit par ma sœur et, un instant après, je distinguai un bruit sonore comme celui d'une masse de métal qui serait tombée par terre. Puis, la porte de ma sœur s'ouvrit lentement. Terrifiée, je m'arrêtai, ne sachant ce qui allait se passer. À la lueur de la lampe du corridor, je vis apparaître dans l'ouverture ma sœur elle-même, le visage pâle de terreur, faisant des gestes comme pour implorer du secours, et trébuchant comme un homme ivre. Je courus à elle, je la pris dans mes bras, mais les jambes lui manquèrent et elle s'affaissa par terre. Elle se tordait comme dans des souffrances horribles et tous ses membres étaient affreusement convulsés. D'abord je crus qu'elle ne m'avait pas reconnue, mais quand je me penchai sur elle, elle me cria d'une voix que je ne pourrai jamais oublier : « Oh ! Dieu, Hélène ! C'était la bande ! la bande mouchetée ! » Il y avait encore autre chose qu'elle aurait voulu dire, et son doigt tendu semblait vouloir percer le mur de la chambre du docteur, mais une nouvelle convulsion la saisit, et l'empêcha de parler. Je m'élançai dans le corridor, appelant mon beau-père, et je le rencontrai, en robe de chambre, sortant à la hâte de chez lui. Quand nous arrivâmes près de ma sœur, elle était sans connaissance. Le docteur lui versa du cognac entre les lèvres, envoya chercher le médecin du village, mais tous nos efforts furent vains ; la vie la quitta peu à peu, et elle mourut sans avoir repris connaissance. Telle fut la fin épouvantable de ma chère sœur.

— Un instant, dit Holmes, êtes-vous bien sûre d'avoir entendu ce sifflement, et ce bruit métallique ? pourriez-vous le jurer sur votre honneur ?

— C'est ce que le *coroner* du comté m'a demandé à l'enquête. J'ai la conviction de l'avoir entendu, et pourtant, au milieu de cette tempête et des gémissements de la vieille maison, je puis m'être trompée.

— Votre sœur était-elle habillée ?

— Non, elle était en toilette de nuit. On trouva dans sa main droite le reste d'une allumette qui avait brûlé, et dans sa main gauche, la boîte d'allumettes elle-même.

— Ce qui prouve qu'elle avait cherché à allumer et à regarder autour d'elle. Ceci est important. Quel a été le résultat de l'enquête ?

— L'affaire fut minutieusement étudiée, car la conduite du docteur Roylott était bien connue dans le comté, cependant on ne put découvrir aucune cause de mort plausible. Mon témoignage prouvait que la porte avait été fermée en dedans ; quant aux fenêtres, elles étaient munies de ces vieux volets à barres de fer, qu'on assujettissait chaque soir. Les murs furent soigneusement sondés et trouvés intacts partout, et le plancher fut aussi examiné à fond, avec aussi peu de succès. La cheminée est large, mais fermée à une certaine hauteur par quatre forts barreaux. Il est donc certain que ma sœur était tout à fait seule, lors de l'événement qui a causé sa mort. D'ailleurs, son corps ne portait aucune trace de violences.

— Et le poison ?

— Les docteurs l'ont examinée à ce point de vue, sans aucun résultat.

— À quoi donc attribuez-vous la mort de cette malheureuse jeune fille ?

— Je suis persuadée qu'elle n'est morte que de peur et d'ébranlement nerveux. Mais ce qui l'a effrayée, je ne puis me l'imaginer.

— Y avait-il des bohémiens, alors, dans le parc ?

— Oui, il y en a presque toujours.

— Ah ! et quelle idée vous a suggérée cette allusion à une bande, une bande mouchetée ?

— J'ai pensé d'abord que c'était un simple effet du délire, puisque cela pouvait être une bande de gens, peut-être ces bohémiens du parc. Je me suis demandé si les mouchoirs de couleur que beaucoup d'entre eux portent sur la tête ne lui avaient pas suggéré l'adjectif bizarre qu'elle a employé.

Holmes secoua la tête de l'air d'un homme qui est loin d'être satisfait.

— Cela me paraît bien mystérieux ! dit-il. Continuez votre récit, je vous prie.

— Deux ans ont passé depuis, et ma vie a été, jusqu'à ces derniers jours, plus solitaire que jamais. Cependant, il y a un mois environ, un ami, que j'ai depuis des années, m'a fait l'honneur de me demander en mariage. Il s'appelle Armitage, Percy Armitage, c'est le second fils de M. Armitage, de Crane Water, près de Reading. Mon beau-père n'a fait aucune objection à ce projet, et nous devons nous marier au printemps. Il y a deux jours, on a commencé des travaux de réparation dans l'aile ouest du bâtiment, et le mur de ma chambre a été percé. J'ai donc dû déménager et aller m'installer dans la chambre où ma sœur est morte, et dormir dans le lit même où elle a dormi. Imaginez alors quel a été mon frisson d'horreur lorsque la nuit dernière, ne dormant pas et songeant à son triste sort, j'entendis tout à coup, dans le silence de la nuit, le sifflement à peine perceptible qui avait été le signal de sa mort. Je me levai d'un bond et allumai la lampe, mais je ne vis rien dans la pièce. Trop émue pour me recoucher toutefois, je m'habillai et dès qu'il fit jour je me glissai dehors : je me fis donner un *dog cart* à l'auberge de la Couronne, qui est en face de la maison, et je gagnai ainsi Leatherhead, d'où je suis arrivée ce matin, dans le seul dessein de vous voir et de vous demander conseil.

— Vous avez bien fait, répondit mon ami. Mais m'avez-vous tout dit ?

— Oui, tout.

— Miss Roylott, ce n'est pas exact, vous épargnez votre beau-père.

— Quoi ? que voulez-vous dire ?

Pour toute réponse, Holmes, relevant la dentelle noire de la manche, découvrit la main que notre visiteuse laissait reposer sur ses genoux.

— Il vous a traitée brutalement, dit Holmes.

La jeune fille rougit profondément et, cachant son poignet endolori :

— C'est un homme brutal, dit-elle, et peut-être ne se rend-il pas compte de sa propre force. Il y eut un long silence, pendant lequel Holmes, le menton appuyé sur ses mains, regardait fixement le feu qui pétillait dans la cheminée.

— C'est une affaire très obscure, dit-il enfin. Il y a mille détails que je voudrais connaître avant de fixer notre ligne de conduite. Mais nous n'avons pas un instant à perdre. Si nous allions à Stoke Moran, aujourd'hui même, nous serait-il possible de visiter ces pièces sans que votre beau-père le sût ?

— Justement, il a parlé de venir aujourd'hui en ville pour une affaire très importante. Il est probable qu'il sera dehors toute la journée, et que rien ne viendra vous déranger. Nous avons une femme de charge, maintenant, mais elle est vieille et bête, et je pourrai facilement l'écarter.

— Parfait. Vous n'avez rien à dire contre cette excursion, Watson ?

— Absolument rien.

— Eh bien ! nous irons ensemble. Qu'allez-vous faire, vous-même ?

— Une ou deux courses, puisque je suis en ville. Je rentrerai par le train de midi, de façon à être là à temps pour vous recevoir.

— Et vous pouvez compter sur nous de bonne heure dans l'après-midi. J'ai moi-même quelques affaires à expédier. Vous ne voulez pas rester à déjeuner ?

— Non, il faut que je parte. Mon cœur est bien soulagé, maintenant que je vous ai confié ma peine. À bientôt, donc.

Elle abaissa son voile épais sur sa figure et sortit d'un pas léger.

— Que pensez-vous de tout cela, Watson ? demanda Holmes, en se renversant sur sa chaise.

— Cela me paraît être une affaire bien obscure et sinistre.

— Obscure, oui, et sinistre, aussi.

— Cependant, si ce qu'elle dit est vrai, si le plancher et les murailles sont intacts, et la porte, la fenêtre et la cheminée infranchissables, sa sœur était indubitablement seule au moment de sa mort.

— Que faites-vous alors de ces sifflements nocturnes et des paroles étranges de la moribonde ?

— Je ne sais qu'en penser.

— Si vous faites un rapprochement entre ces sifflements de la nuit, et la présence d'une bande de bohémiens en intimité avec ce vieux docteur, les fortes présomptions que celui-ci a intérêt à empêcher le mariage de sa belle-fille, l'allusion de la mourante à une bande, et enfin le fait que miss Helen Stoner a entendu un choc métallique qui aurait pu être causé par le déplacement d'une des barres de fer des volets, il me semble qu'il faut chercher de ce côté l'explication du mystère.

— Mais alors, qu'ont fait ces bohémiens ?

— Je n'en sais absolument rien.

— Je ne trouve pas votre raisonnement très péremptoire.

— Moi non plus, et c'est précisément pour cela que nous allons à Stoke Moran aujourd'hui. Je veux voir si les objections qui se présentent à mon esprit sont insurmontables, ou si elles peuvent être réfutées. Mais que diable !…

Cette exclamation avait été arrachée à mon compagnon par la brusque ouverture de la porte, à l'apparition d'un homme de forte taille. Son costume était un singulier mélange de l'homme comme il faut et de l'agriculteur, car il portait un chapeau haut de forme, une longue redingote, et une paire de guêtres très hautes ; il tenait à la main un fouet de chasse. Il était si grand que son chapeau touchait le chambranle de la porte, et si large qu'il semblait remplir l'ouverture tout entière.

Sa large face, sillonnée de mille rides, hâlée par le soleil, portait l'empreinte des plus viles passions ; son regard s'arrêtait alternativement sur chacun de nous : ses yeux enfoncés, injectés de bile, et son nez crochu et émacié le faisaient ressembler à un vieil oiseau de proie.

— Lequel de vous est Holmes ? demanda cet étrange personnage.

— C'est moi, monsieur, mais je désirerais savoir à qui j'ai l'honneur de parler, dit mon compagnon sans s'émouvoir.

— Je suis le docteur Grimesby Roylott, de Stoke Moran.

— Vraiment, docteur, dit Holmes d'un ton mielleux. Prenez un siège, je vous prie.

— Certainement non. Ma belle-fille est venue ici. J'ai suivi sa piste. Que vous a-t-elle raconté ?

— Il fait un temps bien froid pour la saison, répondit Holmes.

— Qu'est-ce qu'elle vous a dit ? cria le vieillard, furieux.

— Mais j'ai entendu dire que les crocus seraient beaux cette année, continua mon ami sans se dérouter.

— Ha ! ha ! Vous ne voulez pas me répondre ? dit notre visiteur, en avançant d'un pas et en brandissant son fouet. Je vous connais, espèce de coquin ! J'ai déjà entendu parler de vous. Vous êtes Holmes.

Mon ami eut un léger sourire.

— Holmes, l'homme qui se mêle de ce qui ne le regarde pas.

Mon ami sourit franchement.

— Holmes, le cireur de bottes de Scotland Yard. Holmes, cette fois, rit de bon cœur.

— Vous m'intéressez. Je vous demande seulement, quand vous partirez, de vouloir bien fermer la porte, car vous nous avez laissés en plein courant d'air.

— Je partirai quand j'aurai vidé mon sac. Je vous défends de vous mêler de mes affaires. Je sais que miss Stoner est venue ici. Je l'ai filée ! Je suis un homme dangereux pour quiconque me résiste. Regardez plutôt !

Il s'avança vivement, saisit de sa large main brune le tisonnier, et le plia en deux.

— Tenez-vous donc au large, hurla-t-il, et, rejetant le tisonnier tordu dans le foyer, il sortit à grands pas.

— Ça m'a l'air d'un homme fort aimable, dit Holmes en riant. Je ne suis pas aussi massif que lui, mais s'il était resté plus longtemps j'aurais pu lui faire voir que ma poigne vaut la sienne.

Sur ce, reprenant le tisonnier d'acier, il le redressa d'un seul coup.

— Voyez-vous cette insolence de me confondre avec la police de sûreté ! Cet incident donne un charme de plus à notre enquête : j'espère seulement que notre petite amie n'aura pas à souffrir de son imprudence à se laisser filer. Et maintenant, Watson, nous allons commander le déjeuner, ensuite j'irai à la Chambre syndicale des médecins, où j'espère trouver quelques renseignements utiles.

Il était près d'une heure quand Sherlock Holmes revint de sa course. Il tenait à la main un papier bleu couvert de notes et de chiffres.

— J'ai vu le testament de l'épouse décédée, dit-il. Il a fallu, pour bien le comprendre, calculer la valeur actuelle des placements dont il y est question. Le revenu total, qui au moment de la mort était de près de onze cents livres sterling, n'est plus, à cause de la baisse des produits agricoles, que de sept cent cinquante livres. Chaque fille a droit, en se mariant, à une rente de deux cent cinquante livres. Il est donc évident que, si elles s'étaient mariées toutes deux, le cher homme aurait été réduit à une maigre pitance ; même le mariage d'une seule ferait un trou considérable dans ses revenus. Ma recherche de ce matin n'a donc pas été inutile, puisqu'elle prouve jusqu'à l'évidence que le docteur Roylott a les meilleures raisons du monde de s'opposer à pareil projet. Et maintenant, Watson, ceci devient trop sérieux pour lambiner, d'autant plus que le vieux bonhomme sait que nous nous intéressons à ses affaires. Si donc vous êtes prêt, nous allons prendre un fiacre et aller à la gare de Waterloo. Je vous serai reconnaissant de glisser votre revolver dans votre poche. Un Eley n° 2 est un argument parfait contre des individus qui peuvent plier en deux des tisonniers d'acier. Ajoutez à cela une brosse à dents, et nous voilà équipés.

À Waterloo, nous eûmes la chance de trouver un train en partance pour Leatherhead, où nous louâmes, à l'auberge de la station, une voiture qui nous promena, l'espace de quatre à cinq milles, à travers les charmants chemins du Surrey. C'était une délicieuse journée de printemps, égayée d'un beau soleil que voilaient par instants quelques nuages floconneux. Les arbres et les haies du bord de la route commençaient à bourgeonner et l'air était imprégné de cette bonne odeur de terre humide. Quel étrange contraste entre le réveil de la nature si riche d'espérance et la sinistre besogne dans laquelle nous étions engagés ! Mon compagnon, assis sur le devant de la voiture, avait les bras croisés, le chapeau sur les yeux et le menton baissé sur la poitrine ; il semblait perdu dans ses réflexions. Tout à coup, il tressaillit, me frappa sur l'épaule et, étendant le doigt vers les prairies :

— Regardez, dit-il.

J'aperçus un parc touffu s'élevant en pente douce jusqu'à un bosquet. Entre les branches apparaissaient les pignons gris et le faîte élevé d'une très vieille demeure.

— Stoke Moran ? dit-il.

— Oui, m'sieur, c'est la maison du docteur Grimesby Roylott, répondit le cocher.

— On y fait des travaux, dit Holmes. C'est là que nous allons.

— V'là le village, dit le conducteur, montrant un groupe de toits à quelque distance sur la gauche ; mais si vous voulez aller à la maison, vous aurez plus court de passer cette barrière, et de suivre le sentier à travers champs, là, où la dame se promène.

— Et cette dame est, je pense, miss Stoner, observa Holmes, abritant ses yeux de sa main pour mieux voir. Oui, il me semble que votre idée est excellente.

Nous descendîmes de voiture, après avoir payé la course, et notre véhicule repartit pour Leatherhead.

— J'ai trouvé préférable, dit Holmes en enjambant la barrière, de laisser croire à ce garçon que nous venions ici comme architectes et pour un travail déterminé. Cela fera moins jaser… Bonsoir, miss Stoner. Vous voyez que nous sommes fidèles à notre parole.

Notre cliente s'était empressée de venir à notre rencontre, le visage joyeux.

— Je vous attendais avec tant d'impatience ! cria-t-elle en nous serrant la main chaudement. Tout va admirablement bien. Le docteur Roylott est allé en ville et il n'est pas probable qu'il revienne avant ce soir.

— Nous avons eu le plaisir de faire connaissance avec lui, dit Holmes. Et en quelques mots, il raconta l'entrevue. miss Stoner était devenue blême.

— Grand Dieu ! cria-t-elle, il m'a donc suivie ?

— Évidemment.

— Il est si rusé que je ne suis jamais sûre de rien. Que va-t-il dire à son retour ?

— Il n'aura qu'à se bien tenir, car il pourrait avoir affaire à plus rusé que lui. Il faut fermer votre porte à clef cette nuit. S'il veut user de violence, nous vous emmènerons chez votre tante, à Harrow. Maintenant, ne gaspillons pas notre temps, et montrez-nous tout de suite les pièces que nous avons à examiner.

La construction était en pierre grise, tachée de lichen, avec un pavillon central élevé, et deux ailes en hémicycles de chaque côté. Dans l'une de ces ailes, les fenêtres étaient en mauvais état et bouchées par des planches, et le toit, en partie effondré, donnait à ce coin l'aspect d'une ruine. La partie centrale n'était guère en meilleur état, mais l'aile droite semblait relativement moderne : les rideaux aux fenêtres, la fumée bleue sortant des cheminées indiquaient que ce coin était habité. Il y avait un échafaudage contre le mur du pignon, et le mur lui-même était percé, cependant aucun ouvrier n'y travaillait. Holmes se promena de long en large sur la pelouse, mal entretenue du reste, et il examina avec la plus grande attention les ouvertures extérieures.

— Voilà, je pense, la fenêtre de votre chambre ; ensuite, au milieu, celle de la chambre de votre sœur, et la plus rapprochée du pavillon central est celle de la chambre du docteur Roylott.

— Précisément. Mais j'habite en ce moment la chambre du milieu.

— Pendant les travaux, je crois. À propos, il ne me semble pas que ce mur ait eu besoin de réparations ?

— Absolument pas. Cela me paraît être tout simplement un prétexte pour me faire changer de chambre.

— Ah ! ceci est assez suggestif. Maintenant, l'autre côté de cette aile est occupé par un corridor sur lequel donnent toutes ces pièces. Il a des fenêtres, je suppose ?

— Oui, mais très petites, trop étroites même pour qu'on puisse y passer.

— Dans tous les cas, puisque vous fermiez toutes deux vos portes à clef la nuit, ce côté-là n'était pas accessible. Voulez-vous avoir la bonté d'aller dans votre chambre, et de fermer vos volets en dedans ?

Miss Stoner obéit, et Holmes, après avoir soigneusement examiné la fenêtre ouverte, essaya tous les moyens possibles de forcer le volet, sans y parvenir.

Il n'y avait pas une fente par où on pût glisser même un couteau pour soulever la barre de fermeture. Muni de sa loupe, il regarda de près les gonds, mais ils étaient en fer épais et solidement scellés dans la maçonnerie.

— Hum, dit-il d'un air perplexe, en se grattant le menton, mon raisonnement pèche par la base. Personne n'a pu passer par ici lorsque ces volets étaient fermés. Voyons si un examen à l'intérieur de la pièce ne nous donnera pas quelque indice.

Une petite porte donnait accès dans le corridor, blanchi à la chaux, sur lequel s'ouvraient les trois chambres. Holmes refusa d'examiner la troisième, et nous passâmes immédiatement dans la seconde, celle qu'habitait actuellement miss Stoner, et où sa sœur était morte. C'était une jolie chambre, un peu basse de plafond, avec une large cheminée, comme on en trouve souvent dans les vieilles maisons. Dans un coin, une commode de couleur sombre, dans un autre, un lit étroit, peint en blanc, et à gauche de la fenêtre, une table de toilette. Ces trois meubles, deux petites chaises d'osier et un morceau de tapis Wilton formaient tout le mobilier de la pièce.

Les murs étaient revêtus de boiseries en chêne bruni, piquées des vers, si vieilles et si décolorées par le temps qu'elles devaient dater de la construction même. Holmes poussa une des chaises dans un coin et s'y assit, gardant un silence absolu et parcourant des yeux tous les coins et recoins de la chambre pour en fixer chaque détail dans son esprit.

— Où va cette sonnette ? demanda-t-il enfin, en indiquant un cordon pendu à la tête du lit et dont le gland tombait sur l'oreiller.

— Elle communique avec la chambre de la femme de charge.

— Ce cordon semble plus neuf que le reste du mobilier.

— Oui, on ne l'a placé là qu'il y a deux ans, environ.

— Je suppose que c'est votre sœur qui l'a demandé.

— Non, je ne crois pas qu'elle ne s'en soit jamais servie. Nous avions l'habitude de nous passer de domestiques.

— Alors, ce n'était guère la peine de mettre ici un aussi joli cordon de sonnette. Maintenant je vais vous demander la permission d'examiner le plancher.

Il se jeta à plat ventre et, muni de sa loupe, étudia minutieusement les fentes entre les feuilles du parquet. Il examina de même les boiseries des murs. Puis il s'approcha du lit, et le regarda en tous sens, ainsi que la muraille contre laquelle il était appuyé. Enfin, il saisit le cordon de sonnette et le tira vivement.

— Eh ! quoi, il est faux ?

— Comment ? Il ne sonne pas ?

— Non, il n'est même pas fixé à un fil de fer. Oh ! mais ceci devient fort intéressant. Tenez, regardez, le cordon est attaché à un crochet, juste au-dessus de la prise d'air.

— Mais c'est absurde ! Je ne m'en étais jamais aperçue.

— Bizarre, bizarre ! murmura Holmes, en tirant sur le cordon. Il y a une ou deux choses bien singulières dans cette chambre. Par exemple, quel est l'imbécile d'architecte qui a établi une prise d'air entre deux pièces, alors qu'il était si simple de la faire sur le mur extérieur ?

— Cela est également tout récent, dit la jeune fille.

— Cela doit dater à peu près de la même époque que le cordon de sonnette ? ajouta Holmes.

— Oui, on a fait plusieurs petits travaux à ce moment-là.

— Ils étaient assez singuliers : faux cordon de sonnette, et prise d'air n'aérant pas. Avec votre permission, miss Stoner, nous allons poursuivre nos recherches dans l'autre pièce.

La chambre du docteur Grimesby Roylott était plus grande que celle de sa belle-fille, mais meublée avec la même simplicité. Un lit de camp, une petite étagère pleine de livres, livres de sciences pour la plupart, un fauteuil près du lit, une chaise en bois contre le mur, une table ronde et un grand coffre-fort étaient les principaux meubles de cette pièce, dont Holmes fit lentement le tour, examinant chaque objet avec la plus soigneuse attention.

— Qu'y a-t-il, là-dedans ? demanda-t-il en frappant sur le coffre-fort.

— Des papiers d'affaires de mon beau-père.

— Ah !... Vous les avez vus ?

— Une fois seulement, il y a quelques années. Je me rappelle que c'était plein de paperasses.

— Il n'y aurait pas un chat dedans, par hasard !

— Non. Quelle drôle d'idée !

— Mais, voyez donc ça !

Il montra une petite soucoupe, pleine de lait, qui était déposée sur le coffre.

— Non, nous n'avons pas de chat ici. Mais nous avons une panthère et un babouin.

— Oh ! oui, évidemment ! La panthère, au fond, n'est qu'un fort spécimen de l'espèce féline. Mais une soucoupe de lait ne saurait lui suffire, j'imagine. Il y a là quelque chose dont je voudrais m'assurer.

Il s'accroupit devant la chaise en bois et en examina le siège avec la plus grande attention.

— Merci. Il n'y a plus de doute, dit-il, en se relevant et en remettant sa loupe dans sa poche. Holà ! voici un objet intéressant !

Et il montra un petit fouet de chasse, pendu auprès du lit. La mèche cependant en était nouée, de façon à former un nœud coulant.

— Qu'est-ce que vous pensez de cela, Watson ?

— C'est un fouet, comme tous les fouets. Seulement, je ne sais pas pourquoi la mèche est nouée ainsi.

— Cela n'est déjà pas ordinaire, il me semble ? Ah ! mes pauvres amis, le monde est bien vilain, et quand un homme met son intelligence au service du crime, on peut s'attendre aux pires infamies. Je crois que j'en ai vu assez, miss Stoner, et avec votre permission nous allons maintenant sortir devant la maison.

Je n'avais jamais vu le front de mon ami aussi soucieux qu'au moment où nous quittâmes avec lui son champ d'investigations. Nous avions, miss Stoner et moi, arpenté plusieurs fois la pelouse sans oser interrompre ses réflexions, lorsqu'il rompit lui-même le silence.

— Il est essentiel, miss Stoner, dit-il, que vous suiviez exactement mes instructions jusque dans les plus petits détails.

— Je n'y manquerai certainement pas.

— La chose est trop grave pour que vous hésitiez. Votre vie est en jeu.

— Je me fie entièrement à vous.

— D'abord, mon ami et moi, nous devons passer la nuit dans votre chambre.

La stupéfaction de miss Stoner égala la mienne.

— Oui, il le faut. Je vais vous dire pourquoi ! C'est bien l'auberge du village qu'on voit là-bas ?

— Oui, l'auberge de la Couronne.

— Très bien. On doit voir vos fenêtres de là-bas ?

— Sûrement.

— Vous vous enfermerez chez vous, sous prétexte de migraine, quand votre beau-père rentrera. Puis, quand il se sera retiré dans sa chambre pour la nuit, vous ouvrirez les volets, vous pousserez votre fenêtre sans mettre le crochet ; vous placerez votre lampe derrière afin qu'elle nous serve de signal, et vous vous retirerez dans votre ancienne chambre, avec tout ce dont vous pourrez avoir besoin pour vous coucher. Je ne doute pas que, malgré les travaux, vous puissiez vous y installer pour une nuit.

— Oh ! oui, facilement.

— Le reste nous regarde.

— Mais qu'allez-vous faire ?

— Nous passerons la nuit dans votre chambre, pour découvrir la cause du bruit qui vous a tant effrayée.

— Je crois, monsieur Holmes, que vous êtes déjà fixé, dit miss Stoner en lui posant la main sur le bras.

— Peut-être.

— Alors, au nom du ciel, dites-moi quelle a été la cause de la mort de ma sœur.

— Je préfère avoir des preuves plus sûres avant de parler.

— Vous pouvez au moins me dire si j'ai raison de croire qu'elle est morte de frayeur.

— Je ne le pense pas et je crois à une cause plus tangible. Maintenant, miss Stoner, il faut que nous vous quittions, car si le docteur Roylott revenait et nous trouvait ici, notre coup serait manqué. Au revoir, et soyez courageuse, car si vous faites ce que je vous ai dit, vous ne courrez bientôt plus aucun danger.

Nous trouvâmes facilement, Sherlock Holmes et moi, deux chambres à l'auberge de la Couronne. Elles étaient au premier étage, et de nos fenêtres nous apercevions la grille d'entrée, et l'aile habitée du manoir de Stoke Moran. À la tombée de la nuit, nous vîmes passer en voiture le docteur Grimesby Roylott ; il semblait écraser par sa forte corpulence le groom à la frêle stature qui conduisait. Le gamin eut quelque difficulté à ouvrir les lourdes grilles : cela impatienta le docteur, il le manifesta par des éclats de voix qui parvinrent jusqu'à nous et qu'il accompagna de gestes menaçants.

Quelques minutes après que la voiture fut entrée dans le parc, une lumière qui nous apparut entre les arbres nous prouva que le propriétaire du vieux manoir était installé dans un des salons.

Autour de nous, l'obscurité se faisait de plus en plus profonde.

— Savez-vous, Watson, me dit tout à coup Holmes, j'ai réellement scrupule à vous emmener cette nuit. Notre entreprise n'est pas sans danger.

— Puis-je vous être utile ?

— Plus qu'utile.

— Alors je vous accompagne.

— Je vous en suis très reconnaissant.

— Mais vous parlez de danger ? Vous avez évidemment tiré de notre visite dans cette maison plus de renseignements que moi.

— Non, mais j'imagine que j'ai raisonné davantage. Tout ce que j'ai vu, vous l'avez vu aussi.

— Je n'ai rien vu de remarquable que ce cordon de sonnette, et je ne puis arriver à en saisir le but.

— Vous avez vu la prise d'air, aussi ?

— Oui, mais une communication de ce genre entre deux pièces ne me semble pas chose si extraordinaire ; elle est du reste si petite qu'un rat aurait de la peine à y passer.

— Je pensais bien, avant même d'entrer dans la maison, y trouver cette prise d'air.

— Allons donc !

— Certainement. Vous vous rappelez que dans son récit miss Stoner nous a dit que sa sœur sentait l'odeur du cigare du docteur Roylott. Naturellement, cela impliquait l'idée d'une communication quelconque entre les deux pièces, communication qui ne pouvait être que minuscule, puisque l'enquête du *coroner* ne la mentionnait pas. J'en avais donc conclu qu'il devait exister là une prise d'air.

— Et quel inconvénient y trouvez-vous ?

— Dame, il y a au moins là une curieuse coïncidence de faits. On établit une prise d'air, on suspend une corde et une femme qui dort dans ce lit meurt d'une mort étrange : n'êtes-vous pas frappé de cela ?

— Je ne vois aucun rapport entre tout cela.

— Avez-vous remarqué quelque chose de très particulier au sujet de ce lit ?

— Non.

— Il est scellé au plancher. Est-ce l'habitude de fixer ainsi un lit ?

— Je ne crois pas.

— Ainsi, la jeune fille ne pouvait pas déplacer son lit. Elle était forcée de le laisser toujours à portée de la prise d'air et de la corde, car nous pouvons l'appeler ainsi, puisqu'il n'y a jamais eu de sonnette.

— Holmes ! m'écriai-je, je commence à saisir vaguement votre idée. Nous arrivons juste à temps pour empêcher un crime horrible et raffiné.

— Très horrible et très raffiné. Quand un médecin tourne mal, il devient le plus grand des criminels, car il a pour lui le sang-froid et la science. Palmer et Pritchard étaient les premiers de leur profession. Cet homme vise plus haut encore, mais je crois, Watson, que nous serons plus malins que lui. En attendant de constater toutes ces horreurs, fumons tranquillement une pipe, et tâchons de penser pendant quelques heures à des choses moins lugubres.

Vers neuf heures, la lumière qui brillait à travers les arbres s'éteignit, et tout redevint obscur dans la direction du manoir. Deux longues heures s'écoulèrent. Sur le coup de onze heures, une vive lumière perça les ténèbres, juste en face de nous.

— Voici notre signal, dit Holmes, se levant d'un bond : il vient bien de la fenêtre du milieu.

En sortant, il échangea quelques paroles avec l'aubergiste pour lui expliquer que nous allions faire une visite chez un ami et que nous y passerions peut-être la nuit. Un instant après, nous étions sur la route, le visage fouetté par un vent glacial, marchant vers la lumière qui nous guidait dans notre sinistre expédition.

Nous n'eûmes pas de peine à pénétrer dans le parc, dont les murs avaient de nombreuses brèches. Nous avions déjà atteint la pelouse et, l'ayant traversée, nous nous apprêtions à escalader la fenêtre quand, d'un bosquet de laurier, s'élança une sorte de nain hideux et difforme qui se jeta sur le gazon en tordant ses membres, puis s'enfuit et disparut dans l'obscurité.

— Grand Dieu ! murmurai-je, avez-vous vu ?

Holmes fut d'abord aussi surpris que moi, et il me serra nerveusement la main. Puis il se mit à rire silencieusement toutefois, et murmura à mon oreille :

— Charmante maison : c'est le babouin !

J'avais oublié les favoris du docteur. Il avait une panthère aussi, peut-être allions-nous la sentir sur nos épaules, d'un moment à l'autre. J'avoue que je fus plus tranquille quand, à la suite de Holmes, et après avoir ôté mes souliers, je me trouvai à l'intérieur de la chambre. Mon compagnon ferma les volets sans bruit, mit la lampe sur la table et regarda autour de lui. Tout était comme nous l'avions vu en plein jour. Alors, s'approchant doucement de moi, et faisant un porte-voix de sa main, il me murmura dans l'oreille, d'un ton si bas que je pouvais à peine distinguer ses mots :

— Le plus petit bruit serait fatal à notre plan.

Je fis signe que j'avais entendu.

— Nous ne devons pas garder de lumière. Il la verrait par la prise d'air.

Je répondis par un geste.

— Ne vous endormez pas. Cela pourrait vous coûter la vie. Ayez votre revolver sous la main, en cas de besoin. Je vais m'asseoir sur le lit. Vous, installez-vous sur cette chaise.

Je posai mon revolver sur le coin de la table. Holmes avait apporté une badine longue et mince qu'il plaça sur le lit à côté de lui. Il mit à côté une boîte d'allumettes et un bout de bougie. Puis, il éteignit la lampe, et nous nous trouvâmes dans l'obscurité.

Je n'oublierai jamais cette veille émouvante. Je n'entendais pas un son, pas même un bruit de respiration, et je savais pourtant que mon compagnon était là, tout près, assis, les yeux ouverts, dans le même état de tension nerveuse que moi. Les volets ne laissaient passer aucun rayon de lumière et nous étions dans les ténèbres les plus épaisses. Du dehors, nous arrivait parfois le cri d'un oiseau de nuit, et une fois, tout contre la fenêtre, un long feulement nous apprit que la panthère était bien en liberté. Au loin, nous entendions les notes graves de l'horloge de la paroisse, sonnant les quarts à des intervalles qui nous paraissaient infinis. Minuit sonna, puis une heure, deux heures, trois heures, et nous étions toujours assis silencieusement, dans l'attente d'un événement possible.

Soudain parut dans la direction de la prise d'air une lueur qui s'évanouit aussitôt, mais à laquelle succéda une forte odeur d'huile et de métal chauffé. Il était évident qu'on avait allumé dans la pièce voisine une lanterne sourde. J'entendis un léger bruit, puis tout retomba dans le silence, bien que l'odeur devînt plus forte. Pendant une demi-heure encore je restai immobile, l'oreille tendue. Soudain, un autre son se fit entendre, très doux et caressant, comme le bruit d'un jet de vapeur sortant d'une bouillotte. Au moment où il se produisit, Holmes sauta à bas du lit, craqua une allumette et se mit à taper de toutes ses forces, avec la canne, le cordon de sonnette.

— Vous le voyez, Watson ? cria-t-il. Vous le voyez ?

Je ne voyais absolument rien. Au moment où Holmes avait allumé, j'avais entendu un sifflement sourd, quoique distinct, mais l'éclat de la lumière empêchait mes yeux fatigués de voir sur quoi mon camarade frappait avec tant de colère. Je distinguais cependant son visage devenu subitement d'une pâleur mortelle et empreint d'horreur et de dégoût.

Il avait cessé de frapper et regardait la prise d'air, quand tout à coup éclata dans le silence de la nuit le plus horrible cri que j'aie jamais entendu. Il se changea en un hurlement arraché à la fois par la souffrance, la peur et la colère. On dit que dans le village et même au presbytère plus éloigné encore, ce cri réveilla tous les dormeurs ; il me glaça le cœur, et je restai là, figé, les yeux fixés sur Holmes ; lui me regarda aussi, lorsque tout fut rentré dans le silence.

— Qu'est-il arrivé ? m'écriai-je, pantelant.

— C'est fini, répondit Holmes, et c'est après tout la meilleure solution. Prenez votre revolver, nous allons entrer chez le docteur Roylott.

Le visage grave, il alluma la lampe, et sortit le premier dans le corridor. Il frappa deux fois à la porte sans obtenir de réponse. Alors il tourna le bouton, et entra, en me précédant, le revolver au poing.

Un singulier spectacle s'offrit à nos yeux. Une lanterne sourde posée sur la table éclairait le coffre-fort, dont la porte était entrouverte. Auprès de cette table, sur la chaise de bois, le docteur Grimesby Roylott, vêtu d'une robe de chambre grise, les pieds nus chaussés de babouches turques. Sur ses genoux, le fouet à longue mèche que nous avions remarqué dans la journée. Il avait la tête renversée, et ses yeux regardaient avec fixité un coin du plafond. Sur le front, il avait un singulier bandeau jaune, tacheté de brun, qui semblait serré autour de sa tête. À notre entrée, il ne fit aucun mouvement.

— La bande, la bande mouchetée ! murmura Holmes.

Je fis un pas en avant. Au même moment, cette singulière coiffure bougea, et la tête plate triangulaire d'un hideux serpent se tourna vers nous.

— C'est une vipère des marais ! cria Holmes, le serpent le plus venimeux de l'Inde. Le docteur est mort dix secondes après avoir été mordu. Œil pour œil, dent pour dent… Rejetons cette créature dans son antre, emmenons miss Stoner sous quelque autre toit plus hospitalier, et informons la police du comté de ce qui est arrivé.

Tout en parlant, il avait pris le fouet sur les genoux du cadavre, puis, jetant le nœud coulant sur le reptile, il l'arracha à son horrible piédestal, et le porta bras tendu jusqu'au coffre-fort, dans lequel il le jeta et dont il referma la porte.

C'est ainsi que mourut le docteur Grimesby Roylott, de Stoke Moran. Il n'est pas nécessaire de prolonger un récit déjà trop long, en racontant comment, après avoir appris la vérité à la jeune fille, nous l'amenâmes par le train du matin à sa chère tante de Harrow. L'enquête officielle prouva que le docteur avait trouvé la mort en jouant imprudemment avec un dangereux reptile. Holmes acheva de m'éclairer sur cette sinistre affaire en rentrant à Londres, le lendemain.

— Mes premières conclusions étaient tout à fait erronées, ce qui montre, mon cher Watson, combien il est dangereux de raisonner sur des données insuffisantes. La présence des bohémiens et l'emploi du mot « bande » par la pauvre fille pour expliquer ce qu'elle vit confusément à la lueur de son allumette avaient suffi pour me lancer sur une fausse piste. Je n'ai eu qu'un mérite, celui d'avoir changé mes batteries dès qu'il me fut devenu évident que le danger dont pouvait être menacé l'occupant de cette chambre ne pouvait venir ni par la fenêtre, ni par la porte. Mon attention fut rapidement attirée, comme je vous l'ai déjà dit, par la prise d'air et le cordon de sonnette pendu au-dessus du lit. La découverte que ce cordon était faux, et que le lit était scellé au sol, me fit instantanément soupçonner que la corde devait servir à un objet qui, passant par le trou, descendait sur le lit. L'idée d'un serpent m'était donc naturellement venue à l'esprit, et lorsque j'y accouplai le fait que le docteur recevait des bêtes de l'Inde, je me sentis sur la bonne piste. L'idée d'employer un poison impossible à découvrir chimiquement devait venir à un homme instruit et sans conscience, qui avait vécu en Extrême-Orient.

La rapidité avec laquelle ce poison agit était encore un avantage, à son point de vue. Il aurait fallu au *coroner* un œil bien perçant pour reconnaître les deux petites piqûres produites par les crocs venimeux. Je me souvins aussi du sifflement. Le docteur devait naturellement rappeler le serpent avant que le jour ne le fît voir à sa victime. Il l'avait dressé, probablement au moyen du lait que nous avons vu, à revenir à son appel. Il le faisait passer par la prise d'air, à l'heure qu'il jugeait convenable, certain que l'animal ramperait le long de la corde et descendrait sur le lit. Plusieurs nuits pouvaient se passer sans que la victime fût mordue, mais tôt ou tard elle devait succomber.

J'étais arrivé à cette conclusion avant même d'entrer dans la chambre du docteur. L'examen de sa chaise nous prouva qu'il avait l'habitude de monter dessus, ce qui était nécessaire pour qu'il pût atteindre la prise d'air. La vue du coffre-fort, la soucoupe de lait et le nœud coulant firent disparaître les derniers doutes qui pouvaient me rester. Le bruit métallique entendu par miss Stoner provenait évidemment de la fermeture hâtive du coffre-fort. Une fois ma conviction faite, vous savez les mesures prises pour acquérir la preuve définitive. Vous avez entendu comme moi siffler le reptile : je fis aussitôt de la lumière, et je l'attaquai sans perdre un instant.

— Ce qui eut pour résultat de le faire repasser par où il était venu.

— Et aussi de le faire attaquer son maître. Quelques-uns de mes coups l'atteignirent certainement et le mirent en colère au point qu'il se jeta sur la première personne qu'il rencontra. Je suis, de la sorte, indirectement responsable de la mort du docteur Grimesby Roylott, mais je ne peux pas dire que cette responsabilité pèse lourdement sur ma conscience.

Le pouce de l'ingénieur

Parmi tous les problèmes soumis à mon ami M. Sherlock Holmes pendant les années de notre intimité, deux seulement lui furent signalés par moi : celui qui avait trait au pouce de M. Hatherley, et celui de la folie du colonel Warburton. Le dernier est sans doute le plus intéressant pour un esprit aussi observateur que le sien. Toutefois, l'autre est si étrange dans son début, si dramatique dans ses détails, qu'il vaut la peine d'être raconté, quoique mon ami n'ait pas eu l'occasion d'y employer toutes ses merveilleuses facultés d'analyse. L'histoire a été reproduite plus d'une fois dans les journaux, mais, comme toujours, un simple entrefilet frappe moins le lecteur que la série des faits se développant sous ses yeux et dévoilant peu à peu le mystère qui les enveloppe. Les détails de cette affaire firent alors une profonde impression sur moi, et deux ans écoulés depuis n'en ont guère diminué l'effet.

C'était pendant l'été 1889, peu de temps après mon mariage. J'étais revenu à ma clientèle civile, et j'avais finalement quitté Holmes, qui demeurait toujours dans Baker Street, où j'allais souvent le voir. J'avais même réussi à lui faire perdre un peu de ses habitudes de bohème, au point qu'il venait parfois chez nous.

Ma clientèle s'était constamment accrue et, comme je demeurais près de la gare de Paddington, j'avais quelques clients parmi les employés du chemin de fer. L'un de ceux-ci, que j'avais guéri d'une longue et douloureuse maladie, ne se lassait pas de chanter mes louanges et cherchait à m'envoyer tous les malades sur lesquels il pouvait avoir quelque influence.

Un matin, un peu avant sept heures, je fus réveillé par la servante frappant à ma porte pour me dire que deux hommes de la gare de Paddington m'attendaient dans le cabinet de consultation. Je m'habillai à la hâte, car je savais par expérience que les blessures des employés étaient souvent très graves. Au moment où je descendais l'escalier, mon vieil ami, le chef de train, sortit de mon cabinet en refermant avec soin la porte derrière lui.

— Il est là, murmura-t-il, en désignant du doigt la pièce qu'il venait de quitter, il ne se sauvera pas.

— Qui est-ce ? demandai-je, car les allures de mon interlocuteur semblaient dénoter un mystère.

— C'est un nouveau patient, murmura-t-il. J'ai voulu l'amener moi-même, ainsi c'était plus sûr. Il est là, il n'y a rien à craindre. Il faut que je m'en aille, maintenant, docteur. J'ai mon travail, tout comme vous.

Et le brave rabatteur s'en alla, sans même me donner le temps de le remercier.

J'entrai dans mon cabinet et j'y trouvai un homme assis auprès de la table. Il était simplement vêtu d'un complet couleur de bruyère, sa casquette de drap était posée sur mes livres. Une de ses mains était enveloppée d'un mouchoir tout taché de sang. Comme âge, vingt-cinq ans au plus, avec une figure très mâle et un teint décoloré, qui me donna l'impression d'un homme qui serait sous le coup d'une très violente émotion.

— Je regrette de vous déranger de si bonne heure, docteur, me dit-il. Mais j'ai eu cette nuit un très sérieux accident. Je viens d'arriver par le train du matin, et, m'étant informé d'un médecin à Paddington, un brave homme m'a obligeamment amené ici. J'ai donné ma carte à la servante, mais je vois qu'elle l'a laissée sur la table.

Je la pris et lus: «M. Victor Hatherley, ingénieur hydraulicien, 16 A, Victoria Street (3e étage).»

— Je regrette de vous avoir fait attendre, dis-je, en m'asseyant. Vous venez de faire un voyage de nuit, occupation plutôt monotone, n'est-ce pas ?

— Oh ! je ne peux pourtant pas dire que ma nuit ait été monotone, répondit-il, riant d'un rire nerveux qui le convulsa tout entier.

— Doucement ! criai-je, voulant arrêter une crise que je voyais venir. Calmez-vous !

Je lui préparai un verre d'eau, mais tout fut inutile. Je ne pus enrayer une violente attaque de nerfs, une de ces attaques que les natures les plus énergiques peuvent subir après une grande émotion. Enfin il se calma, mais resta épuisé et un peu honteux.

— Excusez-moi, dit-il, haletant.

— Pas du tout. Buvez !

Je mis quelques gouttes de cognac dans de l'eau et je vis aussitôt revenir un peu de couleur à ses joues exsangues.

— Ça va mieux ! dit-il. Et maintenant, docteur, voulez-vous avoir la bonté de soigner mon pouce, ou plutôt l'endroit où était mon pouce ?

J'enlevai le mouchoir, je découvris sa main, et à la vue de la plaie je tressaillis malgré le sang-froid qu'une longue pratique m'a donné. Il ne restait que quatre doigts, et à la place du pouce il y avait une surface rouge et spongieuse, horrible à voir. Le pouce avait été coupé ou arraché, juste à sa naissance.

— Grand Dieu ! m'écriai-je, c'est une horrible blessure. Vous devez avoir beaucoup saigné ?

— Oui, beaucoup. Je me suis même évanoui sur le coup, et je crois que je suis resté assez longtemps sans connaissance. Quand je suis revenu à moi, je saignais toujours, alors j'ai attaché mon mouchoir très serré autour de mon poignet, et je l'ai assujetti avec une épingle.

— Parfait ! Vous mériteriez d'être chirurgien.

— J'ai appris cela au cours de mes études d'ingénieur, cela rentre dans ma spécialité.

— Cette blessure a dû être faite par un instrument très lourd et très tranchant ? dis-je après avoir examiné la plaie.

— Oui, par un instrument ressemblant à un couperet.

— Un accident, je pense ?

— Pas du tout.

— Quoi, un attentat ?

— Précisément.

— Mais c'est affreux !

J'épongeai la plaie, la nettoyai, la pansai, et finalement la recouvris d'ouate et de bandages phéniqués. Mon patient resta tout le temps adossé à sa chaise, sans broncher, mais je remarquai qu'il se mordait les lèvres fréquemment.

— Comment vous sentez-vous ? demandai-je quand j'eus fini.

— Très bien. Votre cognac et votre pansement ont fait de moi un autre homme. Je me sentais très faible en arrivant, mais c'est qu'aussi j'en ai vu de rudes !

— Ne parlons pas de cela, pour ne pas exciter vos nerfs.

— Les voilà plus calmes. Au reste, il faudra que je raconte mon histoire à la police. Je vous avouerai toutefois que, n'était le témoignage évident de ma blessure, ils ne croiraient pas à ma déposition, tant elle est extraordinaire et dépourvue de preuves. Et dans le cas où l'on voudrait faire une enquête, les indications que j'ai à donner sont si vagues qu'il est douteux que justice puisse être faite.

— Ha ! m'écriai-je, s'il y a là un problème que vous désirez voir résoudre, je vous recommanderai fortement de venir avec moi chez mon ami M. Sherlock Holmes avant de vous adresser à la police officielle.

— J'ai déjà entendu parler de ce monsieur et je serais très heureux de lui confier mon affaire, quoique naturellement je doive aussi recourir à la police. Voulez-vous me donner un mot d'introduction pour lui ?

— Je ferai mieux. Je vous y mènerai moi-même.

— Et je vous en serai très reconnaissant.

— Prenons un fiacre et allons-y ensemble. Nous arriverons juste à temps pour déjeuner chez lui. Voulez-vous ?

— Oui, je ne serai tranquille que lorsque j'aurai raconté mon aventure.

— Eh bien ! ma servante va héler un fiacre : je suis à vous dans un instant.

Je montai chez moi, expliquer brièvement l'affaire à ma femme, et cinq minutes après j'étais dans un cab, roulant avec mon nouveau client vers Baker Street.

Sherlock Holmes était, comme je m'y attendais, à flâner dans son salon, en robe de chambre, lisant la colonne des annonces du *Times*, et fumant sa pipe d'avant déjeuner, pipe qui était composée de tous les fonds et résidus de la veille, soigneusement séchés et rassemblés sur le coin de la cheminée. Il nous reçut avec son affabilité habituelle, commanda un supplément de grillades et d'œufs, et mangea de bon appétit avec nous. Quand ce fut fini, il installa notre hôte sur un sofa, mit un coussin sous sa tête, et un verre d'eau mélangée de cognac à portée de sa main.

— Je vois que votre aventure n'a pas été banale, monsieur Hatherley, dit-il. Étendez-vous là, et faites comme chez vous. Parlez si vous en avez la force, mais arrêtez-vous toutes les fois que vous vous sentirez fatigué, et entretenez vos forces au moyen de ce stimulant.

— Merci, dit le patient, je me sens tout autre depuis que le docteur m'a pansé, et je crois que votre déjeuner a complété la cure. Je veux abuser le moins possible de votre temps, si précieux, et j'entre tout de suite en matière.

Holmes s'assit dans un grand fauteuil, il ferma les yeux à demi et prit cette attitude lassée qui contrastait si fort avec sa nature vive, animée. Je m'assis en face de lui et nous écoutâmes en silence l'étrange récit que nous fit notre visiteur.

— Il faut que vous sachiez que je suis orphelin et célibataire. Je demeure seul, à Londres, dans un appartement meublé. Par profession, je suis ingénieur hydraulicien, et j'ai acquis pas mal d'expérience pendant les sept années d'apprentissage que j'ai fait chez Venner et Matheson, la maison bien connue de Greenwich. Je venais de terminer, il y a deux ans, lorsque la mort de mon père me mit à la tête d'une petite fortune qui me permit de m'établir à mon propre compte : je louai à cet effet un bureau dans Victoria Street.

Tout début dans les affaires est pénible, mais j'eus assurément plus de difficultés qu'un autre. Pendant deux années entières je n'eus que trois consultations et un petit travail à faire. Voilà tout ce que ma profession me rapporta. Durant ce laps de temps, mes revenus bruts se sont élevés à vingt-sept livres et demie. Chaque jour, de neuf heures du matin à quatre heures du soir, j'attendais en vain dans mon petit réduit des visiteurs qui ne venaient pas et je commençais à perdre patience et à croire que je n'aurais jamais de clientèle.

Hier, pourtant, juste au moment où je m'apprêtais à quitter le bureau, mon commis entra pour me dire qu'un monsieur désirait me voir. Il me tendit une carte qui portait le nom du colonel Lysander Stark et, presque en même temps, je vis entrer le colonel lui-même. C'était un homme d'une taille au-dessus de la moyenne, mais d'une maigreur telle que je crois n'en avoir jamais vu de semblable. Son nez et son menton faisaient saillie sur sa figure en lame de couteau et la peau de ses joues était tendue sur ses pommettes très accentuées. Cette maigreur extrême semblait être son état naturel, et non l'effet d'une maladie, car son œil était brillant, son pas rapide, son allure assurée. Il était simplement mais correctement vêtu, et paraissait approcher de la quarantaine.

« — Monsieur Hatherley, dit-il avec une sorte d'accent allemand. On vous a recommandé à moi, non seulement pour vos capacités d'ingénieur, mais aussi pour votre discrétion à toute épreuve. »

Je m'inclinai, assez flatté de ce compliment.

« — Puis-je savoir qui vous a donné ces excellents renseignements ? lui demandai-je.

— Euh, peut-être vaut-il mieux ne pas vous le dire tout de suite. J'ai appris de la même source que vous êtes orphelin et célibataire et que vous vivez seul à Londres.

— C'est parfaitement exact, répondis-je, mais je ne vois pas bien quel rapport cela peut avoir avec mes qualités professionnelles ; je croyais que vous veniez me consulter sur une question de métier.

— Sans aucun doute. Toutefois ce préambule était nécessaire, car si j'ai besoin d'un homme de votre profession, il faut aussi que cet homme soit d'une discrétion absolue, absolue, vous m'entendez bien. Or, cette qualité se rencontre plus fréquemment chez un célibataire que chez un homme qui vit au sein de sa famille.

— Si je donne ma parole de garder le secret, dis-je, vous pouvez absolument compter sur moi. »

Il me regarda fixement pendant que je parlais, et je crois n'avoir jamais vu un œil aussi méfiant et inquisiteur.

« — Vous promettez, alors ? dit-il enfin.

— Oui, je promets.

— Silence absolu et complet, avant, pendant et après ? Aucune allusion à la chose, ni par un mot, ni par un écrit ?

— Je vous ai déjà donné ma parole.

— Très bien. »

Il se leva brusquement, traversa la chambre comme un éclair, et ouvrit la porte. Le corridor était désert.

« — C'est parfait, dit-il en revenant. Je sais que les commis sont souvent curieux des affaires de leurs patrons. Maintenant, nous pouvons causer en sûreté. »

Il approcha sa chaise tout contre la mienne, et recommença à m'examiner du même regard interrogateur et réfléchi. Je sentis tout à coup un sentiment de répulsion et même de terreur en présence des manières étranges de cet homme décharné. La crainte même de perdre un client ne put m'empêcher de témoigner mon impatience.

« — Veuillez m'expliquer votre affaire, monsieur, dis-je, mon temps est précieux. »

Que le ciel me pardonne cette dernière phrase, qui n'était qu'un vulgaire mensonge : je ne pus l'arrêter sur mes lèvres.

« — Accepteriez-vous cinquante guinées, pour une nuit de travail ?

— Parfaitement.

— Je dis une nuit de travail, je devrais dire une heure. Il me faut simplement votre avis sur une presse hydraulique qui marche mal. Si vous nous faites voir par où elle cloche, nous pourrons nous-mêmes la réparer. Que pensez-vous d'un travail de ce genre ?

— Le travail paraît facile et le salaire superbe.

— C'est ce qui me semble. Pouvez-vous venir ce soir par le dernier train ?

— Où ?

— À Eyford, dans le Berkshire. C'est un petit endroit situé sur la limite de l'Oxfordshire, à environ sept milles de Reading. Il y a à Paddington un train qui vous y amènera à onze heures quinze environ.

— Très bien.

— Je viendrai vous chercher avec une voiture.

— Ah ! c'est assez loin de la gare, alors ?

— Oui, notre petit trou est tout à fait dans la campagne. C'est à sept bons milles de la station d'Eyford.

— Nous n'y arriverons donc pas avant minuit, et je suppose que je ne trouverai pas de train pour me ramener ici. Il faudra que je passe la nuit là-bas ?

— Oui, nous vous logerons facilement.

— C'est bien ennuyeux. Ne pourrais-je pas venir à une heure plus pratique ?

— Non, et c'est précisément pour vous dédommager de ce dérangement nocturne que nous vous donnons à vous, homme jeune et inconnu, des honoraires égaux à ceux que pourrait demander une des célébrités de votre profession. Cependant, si vous préférez renoncer à l'affaire, naturellement, il n'y a rien de fait. »

Je pensai aux cinquante guinées qui tombaient si à point.

« — Avant tout, dis-je, je serai très heureux de me conformer à vos désirs. Je voudrais cependant comprendre un peu plus clairement ce que vous me demandez.

— Évidemment. Il est tout naturel que l'engagement que nous avons obtenu de vous ait excité votre curiosité. Je veux que vous agissiez en pleine connaissance de cause. Êtes-vous bien sûr que personne n'écoute ?

— Absolument sûr.

— Eh bien ! voici. Vous n'ignorez sans doute pas que la terre à foulon est un produit de valeur et qu'on n'en trouve en Angleterre que sur un ou deux points.

— En effet.

— Il y a quelque temps j'ai acheté une petite terre, très peu importante, à dix milles environ de Reading, et j'ai eu la chance de découvrir un gisement de terre à foulon dans un de mes champs. Après examen, je constatai que ce gisement se continuait chez nos voisins de droite et de gauche, et se trouvait être chez eux beaucoup plus important que chez moi. Ces braves gens ignoraient absolument que leur terre renfermait un produit aussi précieux que l'or, et naturellement il était de mon intérêt de leur acheter du terrain avant qu'ils en eussent découvert la valeur. Malheureusement, je n'avais pas de capitaux suffisants pour faire cette acquisition. Je confiai ce secret à quelques amis, et ils me conseillèrent d'exploiter secrètement le petit gisement qui était chez moi et de réaliser par ce moyen la somme nécessaire à l'achat des terrains voisins. C'est ce que nous avons fait et, pour faciliter nos opérations, nous avons acheté une presse hydraulique. Cette presse, comme je vous l'ai déjà expliqué, s'est détraquée, et nous désirons avoir votre avis à ce sujet. Mais nous gardons notre secret très soigneusement, car si l'on venait à savoir que des spécialistes hydrauliciens viennent chez nous, cela donnerait l'éveil : vous comprenez qu'une fois la vérité connue, adieu notre chance d'acheter ces terrains et d'accomplir notre projet. Voilà pourquoi je vous ai fait promettre de ne dire à personne que vous allez à Eyford cette nuit. J'espère que vous m'avez bien compris ?

— Parfaitement. La seule chose que je ne saisisse pas très bien, c'est à quoi vous sert une presse hydraulique pour extraire de la terre à foulon que l'on trouve tout simplement en creusant.

— Ah ! dit-il, d'un air dégagé, nous avons un procédé à nous. Nous comprimons la terre en briquettes, pour pouvoir la transporter sans que l'on sache ce que c'est. Mais peu importe cette question de détail. Je vous ai maintenant tout dit, monsieur Hatherley, vous voyez quelle confiance j'ai en vous. »

Il se leva tout en parlant.

« — Je vous attends donc à Eyford, à onze heures et demie.

— Je ne manquerai pas d'être au rendez-vous.

— Et pas un mot à âme qui vive. »

Il me fixa d'un dernier et long regard plein de méfiance, et, me serrant la main d'une étreinte froide et moite, il sortit rapidement.

Lorsque j'eus repris mon sang-froid et que j'eus bien réfléchi à tout cela, je trouvai très étrange le genre de travail qu'on me proposait ainsi. D'un côté, j'étais assez satisfait, car les honoraires étaient dix fois supérieurs à ceux que j'aurais pu demander, et cette commande pouvait m'en amener d'autres. Mais, de l'autre côté, le visage et les manières de mon client m'avaient fait mauvaise impression, et je ne pouvais trouver dans son histoire de terre à foulon une explication suffisante à un voyage nocturne ni à un secret aussi absolu. Enfin, je mis de côté mes appréhensions ; je dînai de bon appétit, et je m'embarquai à Paddington, sans avoir dévoilé quoi que ce fût de mon secret.

À Reading, j'eus à changer non seulement de voiture, mais aussi de station. Je montai dans le dernier train se dirigeant sur Eyford, et j'arrivai à cette petite gare mal éclairée à onze heures passées. J'étais le seul voyageur à destination d'Eyford et je ne vis personne sur le quai, excepté un homme de peine endormi auprès de sa lanterne. Mais, à la sortie, je trouvai mon client qui m'attendait dans l'obscurité : sans dire un mot, il me prit par le bras et me fit monter dans une voiture dont la portière était ouverte. Il releva les vitres de chaque côté, frappa contre la paroi et le cheval partit au grand trot.

— Il n'y avait qu'un cheval ? interrompit Holmes.

— Oui, un seul.

— Avez-vous vu de quelle couleur il était ?

— Oui, à la lueur des lanternes, je vis que c'était un alezan.

— Paraissait-il fatigué, ou fringant ?

— Oh ! fringant, et il avait le poil brillant.

— Merci. Pardon de vous avoir interrompu. Continuez, je vous prie, votre si intéressant récit.

— Nous partîmes donc et nous roulâmes au moins pendant une heure. Le colonel Lysander Stark m'avait dit que c'était à sept milles, mais je crois, à l'allure à laquelle nous marchions et au temps qui s'écoula entre le départ et l'arrivée, qu'il y avait plutôt douze milles que sept. Mon compagnon ne parlait pas et je sentais son regard fixé sur moi. La route devait être mauvaise, à en juger par les cahots de la voiture. J'essayai de regarder par les vitres, mais elles étaient en verre dépoli, et je ne pouvais qu'apercevoir vaguement l'éclat des lumières qui nous croisaient. De temps en temps, je hasardais une remarque pour rompre la monotonie du voyage, mais le colonel ne répondait que par monosyllabes, et la conversation tombait aussitôt. Enfin, les secousses de la route furent remplacées par le roulement plus doux d'une allée sablée, et la voiture s'arrêta. Le colonel Lysander Stark sauta à terre le premier et, comme je le suivais, il me fit entrer vivement par une porte ouverte devant nous. Par le fait, je ne fis, pour ainsi dire, qu'un bond de la voiture dans l'antichambre, et ne pus, par conséquent, avoir le moindre aperçu de la façade de la maison. Aussitôt que j'eus franchi le seuil, la porte se referma lourdement, et j'entendis le roulement de la voiture qui s'éloignait.

Il faisait noir comme dans un four à l'intérieur, et le colonel cherchait à tâtons des allumettes, en grommelant tout bas. Soudain, une porte s'ouvrit à l'autre extrémité du corridor, et un long rayon de lumière parvint jusqu'à nous. Puis parut une femme, tenant une lampe au-dessus de sa tête, et penchant le corps en avant pour nous apercevoir. Elle me sembla très jolie et vêtue d'une riche étoffe, autant que je pus en juger par les reflets de cette étoffe à la lumière. Elle prononça quelques mots dans une langue étrangère, d'un ton interrogatif ; mon compagnon répondit d'un mot rude et bref, qui la fit tressaillir au point que la lampe lui échappa presque des mains. Le colonel Stark s'approcha d'elle, lui murmura quelque chose à l'oreille puis, la poussant dans la chambre d'où elle était sortie, revint vers moi, la lampe à la main.

« — Voulez-vous avoir la bonté d'attendre ici quelques minutes », dit-il, en ouvrant une autre porte.

La pièce dans laquelle je me trouvais était meublée sobrement : au milieu, une table ronde, sur laquelle se trouvaient épars des livres allemands ; près de la porte, un harmonium, sur lequel le colonel Stark posa la lampe.

« — Je ne vous demande qu'un instant », ajouta-t-il, et il s'éloigna dans l'obscurité.

Je regardai les livres et, malgré mon ignorance de l'allemand, je constatai que deux d'entre eux étaient des traités scientifiques, et les autres des livres de poésie. J'allai à la fenêtre, espérant voir la campagne, mais la fenêtre était fermée par un volet de chêne, assujetti au moyen d'une forte barre de fer. Cette maison était étonnamment silencieuse. En dehors du tic-tac d'une vieille pendule dans le corridor, tout semblait mort dans cette demeure. Un vague sentiment de malaise commença à m'envahir. Qui étaient ces Allemands, et que faisaient-ils dans cet endroit étrange, écarté ? Où était cet endroit ? J'étais à dix milles, ou à peu près d'Eyford, c'est tout ce que je savais, mais au nord, au sud, à l'est, à l'ouest ? Impossible de s'en rendre compte. Pour me rassurer, je me disais que Reading et peut-être d'autres grandes villes se trouvaient dans le rayon, et qu'après tout l'endroit pouvait bien n'être pas aussi isolé que je l'avais cru tout d'abord. Cependant, d'après le calme environnant, il était bien certain que nous étions en pleine campagne. J'arpentais la pièce de long en large, fredonnant un air pour me donner du courage, et trouvant que je gagnais bien mes cinquante guinées.

Soudain, sans que j'eusse entendu le moindre bruit et au milieu du silence le plus absolu, la porte s'ouvrit lentement. La femme que j'avais déjà vue apparut dans la baie, encadrée d'ombre. Son beau visage intelligent, éclairé en plein par la lumière de la lampe, révélait une frayeur intense qu'elle me communiqua. Elle me fit signe d'un doigt tremblant de ne pas faire de bruit, puis elle me glissa à l'oreille quelques mots de mauvais anglais, tournant sans cesse les yeux vers la porte ouverte derrière elle, comme une bête traquée.

« — À votre place, je m'en irais, dit-elle, en essayant d'assurer sa voix. Je ne resterais sûrement pas ici, vous n'êtes pas fait pour la besogne qui vous attend.

— Mais, madame, dis-je, je n'ai pas encore accompli ma tâche. Je ne puis m'en aller sans avoir vu la machine.

— Croyez-moi, poursuivit-elle n'attendez pas. Vous pouvez passer par ici : il n'y a personne. »

Et alors, voyant que je souriais en secouant la tête, elle perdit toute réserve et fit un pas en avant, en se tordant les mains.

« — Pour l'amour du ciel, murmura-t-elle, allez-vous-en avant qu'il ne soit trop tard ! »

Je suis malheureusement têtu par nature et d'autant plus disposé à m'aventurer dans une affaire que j'y rencontre plus d'obstacles. Je pensai à mes cinquante guinées, au voyage ennuyeux que je venais de faire, à la nuit désagréable qui m'attendait probablement. J'aurais donc fait tout cela pour rien ? Pourquoi me sauverais-je, après tout, sans avoir rempli ma mission, et sans avoir reçu la rémunération à laquelle j'avais droit ? Cette personne pouvait être folle ! Qu'en savais-je ? Je secouai donc la tête d'un air résolu, bien que la façon d'agir de cette femme m'eût ému plus que je ne voulais l'avouer, et je déclarai nettement mon intention de rester où j'étais. Elle allait recommencer ses objurgations, lorsque j'entendis fermer une porte au premier étage et descendre l'escalier. Elle écouta un instant, leva les mains au ciel d'un air désespéré et disparut aussi vite et silencieusement qu'elle était venue.

Les nouveaux arrivants étaient le colonel Lysander Stark et un petit homme gros, avec une barbe grisonnante qui sortait des plis de son double menton. Ce dernier me fut présenté comme étant M. Ferguson.

« — C'est mon secrétaire et mon gérant, dit le colonel. Mais, à propos, il me semble que j'avais fermé cette porte en m'en allant ? Je crains que vous n'ayez enduré un courant d'air.

— Au contraire, dis-je, j'ai ouvert parce que j'avais trop chaud. » Il me jeta un coup d'œil méfiant.

« — Si nous parlions de notre affaire ? dit-il. Nous allons, M. Ferguson et moi, vous mener voir la machine.

— Faut-il prendre mon chapeau ?

— Oh ! non, c'est dans la maison.

— Quoi, vous tirez votre terre à foulon de la maison ?

— Non, non. Nous ne faisons que la presser ici. Mais ne nous occupons pas de cela. Tout ce que nous désirons, c'est que vous examiniez la machine et que vous nous disiez ce qu'il y a de cassé ou de détraqué. »

Nous montâmes ensemble, le colonel ouvrant la marche, la lampe à la main, le gros gérant et moi le suivant de près. Cette vieille maison était un vrai labyrinthe, avec des corridors, des passages étroits, des escaliers tournants, de petites portes basses dont les seuils étaient usés par les générations précédentes. Il n'y avait ni tapis, ni aucun ameublement en dehors du rez-de-chaussée, et le plâtre tombait des murs que l'humidité couvrait de taches vertes malsaines. J'essayais de prendre un air indifférent, mais je ne pouvais complètement oublier les avis de la femme, quoique n'ayant pas voulu les écouter, et je ne perdais pas de vue mes deux compagnons. Ferguson semblait un homme morose et silencieux, mais, au peu de mots qu'il dit, je compris que c'était au moins un compatriote.

Le colonel Lysander Stark s'arrêta enfin devant une porte basse qu'il ouvrit. Elle donnait dans une petite pièce carrée où nous aurions eu peine à tenir tous les trois. Ferguson resta dehors, le colonel me fit entrer avec lui.

« — Nous sommes, dit-il, dans la presse hydraulique, et ce serait particulièrement désagréable pour nous si quelqu'un la faisait fonctionner. Le plafond de cette petite pièce est, par le fait, le piston foulant qui vient frapper ce plancher de métal avec une force de plusieurs tonnes. Il y a au dehors des petites colonnes latérales qui renferment de l'eau, elles reçoivent la force et la communiquent multipliée, comme vous devez le savoir. La machine marche encore, mais elle semble offrir une certaine résistance, et elle a perdu de sa force. Voulez-vous avoir l'obligeance de l'examiner et de nous dire ce qu'il y aurait à faire ? »

Je lui pris la lampe des mains et commençai un minutieux examen. C'était un mécanisme gigantesque et capable d'exercer une pression énorme. Je passai dehors ensuite, et abaissai les leviers de commande. Je reconnus immédiatement au son qu'il y avait une légère fuite, par laquelle l'eau s'échappait. Je découvris aussi que la garniture en caoutchouc d'une tige de piston s'était racornie et ne remplissait plus l'espace qu'elle devait obturer. C'était là sûrement la cause de la perte de force, et je l'indiquai à mes compagnons qui m'écoutèrent avec la plus grande attention et me posèrent quelques questions techniques sur la façon de procéder à la réparation. Quand je leur eus bien tout expliqué, je revins à la chambre du piston pour satisfaire de nouveau ma curiosité. Il sautait aux yeux que l'histoire de la terre à foulon était une invention pure et simple : il eût été absurde, en effet, d'utiliser un engin d'une puissance si disproportionnée à cet objet. Les parois de la pièce étaient en bois, mais je remarquai que le plancher, une auge en fer, était couvert d'une plaque métallique. Je m'étais baissé et je la grattais déjà de l'ongle pour en reconnaître la nature, lorsque j'entendis une sourde exclamation en allemand, et vis la figure cadavéreuse du colonel penchée vers moi.

« — Que faites-vous ? » demanda-t-il.

J'étais furieux de m'être laissé prendre si sottement.

« — J'admirais votre terre à foulon, lui dis-je, il me semble que j'aurais pu vous donner des conseils plus efficaces si j'avais su la vraie destination de votre machine. »

Je n'avais pas prononcé ces mots que je m'apercevais déjà de ma folie. Le visage de mon interlocuteur était devenu féroce et une lueur funeste brillait dans ses yeux gris.

« — Oh ! très bien, dit-il, vous allez tout savoir. »

Il recula d'un pas, ferma violemment la porte et tourna la clef. Je me jetai sur le bouton, mais aucun de mes efforts ne put même l'ébranler.

« — Holà ! hurlai-je. Holà ! colonel ! Ouvrez-moi ! » Et alors, tout à coup, dans le silence de la nuit, j'entendis un bruit qui me figea le sang dans les veines ! C'était le grincement des leviers, et la mise en marche du cylindre auquel j'avais découvert une fuite : le colonel avait mis la machine en mouvement ! La lampe était toujours sur le sol où je l'avais mise pour examiner l'auge. À sa lueur, je voyais le sombre plafond descendre lentement sur moi, par saccades successives, mais – personne ne pouvait le savoir mieux que moi – avec une force qui devait dans une minute me réduire à l'état de pulpe informe. Je me lançai contre la porte en appelant au secours, je me déchirai les doigts à la serrure, j'implorai le colonel de me laisser sortir, mais le cliquetis impitoyable des leviers noyait ma voix. Le plafond n'était plus maintenant qu'à un pied ou deux au-dessus de ma tête et, en levant la main, j'en pouvais déjà toucher la surface dure et rugueuse. Alors, puisque la mort était inévitable, il fallait prendre une position qui la rendît la moins douloureuse possible. Si j'étais à plat ventre, le poids porterait d'abord sur l'épine dorsale ! et je tressaillis à l'idée de l'horrible cassure qui s'ensuivrait. D'un autre côté, si je me couchais sur le dos, aurais-je le courage de regarder descendre sur moi cette ombre mortelle ? Déjà, je ne pouvais plus me tenir debout, quand j'eus une vision qui me donna une lueur d'espoir.

J'ai dit que le plafond et le plancher étaient en fer et les parois en bois. En jetant un dernier et rapide regard autour de moi, je vis un mince filet de lumière entre deux planches ; et bientôt un petit panneau qui s'ouvrait. Une seconde d'hésitation, le temps de me rendre compte que c'était bien une porte de salut, et je me jetai comme un fou dans cette ouverture, pour tomber à moitié évanoui de l'autre côté de la paroi. Le panneau s'était refermé derrière moi ; quelques instants après, le bruit et de la lampe broyée et des deux masses de métal se rejoignant me prouva combien je l'avais échappé belle !

Je fus rappelé à moi par une violente pression au poignet ; j'ouvris les yeux : j'étais étendu par terre dans un étroit corridor et une femme tenant une bougie était penchée sur moi, s'efforçant de m'entraîner de sa main libre. Je reconnus en elle cette même fée bienfaisante dont j'avais si follement repoussé les conseils.

« — Venez ! venez ! cria-t-elle, hors d'elle-même. Ils vont être ici à l'instant. Ils vont voir que vous n'êtes pas là où ils vous ont laissé. Oh ! ne perdez pas un temps si précieux, venez ! »

Cette fois, au moins, je ne méprisai plus son avis. Je me relevai avec effort et courus avec elle au bout du corridor, où se trouvait un escalier tournant qui nous conduisit à un passage plus large. Au moment où nous y arrivions, nous entendîmes des pas accélérés et les éclats de deux voix se répondant d'un étage à l'autre. Mon guide s'arrêta, perplexe, puis ouvrit brusquement une porte donnant accès sur une chambre, dont la fenêtre reflétait les rayons de la lune.

« — Là est votre salut, dit-elle. C'est haut, mais je crois que vous pourrez sauter. »

Au même moment, une lueur apparaissait à l'extrémité du corridor, éclairant la longue et mince silhouette du colonel Lysander Stark, qui, une lanterne à la main, courait en brandissant une espèce de couperet de boucher. Je courus à la fenêtre, je l'ouvris violemment et je regardai au dehors. Que tout était calme et paisible dans ce jardin éclairé par la lune ! Je n'étais pas à plus de trente pieds de hauteur : j'enjambai le rebord, mais ne voulus pas sauter avant d'avoir entendu ce qui allait se passer entre mon sauveur et le misérable qui me poursuivait. S'il la maltraitait, j'étais décidé à tout braver et à aller à son secours. J'avais à peine eu le temps de prendre ce parti que mon bourreau était déjà à la porte, repoussant la femme pour passer de force, tandis que celle-ci lui jetait les bras autour du corps, et essayait de l'arrêter.

« — Fritz, Fritz, cria-t-elle en anglais, rappelez-vous votre promesse de la dernière fois, de ne jamais, jamais recommencer. Il ne dira rien, oh ! il ne dira rien ! j'en suis sûre.

— Vous êtes folle, Elise ! dit-il, en cherchant à se dégager. Vous voulez donc nous perdre tous. Il en a trop vu. Laissez-moi passer ! »

Il la repoussa violemment et, se précipitant à la fenêtre, me porta un coup de son arme. Je m'étais laissé tomber à bout de bras et je pendais au dehors, accroché au rebord de la fenêtre. Je sentis une douleur sourde, je lâchai prise, et je tombai dans le jardin.

J'étais étourdi, mais non blessé par ma chute. Je me relevai et courus de toutes mes forces à travers les buissons, car je sentais bien que je n'étais pas encore hors de danger. Mais soudain, le cœur me manqua, je regardai ma main, où je sentais des élancements douloureux ; je m'aperçus alors que mon pouce avait été coupé et que le sang coulait à flots de la blessure. J'essayai de la bander avec mon mouchoir, mais mes oreilles se mirent à bourdonner et je tombai évanoui au milieu des rosiers.

Je ne saurais dire combien de temps je restai sans connaissance. Cela a dû être fort long, car la lune avait disparu et le jour commençait à poindre quand je revins à moi. Mes vêtements étaient humides de rosée, et ma manche trempée de sang. La douleur de ma blessure me rappela en un instant tous les incidents de la nuit, et je me relevai d'un bond à l'idée que je pouvais encore être poursuivi. Mais quel fut mon étonnement, en regardant autour de moi, de ne plus voir ni maison, ni jardin. J'étais au coin d'une haie, près de la grand-route, et tout à côté se trouvait une longue construction que je reconnus, en m'approchant, pour être la station même où j'étais descendu la nuit précédente. Sans ma vilaine blessure, tout ce qui s'était passé pendant ces terribles heures aurait pu n'être qu'un mauvais rêve.

Tout étourdi, j'entrai dans la gare et je m'informai de l'heure des trains. Il y en avait un se dirigeant sur Reading moins d'une heure plus tard. Je reconnus l'employé pour l'avoir vu à l'arrivée. Je lui demandai s'il avait entendu parler du colonel Lysander Stark. Ce nom lui était totalement inconnu. S'il avait remarqué une voiture qui était venue m'attendre la nuit dernière ? Non, il n'avait rien remarqué. Je m'informai alors d'un poste de police. Il y en avait un à trois milles, me fut-il répondu.

Mais c'était trop loin pour moi, dans l'état de faiblesse où je me trouvais. Je dus donc attendre mon retour en ville pour faire ma déposition. Il était un peu plus de six heures quand j'y arrivai. Mon premier soin a été de me faire panser, puis le docteur a eu la bonté de m'amener ici. Je me remets entre vos mains et je ferai exactement ce que vous me direz.

Nous restâmes quelque temps silencieux après cet extraordinaire récit. Puis Sherlock Holmes tira de la bibliothèque un des énormes registres où il rangeait ses coupures de journaux.

— Voici une annonce qui vous intéressera, dit-il. Elle a paru dans tous les journaux, il y a environ un an. Écoutez : « Disparu le 9 courant, Jeremiah Hayling, âgé de vingt-six ans, ingénieur hydraulicien. A quitté son logement à dix heures du soir. Aucune nouvelle depuis. Était habillé, etc. » Ha ! ceci représente, j'imagine, la dernière fois que le colonel a eu besoin de réparations à sa presse.

— Grand Dieu ! s'écria mon malade. Mais cela explique ce que disait cette femme !

— Sans aucun doute. Il est certain que le colonel est un homme froid et résolu que rien n'arrête. Il est absolument décidé à ne jamais laisser contrecarrer ses plans, comme ces pirates qui ne laissent survivre personne sur les navires capturés. Eh bien ! chacun de nos instants est précieux ; si donc vous vous en sentez la force, nous allons aller tout de suite à Scotland Yard et de là à Eyford.

Environ trois heures après, nous étions tous dans le train qui de Reading devait nous conduire au petit village du Berkshire, théâtre du drame en question. Tous, c'est-à-dire Sherlock Holmes, le mécanicien, l'inspecteur Bradstreet de Scotland Yard, un agent en civil et moi-même. Bradstreet avait étendu une carte militaire du comté sur ses genoux, et avait tracé au compas un cercle ayant Eyford pour centre.

— Voilà, dit-il. Ce cercle a dix milles de rayon. L'endroit que nous cherchons doit être quelque part là-dedans. Vous avez bien dit dix milles, monsieur ?

— J'ai dit : une bonne heure de voiture.

— Et vous pensez qu'on vous a fait refaire tout ce trajet pendant que vous étiez sans connaissance ?

— Il le faut bien. J'ai d'ailleurs le souvenir confus d'avoir été soulevé et transporté.

— Ce que je ne puis comprendre, dis-je, c'est qu'ils vous aient épargné quand ils vous ont trouvé évanoui dans le jardin. Peut-être le misérable se sera-t-il laissé attendrir par cette femme ?

— Cela ne me paraît pas prouvé. Je n'ai jamais vu visage plus implacable.

— Oh ! nous éclaircirons bientôt tout cela, dit Bradstreet. Tenez ! voilà mon cercle, et je voudrais bien savoir où se trouvent dans cet espace les gens que nous cherchons.

— Je crois que je pourrais vous désigner l'endroit, dit Holmes avec calme.

— Vraiment ! s'écria l'inspecteur, vous avez déjà une opinion sur cette affaire ? Nous allons voir qui de nous sera d'accord avec vous. Je dis que c'est au sud, parce que le pays est moins habité, par là.

— Moi, je suis pour l'est, dit mon malade.

— J'opine pour l'ouest, dit l'homme en civil. Il y a beaucoup d'habitations isolées de ce côté.

— Et moi, je suis pour le nord, dis-je à mon tour ; car c'est le côté de la plaine et notre ami a affirmé qu'il n'avait monté aucune côte.

— Eh bien ! s'écria l'inspecteur en riant. Voilà une jolie diversité d'opinions. Nous avons partagé les quatre points cardinaux entre nous. À qui donnez-vous votre voix, monsieur Holmes ?

— Vous avez tous tort.

— Mais nous ne pouvons pas avoir tous tort.

— Oh ! si, parfaitement. Voici mon point à moi, et il mit son doigt au centre du cercle. C'est là que nous les trouverons.

— Mais la course de douze milles ? dit Hatherley.

— Six pour aller et six pour revenir. Rien n'est plus simple. Vous avez dit que le cheval était frais. Comment aurait-il pu l'être, s'il avait déjà fait douze milles par de mauvais chemins ?

— Ma foi, c'est une ruse très vraisemblable, observa Bradstreet, songeur. Naturellement, il ne peut pas y avoir de doute sur la nature de cette bande.

— Aucun, dit Holmes. Ce sont de faux monnayeurs qui pratiquent à grande échelle et la presse leur sert à fabriquer l'amalgame qui remplace l'argent.

— Nous savions depuis quelque temps qu'il y avait une bande très habile qui fabriquait de la fausse monnaie. Ils ont frappé des demi-couronnes par milliers. Nous avons suivi leur trace jusqu'à Reading, mais pas plus loin. Car ils avaient embrouillé les pistes d'une façon qui montre que ce sont de vieux filous. Maintenant, grâce à cet heureux hasard, je crois que nous les tenons.

L'inspecteur se trompait. Ces malfaiteurs ne devaient pas tomber entre les mains de la justice. En arrivant à Eyford, nous vîmes une énorme colonne de fumée qui s'élevait au-dessus d'un bouquet d'arbres dans le voisinage, et qui s'étendait sur le paysage comme une immense plume d'autruche.

— Une maison qui brûle ? demanda Bradstreet au chef de gare, au moment où le train repartait.

— Oui, monsieur.

— Quand cela a-t-il commencé ?

— J'ai entendu dire cette nuit, monsieur, mais ça s'est aggravé, et maintenant tout flambe.

— À qui appartient la maison ?

— Au docteur Becher.

— Dites-moi, interrompit le mécanicien, est-ce que le docteur Becher est un Allemand, très maigre, avec un long nez pointu ?

Le chef de gare se mit à rire :

— Non, monsieur, le docteur Becher est anglais, et il n'y a pas dans toute la paroisse un homme plus gras. Mais il a avec lui un monsieur, un malade, je crois, qui est étranger, et à qui un peu de bon bœuf du Berkshire ne ferait pas de mal.

Il n'avait pas fini de parler que nous étions en marche dans la direction de l'incendie. La route gravissait une petite colline, et nous apercevions devant nous une grande maison blanche crachant le feu par chaque fenêtre et chaque fissure, tandis que trois pompes mises en batterie dans le jardin combattaient l'incendie, mais sans grand résultat.

— C'est cela ! s'écria Hatherley, au comble de l'agitation. Voici l'allée sablée et les rosiers où je suis tombé, et c'est de cette fenêtre au second étage que j'ai sauté.

— Eh bien ! dit Holmes, au moins vous voilà vengé. Il n'est pas douteux que c'est votre lampe brisée par la presse qui a mis le feu aux parois de bois, et ils ne s'en sont pas aperçus dans l'ardeur de la chasse qu'ils vous ont donnée. Regardez bien dans cette foule si vos amis de la nuit ne s'y trouvent pas : mais je crains qu'ils ne soient déjà à quelque cent bons milles d'ici.

Les craintes de Holmes devaient se réaliser, car depuis ce jour nul n'a plus entendu parler de la jolie femme, du sinistre Allemand ou du sombre Anglais. Un paysan avait croisé de bonne heure, ce matin-là, une charrette contenant plusieurs personnes, et de grandes caisses, roulant rapidement vers Reading ; mais là, toute trace des fugitifs disparaissait et l'ingéniosité même de Holmes ne put jamais découvrir le moindre indice qui le mît sur leur trace.

Les pompiers avaient été fort étonnés par les étranges dispositions intérieures de cette maison, et plus encore par la découverte sur la fenêtre du second étage d'un pouce humain récemment tranché. Vers le soir enfin, leurs efforts furent couronnés de succès et on fut maître de l'incendie : mais le toit s'était effondré, et quelques tuyaux de fer étaient tout ce qui restait de ce mécanisme qui avait coûté si cher à notre ami. On trouva de grandes quantités de nickel et d'étain, emmagasinées dans un hangar à côté de la maison ; aucune pièce de monnaie, ce qu'explique la présence des grandes caisses dont on vient de parler.

Une empreinte bien conservée vint nous révéler comment le blessé avait été transporté du jardin à l'endroit où il retrouva ses sens. Il avait été évidemment porté par deux personnes, dont l'une avait le pied remarquablement petit, et l'autre, au contraire, d'une taille démesurée. Il semble donc probable que le silencieux Anglais, moins hardi ou moins barbare que son compagnon, ait aidé la femme à transporter l'homme évanoui à l'abri du danger.

— Eh bien ! dit notre mécanicien, tristement, en reprenant place dans le train, ça a été là une jolie affaire pour moi ! J'ai perdu mon pouce et mes cinquante guinées…

— Vous avez gagné de l'expérience, dit Holmes en riant. Et, indirectement, cela a un autre avantage : car partout où vous narrerez cette aventure, vous vous ferez la réputation du conteur le plus intéressant du monde.

L'aristocratique célibataire

Le mariage de lord Saint Simon, et son curieux dénouement, a cessé depuis longtemps d'être un sujet d'intérêt dans le milieu aristocratique qui forme l'entourage de l'infortuné marié. De nouveaux scandales l'ont éclipsé, et leurs détails plus piquants ont détourné les conversations de ce drame, déjà vieux de quatre ans. Mais les faits qui s'y rattachent n'ont jamais été bien connus du public ; de plus, mon ami Sherlock Holmes a grandement participé à la solution du problème, et en publiant ces mémoires je croirais manquer à ma tâche en ne relatant pas cet étrange épisode. Quelques semaines avant mon mariage, au temps où je demeurais, avec Holmes, dans Baker Street, mon ami, au retour d'une promenade, trouva une lettre sur la table du salon. Je n'étais pas sorti de la journée ; le temps s'était mis à la pluie et au vent ; je souffrais de la balle dont j'avais été atteint par les Jézaïls lors de ma campagne d'Afghanistan, et qui n'avait pu être extraite. Allongé sur une chaise, les jambes croisées, je m'étais entouré d'un monceau de journaux. Lorsque je les eus tous lus et éparpillés autour de moi, je demeurai paresseusement étendu, sans penser à grand-chose, me demandant toutefois de qui pouvait venir la lettre dont j'avais sous les yeux le cachet armorié.

— Vous avez là une lettre très élégante, dis-je à Holmes quand il rentra. Cela contraste avec vos lettres de ce matin, qui, si je ne me trompe, étaient écrites par un marchand de poissons et par un douanier.

— Oui, ma correspondance a certainement le charme de la variété, me répondit-il en souriant, et les plus humbles missives sont souvent les plus intéressantes. Celle-ci m'a tout l'air d'une de ces malencontreuses convocations à vous ennuyer, ou à mentir.

Il brisa le cachet, et parcourut la lettre.

— Oh ! mais voilà qui pourrait bien ne pas être banal.

— Rien de mondain, alors ?

— Non, non, c'est tout à fait professionnel.

— Et cela vient d'un membre de l'aristocratie ?

— D'un des premiers de l'Angleterre.

— Mon cher ami, je vous félicite.

— Je vous assure, Watson, et cela sans la moindre affectation, que la position sociale d'un client m'est parfaitement indifférente : je ne considère jamais que le plus ou le moins d'intérêt de son affaire, et il est possible que celle-ci en présente une certaine dose. Vous avez lu les journaux d'une façon suivie, dernièrement, n'est-ce pas ?

— Plutôt, dis-je mélancoliquement en désignant du doigt un énorme tas de journaux qui gisaient dans un coin, je n'ai pas autre chose à faire.

— C'est très heureux, car vous allez peut-être pouvoir me renseigner. Je ne lis jamais que les nouvelles judiciaires et les correspondances personnelles : celles-ci sont toujours instructives. Mais si vous êtes bien au courant des nouvelles, vous devez connaître l'histoire de lord Saint Simon et de son mariage ?

— Oh ! oui, je l'ai suivie avec le plus grand intérêt.

— Tout va bien. Cette lettre est précisément de lord Saint Simon. Je vais vous la lire, et en échange, vous me chercherez dans ces journaux tout ce qui a trait à ce sujet. Voici ce qu'il dit :

Mon cher monsieur Sherlock Holmes, lord Backwater m'affirme que je puis m'en rapporter entièrement à votre jugement et à votre discrétion. Je me suis donc décidé à venir vous voir, et à vous consulter au sujet de l'incident si pénible qui s'est produit lors de mon mariage. M. Lestrade, de Scotland Yard, s'occupe déjà de l'affaire, mais il m'assure qu'il ne voit aucun inconvénient à votre coopération, qu'il juge même très utile. Je passerai chez vous à quatre heures de l'après-midi, et si vous aviez quelque autre engagement à cette heure-là j'espère que vous voudrez bien vous rendre libre, car je viens vous entretenir d'une chose de la plus haute importance.

Sincèrement à vous,

Robert Saint Simon

— C'est daté de Grosvenor Mansions, c'est écrit avec une plume d'oie, et le noble lord a eu la guigne de tacher d'encre le bord extérieur du petit doigt de sa main droite, remarqua Holmes en repliant la lettre. Il dit quatre heures. Il en est trois. Il sera par conséquent ici dans une heure. J'ai donc juste le temps, avec votre concours, de me mettre au courant. Parcourez ces journaux, et mettez-moi les articles par ordre de date, pendant que je vais voir qui est notre client.

Il prit un volume rouge dans une série d'annuaires, à côté de la cheminée.

— Le voilà, dit-il, en s'asseyant et en ouvrant le livre sur ses genoux : « Robert Walsingham de Vere Saint Simon, second fils du duc de Balmoral… »

— Hum !

— « Armoiries : d'azur, aux trois croix de Malte en chef et à la fasce de sable. Né en 1846. »

— Il a quarante et un ans, ce qui est un âge mûr pour se marier. Il était sous-secrétaire aux Colonies dans le dernier ministère. Le duc, son père, a été, à un moment, ministre des Affaires étrangères. Ils descendent en ligne droite des Plantagenêt, et des Tudor par les femmes.

— Ha ! Je ne vois rien de très instructif dans tout cela. Je crois que j'aurai recours à vous, Watson, pour obtenir des renseignements plus sérieux.

— C'est très facile, dis-je, car les faits sont tout récents, et m'avaient particulièrement frappé. Je ne vous en avais pas parlé, parce que vous aviez déjà une enquête sur le chantier, et que vous n'aimez pas dans ces cas-là à être détourné de votre but.

— Oh ! vous voulez parler du petit problème de la voiture de déménagement de Grosvenor Square ? C'est tout à fait tiré au clair maintenant, et la solution, du reste, sautait aux yeux dès le début. Voyons, donnez-moi le résumé de vos articles de journaux.

— Voici la première mention de cette affaire ; je la trouve dans la colonne du *Morning Post* intitulée « Personnel » et l'article remonte à quelques semaines : « On annonce les fiançailles et le prochain mariage de lord Robert Saint Simon, second fils du duc de Balmoral, avec miss Hatty Doran, fille unique de Aloysius

Doran, Esquire, de San Francisco, Californie, États-Unis.» Un point, c'est tout.

— Net et concis, remarqua Holmes, en se rapprochant du feu pour se chauffer les jambes.

— Je croyais avoir vu un entrefilet plus détaillé dans une des feuilles mondaines de la même semaine. Ah ! le voici :

« Il faudra bientôt appliquer le protectionnisme à notre marché matrimonial, car les principes actuels de libre échange semblent dangereux pour nos produits nationaux. L'une après l'autre, les illustres maisons de la Grande-Bretagne s'allient à nos belles cousines de l'autre côté de l'Atlantique.

La liste des prix remportés par ces charmantes envahisseuses s'est encore allongée la semaine dernière. Lord Saint Simon, qui s'était montré vingt ans durant rebelle au mariage, vient d'annoncer officiellement ses fiançailles avec miss Hatty Doran, la séduisante fille d'un millionnaire californien. Miss Doran, dont la tournure gracieuse et les traits charmants avaient vivement attiré l'attention aux fêtes de Westburg House, est fille unique, et l'on dit couramment que sa dot sera représentée par plus de six chiffres, avec des espérances dans l'avenir.

Il est de notoriété publique que le duc de Balmoral a dû vendre ses tableaux, il y a quelques années, et comme lord Saint Simon n'a pas d'autre terre que celle peu importante de Birchmoor, il est évident que l'héritière californienne n'est pas la seule à trouver des avantages dans une alliance qui, chose facile et fréquente de nos jours, transformera une républicaine en une grande dame anglaise. »

— Rien d'autre ? demanda Holmes en bâillant.

— Pardon, je continue. Toujours dans le *Morning Post*, je trouve un article disant que le mariage se fera dans la plus stricte intimité, qu'il aura lieu à Saint George's, Hanover Square, que seuls une demi-douzaine d'amis seront convoqués, et qu'après la cérémonie ils se rendront à la maison de Lancaster Gate, qu'a louée toute meublée M. Aloysius Doran. Deux jours après – c'est-à-dire mercredi dernier –, on raconte que le mariage a eu lieu, et que le voyage de noces se fera chez lord Backwater, auprès de Petersfield. Voilà tout ce qui a été publié avant l'article annonçant la disparition de la mariée.

— Avant la quoi ? demanda Holmes, en sautant sur sa chaise.

— La disparition de la mariée.

— Quand a-t-elle disparu ?

— Pendant le déjeuner, après la cérémonie.

— Vraiment ! Mais c'est bien plus intéressant que je ne l'avais cru tout d'abord ; c'est même très dramatique.

— Oui, cela me paraît sortir de l'ordinaire.

— J'ai souvent vu des disparitions avant la cérémonie, et quelquefois pendant la lune de miel, mais je ne connais pas d'exemple d'une fuite aussi prompte. Donnez-moi tous les détails, je vous prie.

— Je vous préviens qu'ils sont très incomplets.

— Nous pourrons peut-être y remédier.

— Voici un article d'un journal du matin, où je les ai trouvés tous condensés. Il est intitulé : « Singulier incident à un grand mariage. »

« La famille de lord Robert Saint Simon est plongée dans la consternation par les étranges et pénibles incidents qui ont accompagné son mariage. La cérémonie a eu lieu hier, comme les journaux l'avaient annoncé. Mais ce n'est qu'aujourd'hui qu'il nous a été possible de vérifier les étranges rumeurs qui se sont répandues à cette occasion. Malgré les efforts des amis de la famille pour étouffer l'affaire, elle est devenue publique et il n'y a plus aucun intérêt à taire un événement qui défraye toutes les conversations.

« La cérémonie, très simple, eut lieu à Saint George's, Hanover Square ; seuls y assistaient le père de la mariée, M. Aloysius Doran, la duchesse de Balmoral, lord Backwater, lord Eustace et lady Clara Saint Simon (frère et sœur du marié), et lady Alicia Whittington. Tous se rendirent ensuite chez M. Aloysius Doran, à Lancaster Gate, où un déjeuner avait été préparé. Il paraît qu'à un moment donné une femme, dont on n'a pas su le nom, essaya d'entrer de force dans la maison, prétendant qu'elle avait des droits sur lord Saint Simon. Cela causa une certaine émotion. Ce n'est qu'après une scène pénible et prolongée qu'elle put être mise à la porte par le maître d'hôtel et le valet de pied.

« La mariée, qui était heureusement arrivée avant cet incident désagréable, s'était mise à table avec tout le monde. Mais se sentant subitement indisposée, elle rentra quelques instants après dans sa chambre. Son absence se prolongeant, son père alla la chercher, et apprit alors de la femme de chambre qu'elle n'était venue que pour prendre un manteau et un chapeau, et redescendre. Un des valets de pied déclara avoir vu une dame quitter la maison, vêtue d'un long manteau, mais n'avoir pu croire un instant que ce fût lady Saint Simon.

« Dès qu'il connut cette disparition, M. Aloysius Doran, accompagné de son gendre, se mit immédiatement en rapport avec la police, et déposa une plainte.

« L'enquête qui se poursuit en ce moment éclaircira vite, espérons-le, cette singulière affaire. Toutefois, hier soir, à la dernière heure, on n'avait aucun indice sur le refuge de la dame. On redoute un crime et on dit que la police a arrêté la femme qui avait voulu pénétrer de force dans la maison. On suppose que, soit par jalousie, soit pour quelque autre motif, cette femme a joué un rôle dans l'affaire.

— Et c'est tout ?

— Encore un entrefilet dans un autre journal du matin, mais suggestif, celui-là.

— Il dit ?

— Que miss Flora Millar, la femme en question, est sous les verrous. Il paraît qu'elle avait été danseuse à l'Allegro, et qu'elle connaissait le marié depuis plusieurs années. Pas d'autres détails. Vous voilà maintenant renseigné sur tout ce qui a été publié au sujet de ce mariage.

— C'est fort intéressant. Je ne voudrais pas pour un empire avoir manqué l'occasion d'étudier une cause comme celle-ci. Mais on sonne, Watson, et comme il est près de quatre heures je ne doute pas que ce ne soit notre aristocratique client. N'allez pas vous retirer ; je préfère de beaucoup avoir un témoin, ne fût-ce que pour contrôler mes propres souvenirs.

— Lord Robert Saint Simon, annonça le groom en ouvrant la porte et en livrant passage à un gentilhomme à la physionomie agréable et intelligente.

Une légère pâleur était répandue sur ses traits. Il avait le nez long, la bouche volontaire, l'œil calme et assuré de l'homme habitué à commander et à être obéi. Il avait de l'agilité dans les mouvements, mais son dos un peu voûté et une légère flexion du genou le faisaient paraître plus âgé qu'il ne l'était réellement. Quand il ôta son chapeau au bord très relevé, nous vîmes que ses cheveux étaient gris sur les tempes et rares sur le sommet de la tête. Sa mise était des plus soignées, recherchées même. Il portait un col très haut, une redingote noire avec un gilet blanc, des gants jaunes, des bottines vernies et des guêtres de couleur claire. Il s'avança lentement dans la chambre, regardant de droite et de gauche, et jouant de la main droite avec le cordon de son pince-nez cerclé d'or.

— Bonjour, lord Saint Simon, dit Holmes, en se levant pour saluer. Veuillez prendre un fauteuil, et permettez-moi de vous présenter mon ami et collègue, le docteur Watson. Approchez-vous du feu, et exposez-moi votre affaire.

— Une affaire des plus pénibles pour moi, comme vous pouvez l'imaginer, monsieur Holmes. J'ai été blessé au vif. Il me semble que vous avez déjà résolu plusieurs questions délicates de ce genre, mais je présume que les héros n'étaient pas gens du monde.

— Je dois vous avouer que cette fois je descends d'un cran.

— Que dites-vous ?

— Mon dernier client, dans un cas analogue, était un souverain.

— Oh ! vraiment ! Je ne m'en doutais pas. Lequel ?

— Le roi de Scandinavie.

— Quoi ! Cherchait-il sa femme ?

— Vous comprendrez, dit Holmes, avec douceur, que j'apporte aux affaires de mes autres clients la discrétion à laquelle je m'engage vis-à-vis de vous.

— Naturellement ! C'est juste ! très juste ! Je vous fais toutes mes excuses. Pour ce qui me concerne, je suis prêt à vous fournir toutes les informations qui pourraient vous être utiles.

— Merci. Je suis au courant de tout ce qui a été publié, rien de plus. Veuillez me dire, par exemple, si cet article qui relate la disparition de la mariée est rigoureusement exact.

Lord Saint Simon le parcourut.

— Oui, tout ceci est vrai.

— Mais cela ne me suffit pas pour me faire une opinion. Je pense que le moyen le plus simple serait de vous interroger.

— Je vous le demande.

— Quand avez-vous rencontré miss Hatty Doran pour la première fois ?

— À San Francisco, il y a un an.

— Vous voyagiez aux États-Unis ?

— Oui.

— Vous êtes-vous fiancés à ce moment-là ?

— Non.

— Mais vous aviez déjà avec elle de bonnes relations d'amitié ?

— Je la trouvais agréable et amusante ; elle s'en apercevait sûrement.

— Son père est très riche ?

— On dit que c'est l'homme le plus riche de la côte Pacifique.

— Comment a-t-il fait sa fortune ?

— Dans les mines. Il n'avait pas le sou, il y a quelques années. Il trouva un filon, fit de bons placements, et s'enrichit très vite.

— Maintenant, quel est votre avis sur le caractère de la jeune femme… de votre femme ?

Le gentilhomme agita nerveusement son pince-nez, et regarda fixement le feu.

— Voyez-vous, monsieur Holmes, ma femme avait vingt ans lorsque son père devint millionnaire. Elle était habituée à courir seule dans un campement de mineurs, à errer dans les bois et les montagnes, de sorte qu'elle s'est élevée seule, et qu'on n'a jamais eu recours pour elle à des professeurs. Elle est ce que nous appelons en Angleterre une luronne, avec une constitution vigoureuse, une nature indépendante et indisciplinée, libre de toute tradition. Elle est impétueuse, volcanique, allais-je dire, rapide dans ses décisions, qu'elle exécute sans se préoccuper des conséquences. Mais je ne lui aurais pas donné le nom que j'ai l'honneur de porter (ici il toussa et prit un air digne), si je ne l'avais pas crue douée de sentiments élevés. J'estime qu'elle est capable des plus héroïques sacrifices et qu'il lui serait impossible de faire quoi que ce soit de déshonorant.

— Avez-vous sa photographie ?

— J'ai apporté ceci.

Il ouvrit un médaillon, et nous montra le portrait d'une femme ravissante. Ce n'était pas une photographie, mais une miniature sur ivoire et l'artiste avait admirablement rendu les cheveux d'un noir de jais, les grands yeux foncés, la bouche exquise du modèle. Holmes l'examina longtemps et avec attention. Puis il referma le médaillon, et le rendit à lord Saint Simon.

— Alors, la jeune fille vint à Londres, où vous avez eu l'occasion de la voir souvent ?

— Oui, son père l'avait amenée pour la saison. Je la rencontrai dans le monde, nous nous fiançâmes et enfin je l'épousai.

— Elle vous apportait, je crois, une dot considérable ?

— Une dot simplement convenable, comme celle qu'on apporte d'habitude dans ma famille.

— Et cette dot, bien entendu, vous reste, maintenant que le mariage est un fait accompli ?

— Je dois vous avouer que je n'en sais trop rien et que je ne l'ai pas demandé.

— Oh ! naturellement. Aviez-vous vu miss Doran, la veille du mariage ?

— Oui.

— Était-elle gaie ?

— Plus que jamais, et elle ne cessait de faire des plans pour notre vie en ménage.

— Vraiment. C'est un détail plein d'intérêt. Et le matin du mariage ?

— Elle fut aussi gaie que possible, du moins jusqu'après la cérémonie.

— Et vous avez observé un changement à ce moment-là ?

— Eh bien ! à vous dire vrai, elle me donna alors un échantillon de sa vivacité de caractère. Mais l'incident est trop insignifiant pour en parler, il ne peut avoir aucune importance.

— Racontez-le, malgré tout.

— Oh ! c'est enfantin. En allant à la sacristie, elle laissa tomber son bouquet sur le premier banc. Il y eut un moment d'arrêt dans le cortège, mais le monsieur qui était dans ce banc le lui ramassa, et les fleurs n'avaient assurément pas souffert de cette chute.

Malgré cela, elle me répondit brusquement lorsque je fis allusion à la chose, et dans la voiture, entre l'église et la maison, elle me parut d'une agitation ridicule. Avouez que le fait était bien insignifiant.

— En effet. Vous parlez d'un individu qui était dans le banc. Il y avait donc une assistance ?

— Oh, oui ! Il est impossible d'empêcher le public d'entrer lorsque l'église est ouverte.

— Ce monsieur n'était pas un ami de votre femme ?

— Non, non. Je l'appelle monsieur par courtoisie, cependant c'était un homme très commun. Je l'ai à peine regardé, du reste. Mais il me semble que nous nous écartons beaucoup de notre sujet.

— Lady Saint Simon était donc dans une disposition d'esprit beaucoup moins heureuse en revenant de la cérémonie qu'en y allant. Que fit-elle en rentrant chez son père ?

— Je l'ai vue causer avec sa femme de chambre.

— Qu'est-ce que c'est que cette femme ?

— Elle s'appelle Alice, elle est américaine, et elle est venue de Californie avec ses maîtres.

— C'est une personne de confiance ?

— À mon avis, elle sort de son rôle et sa maîtresse lui passe beaucoup trop de libertés. Mais voilà ! en Amérique, on n'a pas là-dessus la même manière de voir que nous.

— Combien de temps causa-t-elle avec cette Alice ?

— Oh ! quelques minutes. J'avais bien autre chose en tête et je n'y fis guère attention.

— Vous n'avez pas entendu ce qu'elles disaient ?

— Lady Saint Simon parla d'enlever une concession, et cela avec l'expression d'argot dont les mineurs se servent. Je n'ai aucune idée de ce qu'elle a voulu dire.

— L'argot américain est très expressif parfois. Et que fit votre femme quand elle eut fini de causer avec sa femme de chambre ?

— Elle entra dans la salle à manger.

— À votre bras ?

— Non, seule. Elle est très indépendante dans les circonstances ordinaires de la vie. Au bout de dix minutes, à peu près, elle se leva brusquement, murmura quelques mots d'excuse, et sortit. Elle n'est pas revenue depuis.

— Mais cette Alice raconte, je crois, que votre femme entra dans sa chambre, dissimula son costume de mariée sous un long *ulster*, mit un chapeau et sortit ?

— C'est bien cela. On l'a vue ensuite se promenant dans Hyde Park avec Flora Millar, une femme qui est arrêtée maintenant, et qui, le matin, avait fait quelque tapage à la porte de M. Doran.

— Oh oui ! Il me faudrait quelques détails sur cette dame et sur vos relations avec elle.

Lord Saint Simon haussa les épaules et fronça le sourcil.

— Nous avons eu des relations amicales, je dirai même très amicales, pendant quelques années. Elle était à l'Allegro. Je l'ai traitée plutôt généreusement, et elle n'a pas de raisons de se plaindre de moi ; mais vous savez comment sont les femmes, monsieur Holmes. Flora, quoique charmante et très attachée à moi, a la tête chaude. Elle m'a écrit des lettres injurieuses lorsqu'elle a appris mes fiançailles, et pour dire la vérité, si j'ai voulu que la cérémonie fût aussi simple, c'est parce que je craignais un scandale à l'église. Elle arriva chez M. Doran au moment où nous venions de rentrer, et essaya de forcer le passage, employant des expressions insultantes pour ma femme et très menaçantes pour moi, mais j'avais prévu cette éventualité et donné aux domestiques l'ordre de la jeter dehors. Elle se calma quand elle vit que ce tapage ne servait à rien.

— Votre femme a-t-elle entendu cette scène ?

— Non, grâce au ciel.

— Et on l'a vue se promener ensuite avec cette même femme ?

— Oui. C'est ce que M. Lestrade, de Scotland Yard, considère comme très grave. On pense que Flora a attiré ma femme au dehors pour la faire tomber dans quelque piège.

— C'est plausible.

— Vous êtes de cet avis ?

— Je n'ai pas dit probable, mais plausible. Vous n'admettez pas cette hypothèse ?

— Non, je ne crois pas Flora capable de faire du mal à une mouche.

— Pourtant, la jalousie transforme terriblement les caractères. Et… quelle est votre opinion sur ce qui s'est passé ?

— En réalité, je suis venu ici m'en faire une et non exposer la mienne. Je vous ai tout raconté. Mais puisque vous voulez savoir ce que je pense, je vous dirai que les émotions de la cérémonie, l'idée de la position sociale dans laquelle elle se trouvait tout à coup transportée ont pu produire quelque désordre nerveux dans le cerveau de ma femme.

— C'est-à-dire qu'elle serait devenue folle ?

— Réellement, quand je pense qu'elle a tourné le dos – je ne dirai pas à moi, mais à tout ce que tant d'autres ont envié sans succès –, je ne puis guère trouver d'autre explication.

— Oui, c'est assurément une hypothèse, dit Holmes en souriant. Et maintenant, lord Saint Simon, je crois que je suis bien renseigné. Ah ! voudriez-vous me dire encore une chose ? Étiez-vous assis à table de façon à voir la fenêtre ?

— Nous étions en face et nous pouvions voir l'autre côté de la rue et le parc.

— Très bien. Allons, je crois inutile de vous retenir plus longtemps. Je vous écrirai.

— Si vous êtes assez heureux pour résoudre ce problème, dit notre client en se levant.

— Je l'ai résolu.

— Eh ! quoi ?

— Je dis que je l'ai résolu.

— Alors, où est ma femme ?

— Ceci est un détail que je connaîtrai rapidement.

Lord Saint Simon secoua la tête :

— Je crains qu'il ne faille des gens plus forts que vous ou moi pour y arriver, remarqua-t-il, et saluant d'une façon digne et un peu antique, il sortit.

— Lord Saint Simon me fait grand honneur en mettant son intelligence au même niveau que la mienne, dit Sherlock Holmes en riant. Je crois qu'après cet interrogatoire je vais m'offrir un whisky-soda, et fumer un cigare. Ma conviction était déjà faite avant que notre client n'entrât.

— Voyons, Holmes ?

— J'ai noté plusieurs cas analogues, avec cette différence toutefois que jamais dénouement n'a été aussi rapide que celui-ci. Mon enquête n'a fait que changer ma conjecture en certitude. Le témoignage par induction est parfois très convaincant, surtout lorsqu'on trouve une truite dans du lait, pour citer l'exemple de Thoreau.

— Mais j'en ai entendu autant que vous et je ne suis pas plus avancé.

— Parce que vous ne connaissez pas les faits analogues qui m'ont servi de base. Une affaire semblable se déroula à Aberdeen, il y a quelques années ; une autre du même genre à Munich, l'année qui a suivi la guerre franco-prussienne. C'est un de ces cas… mais voici Lestrade ! Bonjour ! Prenez un verre sur le buffet, et un cigare dans cette boîte.

Le détective officiel était vêtu d'une vareuse de marin et la cravate qui complétait son costume achevait de lui donner une apparence tout à fait nautique. Il portait à la main un sac de toile noire. Il salua sèchement, puis s'assit, et alluma le cigare qui lui avait été offert.

— Qu'est-ce qu'il y a ? demanda Holmes en faisant signe du coin de l'œil. Vous n'avez pas l'air content.

— Et je ne le suis pas. J'ai sur les bras cette infernale affaire du mariage de lord Saint Simon, qui n'a ni queue ni tête.

— Vraiment, vous m'étonnez !

— A-t-on jamais vu une affaire plus embrouillée ? Aucune piste n'aboutit. J'y ai travaillé toute la journée.

— Et vous êtes trempé, dit Holmes, en posant la main sur la manche de sa vareuse.

— Oui, j'ai dragué la Serpentine.

— Pour quoi faire, bon Dieu ?

— Pour chercher le corps de lady Saint Simon. Sherlock Holmes, renversé dans sa chaise, éclata de rire.

— Avez-vous aussi dragué le bassin de Trafalgar Square ? demanda-t-il.

— Pourquoi ? Que voulez-vous dire ?

— Parce que vous auriez tout autant de chances de trouver le corps de cette femme dans un endroit que dans l'autre.

Lestrade lui lança un regard de colère.

— Je suppose que vous savez tout, alors ! dit-il en ricanant.

— Ma foi, je viens seulement d'apprendre le récit de l'événement, mais ma conviction est faite.

— Ah ! vraiment. Vous pensez que la Serpentine n'a rien à voir là-dedans ?

— Cela me paraît très probable.

— Alors, auriez-vous la bonté de m'expliquer comment il se fait que nous y avons trouvé ceci ?

Il ouvrit son sac et en tira un costume de mariée en soie, une paire de souliers en satin blanc, une couronne et un voile, tout cela dégouttant d'eau. Là, dit-il, en mettant sur le tas un anneau de mariage.

— Voilà de quoi vous amuser, monsieur Holmes.

— Ah ! vraiment, répondit-il, en lançant des nuages de fumée vers le plafond. Vous avez trouvé ces objets en draguant la Serpentine ?

— Non. Un gardien les a trouvés flottant près du bord. On les a reconnus comme étant les vêtements de lady Saint Simon, et je pense que si les habits ont été trouvés là le corps ne doit pas être loin.

— Si votre raisonnement est juste, le corps de tout homme doit se trouver là où est son armoire à vêtements. Et, dites-moi, à quelle conclusion pensez-vous arriver ?

— À la preuve que Flora Millar est impliquée dans la disparition de la dame.

— Je crains que ce ne soit difficile.

— Ah ! vous croyez ? s'écria Lestrade avec une certaine amertume. Je crains, moi, Holmes, que vous ne manquiez d'esprit pratique avec toute votre logique et vos déductions. Vous venez de commettre deux grosses erreurs en moins de temps qu'il n'en faut pour le dire. Ce vêtement seul est une charge contre Flora Millar.

— Et comment ?

— Dans le vêtement, il y a une poche. Dans la poche, un carnet. Dans le carnet, une lettre. Et voici cette lettre.

Il l'appliqua de la main sur la table.

— Écoutez ceci : « Quand vous me verrez, tout sera prêt : venez immédiatement. F. H. M. ». Ma théorie, à moi, a toujours été que lady Saint Simon a été attirée au dehors par Flora Millar, et que celle-ci est, avec des complices assurément, responsable de sa disparition. Vous avez là, signée de ses initiales, la lettre qui a sans doute été discrètement glissée à la porte de lady Saint Simon et qui l'a fait tomber entre les mains de cette bande.

— Très bien, Lestrade, dit Holmes, en riant. Vous êtes réellement très fort. Laissez-moi voir.

Il prit le papier négligemment, mais s'absorba dans sa lecture et poussa tout à coup un cri de satisfaction.

— Oh ! oh ! c'est important, ceci, dit-il.

— Ah ! vous trouvez ?

— Tout à fait. Je vous félicite chaudement.

Lestrade se leva triomphant, et, regardant le papier :

— Mais, cria-t-il, vous le lisez à l'envers !

— Au contraire, ceci est l'endroit.

— L'endroit ! Vous êtes fou ! C'est de ce côté que se trouvent les lignes tracées au crayon.

— Et je vois ici un fragment de note d'hôtel, qui m'intéresse extrêmement.

— Je l'ai lue comme vous, dit Lestrade. Cela n'a rien de bien curieux : « 4 octobre, chambre 1 shilling, déjeuner 2 shillings 6 pence, cocktail 1 shilling, 1 verre de sherry 8 pence. »

— À votre avis peut-être ; cela n'en a pas moins une très grande importance. Quant au mot écrit, il a sa valeur aussi, ou du moins les initiales, c'est pourquoi je vous félicite encore.

— J'ai déjà perdu assez de temps, dit Lestrade en se levant. J'ai plus de confiance dans un travail sérieux que dans les théories que l'on se forge au coin du feu. À bientôt, monsieur Holmes, nous verrons qui arrivera le premier à découvrir la vérité.

Il ramassa les vêtements, les remit dans le sac, et gagna la porte.

— Écoutez, Lestrade, un mot seulement : je vais vous donner la vraie solution. Lady Saint Simon est un mythe. Il n'y a pas de lady Saint Simon et il n'y en a jamais eu.

Lestrade le regarda avec pitié. Puis se tournant vers moi, il se frappa le front par trois fois, secoua la tête lentement, et se retira.

Il avait à peine fermé la porte que Holmes se leva et mit son pardessus.

— Il y a quelque chose de vrai dans ce qu'il vient de dire. Il faut que je me livre à une enquête ; aussi, Watson, vais-je vous laisser à vos journaux.

Il était plus de cinq heures quand Sherlock Holmes me quitta, mais je n'eus pas le temps de m'ennuyer, car moins d'une heure après arriva le commis d'un traiteur, muni d'une grande boîte plate. Il la déballa avec l'aide d'un gamin qu'il avait amené avec lui et je vis, à mon grand étonnement, disposer sur l'humble table d'acajou de notre appartement meublé un petit souper froid des plus épicuriens. Il y avait quatre bécasses froides, un faisan, un pâté de foie gras, escorté de bouteilles poudreuses. Leur travail fini, mes deux visiteurs s'évanouirent, tels des génies des *Mille et une Nuits*, sans donner d'autre explication que celle-ci : la note était payée, et ils avaient été envoyés à cette adresse.

Un peu avant neuf heures, Holmes rentra précipitamment. Il avait l'air sérieux, mais à la vivacité de son regard je compris qu'il ne s'était pas trompé dans ses conclusions.

— Ah ! on a préparé le souper, dit-il en se frottant les mains.

— Vous attendez du monde ? On a mis cinq couverts.

— Oui, j'imagine que nous allons voir arriver quelques invités. Je m'étonne que lord Saint Simon ne soit pas encore là ! Ah ! je crois que je l'entends monter.

C'était bien en effet notre visiteur du matin qui entrait ; il semblait agité et roulait rageusement entre ses doigts le cordon de son pince-nez ; ses traits fins et délicats avaient une expression de trouble et de lassitude.

— Vous avez reçu mon message? demanda Holmes.

— Oui, et j'avoue que le contenu m'a vivement surpris. Êtes-vous tout à fait sûr de ce que vous dites ?

— Aussi sûr que possible.

Lord Saint Simon se laissa tomber sur un siège et se passa la main sur le front.

— Que va dire le duc, murmura-t-il, quand il apprendra qu'un membre de sa famille a subi une pareille humiliation ?

— C'est un simple accident. Je ne vois pas là d'humiliation.

— Ah ! vous considérez la chose d'un tout autre point de vue.

— Personne n'est à blâmer là-dedans. Je ne vois pas que la dame ait pu agir autrement, bien qu'on puisse regretter la manière brutale qu'elle a choisie. N'ayant pas de mère, elle se trouvait dans cette crise sans appui et sans conseil.

— Moi je vous répète que c'est une insulte, monsieur, une insulte publique, dit lord Saint Simon, en tambourinant avec ses doigts sur la table.

— Soyez donc indulgent pour cette pauvre fille, qui s'est trouvée acculée à une situation tout à fait extraordinaire.

— Je n'ai aucune pitié, je suis furieux de m'être laissé aussi indignement duper.

— Je crois que j'ai entendu sonner, dit Holmes. Oui, on monte l'escalier. Et puisque je ne réussis pas à vous calmer, j'ai fait venir un avocat qui aura peut-être plus de succès que moi.

Il ouvrit la porte et fit entrer un homme et une femme.

— Lord Saint Simon, permettez-moi de vous présenter à M. et Mme Francis Hay Moulton. Vous avez déjà, je crois, rencontré cette dernière.

À la vue des nouveaux venus, notre client s'était levé brusquement, et très raide, les yeux fixés sur le plancher, la main passée dans sa redingote, il prit l'attitude d'un homme dont la dignité a été atteinte. Mme Moulton s'était avancée vivement, et lui avait tendu une main qu'il refusait de voir. Je suis sûr que sa rancune eût disparu en un instant s'il avait consenti à regarder le charmant visage qui se tournait vers lui.

— Vous êtes fâché, Robert, dit-elle, et vous avez pour cela de bonnes raisons.

— Pas d'excuses, je vous en prie, dit lord Saint Simon amèrement.

— Oh ! si, je sais que je vous ai fort mal traité et que j'aurais dû tout vous expliquer avant de partir, mais j'étais comme folle, et depuis le moment où j'ai revu Frank que voici, je n'ai plus su ni ce que je disais, ni ce que je faisais. Ça m'étonne de ne pas être tombée en syncope devant l'autel.

— Peut-être, monsieur Moulton, aimeriez-vous mieux que mon ami et moi nous nous retirions pour vous permettre de vous expliquer librement ?

— Si j'ai voix au chapitre, remarqua l'étrange personnage qui avait nom M. Moulton, il me semble qu'il n'y a déjà eu que trop de mystère dans tout ceci. Pour ma part, je voudrais que l'Europe et l'Amérique entière connussent la vérité.

L'homme qui parlait ainsi était petit, sec, brûlé par le soleil, avec un visage intelligent et des manières brusques.

— Eh bien ! je vais tout vous dire, reprit sa femme. Nous nous sommes connus, Frank et moi, en 1881, au camp de Mac Quire, près des Montagnes Rocheuses, où p'pa travaillait dans une concession. Nous nous fiançons, mais voilà qu'un jour p'pa tombe sur un riche filon et se fait un sac énorme, pendant que ce pauvre Frank, lui, ne trouvait rien dans sa concession. Plus p'pa devient riche, plus Frank devient pauvre, si bien qu'à la fin p'pa ne voulut plus entendre parler de mariage et m'emmena à Frisco. Mais Frank ne voulait pas me lâcher, alors il me suivit et nous continuâmes à nous voir sans que p'pa le sût. Ça l'aurait rendu fou, et nous nous cachions de lui. Puis Frank me dit qu'il allait travailler à se faire un sac aussi, et qu'il ne viendrait jamais me chercher tant qu'il ne serait pas aussi riche que p'pa. Je lui promis de l'attendre indéfiniment, et de ne pas me marier tant qu'il vivrait.

« — Pourquoi ne pas demander à un pasteur de nous marier tout de suite ? me dit-il alors ; je n'exigerai rien de vous avant mon retour, mais au moins comme ça je serai plus tranquille. »

Après avoir bien réfléchi, nous nous décidâmes à nous présenter devant un révérend que Frank avait prévenu, et nous nous mariâmes sans tambour ni trompette. Puis Frank partit pour faire fortune et je restai avec p'pa.

La première lettre de Frank était du Montana. Ensuite, il alla prospecter dans l'Arizona, et enfin il m'écrivit du Nouveau-Mexique. Après cela, je lus dans les journaux le récit tragique d'un camp de mineurs attaqué par les Indiens Apaches, et le nom de mon Frank se trouvait parmi les morts. Je m'évanouis du coup, et je fus très malade pendant plusieurs mois. P'pa me crut perdue et il consulta presque tous les docteurs de Frisco. Pas un mot de nouvelles pendant un an et plus, si bien que je ne doutais plus de la mort de Frank. Alors, lord Saint Simon vint à Frisco, puis nous allâmes à Londres, et mon mariage s'arrangea. P'pa était très content, mais moi je sentais qu'aucun homme sur la terre ne pourrait jamais prendre dans mon cœur la place qu'y avait occupée mon pauvre Frank.

Cependant, si j'avais épousé lord Saint Simon, j'aurais fait mon devoir vis-à-vis de lui. On ne commande pas à son cœur, mais on commande à sa volonté. J'allai à l'autel avec l'intention d'être réellement une femme honnête et dévouée autant que je m'en sens capable. Vous pouvez donc vous imaginer ce que j'ai ressenti quand, en passant devant le premier banc, j'aperçus Frank qui me fixait. Je crus d'abord que c'était son fantôme ; mais en regardant de nouveau je vis qu'il était toujours là, avec un œil inquisiteur qui semblait me demander si j'étais contente ou non de le voir. Je m'étonne de ne pas être tombée. Tout tournait autour de moi et les paroles du prêtre étaient comme un bourdonnement d'abeilles. Je ne savais que faire. Arrêter la cérémonie et faire un scandale dans l'église ? Je regardai Frank, et comme s'il avait compris ma pensée, il posa son doigt sur ses lèvres pour me dire de ne rien faire.

Ensuite, je le vis griffonner sur un papier, et je compris qu'il m'écrivait un mot. À la sortie, en passant près de lui, je laissai tomber mon bouquet à l'endroit où il se trouvait et il me glissa le papier dans la main en me le rendant. Ce n'étaient que quelques lignes pour me dire d'aller le rejoindre quand il me ferait signe.

Naturellement, je n'avais pas le moindre doute que mon premier devoir maintenant fût d'aller à lui, et je résolus de faire tout ce qu'il me dirait.

En rentrant à la maison, je me confiai à ma femme de chambre qui l'avait connu en Californie et lui avait toujours été favorable. Je lui ordonnai de ne rien dire, mais de faire un paquet de quelques-uns de mes effets et de préparer mon *ulster*. Je sais bien que j'aurais dû parler à lord Saint Simon, mais c'était dur devant sa mère et tous ces gens huppés. Je me décidai à me sauver d'abord, et à m'expliquer ensuite. Je n'étais pas à table depuis dix minutes que par la fenêtre je vis Frank, de l'autre côté de la rue. Il me fit signe et entra dans le parc. Je sortis de table, je mis un chapeau et un manteau et je le suivis. Je fus aussitôt abordée par une femme, qui me raconta une histoire sur lord Saint Simon. Si j'ai bien compris cette histoire, lord Saint Simon aurait eu lui aussi une petite aventure mystérieuse avant son mariage. Mais je réussis vite à me débarrasser de cette femme et à rattraper Frank. Nous prîmes un fiacre, nous allâmes à l'appartement qu'il avait retenu à Gordon Square, et ç'a été là mon vrai mariage, après tant d'années d'attente ! Frank avait été prisonnier chez les Apaches, s'était échappé, était venu à Frisco, avait appris que je le croyais mort et que j'étais partie pour l'Angleterre, il m'y avait suivie et retrouvée le jour même de mon second mariage.

— J'ai lu l'annonce de la cérémonie dans un journal, interrompit l'Américain : on donnait bien le nom et l'église, mais pas l'adresse de la mariée.

— Nous causâmes du parti à prendre et Frank voulait tout raconter franchement, mais moi j'étais si honteuse que j'aurais voulu disparaître et ne plus jamais voir aucune des personnes mêlées à cette affaire. C'est tout juste si je consentis à envoyer un mot à p'pa, pour lui prouver que j'étais vivante. Cela me terrifiait de penser que tous ces lords et ladies étaient à table, attendant mon retour. Alors Frank prit mes habits de mariée, en fit un paquet, et les jeta dans un endroit où il pensait qu'on ne les découvrirait jamais. Nous comptions partir demain pour Paris, lorsque ce bon M. Holmes est venu nous voir, sans que je puisse comprendre comment il a pu nous trouver : il nous a prouvé tout clair que j'avais tort, et que Frank avait raison, et que nous serions très blâmables de continuer à nous cacher. Il nous a offert de nous fournir une occasion de causer avec lord Saint Simon tout seul, et voilà comment nous sommes ici. Maintenant, Robert, vous savez tout, je suis très fâchée de vous avoir fait de la peine et j'espère que vous ne m'en voudrez pas.

Lord Saint Simon n'avait rien changé à son attitude rigide ; il avait écouté ce long récit, les sourcils froncés et les lèvres serrées.

— Excusez-moi, dit-il, mais je n'ai pas l'habitude de discuter mes affaires intimes d'une façon aussi publique.

— Alors, vous ne voulez pas me pardonner ? ni me serrer la main avant que je ne m'en aille ?

— Oh ! si cela peut vous faire plaisir.

Il avança la main et serra froidement celle qu'elle lui tendait.

— J'avais espéré, suggéra Holmes, que vous accepteriez ce souper de réconciliation.

— Je crois que vous m'en demandez trop, répondit le lord. Je puis être forcé de me soumettre aux événements, mais vous ne pouvez vous attendre à ce que je les prenne gaiement. Je vais donc, avec votre permission, vous souhaiter bonne nuit.

Il nous enveloppa tous dans un même salut et sortit gravement.

— Je pense que vous, au moins, me ferez l'honneur d'être des nôtres, dit Sherlock Holmes au jeune couple. J'ai toujours grand plaisir à rencontrer un Américain, monsieur Moulton, car je suis de ceux qui croient que la folie d'un monarque et la maladresse d'un ministre aux temps anciens n'empêcheront pas nos enfants d'être un jour citoyens du même immense empire sous le drapeau écartelé de l'Union Jack, avec les étoiles et les stries.

— Cette affaire a été bien intéressante, me dit Holmes, quand nos invités se furent retirés, parce qu'elle démontre combien simple peut être une chose qui, à première vue, semble si compliquée. Cela paraissait inexplicable, et cependant rien n'est plus naturel que la série d'événements racontés par cette jeune femme, tandis que le résultat auquel arrivait M. Lestrade, de Scotland Yard, était tout à fait absurde.

— Vous ne vous étiez donc pas trompé.

— Dès le début, il y avait deux faits absolument évidents pour moi : premièrement, que la jeune fille avait consenti de plein gré à la cérémonie du mariage, secondement qu'elle en avait eu du regret quelques minutes avant de rentrer. Il devait donc s'être produit, dans la matinée, une circonstance qui l'avait fait changer d'avis. Quelle était cette circonstance ? La jeune fille ne pouvait avoir parlé à personne, au dehors, puisqu'elle était avec son fiancé. Avait-elle donc vu quelqu'un ? Si oui, ce devait être quelqu'un venant d'Amérique ; elle avait passé peu de temps dans ce pays-ci et ne connaissait sûrement personne ayant sur elle assez d'influence pour bouleverser tous ses plans. Nous voici déjà, par un simple procédé d'élimination, arrivés à l'idée qu'elle avait pu voir un Américain. Quel pouvait être cet Américain, et pourquoi avait-il une telle influence sur elle ? Un amoureux, un mari peut-être ? Je savais que la jeune fille avait été élevée dans un milieu primitif et bizarre, et voilà où j'en étais lorsque lord Saint Simon est arrivé. Quand il nous parla de l'homme assis dans le banc, du changement survenu dans la manière d'être de la mariée, de la chute du bouquet – un artifice si communément employé pour recevoir une lettre –, de l'entretien de lady Saint Simon avec la femme de chambre, sa confidente, et de son expression si significative d'enlever une concession, ce qui en argot de mineurs signifie prendre possession d'une chose appartenant de droit à un autre, la situation devint absolument nette pour moi. La jeune femme était partie avec un homme et cet homme était ou un amoureux ou un mari, les chances étant en faveur de la dernière hypothèse.

— Mais comment diable les avez-vous trouvés ?

— Cela aurait pu être difficile, mais l'ami Lestrade avait entre les mains des renseignements dont il ignorait la valeur. Les initiales pouvaient être de la plus haute importance, cependant il était encore plus précieux de savoir que moins d'une semaine avant l'Américain avait payé une note à l'un des hôtels les plus chers de Londres.

— Comment avez-vous deviné cela ?

— Par les prix. Huit shillings pour une chambre et huit pence pour un verre de sherry indiquaient un des hôtels les plus dispendieux. Il n'y en a pas beaucoup à

Londres qui fassent payer ces prix-là. L'examen des registres dans le second hôtel de Northumberland Avenue que je visitai me fournit le nom de Francis H. Moulton, Américain, ayant quitté la veille et dont le compte correspondait avec la note que j'avais eue sous les yeux. On devait faire suivre ses lettres au 26 de Gordon Square, où je me rendis ; ayant eu la chance de trouver le jeune couple chez lui, je me permis de leur donner quelques conseils paternels, et de leur faire remarquer qu'il vaudrait mieux, à tous les points de vue, faire connaître plus clairement leur situation au public en général, et à lord Saint Simon en particulier. Je les invitai à venir le rencontrer ici, et comme vous l'avez vu, j'ai obtenu qu'il vînt aussi.

— Sans un heureux résultat, dis-je. Son attitude n'a certainement pas été très aimable.

— Ah ! Watson, dit Holmes, en souriant, peut-être ne seriez-vous pas non plus très aimable si, après tous les tracas d'une cour et d'un mariage, vous vous voyiez dépouillé en un instant de la femme et de la fortune. Je crois que nous devons juger lord Saint Simon avec beaucoup d'indulgence, et remercier notre étoile de nous épargner les chances d'une semblable situation. Approchez votre chaise et donnez-moi mon violon, car le seul problème qui nous reste à résoudre est de savoir comment nous tuerons le temps en ces tristes soirées d'automne.

Le diadème de béryls

— Mon cher Holmes, dis-je un matin en regardant par la fenêtre, voilà un fou qui passe dans la rue. C'est vraiment fâcheux que ses parents le laissent sortir seul.

Mon ami se leva paresseusement, les mains dans les poches de sa robe de chambre, et s'approcha de moi pour regarder par-dessus mon épaule. C'était par une belle matinée de février ; le froid était piquant et la neige de la veille, couvrant encore le sol, étincelait au pâle soleil d'hiver. Au milieu de la rue, elle avait été piétinée et foulée et était devenue brunâtre, mais sur les bords, et sur les tas où on l'avait rejetée pour dégager les trottoirs, elle était immaculée. Les dalles grises avaient été balayées et grattées, mais restaient très glissantes, de sorte qu'on évitait d'y passer. Par le fait, dans la direction de la station du métropolitain, on ne voyait venir personne excepté l'individu dont l'allure excentrique avait attiré mon attention.

C'était un homme d'environ cinquante ans, grand, massif et imposant, au visage large, aux traits vigoureux. Sa mine était sévère mais soignée : une redingote noire, un chapeau irréprochable, des guêtres brunes, et un pantalon gris perle, de coupe excellente. Cependant ses actions étaient en contradiction absolue avec la dignité de sa personne et de sa mise, car il courait de toutes ses forces, faisant de temps en temps un petit saut, comme un homme fatigué et qui n'est pas habitué à marcher au pas de course. Tout en courant, il gesticulait avec les mains, secouait la tête et faisait les grimaces les plus extraordinaires.

— Que diable peut-il bien avoir ? Il regarde les numéros des maisons.

— Je crois qu'il vient ici, dit Holmes se frottant les mains.

— Ici ?

— Oui ; j'ai comme une idée qu'il vient me consulter. Il me semble reconnaître les symptômes de la plus grande perplexité. Tenez ! ne vous l'avais-je pas dit ?

L'homme, en effet, tout essoufflé, courait droit à la porte, saisissait la sonnette dont les tintements résonnèrent bientôt dans toute la maison.

Un instant après, il était dans la pièce, toujours essoufflé, toujours gesticulant, mais avec une telle expression de chagrin et de désespoir que, cessant de rire, nous fûmes saisis d'horreur et de pitié. Pendant quelques minutes, il lui fut impossible de parler ; il se balançait de droite à gauche et s'arrachait les cheveux comme un homme qui a perdu la raison… Puis, soudain, se levant d'un bond, il se jeta la tête contre le mur avec une telle violence que nous dûmes nous précipiter sur lui et le garder de force au milieu de la pièce. Sherlock Holmes le fit asseoir dans un fauteuil, se plaça à côté de lui, et, lui frappant dans la main, tâcha de le réconforter avec ce ton enjoué qu'il savait si bien employer.

Il avait une telle expression de chagrin et de désespoir que nous fûmes saisis d'horreur.

— Vous êtes venu pour me dire votre histoire, n'est-ce pas ? Vous êtes fatigué par votre course.

Attendez que vous vous soyez remis, et alors nous serons trop heureux d'étudier le petit problème que vous nous aurez exposé.

La poitrine haletante, l'homme luttait encore contre son émotion. Enfin, passant son mouchoir sur son front, il serra les lèvres et nous regarda.

— Vous devez me croire fou ! dit-il.

— Je vois que vous êtes sous le coup de quelque grand malheur, répondit Holmes.

— Ah ! Dieu sait ! Un malheur si soudain et si terrible que c'est à en devenir fou. J'aurais pu supporter un déshonneur public, quoique je sois un homme dont la réputation n'a jamais subi la moindre atteinte. J'aurais pu supporter un malheur de famille, car c'est le lot de tout homme ; mais les deux réunis, et sous une forme aussi terrible ! C'est trop ! Mon cœur en est brisé ! Et puis, je ne suis pas seul en jeu : les plus grands personnages du royaume peuvent en pâtir, si on ne trouve pas moyen d'arranger cette horrible affaire.

— Remettez-vous, monsieur, dit Holmes, et veuillez me dire exactement qui vous êtes et ce qui vous est arrivé.

— Mon nom, répondit notre hôte, vous est probablement connu. Je suis Alexandre Holder, de la maison de banque Holder & Stevenson, de Threadneedle Street.

Le nom m'était en effet connu, pour être celui du principal associé de l'une des plus importantes banques particulières de la Cité. Que pouvait-il donc être arrivé pour mettre en ce pénible état un des premiers citoyens de Londres ? Notre curiosité était excitée au dernier point. Enfin, notre visiteur fit un nouvel effort et commença ainsi son histoire.

— Je sens que le temps est précieux, dit-il, c'est pourquoi je me suis hâté de venir, quand l'inspecteur de police m'a suggéré l'idée d'obtenir votre coopération. J'ai sauté dans le métropolitain et de la gare je suis venu à pied en courant, parce que les fiacres ne vont pas vite par cette neige. Voilà pourquoi je suis si essoufflé, car je n'ai pas l'habitude de faire beaucoup d'exercice. Je me sens mieux maintenant, et je vais vous exposer les faits succinctement, mais aussi clairement que possible.

Vous savez, naturellement, que pour réussir en matière de banque il est aussi important de trouver de bons placements pour nos fonds que d'augmenter nos relations et notre clientèle de déposants. Un des placements les plus lucratifs est le prêt d'argent contre une garantie sûre. Nous avons fait beaucoup de prêts de ce genre ces dernières années, et il y a beaucoup de nobles familles à qui nous avons avancé de grosses sommes contre le dépôt de leurs tableaux, de leur bibliothèque ou de leur vaisselle plate.

Hier matin, j'étais dans mon cabinet à la Banque, quand on m'apporta une carte de visite. Je bondis en lisant le nom, car c'était celui… mais, même vis-à-vis de vous, il faut être discret et je me contenterai de vous dire que c'était un nom universellement connu, un des premiers d'Angleterre. Étourdi par cet honneur, je balbutiai quelques mots à mon visiteur lorsqu'il parut, mais lui entra immédiatement en matière de l'air d'un homme qui veut en finir le plus vite possible avec une affaire désagréable.

« — Monsieur Holder, dit-il, on m'a dit que vous faisiez des avances d'argent.

— La maison y consent quand la garantie est bonne.

— J'ai absolument besoin d'avoir cinquante mille livres tout de suite. Je pourrais évidemment en emprunter dix fois autant à mes amis, mais je préfère de beaucoup avoir recours à une banque, et faire l'affaire moi-même. Dans ma position, vous comprendrez qu'il n'est pas agréable de devenir l'obligé d'autrui.

— Pour combien de temps avez-vous besoin de cet emprunt ?

— Lundi prochain, une grosse somme m'est due, et je vous rembourserai sûrement avec l'intérêt que vous aurez fixé. Mais il est tout à fait essentiel que j'aie l'argent sur l'heure.

— Je serais heureux de vous en faire l'avance de mes propres fonds sans plus de pourparlers, si la somme n'était pas vraiment un peu trop forte. D'un autre côté, si je la fais au nom de la maison, je dois à mon associé de prendre, même avec vous, toutes les garanties d'usage.

— C'est bien ainsi que je l'entends, dit-il, en prenant un grand écrin de maroquin noir qu'il avait déposé à côté de sa chaise. Vous avez sans doute entendu parler du diadème de béryls ?

— Un des plus précieux joyaux de la Couronne ?

— Justement.»

Il ouvrit l'écrin, et me montra, ressortant sur un beau velours couleur de chair, le magnifique bijou en question.

« — Il y a trente-neuf énormes béryls, et le prix de la monture en or est incalculable. L'estimation la plus basse équivaudrait au double de la somme que je vous demande ; je vous laisserai ce diadème en garantie.

Je pris la précieuse boîte entre mes mains, et je regardai avec une certaine perplexité mon illustre visiteur.

— Vous doutez de sa valeur ? dit-il.

— Pas du tout. Je me demande seulement…

— Si je n'ai pas tort de vous donner ce gage ? Vous pouvez être tranquille là-dessus. Je n'y aurais pas songé un instant s'il n'était absolument certain que je pourrai vous le reprendre dans quatre jours. Ce n'est qu'une question de forme. Trouvez-vous le gage suffisant ?

— Amplement.

— Vous comprenez, monsieur Holder, que je vous donne une grande preuve de confiance et cette confiance est basée sur tout ce qu'on m'a dit de vous. Je compte que non seulement vous serez discret et empêcherez tout racontar là-dessus, mais surtout que vous prendrez les plus grandes précautions pour que le bijou soit en sûreté ; il est inutile de dire que si le moindre accident arrivait à ce joyau, cela produirait un gros scandale. Et le moindre accident serait aussi grave que la perte totale, car il n'y a pas au monde de béryls comparables à ceux-ci. Néanmoins, je vous laisse le diadème en toute confiance, et je viendrai moi-même le reprendre lundi matin. »

Voyant mon client pressé de partir, je crus inutile de répondre et, appelant mon caissier, je lui donnai l'ordre de verser cinquante billets de mille livres. Lorsque je me retrouvai seul, ensuite, avec le précieux écrin sur la table devant moi, je ne pus m'empêcher de trembler un peu en présence de l'immense responsabilité que j'avais assumée. Il était bien certain que, ce bijou étant un bien national, un horrible scandale éclaterait si malheur lui arrivait. Je regrettais déjà d'avoir consenti à m'en charger. Néanmoins il était trop tard pour revenir là-dessus. Je l'enfermai dans mon coffre-fort particulier, et je me remis au travail.

Quand vint le soir, il me sembla imprudent de laisser derrière moi au bureau un objet aussi précieux. Des coffres-forts de banquiers ont déjà été forcés, et qui prouvait que le mien ne le serait pas ? Dans ce cas, quelle terrible position que celle où je me trouverais ! Je résolus donc d'emporter l'écrin chaque jour, de façon à ce qu'il fût toujours réellement sous ma main. À cet effet, je hélai un fiacre, et je rentrai chez moi à Streatham avec le précieux bijou ; je ne respirai à l'aise que lorsque je l'eus déposé en sûreté au premier étage et que je l'eus enfermé dans le bureau de mon cabinet de toilette.

Et maintenant, un mot sur ma maison, monsieur Holmes, car je désire que vous vous rendiez bien compte de la situation. Mon valet de chambre et mon groom couchent au dehors, et ils sont hors de cause. J'ai trois domestiques femmes qui sont chez moi depuis des années et dont l'honnêteté absolue est au-dessus de tout soupçon. Une autre, Lucy Paw, la seconde femme de chambre, n'est à mon service que depuis quelques mois. Elle avait d'excellents certificats, et j'ai été jusqu'ici parfaitement satisfait d'elle. C'est une très jolie fille, dont les admirateurs ont été vus plus d'une fois aux abords de chez moi. Mais je crois toutefois que cette fille est honnête dans toute l'acception du mot.

Voilà pour les domestiques. Ma famille elle-même est si réduite que la description n'en sera pas longue. Je suis veuf et je n'ai qu'un fils, Arthur. Il a été une déception pour moi, monsieur Holmes, une triste déception. Certainement, je ne suis pas sans reproche.

On dit que je l'ai gâté. C'est bien possible. Quand j'eus perdu ma femme bien-aimée, cet enfant était tout ce qui me restait au monde. Je ne pouvais supporter de le voir soucieux un seul instant. Je ne lui ai jamais rien refusé. Peut-être aurait-il mieux valu pour nous deux que j'eusse été plus sévère, et si je n'ai pas réussi à le bien élever, du moins avais-je bonne intention.

Je désirais naturellement qu'il me succédât à la Banque, mais il n'avait pas l'esprit tourné aux affaires. Il était violent, entêté, et pour dire la vérité, je ne pouvais lui confier de grosses sommes d'argent. Il devint membre d'un cercle aristocratique où, grâce à ses charmantes manières, il se fit l'ami intime d'une quantité de jeunes gens ayant de grosses fortunes et des habitudes dispendieuses. Il se mit à jouer gros jeu, et à parier aux courses, si bien qu'il dut souvent avoir recours à moi pour payer des dettes d'honneur. Il essaya plusieurs fois de quitter cette dangereuse compagnie, mais chaque fois l'influence de son ami, sir George Burnwell, l'y ramena.

Et vraiment, je ne m'étonne pas qu'un homme comme sir George Burnwell ait pris une telle influence sur lui, car il venait souvent chez moi, et j'avoue qu'il me plaisait infiniment. Il est plus âgé qu'Arthur, et est homme du monde jusqu'au bout des ongles ; il a été partout, il a tout vu, il est brillant causeur, et vraiment beau garçon. Cependant, quand j'y pense de sang-froid, et qu'il n'est plus là pour exercer sur moi sa séduction, je suis convaincu, par son langage cynique et certaine lueur que j'ai saisie dans ses yeux, qu'il faut s'en méfier profondément. C'est mon opinion, et c'est aussi l'opinion de ma petite Mary, qui a déjà le jugement d'une femme.

Et il ne reste plus qu'elle à vous décrire : c'est ma nièce. Quand mon frère mourut il y a cinq ans, cette enfant restait seule au monde. Je l'ai adoptée, et l'ai depuis regardée comme ma fille. C'est mon rayon de soleil ; elle est douce, tendre, charmante, excellente ménagère, maîtresse de maison parfaite, et cependant aussi tranquille, aimable et sensible que femme peut l'être. Elle est mon bras droit, je ne sais ce que je deviendrais sans elle. Elle ne m'a résisté que sur un seul point. Deux fois, mon fils l'a demandée en mariage, car il l'aime tendrement, mais chaque fois elle l'a refusé. Je crois que si quelqu'un avait pu le ramener dans le droit chemin, c'est elle, et que ce mariage l'aurait transformé. Mais hélas ! maintenant, il est trop tard, trop tard à jamais !

Maintenant, monsieur Holmes, vous connaissez tous ceux qui vivent sous mon toit et je vais poursuivre ma triste histoire.

En prenant le café, au salon après le dîner, je racontai l'aventure à Arthur et à Mary, et leur dis le précieux trésor que j'avais rapporté, m'abstenant seulement de nommer mon client. Je suis sûr que Lucy Paw, qui avait servi le café, était partie, mais je ne pourrais pas jurer que la porte fût fermée. Mary et Arthur m'écoutèrent avec beaucoup d'intérêt et auraient voulu voir le fameux diadème, mais je jugeai plus sage de n'y pas toucher.

« — Où l'avez-vous mis ? demanda Arthur.

— Dans mon bureau.

— Eh bien ! je souhaite que les voleurs n'entrent pas dans la maison cette nuit, dit-il.

— Il est fermé à clef.

— Oh ! n'importe quelle clef l'ouvrirait. Quand j'étais enfant, je l'ai ouvert avec la clef de l'armoire de la chambre de débarras. »

Il disait souvent ainsi des bêtises, et je ne fis pas attention à cette phrase. Mais il me suivit dans ma chambre cette nuit-là avec un air très grave.

« — Écoutez, papa, dit-il, les yeux baissés, pourriez-vous me donner deux cents livres ?

— Non, je ne puis pas ! lui répondis-je vivement. Je n'ai été que trop généreux avec vous jusqu'ici.

— Vous avez été très bon, je le sais ; mais il me faut cet argent à tout prix ! Autrement, je ne pourrai plus me montrer au cercle.

— Eh bien, j'en serai fort aise !

— Oui, mais vous ne voudriez pas que je le quitte comme un homme déshonoré. Je ne puis supporter cette idée. Il me faut l'argent, de toute façon, et si vous ne voulez pas me le donner je serai obligé de chercher ailleurs.

— Vous n'aurez pas un centime de moi ! » lui criai-je, en colère, car c'était sa troisième demande depuis le commencement du mois.

Quand il fut parti, j'ouvris mon bureau pour m'assurer que mon trésor était en sûreté, et je le refermai soigneusement à clef. Je commençai alors la visite de la maison pour voir si tout était bien clos. C'est un devoir que je laisse ordinairement à Mary, mais que je préférais accomplir moi-même ce soir-là. En descendant, j'aperçus Mary à la fenêtre de l'antichambre, fenêtre qu'elle referma lorsqu'elle m'entendit.

« — Dites-moi, papa, me dit-elle d'un air qui me sembla un peu troublé, avez-vous permis à Lucy de sortir ce soir ?

— Certainement non.

— Elle vient de rentrer par la porte de derrière. Je pense bien qu'elle n'est allée que jusqu'à la grille pour voir quelqu'un, mais cela ne me paraît pas admissible quand même, et il me semble qu'il ne faut pas lui permettre ces sorties.

— Parlez-lui demain matin, ou je le ferai moi-même, si vous le préférez. Êtes-vous sûre que tout est bien fermé ?

— Tout à fait sûre, papa.

— Alors, bonne nuit. »

Je l'embrassai et montai dans ma chambre, où je m'endormis bientôt.

Comme vous le voyez, monsieur Holmes, j'entre dans les moindres détails. Malgré cela, j'espère que vous me questionnerez sur tout ce qui vous paraîtrait obscur.

— Je trouve votre récit parfaitement clair.

— J'en arrive au point intéressant. Je ne suis pas un profond dormeur, et comme j'étais préoccupé, mon sommeil devait être encore plus léger que de coutume. Vers deux heures du matin, je fus réveillé par un bruit qui semblait venir de la maison. Le bruit avait cessé avant que je fusse bien éveillé, mais j'avais eu l'impression d'une fenêtre fermée doucement. Je restai couché, écoutant de toutes mes oreilles. Soudain, quelle ne fut pas mon horreur en entendant distinctement des pas étouffés dans la pièce voisine. Je me glissai hors de mon lit, tout palpitant de frayeur, et je regardai dans mon cabinet de toilette par la porte entrouverte.

« — Arthur ! criai-je, brigand ! bandit ! Comment oses-tu toucher à ce diadème ? »

Le gaz brûlait à moitié comme je l'avais laissé, et mon malheureux fils, vêtu seulement d'une chemise et d'un pantalon, était là debout près de la lumière, tenant le diadème entre ses mains. Il semblait mettre toutes ses forces à le briser, ou à le tordre. À mon cri, il le lâcha, et devint pâle comme la mort. Je saisis le bijou et l'examinai. Une des extrémités manquait avec trois pierres.

« — Misérable ! Tu l'as brisé ! Tu m'as déshonoré pour toujours ! Où sont les pierres que tu as volées ?

— Volées !

— Oui, voleur ! criai-je, fou de rage, en le secouant par l'épaule.

— Il n'en manque pas une, il ne peut pas en manquer, dit-il.

— Il en manque trois. Et tu sais où elles sont. Faut-il te qualifier de menteur, aussi bien que de voleur ? Ne t'ai-je pas vu essayant de briser un second morceau du diadème ?

— C'en est trop ! dit-il. Plus un seul mot de cette affaire, et puisque vous avez trouvé bon de m'insulter, je quitterai votre maison demain matin, et ferai tout seul mon chemin dans le monde.

— Tu quitteras la maison entre les mains de la police ! Cette affaire sera tirée au clair.

— Vous n'apprendrez rien de moi, s'écria-t-il avec une émotion qui me surprit, s'il vous plaît d'appeler la police, que la police fasse une enquête. »

À ce moment, toute la maison était sur pied, car dans ma colère j'avais élevé la voix. Mary arriva la première. À la vue du diadème et du visage d'Arthur, elle comprit la vérité, et, poussant un cri, elle tomba sans connaissance. J'envoyai chercher la police et je remis l'affaire entre ses mains. Quand l'inspecteur et l'agent de police entrèrent, Arthur, qui était resté là les bras croisés, me demanda si j'avais l'intention de l'accuser de vol. Je répondis que ce n'était plus une affaire privée, mais publique, puisque le diadème brisé était propriété nationale. J'étais décidé à laisser faire la justice.

« – Au moins, dit-il, vous ne me ferez pas arrêter tout de suite. Il serait de votre intérêt, comme du mien, de me permettre de m'absenter ne fût-ce que cinq minutes.

– Pour te sauver ou peut-être cacher ce que tu as volé. »

Et alors, essayant de l'attendrir par l'horreur de la situation, je le suppliai de penser que non seulement mon honneur, mais aussi celui d'un autre, bien au-dessus de moi, était en jeu ; que lui, mon fils, risquait de provoquer un scandale qui révolutionnerait le pays. Il pouvait l'empêcher, s'il me disait ce qu'étaient devenues les trois pierres perdues.

« – Ne t'y trompe pas, ajoutai-je, tu as été pris sur le fait, et ton aveu ne saurait empirer ton cas. Mais si tu répares ta faute dans la mesure du possible en nous disant où sont les béryls, tout sera oublié et pardonné.

– Gardez votre pardon pour ceux qui vous le demandent », répondit-il en me tournant brusquement le dos, et je vis qu'il était trop résolu pour que mes paroles pussent l'ébranler.

Il n'y avait plus à hésiter. J'appelai l'inspecteur, et le lui remis entre les mains. On fouilla sur-le-champ non seulement sa personne, mais sa chambre, et chaque endroit de la maison où il aurait pu cacher les joyaux. Mais on n'en trouva aucune trace, et le malheureux garçon refusa d'ouvrir la bouche malgré mes supplications ou nos menaces. On l'a mis au cachot ce matin, et, après avoir accompli diverses formalités à la police, je suis accouru vous voir pour vous demander d'éclaircir ce mystère. La police avoue qu'elle n'y comprend rien. Vous pouvez faire toute dépense qui vous paraîtra utile : j'ai déjà promis une récompense de mille livres. Mon Dieu, que vais-je devenir ? J'ai perdu mon honneur, les pierres et mon fils en une seule nuit ! Quel malheur !

Il prit sa tête entre ses mains et se balança de droite à gauche en geignant doucement comme un enfant.

Sherlock Holmes resta silencieux quelques minutes, les sourcils froncés, les yeux rivés au feu.

— Recevez-vous beaucoup ? demanda-t-il.

— Personne, excepté mon associé et sa famille, et parfois un ami d'Arthur. Sir George Burnwell est venu souvent ces temps-ci. Personne d'autre, je crois.

— Allez-vous beaucoup dans le monde ?

— Arthur, oui. Mais Mary et moi nous restons à la maison. Aucun de nous deux ne tient à sortir.

— C'est rare chez une jeune fille.

— Elle a déjà vingt-quatre ans et est d'une nature tranquille.

— D'après vous, cette affaire l'a beaucoup émue ?

— Oui, elle en est même plus affectée que moi.

— Aucun de vous deux n'a de doute sur la culpabilité de votre fils ?

— Comment pourrions-nous en avoir, puisque je l'ai vu, de mes propres yeux, avec le diadème entre les mains ?

— Je ne considère pas cela tout à fait comme une preuve décisive. Est-ce que le reste du diadème était abîmé ?

— Oui, il était tordu.

— Ne pensez-vous pas qu'il essayait peut-être de le redresser ?

— Oh ! Dieu vous bénisse ! vous faites ce que vous pouvez pour moi et pour lui. Mais c'est une trop lourde tâche. D'abord, qu'avait-il à faire là ? Si c'était dans un but innocent, que ne l'a-t-il dit ?

— Justement. Et s'il était coupable, pourquoi n'a-t-il pas inventé une histoire ? Son silence peut être interprété de deux façons. Il y a différents points bien singuliers dans cette affaire. Qu'est-ce que la police a pensé du bruit qui vous a réveillé ?

— Ils disent que c'était probablement Arthur fermant sa porte.

— Bien invraisemblable ! Comme si un homme sur le point de commettre une telle félonie fermerait sa porte de manière à réveiller toute une maison ! Que disent-ils de la disparition des pierres ?

— On sonde encore les planchers et les meubles dans l'espoir de les trouver.

— Ont-ils pensé à chercher au dehors ?

— Oui. Oh ! ils ont montré une activité extraordinaire. Tout le jardin a déjà été minutieusement examiné.

— Voyons, mon cher monsieur, est-ce qu'il ne vous saute pas aux yeux que cette affaire est bien plus mystérieuse qu'elle n'a paru tout d'abord à la police, ou à vous ? Cela vous a semblé simple au début. Pour moi, c'est au contraire complexe. Voyez ce qu'implique votre théorie. Vous supposez que votre fils est sorti de son lit, est entré, à grands risques, dans votre cabinet de toilette, a ouvert votre bureau, a pris le diadème, en a cassé une partie, est allé dans quelque autre endroit, et y a caché trois des trente-neuf pierres avec tant d'habileté que personne ne peut les trouver ; qu'il est ensuite retourné avec les trente-six autres pierres dans cette pièce où il avait toutes les chances possibles d'être découvert. Je vous le demande, une telle théorie est-elle soutenable ?

— Alors, quelle est la vôtre ? dit le banquier avec désespoir. S'il n'avait pas de mauvaises intentions, pourquoi ne s'explique-t-il pas ?

— C'est à nous de trouver la raison de ce silence, répliqua Holmes. Si vous le voulez bien, monsieur Holder, nous irons ensemble à Streatham, et nous passerons une heure à examiner les lieux.

Mon ami insista pour que je fisse partie de l'expédition, ce que je désirais vivement, car ma curiosité et ma sympathie étaient vivement excitées par l'histoire que nous venions d'entendre. J'avoue que la culpabilité du fils du banquier me paraissait aussi évidente qu'à son pauvre père, mais j'avais tant de confiance dans le jugement de Holmes que je me reprenais à espérer avec lui. Il ne dit pour ainsi dire pas un mot pendant tout le trajet. Il resta plongé dans les plus profondes réflexions, la tête penchée sur la poitrine, le chapeau baissé sur les yeux. Notre client semblait avoir repris un peu courage à la lueur d'espoir qu'on lui avait donnée, et il causa même un peu avec moi de son affaire. Un court trajet en chemin de fer, une promenade à pied plus courte encore, nous amena à Fairbank, la modeste résidence du grand financier.

Fairbank était une maison carrée assez grande, en pierre blanche, située à quelque distance de la route. Une double allée carrossable, autour d'une pelouse toute blanche de neige, conduisait à deux larges grilles de fer. À droite était un petit guichet en bois, d'où un sentier étroit, bordé de haies, conduisait à la porte de la cuisine : c'était l'entrée des fournisseurs. À gauche, une ruelle menant aux écuries, mais cette ruelle était en dehors de la propriété, et publique, quoique peu fréquentée. Holmes nous quitta à la porte et fit lentement le tour de la maison, puis il gagna la rue, revint par le sentier des fournisseurs au jardin situé derrière la maison, et, par les écuries, arriva à la ruelle. Il resta si longtemps absent que M. Holder et moi nous installâmes près du feu dans la salle à manger, pour attendre son retour. Nous étions là depuis un instant, quand la porte s'ouvrit, et une jeune fille entra. Elle était d'une taille plutôt au-dessus de la moyenne, mince, avec des yeux et des cheveux foncés, ressortant vivement sur son teint blanc et transparent. Je ne crois pas avoir jamais vu pareille pâleur chez aucune femme. Ses lèvres mêmes étaient blanches, et ses yeux étaient rougis par les larmes. En la voyant entrer silencieusement dans la pièce, elle me sembla porter la trace d'un chagrin encore plus intense que celui du banquier. Cela frappait d'autant plus qu'elle semblait une femme de caractère, possédant une force d'âme peu commune. Sans s'inquiéter de ma présence, elle vint droit à son oncle et lui passa la main sur la tête, en une caresse bien féminine.

— Vous avez donné l'ordre de faire relâcher Arthur, n'est-ce pas, mon oncle ?

— Non, non, mon enfant, il faut que cette affaire soit éclaircie à fond.

— Mais je suis sûre qu'il est innocent. Ce n'est, il est vrai, qu'un instinct de femme. Je sens qu'il n'a rien fait de mal, et que vous regretterez d'avoir agi si durement.

— Pourquoi refuse-t-il de parler, s'il est innocent ?

— Qui sait ? Peut-être par colère d'être soupçonné.

— Comment ne pas le soupçonner, en lui voyant le diadème entre les mains ?

— Oh ! il l'avait seulement pris pour le regarder. Je vous en supplie, croyez-moi, il est innocent. Laissez tomber l'affaire, et qu'on n'en parle plus. C'est si horrible de penser que notre Arthur est en prison.

— Je n'arrêterai les recherches que quand les pierres auront été trouvées, pas avant, Mary ! Votre affection pour Arthur vous aveugle au point que vous en oubliez les conséquences terribles qui résulteront pour moi de cette affaire. Bien loin d'étouffer les choses, j'ai amené de Londres une personne qui m'aidera à pousser les recherches encore plus loin.

— C'est monsieur ici présent ? demanda-t-elle, en se retournant vers moi.

— Non, son ami. Il nous a priés de le laisser seul. Il a fait le tour de la maison par la ruelle des écuries.

— La ruelle ?

Les noirs sourcils se froncèrent.

— Qu'espère-t-il trouver par-là ? Ah ! le voici, je suppose… J'espère, monsieur, que vous réussirez à prouver, ce dont j'ai la conviction, que mon cousin Arthur est innocent de ce crime.

— Je partage tout à fait votre opinion, répondit Holmes en allant secouer la neige de ses chaussures sur le paillasson. Je crois que j'ai l'honneur de parler à miss Mary Holder. Pourrai-je vous poser une ou deux questions ?

— Je vous en prie, monsieur, si cela peut servir à éclaircir cette triste affaire.

— Vous n'avez rien entendu, la nuit dernière ?

— Rien jusqu'à ce que mon oncle élevât la voix. Je l'entendis et je descendis aussitôt.

— C'est vous qui aviez fermé les fenêtres et les portes le soir. Aviez-vous assujetti toutes les fenêtres ?

— Oui.

— L'étaient-elles encore ce matin ?

— Oui.

— Une de vos femmes de chambre a-t-elle un amoureux ? Je crois que vous avez dit à votre oncle hier au soir qu'elle était sortie pour le rencontrer.

— Oui, et c'est elle-même qui avait servi le thé au salon, et qui avait pu entendre mon oncle parler du diadème.

— J'y suis. Vous en déduisez qu'elle a pu sortir pour avertir son amoureux et qu'ils ont pu, à eux deux, organiser le vol.

— Mais à quoi bon toutes ces conjectures, s'écria le banquier avec impatience, quand je vous dis que j'ai vu Arthur avec le diadème entre ses mains ?

— Attendez un peu, monsieur Holder. Nous y reviendrons. Et cette fille, miss Holder, vous l'avez vue rentrer par la porte de la cuisine, je présume ?

— Oui, quand j'allai voir si la porte était bien fermée pour la nuit, je la trouvai qui se glissait à l'intérieur. J'aperçus aussi l'homme dans l'obscurité.

— Le connaissez-vous ?

— Oh, oui : c'est le marchand qui nous apporte les légumes. Il s'appelle Francis Prosper.

— Il se tenait, dit Holmes, à gauche et à une certaine distance de la porte.

— Oui, à gauche.

— Et il a une jambe de bois !

Une lueur d'effroi sembla passer dans les yeux de la jeune fille.

— Êtes-vous donc un magicien ? Comment savez-vous cela ?

Elle souriait, mais la face maigre et expressive de Holmes demeura impassible.

— Je voudrais bien maintenant monter au premier, dit-il. J'aurai probablement besoin de sortir de nouveau. Ah ! je vais inspecter les fenêtres du rez-de-chaussée avant de monter.

Il alla rapidement de l'une à l'autre, puis s'arrêta plus longuement à la grande baie qui donnait du vestibule dans la ruelle. Il l'ouvrit, et examina soigneusement le rebord avec sa loupe.

— Montons maintenant, dit-il enfin.

Le cabinet de toilette du banquier était une pièce simplement meublée, avec un tapis gris, un grand bureau, et une haute glace. Holmes alla d'abord au bureau et en examina la serrure.

— Quelle clef a-t-on employée pour l'ouvrir ?

— Celle que mon fils lui-même a indiquée, celle de l'armoire de la chambre à débarras.

— L'avez-vous là ?

— C'est celle qui est sur la toilette. Sherlock Holmes la prit et ouvrit le bureau.

— C'est une serrure silencieuse. Il n'est pas étonnant que cela ne vous ait pas réveillé. Cette boîte, je pense, renferme le diadème. Voyons-le. Il ouvrit l'écrin et, sortant le diadème, le posa sur la table. C'était un magnifique spécimen de l'art du joaillier, et les trente-six pierres étaient les plus belles que j'aie jamais vues. Sur l'un des côtés, il était tordu ; il en manquait même à l'extrémité un morceau, celui précisément sur lequel étaient enchâssées les trois pierres manquantes.

— Là, monsieur Holder, dit Holmes, voici le coin qui fait pendant à celui qui est si malheureusement perdu. Pourrai-je vous demander de le casser ?

Le banquier recula d'horreur.

— Jamais ! dit-il, je n'oserais même essayer.

— Eh bien ! je vais l'oser.

Holmes y mit toute sa force, sans aucun résultat.

— Je sens que cela cède un peu, dit-il, mais quoique j'aie les doigts extrêmement forts, il me faudrait beaucoup de temps pour réussir. Un homme ordinaire ne pourrait pas. Et qu'arriverait-il à votre avis, monsieur Holder, si je le cassais ? Cela ferait un bruit, comme un coup de pistolet. Allez-vous me dire que tout cela s'est passé à quelques pas de votre lit et que vous n'en avez rien entendu ?

— Je ne sais que penser. Tout cela est de plus en plus obscur.

— Mais tout s'éclaircira au fur et à mesure que nous examinerons l'affaire. Qu'en pensez-vous, miss Holder ?

— J'avoue que je partage toujours la perplexité de mon oncle.

— Votre fils n'avait ni chaussures, ni pantoufles, quand vous l'avez vu ?

— Il n'avait absolument que son pantalon et sa chemise.

— Je vous remercie. Nous avons été certainement favorisés par une chance extraordinaire dans toute cette enquête, et ce sera bien notre faute si nous n'arrivons pas à la vérité complète. Avec votre permission, monsieur Holder, je vais continuer mes investigations au dehors.

Il alla seul, à sa demande, car il expliqua que de nouvelles marques de pas rendraient sa tâche plus difficile. Après une heure, peut-être plus, il revint les pieds couverts de neige, le visage plus impénétrable que jamais.

— Je crois que j'ai vu maintenant tout ce qu'il y avait à voir, monsieur Holder, dit-il. Je vous serai plus utile en rentrant chez moi.

— Mais les pierres, monsieur Holmes. Où sontelles ?

— Je ne puis vous le dire.

Le banquier se tordit les mains.

— Je ne les reverrai jamais, cria-t-il. Et mon fils ? me donnez-vous de l'espoir ?

— Mon opinion n'a changé en rien.

— Alors, au nom du ciel, qu'est-ce que cette sombre tragédie qui s'est passée chez moi la nuit dernière ?

— Si vous voulez venir jusqu'à mon domicile de Baker Street, demain matin, entre neuf et dix heures, je serai heureux de pouvoir tout vous expliquer. Si j'ai bien compris, vous me donnez carte blanche pour agir en votre nom, pourvu que je retrouve les pierres, et vous ne me fixez pas de limite pour la dépense ?

— Je donnerais ma fortune pour les retrouver.

— Très bien. J'examinerai la question d'ici à demain. Au revoir. Il est bien possible que j'aie à revenir ici avant la nuit.

Il était évident pour moi que mon compagnon avait déjà son opinion faite, quoique je ne pusse même entrevoir la solution. Plusieurs fois, pendant le trajet du retour, je tentai de le sonder là-dessus, mais il passait toujours à un autre sujet, et je finis par y renoncer. Il n'était pas encore trois heures quand nous rentrâmes. Il alla droit à sa chambre, et en ressortit au bout de quelques minutes, habillé comme un vulgaire vagabond : avec son collet relevé, sa veste luisante aux coutures, son foulard rouge et ses bottines usées, il en était le type accompli.

— Je crois que cela ira, dit-il en jetant un coup d'œil sur la glace au-dessus de la cheminée. Je voudrais que vous puissiez venir avec moi, Watson, mais je crains que ce ne soit nuisible. Suis-je sur la vraie piste ou n'est-ce qu'un leurre ? Je le saurai bientôt. J'espère revenir sous peu.

Il alla au buffet, se coupa une tranche de bœuf, qu'il plaça en sandwich entre deux morceaux de pain, et mettant ce repas sommaire dans sa poche, il partit en expédition.

Je venais de prendre mon thé de cinq heures, quand il revint, de fort bonne humeur, en tenant au bout des doigts une vieille bottine à élastiques. Il la jeta dans un coin et se servit une tasse de thé.

— Je ne suis entré qu'en passant, dit-il. Je continue.

— Où cela ?

— Oh ! de l'autre côté de West End. Je serai peut-être absent quelque temps. Ne m'attendez surtout pas.

— Et comment cela va-t-il ?

— Oh ! comme cela. Je n'ai pas à me plaindre. Je suis retourné à Streatham depuis que je vous ai quitté, mais sans entrer dans la maison. C'est un charmant petit problème que je suis bien heureux d'avoir eu à résoudre. Mais je n'ai pas le temps de bavarder : je vais ôter ces vêtements de douteuse apparence, et redevenir mon très respectable moi-même.

Je voyais bien à ses manières qu'il avait de meilleures raisons d'être satisfait qu'il ne le disait. Ses yeux pétillaient, et ses joues, si blêmes d'ordinaire, étaient légèrement colorées. Il monta chez lui rapidement. Quelques minutes plus tard, j'entendis fermer violemment la porte de la rue. Il était reparti pour cette chasse qui le passionnait à un si haut degré.

Je l'attendis jusqu'à minuit, et ne le voyant pas revenir, je rentrai dans ma chambre. Je l'avais souvent vu rester dehors plusieurs jours et plusieurs nuits de suite, lorsqu'il était sur une piste chaude, de sorte que son retard ne m'étonna pas. Je ne sais pas à quelle heure il rentra, mais quand je descendis déjeuner, le lendemain matin, il était là, aussi frais et dispos que possible, tenant une tasse de café d'une main, son journal de l'autre.

— Vous m'excuserez d'avoir commencé sans vous, Watson, me dit-il, mais vous vous rappelez que notre client doit venir d'assez bonne heure ce matin.

— C'est vrai qu'il est déjà neuf heures passées, répondis-je. Je crois même que le voilà. Il me semble avoir entendu sonner.

C'était, en effet, notre ami le financier. Je fus frappé du changement qui s'était fait en lui, car son visage, naturellement large et massif, était comme réduit et ratatiné, ses cheveux semblaient même avoir blanchi. Il entra avec une paresse et une léthargie qui étaient encore plus pénibles à voir que sa violence de la veille, et il tomba lourdement dans le fauteuil que je lui avançai.

— Je ne sais pas ce que j'ai fait pour être si cruellement éprouvé, dit-il. Il y a deux jours seulement, j'étais un homme heureux et prospère, sans un souci au monde. Aujourd'hui, il ne me reste plus qu'une vieillesse solitaire et déshonorée. Il y a chez moi malheur sur malheur… Ma nièce Mary m'a abandonné.

— Abandonné ?

— Oui. Son lit n'a pas été défait cette nuit, sa chambre était déserte ce matin, et il y avait une lettre pour moi sur la table du vestibule. Je lui avais dit hier, tristement mais sans colère, que si elle avait épousé mon fils tout ceci ne serait pas arrivé. C'était une parole irréfléchie. C'est à cela qu'elle fait allusion dans sa lettre :

Mon oncle chéri,

Je sens que j'ai été la cause de votre malheur et que si j'avais agi différemment tout cela ne serait pas arrivé. Je ne puis plus jamais, avec cette idée, être heureuse sous votre toit, et il faut que je vous quitte pour toujours. Ne vous inquiétez pas de mon avenir, il est assuré, et surtout, ne me cherchez pas, ce serait peine perdue, et un mauvais service à me rendre. À la vie, à la mort, je suis toujours votre affectionnée.

Mary

— Qu'est-ce que cette lettre veut dire, monsieur Holmes ? Croyez-vous qu'elle indique un suicide ?

— Non, non, pas du tout, et c'est peut-être la meilleure des solutions. Je crois pouvoir vous dire, monsieur Holder, que vous touchez à la fin de vos malheurs.

— Ah ! vous croyez ? Qu'avez-vous appris, monsieur Holmes, savez-vous où sont les pierres ?

— Donneriez-vous mille livres pour chacune d'elles ?

— J'en donnerais dix.

— Ce serait inutile. Trois mille livres suffiront. Il y a aussi une petite récompense, je crois. Avez-vous votre carnet de chèques ?… Voici une plume. Faites-le de quatre mille livres. Le banquier, tout étourdi, signa le chèque demandé. Holmes alla à son bureau et en tira un petit morceau d'or taillé en triangle, avec trois pierres incrustées ; il le jeta sur la table.

Avec un cri de joie, notre client s'en empara.

— Vous l'avez ! dit-il haletant. Je suis sauvé ! je suis sauvé !

La réaction fut aussi violente que le chagrin l'avait été, et le pauvre homme pressait les pierres retrouvées sur sa poitrine.

— Vous avez une autre dette, monsieur Holder, dit Sherlock Holmes, avec une certaine gravité.

— Une dette ! Dites la somme, et je paierai, fit-il en saisissant la plume.

— Non, pas à moi. Vous devez de très humbles excuses à ce noble garçon, votre fils, qui s'est conduit comme je serais fier de voir mon fils se conduire si jamais j'en avais un.

— Alors ce n'est pas Arthur qui avait pris les pierres ?

— Je vous ai dit hier, et je vous répète aujourd'hui, que ce n'est pas lui.

— Vous en êtes sûr ? Si c'est cela, courons tout de suite lui apprendre que la vérité est découverte.

— Il le sait déjà. Après avoir tout tiré au clair, j'ai eu une entrevue avec lui, et voyant qu'il ne voulait pas parler, je lui ai tout dit. Il a dû m'avouer que j'avais raison et m'a donné les quelques détails qui me manquaient encore. Maintenant, peut-être, consentira-t-il à vous parler.

— Au nom du ciel, expliquez-moi donc cet extraordinaire mystère !

— Tout de suite, et je vous raconterai même comment je suis arrivé à la vérité. Mais laissez-moi vous dire d'abord le plus pénible pour vous et pour moi. Il y a eu entente entre sir George Burnwell et votre nièce Mary. Ils se sont enfuis ensemble.

— Ma Mary ? Impossible !

— C'est malheureusement plus que possible : c'est certain. Ni vous, ni votre fils ne connaissiez le vrai caractère de cet homme que vous avez admis dans votre intimité. C'est l'un des hommes les plus dangereux d'Angleterre, un joueur ruiné, un misérable absolument désespéré, un homme sans cœur ni conscience. Votre nièce ne savait pas ce que sont de tels hommes. Quand il lui murmurait des paroles d'amour, les mêmes qu'il a murmurées à tant d'autres femmes avant elle, elle croyait avoir seule réussi à toucher son cœur. Satan inspirait ce misérable, à la fin la malheureuse devint un jouet entre ses mains. Elle avait chaque soir des rendez-vous avec lui.

— Je ne peux pas, je ne veux pas croire cela ! s'écria le banquier, dont le visage était devenu livide.

— Eh bien ! moi, je vais vous dire ce qui s'est passé chez vous, l'autre nuit. Votre nièce, quand elle vous a cru rentré dans votre chambre, est descendue doucement et est allée causer avec son amoureux à la fenêtre qui donne sur la ruelle. La marque de ses pieds a complètement traversé la neige, ce qui prouve qu'il est resté là fort longtemps. Elle lui parla du diadème.

Lui, dont la hideuse passion pour l'or s'anima à cette nouvelle, plia votre nièce à sa volonté. Je ne doute pas qu'elle ne vous aime, mais il y a des femmes chez qui l'amour d'un homme domine les autres affections, je pense qu'elle doit être de celles-là. Elle avait à peine fini d'écouter ses instructions qu'elle vous vit descendre : elle ferma la fenêtre rapidement et vous raconta l'escapade d'une des filles de chambre avec son amoureux à la jambe de bois, escapade qui était vraie, d'ailleurs.

Votre fils Arthur alla se coucher après sa conversation avec vous, mais il dormit mal à cause de l'ennui que lui causaient ses dettes de jeu. Au milieu de la nuit, il entendit un pas léger devant sa porte, il se leva et, regardant dans le corridor, il fut très surpris d'y voir sa cousine marchant avec précaution et entrant dans votre cabinet de toilette. Pétrifié d'étonnement, il passa un vêtement, et attendit dans l'ombre la suite de cette étrange aventure. Votre nièce ressortit bientôt de la pièce en question et, à la lueur de la lampe du corridor, votre fils la vit emportant le précieux diadème. Elle descendit. Lui, tremblant d'horreur, la suivit et, caché derrière un rideau, vit ce qui se passait dans le vestibule. Elle ouvrit doucement la fenêtre, remit le diadème à quelqu'un qui se cachait dans l'ombre, referma, et rentra chez elle, frôlant de près votre fils toujours caché derrière son rideau.

Tant qu'elle était là, il ne pouvait rien faire sans perdre la femme qu'il aimait. Mais dès qu'elle eut disparu, il comprit quel malheur terrible c'était pour vous, et quelle importance il y avait à le conjurer. Il se précipita, tel qu'il était, nu-pieds, à la fenêtre, sauta dans la neige, et courut dans la ruelle, où il apercevait une ombre au clair de lune. Sir George Burnwell chercha à s'enfuir, mais Arthur le rattrapa : il y eut une lutte entre eux, votre fils tirant le diadème d'un côté, et son adversaire de l'autre. Dans la mêlée, il frappa sir George et le blessa au-dessus de l'œil. Quelque chose céda soudain, et votre fils, serrant le diadème entre les mains, se sauva, ferma la fenêtre et remonta chez vous. Il venait de s'apercevoir que le diadème avait été tordu dans la lutte et cherchait à le redresser quand vous êtes arrivé.

— Est-ce possible ? murmura le banquier.

— Vous avez excité sa colère en l'injuriant au moment où il pensait qu'il venait de mériter vos plus chaudes félicitations. Il ne pouvait dire la vérité sans trahir quelqu'un qui certainement ne méritait pas tant de considération. Mais il prit le parti le plus chevaleresque et garda son secret.

— Et c'est pour cela qu'elle fondit en larmes et s'évanouit en voyant le diadème, s'écria M. Holder. Oh ! mon Dieu ! Quel fou aveugle j'ai été. Et il demandait la permission de sortir cinq minutes ! Le cher enfant voulait chercher si le morceau brisé n'était pas tombé par terre. Comme je l'ai faussement et cruellement jugé !

— Quand j'arrivai à la maison, continua Holmes, j'en fis le tour très soigneusement pour voir si quelque trace dans la neige pourrait m'éclairer. Je savais qu'il n'était pas tombé de neige depuis la veille, et aussi qu'une forte gelée avait dû conserver les empreintes. Le long du sentier des fournisseurs tout était piétiné et méconnaissable. Un peu plus loin, cependant, au-delà de la porte de la cuisine, une femme avait stationné et causé avec un homme qui avait laissé d'un côté une marque de jambe de bois. Je pouvais même constater qu'ils avaient été dérangés, car la femme avait couru rapidement à la porte, ce que révélaient les empreintes : elles étaient profondes à la pointe du pied, et légères au talon. Jambe-de-bois, lui, avait attendu un instant avant de partir. Je pensai que ces deux individus pouvaient être la femme de chambre et l'amoureux dont vous m'aviez parlé, et l'enquête l'a prouvé du reste. Je parcourus le jardin sans rien trouver que des pistes tracées au hasard et qui devaient provenir de la police. Mais dans la ruelle menant aux écuries, une longue et complexe histoire était écrite dans la neige, sous mes yeux.

Il y avait une double piste de pas d'un homme chaussé, et une seconde double piste provenant d'un homme qu'à ma joie je reconnus avoir été nu-pieds. Je fus tout de suite convaincu, d'après ce que vous m'aviez dit, que cet homme n'était autre que votre fils. Le premier avait marché à l'aller et au retour, mais l'autre avait couru rapidement, et ses marques recouvrant parfois celles du premier, il était évident qu'il l'avait suivi. Je remontai cette piste et elle me conduisit à la fenêtre du vestibule, où l'homme aux bottines avait fait fondre la neige, preuve qu'il avait séjourné là assez longuement. Ensuite je repris mon contre-pied, jusqu'à environ cent mètres dans la ruelle. Là les bottines avaient fait face à l'ennemi, la neige avait été piétinée comme dans une lutte, et quelques gouttes de sang me montraient que je ne m'étais pas trompé dans mes conjectures. L'homme aux bottines avait encore couru dans la ruelle, et de nouvelles traces de sang montraient que c'était lui qui avait été blessé. Lorsque j'arrivai à la grand-route, les traces se perdaient, le trottoir ayant été balayé.

En entrant dans la maison, j'avais examiné, à la loupe, vous vous le rappelez, le rebord et la boiserie de la fenêtre du vestibule. Je pus distinguer le contour d'un pied humide, rentrant. Je pouvais dès lors me former une opinion sur ce qui s'était passé. Un homme s'était posté à la fenêtre, quelqu'un lui avait apporté le diadème ; votre fils avait entendu du bruit et, ayant vu ce qui se passait, avait poursuivi le voleur ; il avait lutté avec lui, chacun tirant de son côté sur le joyau de toutes ses forces : c'est ainsi qu'ils avaient pu réussir à le briser. Ensuite, votre fils était revenu avec sa prise, mais non sans en laisser un fragment entre les mains de son adversaire. Jusque-là rien de plus clair. Restait à savoir qui était l'homme, et qui lui avait apporté le diadème. J'ai depuis longtemps pour principe que quand vous avez exclu l'impossible, ce qui reste, quelque improbable que ce soit, est pourtant la vérité. Je savais que ce n'était pas vous qui aviez apporté le diadème au dehors, il ne restait donc que votre nièce et les domestiques. Mais si c'étaient les domestiques, pourquoi votre fils se serait-il laissé accuser à leur place ? Il n'y avait aucune raison pour cela. Tandis qu'il y avait dans son amour pour sa cousine une excellente raison de garder le secret, d'autant plus que ce secret entraînait le déshonneur. Lorsque je me rappelai que vous aviez vu la jeune fille à la fenêtre, et qu'elle s'était évanouie en revoyant le diadème, ma conjecture devint une certitude.

Et quel pouvait être son complice ? Un amoureux évidemment, le seul être qui pût lui faire oublier l'affection et la reconnaissance qu'elle vous devait. Je savais que vous sortiez peu, et que votre cercle d'amis était très restreint. Mais parmi eux était sir George Burnwell. J'avais entendu parler de lui comme d'un homme de mauvaise réputation. L'homme aux bottines ne pouvait être que lui, les bijoux devaient être entre ses mains. Même reconnu par Arthur, il pouvait se croire en sûreté, car il était impossible que votre fils le dénonçât sans compromettre sa propre famille.

Maintenant, vous devinez facilement les moyens que j'employai. J'allai sous le déguisement d'un vagabond à la maison de sir George, je fis la connaissance de son valet de chambre, qui m'apprit que son maître s'était blessé à la tête la nuit précédente et, finalement, pour la modeste somme de six shillings, j'acquis une preuve irrécusable en acquérant une paire de ses vieilles chaussures. Je les apportai à Streatham, et vis qu'elles s'adaptaient exactement aux marques que j'avais constatées dans la neige.

— J'ai vu un vagabond de mauvaise tournure dans la ruelle, hier après-midi.

— Précisément. C'était moi. Ayant trouvé mon homme, je rentrai et changeai d'habits. Mais le plus délicat restait encore à faire. Il ne fallait pas de poursuites, pour éviter le scandale, et je savais qu'un misérable aussi retors que sir George comprendrait ce qui nous liait les mains. J'allai le voir. D'abord, naturellement, il nia tout. Puis, lorsque je lui dis point pour point tout ce qui s'était passé, il voulut faire du tapage, et arracha un poignard d'une panoplie. Mais je connaissais mon homme, et je lui mis un pistolet sous le nez avant qu'il pût bouger. Il devint alors un peu plus raisonnable. Je lui dis que nous lui paierions bien les pierres qu'il avait en sa possession, mille livres chacune. Cela lui arracha les premières marques de regret qu'il ait montrées.

« — Le diable m'emporte, dit-il, j'ai lâché les trois pour six cents livres. »

J'obtins facilement de lui l'adresse du receleur, en lui promettant qu'il ne serait pas poursuivi. J'y allai aussitôt, et après bien des marchandages, j'obtins les pierres pour mille livres pièce. Alors j'allai voir votre fils, lui dis que tout était arrangé, et enfin je rentrai me coucher à deux heures du matin, après ce que je puis appeler une bonne journée de travail.

— Une journée qui a épargné à l'Angleterre un gros scandale politique, dit le banquier en se levant. Monsieur, je ne trouve pas de mots pour vous remercier, mais vous n'avez pas affaire à un ingrat. Votre habileté a dépassé tout ce que j'avais entendu dire de vous. Et maintenant, il faut que je coure demander à mon cher fils de me pardonner les torts que j'ai eus envers lui. Quant à ce que vous me dites de la pauvre Mary, cela me fend le cœur. Toute votre science ne pourrait me faire savoir où elle est maintenant ?

— Je crois que nous pouvons dire avec certitude qu'elle est là où se trouve sir George Burnwell. Il est certain que, quelles qu'aient été ses fautes, elle en recevra bientôt une punition plus que suffisante.

Les Hêtres pourpres

— Pour l'homme qui aime l'art pour l'art, dit Sherlock Holmes, en jetant de côté le *Daily Telegraph*, dont il venait de lire les annonces, c'est souvent dans ses manifestations les moins importantes qu'il trouve le plus grand plaisir. Je suis heureux de constater, Watson, que vous avez fort bien saisi cette vérité ; et dans ces récits de nos aventures que vous avez eu la bonté d'écrire, je dois même dire d'embellir, vous avez donné la prééminence moins aux causes célèbres et aux procès à sensation auxquels j'ai été mêlé qu'à ces incidents banals en eux-mêmes, mais faits pour exercer ces facultés de déduction et de synthèse logique dont j'ai fait une étude spéciale.

— Et cependant, repartis-je en souriant, je ne crois pas que je sois tout à fait absous du crime de sensationnalisme qu'on a reproché à ces récits.

— Votre erreur, dit-il en prenant un charbon ardent avec les pincettes pour allumer la longue pipe de merisier – qui remplaçait généralement celle de terre, lorsqu'il était d'humeur plutôt combative que méditative –, votre erreur a été d'avoir essayé de donner de la couleur et de la vie à chacun de ces récits, au lieu de vous borner à relater ce raisonnement serré de cause à effet qui en fait réellement le seul intérêt.

— Il me semble que je vous ai rendu pleine justice à ce sujet, répondis-je un peu froidement, car j'étais choqué par le sentiment de personnalité qui tenait une si large place dans le caractère singulier de mon ami.

— Non, ce n'est pas égoïsme ou amour-propre, dit-il, répondant suivant son usage à mes pensées plutôt qu'à mes paroles; si je réclame pleine justice pour mon art, c'est parce que c'est chose impersonnelle, en dehors de moi-même. Les crimes sont communs, la logique est rare. C'est donc sur la logique plutôt que sur les crimes que vous devez appuyer. Vous avez abaissé au rang de simples contes ce qui aurait dû être une série de conférences.

C'était par une froide matinée de printemps, et nous étions assis, après le déjeuner, de chaque côté de la cheminée, où pétillait un feu clair. Un brouillard épais enveloppait les maisons aux couleurs sombres, et les fenêtres d'en face, perçues à travers ces jaunes vapeurs, avaient l'air de taches noires et informes. Le gaz était allumé dans la pièce, il éclairait la nappe, et faisait briller la porcelaine et l'argenterie, car le couvert n'avait pas encore été enlevé. Sherlock Holmes, silencieux toute la matinée, était resté plongé dans la lecture des annonces de toute une série de journaux. Ayant enfin renoncé à ses recherches, il s'était laissé aller à son humeur plutôt chagrine, pour me sermonner sur mes erreurs littéraires.

— D'un autre côté, reprit-il après une pause pendant laquelle il avait vigoureusement aspiré sa longue pipe et contemplé le feu, on ne peut guère vous accuser de sensationnalisme, puisque, parmi toutes ces causes dont vous avez bien voulu vous occuper, il y en a une bonne portion où il ne s'agit nullement de crimes dans le sens légal du mot. La petite affaire dans laquelle j'ai tenté d'être utile au roi de Bohême, l'aventure singulière de miss Mary Sutherland, le problème relatif à l'homme à la lèvre retroussée, et l'incident de notre aristocratique célibataire n'étaient pas du ressort de la loi. Mais pour éviter le sensationnel, je crains que vous ne soyez arrivé à côtoyer le banal.

— Je vous l'accorde, quant à la fin. Je maintiens cependant que la manière de procéder était particulièrement originale et intéressante.

— Bah ! mon cher ami, qu'importe au public, ce public qui ne sait rien observer, qui ne pourrait reconnaître un tisserand à ses dents, ni un compositeur à son pouce gauche, qu'importe au public les délicates nuances de l'analyse et de la déduction ! Mais, en fait, si vous êtes banal, je ne puis vous en blâmer, car le temps des grandes affaires est passé. L'homme, ou au moins l'homme criminel, a perdu toute hardiesse et toute originalité. Quant à mon métier, il semble dégénérer en une agence pour retrouver les crayons perdus, et donner des conseils aux jeunes filles qui sortent de pension. Me voici, je crois, arrivé au dernier degré. Cette lettre reçue ce matin semble être la limite extrême de l'avilissement, lisez plutôt !

Il me jeta une lettre chiffonnée : elle venait de Montague Palace, et était datée de la veille. Voici ce qu'elle contenait :

Cher monsieur Holmes,

Je suis très désireuse de vous consulter au sujet d'une situation de gouvernante qui m'est offerte. J'irai vous voir à dix heures et demie demain, si cela ne vous dérange pas.

Sincèrement à vous,

Violette Hunter

— Connaissez-vous cette jeune personne ? demandai-je.

— Absolument pas.

— Il est dix heures et demie.

— Oui, et sûrement c'est elle qui vient de sonner.

— Ce sera peut-être plus intéressant que vous ne pensez. Rappelez-vous l'affaire de l'escarboucle bleue, qui, de simple bluette, vous a conduit à une sérieuse investigation. Il en sera peut-être de même cette fois-ci.

— Espérons-le ! Mais nos doutes seront bientôt dissipés, car voici, je crois, la personne en question.

En effet la porte s'ouvrait à ce moment, donnant passage à une jeune fille. Elle était simplement mais convenablement habillée. Son visage gai, animé, était couvert de taches de rousseur comme un œuf de pluvier, et ses allures dégagées révélaient une femme habituée à se tirer d'affaire toute seule.

— J'espère que vous m'excuserez de vous déranger, dit-elle à mon ami, qui s'était levé pour la recevoir, mais il m'arrive une étrange aventure, et n'ayant ni parents ni amis à consulter, j'ai pensé que vous seriez peut-être assez bon pour me donner un conseil.

— Asseyez-vous, je vous prie, miss Hunter. Je serai trop heureux de vous être utile.

Je voyais que Holmes était favorablement impressionné par les manières et le langage de sa nouvelle cliente. Il la regarda de son œil investigateur, puis s'assit pour l'écouter, les paupières baissées, les doigts joints.

— J'ai été gouvernante pendant cinq ans, dit-elle, dans la famille du colonel Spence Munro, mais il y a deux mois le colonel fut envoyé à Halifax, en Nouvelle-Écosse, et comme il emmena ses enfants avec lui en Amérique, je me trouvai sans situation. Je mis des annonces dans les journaux, je répondis à celles qui pouvaient me convenir, mais sans succès aucun, si bien que mes faibles ressources commençant à s'épuiser je ne savais réellement plus que devenir.

Il y a dans le West End une agence du nom de Westaway qui a la spécialité de placer des gouvernantes ; j'y allais chaque semaine dans l'espoir d'y trouver une situation. Westaway est le nom du fondateur de l'établissement, mais la directrice est une miss Stoper. Elle se tient dans son petit bureau, les dames qui cherchent un emploi attendent dans une antichambre et sont reçues par elle séparément. La demoiselle consulte ses registres en présence de chaque cliente pour voir si elle a une situation pouvant lui convenir.

Lorsque j'allai à cette agence, la semaine dernière, j'entrai à mon tour, comme de coutume, et fus surprise de voir que miss Stoper n'était pas seule. Un homme prodigieusement gros, avec un visage très avenant et un gros menton qui s'allongeait en plis jusque sur son cou, était assis à côté d'elle, une paire de lunettes sur le nez, regardant très attentivement les dames qui entraient. À mon arrivée, il sauta sur sa chaise, et s'adressant à miss Stoper :

« — Voilà l'affaire, dit-il, je ne pourrais rien demander de mieux. Parfait ! parfait ! »

Il paraissait tout à fait enthousiaste et se frottait les mains d'un air enchanté. Il semblait si heureux que c'était plaisir de le regarder.

« — Vous cherchez une situation, mademoiselle ? me demanda-t-il.

— Oui, monsieur.

— Comme gouvernante ?

— Oui, monsieur.

— Et quels appointements demandez-vous ?

— Chez le colonel Spence Munro d'où je sors, j'avais quatre livres par mois.

— Oh, tut, tut ! c'est de l'exploitation, de la pure exploitation ! s'écria-t-il, en levant les mains comme un homme indigné. Comment peut-on offrir une somme aussi piteuse à une dame si charmante et si accomplie ?

— Mon savoir, monsieur, est peut-être moindre que vous ne l'imaginez, dis-je : un peu de français, un peu d'allemand, la musique, le dessin…

— Tut, tut, s'écria-t-il, là n'est pas du tout la question. Il s'agit de savoir si, par vos manières, vous êtes vraiment une dame. Voilà tout. Si non, vous ne pouvez vous occuper de l'éducation d'un enfant qui pourra quelque jour jouer un rôle considérable dans l'histoire de son pays. Si oui, comment un gentleman a-t-il pu vous faire accepter une somme aussi dérisoire ? Vos appointements chez moi, madame, seront pour commencer de cent livres par an. »

Vous pensez bien, monsieur Holmes, que dans la situation où je me trouvais une telle offre me parut invraisemblable. Le monsieur ayant peut-être remarqué mon air d'incrédulité, il ouvrit un portefeuille et en tira un billet de banque.

« — C'est aussi mon habitude, dit-il en souriant de l'air le plus aimable, si bien que ses yeux disparaissaient au milieu des plis de sa grosse figure, c'est mon habitude d'avancer aux gouvernantes la moitié de leurs appointements pour parer aux petites dépenses de voyage et de trousseau. »

Je n'avais jamais rencontré un homme aussi aimable et aussi prévoyant. Comme je devais déjà de l'argent à mes fournisseurs, cette avance était providentielle. Cependant, je me sentais en défiance et je n'osais m'engager sans être mieux renseignée.

« — Puis-je vous demander où vous habitez, monsieur ? lui dis-je.

— Aux Hêtres pourpres, dans le Hampshire, à cinq milles de Winchester. C'est un pays très agréable, chère mademoiselle, et la maison a un caractère antique qui lui donne un grand charme.

— Et mes fonctions, monsieur ? j'aimerais à les connaître.

— Un enfant, un charmant petit lutin de six ans. Oh ! si vous le voyiez tuer des cancrelats avec une pantoufle ! Smack ! Smack ! Smack ! en voilà trois détruits en un clin d'œil ! »

Il se renversa sur sa chaise, et se prit à rire de telle manière que ses yeux disparurent une fois de plus.

J'étais un peu étonnée des jeux de cet enfant, mais le rire du père me fit croire qu'il plaisantait.

« — Je n'aurai donc pas d'autres fonctions, dis-je, que de m'occuper d'un enfant unique !

— Non, ce ne seront pas les seules, ma chère enfant, s'écria-t-il. Vous aurez, comme de raison, à obéir aux instructions que ma femme pourra vous donner, pourvu toutefois qu'elles soient de celles qu'une dame puisse exécuter sans manquer aux convenances. Vous n'y voyez aucune objection, je pense ?

— Je serai heureuse de me rendre utile.

— C'est cela. Passons à la toilette maintenant. Sur ce chapitre par exemple, nous sommes un peu maniaques, voyez-vous, maniaques, mais bons. Si on vous demandait de porter une robe quelconque donnée par nous, vous ne vous opposeriez pas à notre petite fantaisie, hein ?

— Non, dis-je, très surprise.

— Si on vous demandait de vous asseoir ici, ou là, cela ne vous offusquerait pas ?

— Oh ! non.

— Ou de couper vos cheveux avant de venir chez nous ? »

Je pouvais à peine en croire mes oreilles. Comme vous voyez, monsieur Holmes, mes cheveux sont abondants, et d'un ton châtain assez particulier. On disait autour de moi qu'ils avaient la nuance rêvée par les artistes. Je ne pouvais accepter l'idée de les sacrifier ainsi.

« — Je crains que ceci soit tout à fait impossible », dis-je.

Il me regardait attentivement de ses petits yeux et, à ma réponse négative, je vis une ombre passer sur ses traits.

« — Malheureusement, c'est tout à fait essentiel, dit-il. C'est une idée de ma femme et les idées de femme, madame, doivent être respectées. Alors, vous ne voulez pas couper vos cheveux ?

— Non, monsieur, réellement, je ne puis pas, répondis-je nettement.

— Ah ! très bien, cela tranche la question. C'est dommage, parce que sous les autres rapports vous me conveniez admirablement. Dans ce cas, miss Stoper, je désirerais voir encore quelques-unes de vos jeunes clientes. »

La directrice était restée tout le temps plongée dans ses papiers, sans dire un seul mot, mais elle me regarda d'un air si désappointé que je compris qu'elle perdait par mon refus une belle commission.

« — Désirez-vous que votre nom reste sur nos livres ? me demanda-t-elle.

— S'il vous plaît, miss Stoper.

— Au fond, cela me semble assez inutile, puisque vous refusez de la sorte les offres les plus avantageuses, dit-elle aigrement. Vous ne pouvez guère vous attendre à ce que nous fassions de nouveaux efforts pour vous retrouver une occasion comme celle-ci. Au revoir, miss Hunter. »

Elle frappa sur un timbre, et le groom me reconduisit à la porte.

— Je dois vous avouer, monsieur Holmes, qu'en rentrant chez moi, où je trouvai mes armoires vides et deux ou trois factures sur la table, je commençai à regretter ma décision. Après tout, si ces gens avaient des idées étranges, et demandaient mon acquiescement à des choses extraordinaires, ils m'en indemnisaient largement. Bien peu de gouvernantes, en Angleterre, gagnent cent livres par an. D'ailleurs, à quoi me servaient mes cheveux ?

Il y a des femmes à qui les cheveux courts vont bien ; j'étais peut-être du nombre. Le lendemain, je commençais à trouver que j'avais fait une bêtise, et le jour d'après j'en étais persuadée. J'allais me décider à mettre ma fierté de côté et à retourner à l'agence pour voir si la situation était encore vacante, lorsque je reçus cette lettre du monsieur lui-même. Je vais vous la lire :

Les Hêtres pourpres, près de Winchester Chère mademoiselle Hunter, Miss Stoper a bien voulu me donner votre adresse, et je viens vous demander si vous n'êtes pas revenue sur votre décision. Ma femme désire vivement que vous veniez chez nous, car elle a été très favorablement impressionnée par la description que je lui ai faite de vous. Nous sommes disposés à vous donner trente livres par trimestre, c'est-à-dire cent vingt livres par an, pour vous dédommager des ennuis que pourraient vous causer nos fantaisies. Elles ne sont pas bien terribles, après tout. Ma femme aime une certaine nuance de bleu électrique, et voudrait que vous portiez, le matin dans la maison, une robe de cette couleur. Vous n'avez pas besoin cependant de vous l'acheter, car nous en avons une appartenant à ma fille Alice (qui est maintenant à Philadelphie) et qui vous irait, je crois, très bien. Quant à vous asseoir ici ou là, à vous distraire de la manière qui vous sera indiquée, cela ne peut vraiment vous gêner en rien. Pour vos cheveux, c'est certainement grand dommage, car je n'ai pas pu m'empêcher dans notre court entretien de les admirer, mais je dois insister sur ce point, et j'espère que cette augmentation d'appointements vous dédommagera de ce sacrifice. Vos fonctions auprès de l'enfant seront faciles. J'espère que vous allez venir, j'irai vous chercher avec le dog cart *à Winchester. Faites-moi seulement savoir le train que vous prendrez.*

Sincèrement à vous, Jephro Rucastle

— Voilà la lettre que je viens de recevoir, monsieur Holmes, et je suis décidée à accepter. J'ai cru devoir, cependant, soumettre la chose à votre examen avant de prendre un engagement définitif.

— Mais, miss Hunter, si vous êtes décidée, cela tranche la question.

— Seriez-vous d'avis de refuser ?

— J'avoue que ce n'est pas précisément la situation que je choisirais pour ma sœur, par exemple.

— Qu'est-ce que tout cela peut signifier, monsieur Holmes ?

— Ah ! je n'ai aucune idée là-dessus. Je n'en sais rien. Et vous-même, avez-vous une opinion ?

— Je ne vois qu'une seule explication plausible. M. Rucastle paraît être un aimable homme, doué d'un bon cœur. Mais sa femme est peut-être folle, et alors il cherche à se plier à toutes ses fantaisies pour empêcher les crises et pour éviter qu'on ne l'enferme dans un asile.

— C'est possible et je dirai même probable. Mais de toute façon, cela ne présage pas un intérieur très agréable pour une jeune fille.

— Et les appointements, monsieur Holmes ?

— Eh bien ! oui, c'est tentant, je l'avoue, trop tentant même. C'est là ce qui m'inquiète. Pourquoi vous offrent-ils cent vingt livres par an, alors qu'ils auraient plus de gouvernantes qu'ils n'en voudraient pour le tiers de ce prix ? Il y a quelque chose là-dessous.

— J'ai pensé qu'en vous mettant aujourd'hui au courant de tout cela vous seriez au fait si j'ai besoin de vous plus tard. Je me sentirai plus forte, si je suis soutenue par vous.

— Oh ! vous pouvez compter sur moi. Il y a bien des mois que je n'ai rencontré un problème aussi intéressant : tous ces détails sont étranges. En cas de doute, ou de danger...

— Danger ! quel danger prévoyez-vous ?

Holmes secoua la tête gravement.

— Ce ne serait plus un danger si nous pouvions le définir. Mais, à quelque heure du jour ou de la nuit qu'un télégramme de vous me parvienne, je me porte à votre secours.

— Cela me suffit.

Elle se leva vivement. Toute trace d'anxiété avait disparu de sa figure.

— Je vais m'en aller dans le Hampshire sans aucune inquiétude. J'écris sur l'heure à M. Rucastle, je sacrifie mes pauvres cheveux ce soir, et je pars pour Winchester demain.

Après avoir adressé encore quelques remerciements à Holmes, elle nous dit adieu, et sortit d'un pas léger.

— Au moins, dis-je en l'entendant descendre l'escalier, me paraît-elle très capable de se conduire toute seule.

— Et tant mieux pour elle, dit Holmes, songeur. Je serais fort étonné si nous n'entendions pas parler d'elle sous peu.

La prophétie de mon ami ne fut pas longue à se réaliser. Une quinzaine de jours s'était écoulée et, pendant ce temps, je m'étais surpris plus d'une fois à penser à cette femme et aux difficultés contre lesquelles elle avait peut-être à lutter seule. Les appointements extraordinaires qu'on lui donnait, les conditions si bizarres qu'on lui avait faites, tout dénotait des circonstances anormales. Mais il m'était impossible de démêler s'il s'agissait d'une manie ou d'un complot, et si l'homme était un philanthrope ou un scélérat. Quant à Holmes, il demeurait silencieux des heures entières, les sourcils froncés, l'air absorbé, refusant de me répondre si j'avais le malheur d'aborder le sujet qui m'intéressait.

— Des renseignements ! Je demande des renseignements ! s'écriait-il avec impatience ; je ne puis bâtir sans fondements.

Et il terminait toujours en affirmant qu'il n'aurait jamais permis à une sœur d'accepter pareille situation.

Le télégramme que nous attendions nous parvint dans la soirée, au moment où j'allais me coucher et où Holmes se préparait à travailler toute la nuit pour résoudre un problème scientifique : il était coutumier du fait : je le laissais souvent le soir penché sur une cornue, une éprouvette à la main, et je le retrouvais dans la même position le lendemain matin en venant déjeuner. Il déchira l'enveloppe jaune, parcourut le message, et me le jeta.

— Regardez donc les heures des trains dans l'indicateur, dit-il, et il reprit son expérience de chimie.

L'appel était bref et urgent.

Veuillez vous trouver à l'hôtel du Cygne noir, à Winchester, demain à midi. Je vous supplie de venir ! Je perds la tête.

Hunter

— Voulez-vous venir avec moi ? me proposa Holmes.

— Je ne demande pas mieux.

— Alors, consultez l'indicateur.

— Il y a un train à neuf heures et demie, qui arrive à Winchester à onze heures trente.

— Cela fera juste notre affaire. Mieux vaut remettre à plus tard mon analyse de l'acétone, car nous aurons besoin d'être frais et dispos demain matin.

À onze heures, le lendemain, nous approchions de la vieille cité anglaise. Holmes avait commencé par s'absorber dans la lecture des journaux du matin, mais quand nous fûmes entrés dans le Hampshire il les jeta et se mit à admirer le paysage. C'était une journée idéale de printemps ; un ciel d'un bleu léger, tacheté de petits nuages blancs floconneux qui dérivaient de l'ouest à l'est. Le soleil brillait gaiement, mais il y avait dans l'air une pointe de fraîcheur qui pinçait et énervait. Dans tout le pays, jusqu'aux collines arrondies des environs d'Aldershot, les petits toits rouges et gris des bâtiments de fermes émergeaient de la verdure pâle, à peine éclose.

— Est-ce assez frais et ravissant ? m'écriai-je avec tout l'enthousiasme d'un homme échappé des brouillards de Baker Street.

Mais Holmes secouait la tête gravement.

— Voyez-vous, Watson, c'est un des malheurs d'un cerveau conformé comme le mien de ne pouvoir rien regarder sans le rapporter à ma spécialité. Vous voyez ces maisons dispersées et vous êtes frappé par leur pittoresque. Je les regarde, moi, et la seule pensée qui me vienne est celle de leur isolement et de l'impunité avec laquelle des crimes peuvent y être commis.

— Grand Dieu ! m'écriai-je. Qui peut parler de crime dans ces vieilles demeures exhalant un charme indéfinissable ?

— Elles me remplissent toujours d'un certain effroi. C'est ma conviction, Watson, et elle est fondée sur l'expérience, que les recoins les plus noirs et les plus vils de Londres n'ont pas plus de péchés sur la conscience que la campagne la plus souriante et la plus belle.

— Vous m'effrayez !

— Et la raison en est évidente. La pression de l'opinion publique peut faire dans les villes ce que la loi seule est impuissante à obtenir. Il n'y a pas de ruelle, si perdue soit-elle, où le cri d'un enfant torturé, le bruit des coups donnés par un ivrogne n'excitent la sympathie et l'indignation chez les voisins ; en un clin d'œil la justice avec tout son appareil est sur pied, il suffit d'un signe pour la mettre en mouvement et amener le criminel sur le banc de l'accusé. Mais voyez ces maisons isolées dans leur champ, habitées par des pauvres, qui ne savent rien de la loi. Pensez aux actes de cruauté infernale, aux crimes cachés qui peuvent s'y perpétrer lentement, sans que personne en sache rien. Si cette jeune fille qui nous appelle au secours avait habité Winchester, je n'aurais jamais rien craint pour elle. Ce sont ces cinq milles dans la campagne qui m'inquiètent. Cependant, il est certain qu'elle n'est pas personnellement menacée.

— Non. Si elle vient au-devant de nous à Winchester, c'est qu'elle peut au besoin s'échapper.

— C'est évident. Elle est libre.

— Quel est alors ce mystère ? Avez-vous une donnée ?

— J'ai trouvé sept solutions différentes, chacune pouvant s'adapter aux faits que nous connaissons. Mais je ne pourrai être fixé que d'après de nouveaux renseignements. Voilà la tour de la cathédrale, et nous saurons bientôt ce que miss Hunter veut de nous.

Le Cygne noir est un hôtel renommé situé dans la rue Haute, tout près de la gare. Nous y trouvâmes la jeune fille qui nous attendait. Elle avait retenu un salon particulier et avait fait servir le déjeuner.

— Je suis si heureuse que vous soyez venu ! s'écria-t-elle. C'est si aimable à vous. Je ne sais en vérité quel parti prendre. Vos conseils vont m'être précieux.

— Dites-nous d'abord ce qui vous est arrivé.

— C'est par là que je commence et il faut que je sois brève, car j'ai promis à M. Rucastle d'être rentrée avant trois heures. Il m'a permis de venir en ville ce matin, mais il ne se doute guère de ce qui m'y amène.

— Procédons par ordre et commencez votre récit. Holmes étendit ses longues jambes devant le feu et s'installa commodément pour écouter.

— Je dois avouer tout d'abord que je n'ai pas été maltraitée par M. et Mme Rucastle. C'est une justice à leur rendre. Mais je ne puis les comprendre, et leur attitude m'inquiète.

— Qu'est-ce que vous ne pouvez pas comprendre ?

— Les raisons de leur manière d'être. Voici les faits tels qu'ils se sont passés. Quand j'arrivai ici, M. Rucastle m'attendait à la gare et il m'emmena en *dog cart* aux Hêtres pourpres. C'est, comme il me l'avait dit, une maison très bien située, mais sans aucun style. Figurez-vous une grande bâtisse carrée, blanchie à la chaux, tachetée de loin en loin de grandes plaques verdâtres dues à l'humidité. Aux alentours, sur trois côtés, des bois, et sur le quatrième une prairie qui descend vers la grande route de Southampton, route qui se trouve à cent mètres environ de la porte d'entrée.

La prairie est la propriété de M. Rucastle, mais tout le reste fait partie du domaine de lord Southerton. Un bouquet de hêtres pourpres, juste en face de la porte, a donné son nom à cet endroit.

M. Rucastle, qui s'était montré fort aimable, me présenta en arrivant à sa femme et à son enfant. Nous nous étions trompés, monsieur Holmes, en pensant que Mme Rucastle pouvait être folle. C'est une femme pâle, silencieuse, beaucoup plus jeune que son mari, car elle n'a pas plus de trente ans, et lui ne peut guère en avoir moins de quarante-cinq. J'ai cru comprendre qu'ils étaient mariés depuis environ sept ans, que

M. Rucastle l'avait épousée étant veuf, et que le seul enfant qu'il ait eu de sa première femme est cette fille qui est allée à Philadelphie. M. Rucastle me confia en secret que la raison du départ de sa fille était l'aversion exagérée qu'elle avait pour sa belle-mère, dont la jeunesse rendait évidemment difficile la situation dans la maison de son père.

Mme Rucastle me parut incolore au moral aussi bien qu'au physique. Elle ne me fit aucune impression, ni bonne, ni mauvaise. C'est un être sans caractère. On voit qu'elle est passionnément attachée à son mari et à son petit garçon. Ses yeux gris clair vont constamment de l'un à l'autre, pour voir ce dont ils peuvent avoir besoin, et le prévoir si possible. Lui, quoique brusque et bruyant, est bon pour elle à sa manière : en somme, ils paraissent faire bon ménage. Et cependant, cette femme a un chagrin secret. Elle semble parfois absorbée, et son visage exprime la souffrance. Plus d'une fois, je l'ai surprise en larmes. J'ai cru quelquefois que c'étaient les dispositions de son fils qui l'attristaient, car je n'ai jamais vu de créature plus gâtée, ni douée de plus mauvais instincts. Cet enfant est petit pour son âge, mais il a une tête énorme et tout à fait disproportionnée. Sa vie se passe en alternatives d'accès de rage et de bouderie sombre. Il n'a qu'un plaisir : celui de tourmenter les êtres plus faibles que lui, et il a un talent remarquable pour attraper les souris, les oiseaux et les insectes. Mais j'aime mieux, monsieur Holmes, ne pas parler de ce qui n'est du reste que peu mêlé à mon histoire.

— Il me faut tous les détails, qu'ils vous paraissent utiles ou non.

— Je vais tâcher de ne rien omettre d'important. Un des désagréments de cette maison, et le premier qui me frappa, est la mauvaise façon qu'ont les domestiques. Il n'y en a que deux, un ménage. Toller – c'est le nom de l'homme – est un individu mal élevé, grossier, avec les cheveux et les favoris grisonnants ; il sent toujours la boisson. Deux fois, depuis que je suis là, je l'ai vu tout à fait ivre, et M. Rucastle n'a pas eu l'air de s'en apercevoir. Sa femme est très grande et très forte, avec un visage rébarbatif, elle est aussi silencieuse que Mme Rucastle, mais beaucoup moins aimable. C'est un couple des plus déplaisants, qui me gêne peu du reste, car je passe presque tout mon temps dans la nursery et dans ma chambre, deux pièces mitoyennes qui sont situées dans un des angles de l'habitation. Les deux premiers jours qui suivirent mon arrivée aux Hêtres pourpres, ma vie fut très calme. Le troisième jour, Mme Rucastle descendit après le déjeuner et glissa quelques mots à l'oreille de son mari.

« — Oh ! oui, dit-il, se tournant vers moi, nous vous sommes très reconnaissants, miss Hunter, d'avoir sacrifié vos cheveux à notre fantaisie. Je vous assure que cela sied fort bien. Nous allons voir maintenant comment vous va la robe bleu électrique. Vous la trouverez sur votre lit, et si vous voulez avoir la bonté de l'essayer, nous en serons très heureux. »

Le costume que je trouvai préparé pour moi, dans ma chambre, était d'un bleu tout particulier. L'étoffe, une sorte de serge, était de belle qualité, mais avait certainement servi. L'ensemble m'habillait à merveille et semblait fait sur mesure.

M. et Mme Rucastle en témoignèrent leur joie d'une manière tout à fait exagérée. Ils m'attendaient dans le salon, une très grande pièce donnant sur la façade, avec trois portes-fenêtres.

Une chaise avait été placée auprès de la fenêtre du milieu, le dossier tourné vers l'extérieur. On me demanda de m'y asseoir, et M. Rucastle, se promenant de long en large de l'autre côté de la pièce, se mit à me raconter les histoires les plus invraisemblables. Vous ne pouvez vous imaginer combien il était drôle et amusant, je fus prise d'un fou rire. Mme Rucastle, qui ne comprend évidemment pas la plaisanterie, ne se dérida pas un instant, mais resta assise, les mains allongées sur les genoux, et l'air anxieux.

Au bout d'une heure environ, M. Rucastle fit tout à coup remarquer qu'il était temps de se mettre au travail, et que je pouvais me déshabiller pour aller rejoindre le petit Édouard dans la nursery.

Deux jours après, la même cérémonie recommença, exactement dans les mêmes conditions. Je m'habillai de nouveau, je m'assis près de la fenêtre et je ris autant que la première fois des amusantes histoires tirées de l'inépuisable répertoire de mon hôte, qui excellait à les raconter. Ensuite il me donna un roman à couverture jaune, et tournant un peu ma chaise pour que mon ombre ne tombât pas sur la page, il me demanda de le lui lire à haute voix. Je lus pendant environ dix minutes une page prise au hasard; puis M. Rucastle m'interrompit au beau milieu d'une phrase et m'enjoignit d'aller changer de costume.

Vous pouvez facilement vous imaginer, monsieur Holmes, combien cette extraordinaire cérémonie excita ma curiosité. Ils avaient toujours soin, je remarquai, de me faire tourner le dos à la fenêtre, de sorte que je fus bientôt consumée du désir de voir ce qui se passait derrière moi. À première vue, cela paraissait impossible, mais je trouvai bientôt un moyen. Ma glace à main s'était cassée, ce qui me donna l'heureuse idée d'en dissimuler un morceau dans mon mouchoir. La fois suivante, au milieu de mes rires, je portai mon mouchoir à mes yeux, et pus ainsi voir ce qu'il y avait derrière moi. J'avoue que je fus désappointée. Il n'y avait rien, absolument rien.

Du moins, ce fut ma première impression. Mais en regardant de nouveau j'aperçus sur la route de Southampton, route très fréquentée, un petit homme habillé de gris, portant toute la barbe, et qui, appuyé contre la barrière, semblait regarder fixement de mon côté. Je baissai mon mouchoir, et mes yeux rencontrèrent ceux de Mme Rucastle. Elle ne dit rien, mais je suis convaincue qu'elle avait deviné ma supercherie. Elle se leva tout de suite.

« — Jephro, dit-elle, il y a un impertinent sur la route, qui ne cesse de regarder miss Hunter.

— Ce n'est pas un de vos amis, miss Hunter ? me demanda-t-il.

— Non, je ne connais personne par ici.

— Par exemple ! Quelle impertinence ! Retournez-vous, et faites-lui signe de s'en aller, voulez-vous ?

— Il me semble qu'il vaudrait bien mieux n'avoir pas l'air d'y faire attention !

— Non, non, nous l'aurions toujours à rôder par là. Tournez-vous donc, et faites-lui signe, comme cela. »

Je fis comme il me disait, et aussitôt Mme Rucastle baissa le store. C'était la semaine dernière, et depuis lors je ne me suis plus assise à la fenêtre, je n'ai plus porté la robe bleue, et je n'ai plus vu l'homme sur la route.

— Continuez, je vous prie, dit Holmes, votre récit promet d'être des plus intéressants.

— Vous allez, je le crains, le trouver un peu incohérent, et il n'y aura pas toujours beaucoup de rapports entre les différents incidents que j'ai à vous raconter. Le jour même de mon arrivée aux Hêtres pourpres, M. Rucastle me conduisit à une petite dépendance, près de la porte de la cuisine. En approchant, j'entendis le bruit d'une chaîne et d'un gros animal se remuant.

« — Regardez par-là, me dit M. Rucastle, en me montrant une fente entre deux planches. N'est-ce pas qu'il est beau ? »

Je regardai et j'aperçus d'abord deux yeux brillants, puis une forme que l'obscurité rendait très vague.

« — N'ayez pas peur, me dit-il, en riant du frisson qui avait parcouru mes membres. Ce n'est que Carlo, mon mâtin. Je dis "mon", mais le vieux Toller est la seule personne qui puisse en venir à bout. On lui donne à manger une fois par jour, et pas trop encore, de sorte qu'il est toujours mauvais comme la gale. Toller le lâche chaque nuit, et Dieu ait pitié du voleur qui lui tomberait sous la dent. Pour l'amour du ciel, ne mettez le pied dehors la nuit sous aucun prétexte, car ce serait risquer votre vie.»

Le conseil n'était pas sans valeur. Deux jours après, je regardai par la fenêtre de ma chambre à deux heures du matin. Il faisait un beau clair de lune, qui donnait à la pelouse devant la maison un reflet argenté et l'éclairait presque comme en plein jour. Je restais là, charmée de la beauté tranquille de ce spectacle, quand je vis remuer quelque chose sous l'ombre des hêtres. Puis je vis émerger un chien gigantesque, grand comme un veau, de couleur roussâtre, avec le museau noir, les lèvres pendantes, les os saillants. Il traversa lentement la pelouse et disparut dans l'ombre du côté opposé... La vue de cette terrible sentinelle muette me glaça le cœur plus qu'un voleur n'aurait pu le faire, je crois.

Et maintenant, j'en arrive à une très étrange aventure. J'avais, vous le savez, coupé mes cheveux à Londres, et je les avais mis au fond de ma malle. Un soir, l'enfant couché, je me mis à examiner l'ameublement de ma chambre et à arranger mes effets.

Il y avait là une vieille commode, dont les deux tiroirs d'en haut étaient vides et ouverts, tandis que celui d'en bas était fermé à clef. J'avais rempli les deux premiers de linge, et comme j'avais encore beaucoup de choses à ranger, j'étais ennuyée de ne pas pouvoir utiliser le troisième. Je m'imaginai qu'il pouvait être resté fermé par oubli, et je pris mon trousseau de clefs pour essayer de l'ouvrir. La première clef y réussit. Il n'y avait qu'une chose dedans, et je parie que vous ne devinerez jamais ce que c'était: mes propres cheveux.

Je les pris et les examinai. C'était exactement la même couleur, et la même qualité. Mais comment mes propres cheveux pouvaient-ils avoir été enfermés dans ce tiroir ? C'était absolument impossible. Les mains tremblantes, j'ouvris ma malle et y retrouvai mes cheveux. Je comparai les deux tresses, elles étaient absolument identiques. N'était-ce pas extraordinaire ? J'avais beau chercher, je ne pouvais comprendre ce que cela signifiait. Je remis les autres cheveux dans le tiroir et je ne parlai pas de cette aventure aux Rucastle, car je sentais que je m'étais mise dans mon tort en ouvrant un tiroir qu'ils avaient fermé.

Je suis observatrice de nature, monsieur Holmes, vous l'avez peut-être remarqué, et j'eus bientôt le plan de toute la maison assez net dans la tête. Il y en avait tout un côté qui ne me paraissait pas habité. Une porte, près des appartements du ménage Toller, conduisait évidemment dans cette partie de la maison, mais cette porte était toujours fermée à clef. Un jour, pourtant, en montant l'escalier, je vis M. Rucastle passer par cette porte, ses clefs à la main, et le visage tout différent de celui qui en faisait l'homme rond et jovial que je connaissais.

Il avait les joues rouges, le front tout plissé de colère, et les veines des tempes gonflées. Il ferma la porte et passa rapidement près de moi sans me parler et sans même me regarder.

Cela excita ma curiosité, et quand je sortis avec l'enfant, pour me promener dans le jardin, je me dirigeai vers le côté d'où je pouvais voir les fenêtres de cette partie de la maison. Il y en avait quatre en ligne, dont trois simplement sales, tandis que la quatrième était barricadée. Évidemment, personne n'habitait là. Comme je continuais à me promener en jetant un regard sur ces fenêtres, M. Rucastle survint. Il avait repris son entrain habituel.

« — Ah ! dit-il, ne me croyez pas impoli parce que j'ai passé à côté de vous sans vous parler, ma chère enfant, J'étais préoccupé par une affaire grave. »

Je l'assurai que je ne m'en étais pas formalisée.

« — À propos, ajoutai-je, il me semble que vous avez toute une série de pièces inoccupées là-haut, il y en a même une dont les volets sont fermés. »

Il parut surpris, et tressaillit même légèrement à cette remarque.

« — La photographie est une de mes passions, dit-il. J'ai ma chambre noire là-haut. Mais, mon Dieu ! quelle observatrice vous faites ! Qui l'aurait cru ? qui jamais l'aurait cru ? »

Il parlait sur un ton plaisant, mais ses yeux ne plaisantaient pas. J'y lisais au contraire le soupçon et la contrariété.

Alors, monsieur Holmes, du moment où je flairai un mystère, je n'eus plus qu'une idée : le découvrir. Ce n'était pas uniquement curiosité, quoique j'en aie ma part, comme tant d'autres, c'était aussi un sentiment de devoir – le sentiment que si j'entrais là, ce serait accomplir un bien. On parle de l'instinct des femmes : c'est peut-être cet instinct qui me guida.

En tout cas, je l'avais, et je guettais soigneusement l'occasion de franchir la porte défendue.

Ce n'est qu'hier que cette occasion se présenta. Je dois vous dire que, en dehors de M. Rucastle, Toller et sa femme pénètrent dans ces pièces inhabitées. Je vis même l'homme y porter un gros sac de toile noire. Ces temps-ci, il buvait plus que jamais et, hier au soir, il était tout à fait ivre. En montant, je trouvai la clef sur la porte ; je suis persuadée que c'est lui qui l'y avait laissée. M. et Mme Rucastle étaient tous deux en bas, avec leur enfant, c'était donc une excellente occasion pour moi de satisfaire ma curiosité. Je tournai doucement la clef dans la serrure, j'ouvris la porte, et je me glissai dans les parages interdits.

Je me trouvai dans un petit corridor sans tapis et dont les murs étaient blancs. Ce corridor tournait à angle droit ; sur le retour, trois portes, dont la première et la troisième étaient ouvertes, sur des pièces vides, poussiéreuses et tristes, l'une à deux fenêtres, l'autre à une seulement. Les carreaux des fenêtres étaient si sales qu'ils laissaient tout juste pénétrer la lumière.

La porte du milieu était fermée, et était assujettie par ce qui me sembla être une barre de lit en fer, attachée d'un côté par une grosse corde, et de l'autre par un cadenas. La porte elle-même était fermée à clef, mais la clef n'y était pas. Cette porte correspondait évidemment à la fenêtre barricadée que j'avais vue sur la façade, et cependant le rayon de lumière qui passait sous la porte indiquait que la chambre n'était pas obscure. Un vitrage dans le toit l'éclairait évidemment. Tandis que je regardais cette porte mystérieuse, me demandant quel secret elle pouvait cacher, j'entendis des bruits de pas dans la chambre, et sur l'étroit filet de lumière qui filtrait sous la porte, je vis une ombre se mouvoir. Une terreur folle me prit à cette vue, monsieur Holmes. Le courage me manqua soudainement et je m'enfuis en courant comme pour échapper à une main de fer qui eût cherché à saisir mes jupes.

Je traversai le corridor, la porte, et tombai dans les bras de M. Rucastle, qui attendait de l'autre côté.

« — Ah ! dit-il en souriant, c'était vous. Je l'ai pensé en voyant la porte ouverte.

— Oh ! j'ai eu si peur, dis-je, toute haletante.

— Chère, chère mademoiselle – vous n'imaginez pas combien sa voix était caressante et tendre –, et qu'est-ce qui vous a donc tant effrayée ? »

Mais sa voix était par trop cajoleuse. Il exagérait. Cela me mit immédiatement sur mes gardes.

« — J'ai eu la curiosité d'entrer dans l'aile inhabitée, lui répondis-je, mais tout y est si sombre, si solitaire que la peur m'a prise et que je me suis sauvée en courant. Oh ! quel silence dans ce coin !

— C'est tout ? dit-il en me regardant fixement.

— Mais que voulez-vous de plus ?

— Pourquoi pensez-vous que cette porte soit fermée à clef ?

— Je ne sais pas du tout.

— C'est pour empêcher les gens qui n'ont rien à y faire d'y entrer. Comprenez-vous ? »

Il souriait toujours de la manière la plus aimable.

« — Certainement, si j'avais su…

— Eh bien ! vous savez, maintenant. Et si jamais vous remettez le pied ici – en un instant son sourire se changea en une contraction de colère et il me terrifia d'un regard diabolique –, je vous donne en pâture au mâtin. »

J'étais si effrayée que je ne sais plus ce que j'ai fait. J'ai dû le quitter brusquement pour rentrer chez moi. Je ne me rappelle plus rien, jusqu'au moment où je me suis retrouvée, toute tremblante, sur mon lit. Alors, j'ai pensé à vous, monsieur Holmes. Je ne pouvais plus vivre là sans prendre conseil de quelqu'un. J'avais peur de la maison, de l'homme, de la femme, des domestiques, de l'enfant même. Ils me faisaient tous horreur. Il me semblait que votre présence sauverait tout. Évidemment, j'aurais pu m'enfuir de la maison, mais ma curiosité était presque aussi forte que ma crainte. Je résolus de vous télégraphier. Je mis mon manteau et mon chapeau, j'allai au bureau du télégraphe qui est à peu près à un demi-mille de la maison, et en revenant je me sentais déjà soulagée d'un grand poids. Je fus cependant saisie d'une crainte horrible en approchant de la maison, et en pensant que le chien était peut-être lâché, mais je me rappelai que Toller était ivre mort ce soir-là, qu'il n'avait pas dû songer à le mettre en liberté et que personne en dehors de lui n'avait pu le faire, tant la bête était féroce. Je rentrai sans accident, et passai la moitié de la nuit sans pouvoir dormir dans ma joie de vous voir bientôt arriver. J'ai facilement obtenu la permission de venir à Winchester ce matin, mais il faut que je sois rentrée à trois heures, car M. et Mme Rucastle vont voir des amis et seront absents toute la soirée, de sorte qu'il faut que je sois auprès de l'enfant. Maintenant je vous ai exposé les faits, monsieur Holmes, et je serais bien heureuse d'en avoir l'explication, bien heureuse surtout de savoir ce que je dois faire.

Nous avions, Holmes et moi, écouté toute cette histoire avec l'attention la plus soutenue. Mon ami se leva, se mit à arpenter la chambre, les mains dans les poches, et le visage extrêmement préoccupé.

— Toller est-il toujours ivre ? demanda-t-il.

— Oui. J'ai entendu sa femme dire à Mme Rucastle qu'elle n'en pouvait rien tirer.

— Bien. Et les Rucastle sortent ce soir ?

— Oui.

— Y a-t-il une cave, avec une forte serrure ?

— Oui.

— Il me semble, miss Hunter, que vous vous êtes comportée dans tout cela comme une femme intelligente et courageuse. Pourriez-vous faire encore quelque chose de plus ? Je ne vous en parlerais pas si je ne vous considérais comme une femme exceptionnelle.

— J'essaierai. Qu'est-ce que c'est ?

— Nous arriverons aux Hêtres pourpres, mon ami et moi, à sept heures. Les Rucastle seront déjà partis, et Toller sera, j'espère, toujours hors de combat. Il ne reste plus que sa femme pour donner l'alarme. Si vous pouvez l'envoyer chercher quelque chose à la cave, et la mettre sous clef, cela faciliterait énormément notre besogne.

— Je le ferai.

— Parfait. Nous nous livrerons alors à un examen complet. Il n'y a qu'une explication possible. Vous avez été amenée là pour jouer le rôle de quelqu'un et le véritable personnage est enfermé dans la chambre mystérieuse. C'est évident. Quant à la prisonnière, je ne doute pas que ce ne soit la fille de M. Rucastle, Alice Rucastle, si j'ai bonne mémoire, qu'on disait être allée en Amérique. Vous avez été choisie, sans aucun doute, parce que vous lui ressemblez de taille, de tournure et de cheveux. Les siens avaient été coupés probablement, à la suite d'une maladie, et naturellement les vôtres devaient être sacrifiés aussi. Par un curieux hasard, vous avez trouvé la tresse coupée. L'homme de la route est sûrement un de ses amis (probablement son fiancé), qui est trompé par la ressemblance et aussi par cette robe de la jeune fille dont on vous a revêtue. Il est persuadé par votre gaieté et votre attitude que miss Rucastle est parfaitement heureuse et qu'elle ne désire plus qu'il lui fasse la cour. Le chien est lâché chaque nuit pour l'empêcher de communiquer avec elle. Tout cela est assez clair. Le point le plus sérieux de l'affaire est la nature de l'enfant.

— Quel rapport cela peut-il avoir ? m'écriai-je.

— Mon cher Watson, vous êtes médecin, et vous avez appris à découvrir les dispositions d'un enfant en étudiant ses parents. Ne voyez-vous pas que la réciproque est vraie ? J'ai souvent eu un premier indice sur le caractère d'un père en étudiant ses enfants. La nature de celui qui nous occupe est cruelle à un point anormal, il torture par pur amour de la cruauté, et soit qu'il tienne ce vice de son père, toujours souriant, ou de sa mère, c'est un triste présage pour la pauvre fille qui est entre leurs mains.

— Je suis sûre que vous avez raison, monsieur Holmes, s'écria notre cliente. Il me revient mille détails qui me prouvent que vous êtes tombé juste. Oh ! il n'y a pas un instant à perdre pour secourir cette pauvre créature.

— Il faut de la circonspection, car nous avons affaire à un homme rusé. Nous ne pouvons rien entreprendre avant sept heures. À ce moment-là, nous serons auprès de vous, et le mystère sera vite éclairci.

Fidèles à notre parole, il était sept heures pile quand nous arrivâmes aux Hêtres pourpres, après avoir laissé notre voiture sur la route, dans une auberge. Le groupe d'arbres, au feuillage sombre, brillant comme du métal poli à la lumière du soleil couchant, nous aurait suffisamment désigné la maison, si miss Hunter elle-même ne nous eût attendus, souriante, sur le pas de la porte.

— Avez-vous réussi ? demanda Holmes.

Au même moment, nous entendîmes un bruit sourd venant du sous-sol.

— C'est Mme Toller dans la cave, dit-elle. Son mari ronfle sur le paillasson de la cuisine. Voilà ses clefs, ce sont les mêmes que celles de M. Rucastle.

— Vous avez admirablement réussi ! s'écria Holmes avec enthousiasme. Maintenant, montreznous le chemin, et nous connaîtrons bientôt cette sombre histoire.

Nous montâmes l'escalier, nous ouvrîmes la porte, nous longeâmes le corridor, et nous nous trouvâmes en face de la barricade décrite par miss Hunter. Holmes coupa la corde, et enleva la barre transversale. Il essaya plusieurs clefs dans la serrure, mais sans succès. Nul bruit ne venait de l'intérieur, et à ce silence le visage de Holmes s'assombrit.

— J'espère que nous n'arrivons pas trop tard, dit-il. Je crois, miss Hunter, qu'il vaut mieux que nous entrions seuls. Allons, Watson, mettez-y l'épaule, et essayons d'enfoncer la porte.

C'était une vieille porte, qui céda tout de suite à nos efforts. Nous nous précipitâmes à l'intérieur. La pièce était vide ! Il n'y avait pour mobilier qu'un petit lit de camp, une petite table, et un panier plein de linge. Le vitrage percé dans le toit était ouvert et la prisonnière était partie.

— Une nouvelle scélératesse, dit Holmes. L'excellent homme a deviné les intentions de miss Hunter et a enlevé sa victime.

— Mais par où ?

— Par le toit. Nous allons bien voir comment il a fait. Il se hissa par la lucarne.

— Oh ! oui, cria-t-il, voici le bout d'une longue échelle appuyée à la gouttière. C'est par là qu'il l'a enlevée.

— Mais c'est impossible, dit miss Hunter. L'échelle n'y était pas quand les Rucastle sont partis.

— Il est revenu tout exprès. Je vous dis que c'est un homme très fort et très dangereux. Je ne serais pas étonné que ce fût lui que j'entends monter. Watson, je crois que vous feriez bien de tenir votre pistolet prêt.

Il n'avait pas fini qu'apparut à la porte un homme très gros et très grand, avec un énorme bâton à la main. Miss Hunter poussa un cri aigu et s'appuya au mur, mais Sherlock Holmes s'élança au-devant de l'individu.

— Misérable ! où est votre fille ?

Le gros homme regarda autour de lui et aperçut la lucarne ouverte.

— C'est à moi de vous le demander, hurla-t-il, voleurs ! Espions et voleurs ! Je vous ai pris, hein ? Vous êtes entre mes mains. Je vais vous arranger d'une belle manière !

Il se précipita dehors et descendit quatre à quatre l'escalier.

— Il est allé chercher le chien ! s'écria miss Hunter.

— J'ai mon revolver, dis-je.

— Il vaut mieux aller fermer la porte de la maison, répliqua Holmes.

Et nous descendîmes rapidement. Nous étions à peine en bas que nous entendîmes les abois d'un chien, puis un hurlement d'agonie et un bruit de lutte épouvantable. Un homme âgé, au visage rouge, aux jambes tremblantes, parut en titubant devant la porte.

— Mon Dieu ! cria-t-il. Quelqu'un a lâché le chien. Il n'a pas mangé depuis deux jours ! Vite, vite, ou il sera trop tard.

Holmes et moi courûmes dehors pour faire le tour de la maison, suivis de Toller. L'énorme animal affamé avait terrassé Rucastle, et se roulait avec lui sur le sol, la gueule plongée dans la gorge de l'homme. Je m'approchai et lui fis sauter la cervelle d'un coup de revolver ; il s'affaissa, mais ses dents blanches ne quittèrent pas les gras replis du cou de sa victime. À grand-peine, nous les séparâmes, et transportâmes dans la maison le blessé, encore vivant, mais horriblement déchiré. On l'étendit sur un sofa, et tandis que Toller allait chercher sa femme je fis ce que je pus pour alléger ses douleurs. Nous étions tous autour de lui, quand la porte s'ouvrit et donna passage à une grande et forte femme.

— Madame Toller ! s'écria miss Hunter.

— Oui, mademoiselle, M. Rucastle m'a ouvert en rentrant, avant de vous rejoindre là-haut. Ah ! mademoiselle, quel malheur que vous ne m'ayez pas dit vos projets, j'aurais pu vous avertir que c'était inutile.

— Ha ! dit Holmes en la regardant attentivement. Il est clair que Mme Toller en sait plus que personne là-dessus.

— Oui, monsieur, et je suis prête à dire tout ce que je sais.

— Eh bien ! asseyez-vous, et dites-le, car j'avoue qu'il y a plusieurs points qui restent obscurs pour moi.

— Je vais vite vous éclairer, et je l'aurais fait plus tôt si j'avais pu sortir de la cave. Si les tribunaux s'en mêlent, vous vous rappellerez que je fais cause commune avec vous, comme j'ai toujours pris parti pour miss Alice. Elle n'a jamais été heureuse à la maison, miss Alice, depuis que son père s'est remarié. Elle était mise de côté, et n'avait pas le droit d'ouvrir la bouche ; mais ce fut bien pire lorsqu'elle eut fait, chez des amis, connaissance avec M. Fowler. Je crois bien que miss Alice, à la suite d'un héritage, avait une fortune personnelle ; elle était si douce et si patiente qu'elle n'en parlait jamais et laissait tout entre les mains de son père. Il savait qu'il n'y avait rien à craindre d'elle ; mais quand il a été question d'un mari qui exigerait tout son dû, alors il a voulu empêcher le mariage. Il a tenté de lui faire signer un papier stipulant que, mariée ou non, elle lui laisserait la libre disposition de sa fortune. Comme elle a refusé, il l'a tourmentée jusqu'à ce qu'elle eût une fièvre qui l'a mise à la porte du tombeau pendant six semaines. Enfin elle s'est remise lentement, mais elle n'était plus que l'ombre d'elle-même, et ses beaux cheveux avaient dû être coupés. Cela n'avait pas changé les sentiments de son amoureux, qui lui était resté fidèle contre vents et marées.

— Ah ! dit Holmes, cela explique tout, et je crois maintenant deviner le reste. M. Rucastle, alors, adopta ce système d'emprisonnement !

— Oui, monsieur.

— Et amena miss Hunter de Londres pour se débarrasser de la persistance désagréable de M. Fowler ?

— Précisément, monsieur.

— Mais M. Fowler, ayant de la persévérance comme il convient à un bon marin, fit le siège de la maison et, vous ayant rencontrée, réussit par certains arguments, métalliques ou autres, à vous persuader que vos intérêts étaient les mêmes que les siens.

— M. Fowler est un gentleman très affable, et très généreux, répondit Mme Toller avec sérénité.

— Et de la sorte, il s'arrangea pour que votre cher mari eût toujours à boire, et qu'une échelle fût toute prête pour le moment où votre maître sortirait.

— Vous le dites, monsieur, tout comme cela est arrivé.

— Je vous dois certainement des remerciements, madame Toller, car vous avez éclairci tout ce qui nous intriguait. Mais voici le médecin du village et Mme Rucastle. Je crois, Watson, que tout ce qu'il nous reste à faire est d'escorter miss Hunter à Winchester, car il me semble que notre *locus standi* est maintenant fort peu sûr.

Et ainsi fut éclairci le mystère de la sombre maison au bouquet de Hêtres pourpres.

M. Rucastle survécut, mais avec une santé toujours chancelante, et il ne conserva la vie que grâce aux soins dévoués de sa femme. Ils ont toujours avec eux leurs anciens serviteurs, qui connaissent trop leur vie passée pour qu'il soit facile de s'en défaire. M. Fowler et miss Rucastle furent, par dispense spéciale, mariés à Southampton, le lendemain de leur fuite ; lui est maintenant pourvu d'un poste officiel dans l'île Maurice. Quant à miss Violette Hunter, à mon grand désappointement, mon ami Holmes s'en désintéressa complètement du jour où le problème fut résolu, et elle est maintenant à Walsall, à la tête d'une école privée, très florissante, m'assure-t-on.

Table

DANS LA MÊME COLLECTION

Une étude en rouge

Le signe des Quatre

Appelés dans une maison où un homme a été retrouvé mort, les traits déformés par l'effroi, Sherlock Holmes et le Dr Watson découvrent sur un mur un message en lettres de sang... Ainsi débute, en 1887, la première enquête du légendaire détective anglais.

Trois ans plus tard, les deux hommes se retrouveront dans *Le Signe des Quatre*, sur les traces du bienfaiteur inconnu de la belle Mary Morstan... Leurs aventures ne font que commencer !

ISBN 978-2-37735-264-7 / H 49-4699-3 / 360 pages / 7,95 €